I0748533

ДВАДЦАТЬ ТЫСЯЧ ЛЬЕ ПОД ВОДОЙ

Жюль Верн

Двадцать тысяч лье под водой

Жюль Верн

Перевод: Нина Герасимовна Яковлева, Евгений Федорович Корш

Во второй половине 19 века в морях и океанах на глаза мореплавателям стал попадаться необычный объект — светящийся веретенообразный предмет, превосходящий скоростью и размерами кита. Газеты, а за ними и ученые всего мира заинтересовались «морским чудовищем».

Но судьба оказалась милостива только к профессору Аронаксу, который со слугой Конселем и гарпунером Недом Лендом волею случая (или автора, что по сути одно и то же), попадают на борт необыкновенной и единственной в мире подводной лодки.

Капитан и экипаж лодки оказались совсем не чудовищами и герои пережили немало опасных и удивительных приключений, совершив кругосветное путешествие в 20 тысяч лье под водой.

ISBN: 978-1-7638223-6-8

ДВАДЦАТЬ ТЫСЯЧ ЛЬЕ ПОД ВОДОЙ

Кругосветное путешествие в морских глубинах

ЧАСТЬ ПЕРВАЯ

1. Плавающий риф

1866 год ознаменовался удивительным происшествием, которое, вероятно, еще многим памятно. Не говоря уже о том, что слухи, ходившие в связи с необъяснимым явлением, о котором идет речь, волновали жителей приморских городов и континентов, они еще сеяли тревогу и среди моряков. Купцы, судовладельцы, капитаны судов, шкиперы как в Европе, так и в Америке, моряки военного флота всех стран, даже правительства различных государств Старого и Нового Света были озабочены событием, не поддающимся объяснению.

Дело в том, что с некоторого времени многие корабли стали встречать в море какой-то длинный, фосфоресцирующий, веретенообразный предмет, далеко превосходивший кита как размерами, так и быстротой передвижения.

Записи, сделанные в бортовых журналах разных судов, удивительно схожи в описании внешнего вида загадочного существа или предмета, неслыханной скорости и силы его движений, а также особенностей его поведения. Если это было китообразное, то, судя по описаниям, оно превосходило величиной всех доныне известных в науке представителей этого отряда. Ни Кювье, ни Ласепед, ни Дюмериль, ни Катрфаж не поверили бы в существование такого феномена, не увидав его собственными глазами, вернее глазами ученых.

Оставляя без внимания чересчур осторожные оценки, по которым в пресловутом существе было не более двухсот футов длины, отвергая явные преувеличения, по которым оно рисовалось каким-то гигантом, — в ширину одна миля, в длину три мили! — все же надо было допустить, придерживаясь золотой середины, что диковинный зверь, если только он существует, в значительной степени превосходит размеры, установленные современными зоологами.

По свойственной человеку склонности верить во всякие чудеса легко понять, как взволновало умы это необычное явление. Некоторые попытались было отнести всю эту историю в область пустых слухов, но напрасно! Животное все же существовало; этот факт не подлежал ни малейшему сомнению.

Двадцатого июля 1866 года судно «Гавернор-Хигинсон» пароходной компании «Калькутта энд Бернах» встретило огромную плавучую массу в пяти милях от восточных берегов Австралии. Капитан Бэкер решил сперва, что он обнаружил не занесенный на карты риф; он принялся было устанавливать его координаты, но тут из недр этой темной массы вдруг вырвались два водяных столба и со свистом взлетели в воздух футов на полтораста. Что за причина? Подводный риф, подверженный извержениям гейзеров? Или же просто-напросто какое-нибудь морское млекопитающее, которое выбрасывало из ноздрей вместе с воздухом фонтаны воды?

Двадцать третьего июля того же года подобное явление наблюдалось в водах Тихого океана с парохода «Кристобал-Колон», принадлежащего Тихоокеанской Вест-Индской пароходной компании. Слыханное ли дело, чтобы какое-либо китообразное способно было передвигаться с такой сверхъестественной скоростью? В течение трех дней два парохода — «Гавернор-Хигинсон» и «Кристобал-Колон» — встретили его в двух точках земного шара, отстоящих одна от другой более чем на семьсот морских лье![1]

Пятнадцать дней спустя, в двух тысячах лье от вышеупомянутого места, пароходы «Гельвеция», Национальной пароходной компании, и «Шанон», пароходной компании «Рояль-

---

[1] Морское лье равно 5555 м.

Мэйл», шедшие контргалсом, встретившись в Атлантическом океане на пути между Америкой и Европой, обнаружили морское чудище под 42°15′ северной широты и 60°35′ долготы, к западу от Гринвичского меридиана. При совместном наблюдении установили на глаз, что в длину млекопитающее по меньшей мере достигает трехсот пятидесяти английских футов[2]. Они исходили из того расчета, что «Шанон» и «Гельвеция» были меньше животного, хотя оба имели по сто метров от форштевня до ахтерштевня. Самые громадные киты, что водятся в районе Алеутских островов, и те не превышали пятидесяти шести метров в длину, — если вообще достигали подобных размеров!

Эти донесения, поступившие одно вслед за другим, новые сообщения с борта трансатлантического парохода «Пэрер», столкновение чудовища с судном «Этна», акт, составленный офицерами французского фрегата «Нормандия», и обстоятельный отчет, поступивший от коммодора Фитц-Джеймса с борта «Лорд-Кляйда», — все это серьезно встревожило общественное мнение. В странах, легкомысленно настроенных, феномен служил неисчерпаемой темой шуток, но в странах положительных и практических, как Англия, Америка, Германия, им живо заинтересовались.

Во всех столицах морское чудовище вошло в моду: о нем пелись песенки в кафе, над ним издевались в газетах, его выводили на подмостках театров. Для газетных уток открылась оказия нести яйца всех цветов. Журналы принялись извлекать на свет всяких фантастических гигантов, начиная от белого кита, страшного «Моби Дика» арктических стран, до чудовищных осьминогов, которые в состоянии своими щупальцами опутать судно в пятьсот тонн водоизмещением и увлечь его в пучины океана. Извлекли из-под спуда старинные рукописи, труды Аристотеля и Плиния, допускавших существование морских чудовищ, норвежские рассказы епископа Понтопидана, сообщения Поля Геггеда и, наконец, донесения Харингтона, добропорядочность которого не

---

[2] Английский фут равен 30,4 см.

подлежит сомнению, утверждавшего, что в 1857 году, находясь на борту «Кастиллана», он собственными глазами видел чудовищного морского змия, до того времени посещавшего только воды блаженной памяти «Конститюсьонель».

В ученых обществах и на страницах научных журналов поднялась нескончаемая полемическая возня между верующими и неверующими. Чудовищное животное послужило волнующей темой. Журналисты, поклонники науки, в борьбе со своими противниками, выезжавшими на остроумии, пролили в эту памятную эпопею потоки чернил; а некоторые из них даже пролили две-три капли крови, потому что из-за этого морского змия дело буквально доходило до схваток!

Шесть месяцев длилась эта война с переменным успехом. На серьезные научные статьи журналов Бразильского географического института, Берлинской королевской академии наук, Британской ассоциации, Смитсонианского института в Вашингтоне, на дискуссию солидных журналов «Индиан Аршипелаге», «Космоса» аббата Муаньо, «Миттейлунген» Петерманна, на научные заметки солидных французских и иностранных газет бульварная пресса отвечала неистощимыми насмешками. Пародируя изречение Линнея, приведенное кем-то из противников чудовища, журнальные остроумцы утверждали, что «природа не создает глупцов», и заклинали своих современников не оскорблять природу, приписывая ей создание неправдоподобных спрутов, морских змей, разных «Моби Диков», которые существуют-де только в расстроенном воображении моряков! Наконец, популярный сатирический журнал, в лице известного писателя, ринувшегося на морское чудо, как новый Ипполит, нанес ему, при всеобщем смехе, последний удар пером юмориста. Остроумие победило науку.

В первые месяцы 1867 года вопрос о новоявленном чуде, казалось, был похоронен, и, по-видимому, ему не предстояло воскреснуть. Но тут новые факты стали известны публике. Дело шло уже не о разрешении интересной научной проблемы, но о серьезной действительной опасности. Вопрос принял новое освещение. Морское чудище превратилось в остров, скалу, риф, но риф блуждающий, неуловимый, загадочный!

Пятого марта 1867 года пароход «Моравиа», принадлежавший Монреальской океанской компании, под 27°30′ широты и 72°15′ долготы ударился на полном ходу о подводные скалы, не обозначенные ни на каких штурманских картах. Благодаря попутному ветру и машине в четыреста лошадиных сил пароход делал тринадцать узлов. Удар был настолько сильный, что, не обладай корпус судна исключительной прочностью, столкновение кончилось бы гибелью парохода и двухсот тридцати семи человек, считая команду и пассажиров, которых он вез из Канады.

Столкновение произошло около пяти часов утра, на рассвете. Вахтенные офицеры кинулись к корме. Они осмотрели поверхность океана самым тщательнейшим образом. Но ничего подозрительного не заметили, если не считать большой волны, поднятой на водной глади на расстоянии трех кабельтовых. Установив координаты, «Моравиа» продолжала свой путь без явных признаков аварии. На что же наткнулся пароход? На подводный риф или на остов разбитого корабля? Никто этого не знал. Но позже, в доке, при осмотре подводной части судна, оказалось, что часть киля повреждена.

Происшествие, само по себе серьезное, вероятно, было бы вскоре предано забвению, подобно многим другим, если бы три недели спустя оно не повторилось при тех же условиях. И благодаря тому, что пострадавшее судно шло под флагом крупной державы и принадлежало влиятельной пароходной компании, несчастный случай получил широкую огласку.

Имя английского судовладельца Кюнарда известно всякому. Этот ловкий делец открыл в 1840 году регулярное почтовое сообщение между Ливерпулем и Галифаксом, имея три деревянных колесных парохода мощностью в четыреста лошадиных сил и водоизмещением в тысячу сто шестьдесят две тонны.

Восемь лет спустя количество судов пароходной компании увеличилось четырьмя судами мощностью в шестьсот пятьдесят лошадиных сил и водоизмещением в тысячу восемьсот двадцать тонн. А двумя годами позже прибавилось еще два судна, превосходившие своих предшественников мощностью и тоннажем. В 1853 году пароходная компания Кюнарда возобновила преимущественное право перевозить спешную почту и постепенно ввела в состав своей флотилии новые суда, как то: «Аравия», «Персия», «Китай», «Шотландия», «Ява», «Россия». Все эти суда отличались быстрым ходом и размерами уступали только «Грейт-Истерну». В 1867 году пароходная компания владела двенадцатью судами, из которых восемь было колесных и четыре винтовых.

Вдаваясь в такие подробности, я хочу яснее показать значение этой компании морского пароходства, которая своей четкостью в работе приобрела мировую известность. Ни одно трансокеанское пароходное предприятие не было руководимо с таким уменьем; ни одно дело не увенчалось таким успехом. В течение двадцати шести лет суда пароходства Кюнарда две тысячи раз пересекли Атлантический океан, ни разу не отменив рейса, ни разу не опоздав против расписания, ни разу не потеряв ни одного письма, ни одного человека, ни одного судна за время своего плавания! И по сию пору, несмотря на сильную конкуренцию со стороны Франции, пассажиры предпочитают пароходную компанию Кюнарда всем прочим компаниям, как это видно из официальных документов за последние годы. Приняв во внимание все эти обстоятельства, легко понять, какой поднялся шум вокруг аварии, постигшей один из лучших пароходов компании Кюнарда.

Тринадцатого апреля 1867 года «Шотландия» находилась под 15°12′ долготы и 45°37′ широты. Море было спокойное, дул легкий ветерок. Тысячесильная машина сообщала пароходу скорость в тринадцать и сорок три сотых узла. Колеса парохода равномерно рассекали морские волны. Осадка судна равнялась шести метрам семидесяти сантиметрам, а его водоизмещение — шести тысячам шестистам двадцати четырем кубическим метрам.

В четыре часа семнадцать минут пополудни, в то время как пассажиры завтракали в кают-компании, корпус парохода вздрогнул от легкого удара в кормовую часть, несколько позади колеса левого борта.

По характеру толчка можно было предположить, что удар был нанесен каким-то острым предметом. Притом толчок был настолько слабым, что никто на борту не обратил бы на это внимания, если бы не кочегары, которые, взбежав на палубу, кричали:

— Течь в трюме! Течь в трюме!

В первую минуту пассажиры, естественно, всполошились, но капитан Андерсон успокоил их. Действительно, судну не грозила опасность. Пароход, разделенный на семь отсеков водонепроницаемыми переборками, мог не бояться какой-то легкой пробоины.

Капитан Андерсон тотчас же спустился в трюм. Он установил, что пятый отсек залит водой и, судя по скорости, с которой вода прибывала, пробоина в борту была значительна. К счастью, в этом отсеке не было паровых котлов, иначе вода мгновенно погасила бы топки.

Капитан Андерсон распорядился остановить машины и затем приказал одному из матросов, опустившись в воду, осмотреть пробоину. Через несколько минут было выяснено, что в подводной части парохода имеется пробоина шириной в два метра. Такую пробоину не было возможности заделать, и «Шотландия» с колесами, наполовину погруженными в воду, продолжала свой путь. Авария произошла в трехстах милях от мыса Клэр. Итак, «Шотландия» пришла в Ливерпульский порт и причалила к пристани компании с опозданием на три дня, вызвав тем самым живейшее беспокойство.

Пароход поставили в сухой док, и инженеры компании осмотрели судно. Они не верили своим глазам. В корпусе судна, в двух с половиною метрах ниже ватерлинии, зияла пробоина в виде равнобедренного треугольника. Края пробоины были ровные, их как бы вырезали резцом. Очевидно, орудие, пробившее корпус судна, обладало замечательной закалкой. Притом, пробив листовое железо толщиной в четыре сантиметра, оно само собой высвободилось из пробоины! Это обстоятельство было уже совершенно необъяснимо!

С того времени все морские катастрофы от невыясненных причин стали относить на счет животного. Мифическому зверю пришлось отвечать за многие кораблекрушения. А число их, к сожалению, значительно, ибо двести по крайней мере из трех тысяч судов, о гибели которых ежегодно сообщается в «Бюро-Веритас», считаются «пропавшими без вести».

Так или иначе, но по милости «чудовища» сообщение между материками становилось все более и более опасным, и общественное мнение настоятельно требовало, чтобы моря были очищены любой ценой от грозного китообразного.

2. За и против

В то время когда происходили описываемые события, я возвращался из путешествия по штату Небраска в Северной Америке, предпринятого с целью изучения этого неизведанного края. Французское правительство прикомандировало меня к научной экспедиции как адъюнкт-профессора при Парижском музее естественной истории. Собрав за шесть месяцев странствий по Небраске драгоценнейшие коллекции, я в конце марта прибыл в Нью-Йорк. Я предполагал выехать во Францию в первых числах мая. Итак, досуг, оставшийся до отъезда, я посвятил классификации моих минералогических, ботанических и зоологических богатств. Именно в это время и произошла авария с пароходом «Шотландия».

Я был, разумеется, в курсе событий, беспокоивших общественное мнение, да и могло ли быть иначе? Я читал и перечитывал все американские и европейские газеты, но ясности в вопрос, волновавший всех, они не вносили. Таинственная история подстрекала мое любопытство. В поисках истины я бросался из одной крайности в другую. Что тут крылась тайна, сомневаться не приходилось, а скептикам предоставлялось право «вложить перст в раны» «Шотландии».

Я приехал в Нью-Йорк в самом разгаре споров, поднятых вокруг этого события. Предположения относительно блуждающего острова, неуловимого рифа, выдвинутые лицами мало компетентными, были окончательно отброшены. И в самом деле, как мог бы передвигаться с такой скоростью пресловутый риф, если бы у него не было мощной машины? Отвергнута была и гипотеза о блуждающем остове потонувшего гигантского корабля, передвигавшегося так же с необъяснимой скоростью.

Оставались два возможных решения вопроса, имевшие своих сторонников: одни приписывали все беды животному колоссальной величины, другие предполагали существование подводного судна с необычайно мощным двигателем.

Последнее предположение, наиболее правдоподобное, отпало в результате расследования, произведенного в обоих полушариях. Трудно было предположить, чтобы частное лицо владело подобным судном. Где и когда было оно построено? И как строительство такого гиганта могло сохраниться в тайне?

Только государство в состоянии было создать механизм, обладающий столь разрушительной силой. В нашу эпоху, когда человеческий ум изощряется в изобретении смертоносных орудий, легко допустить, что какое-нибудь государство втайне от остальных соорудило и испытывало эту грозную машину. После ружей Шасепо — торпеды, после торпед — подводные тараны, потом — затишье. По крайней мере я на это надеюсь.

Но предположение относительно военного подводного корабля рухнуло ввиду поступивших от всех правительств заявлений об их непричастности к этому делу. В искренности правительственных заявлений нельзя было усомниться, поскольку опасность угрожала международным трансокеанским сообщениям. И, помимо того, как могло ускользнуть от общественного внимания сооружение гигантского подводного судна? Сохранить тайну в подобных условиях чрезвычайно трудно частному лицу и совершенно немыслимо отдельному государству, за каждым действием которого ревниво следят могущественные державы-соперницы.

Итак, после того как были наведены справки в Англии, Франции, России, Пруссии, Испании, Италии, Америке и даже в Турции, гипотеза насчет подводного монитора решительно отпала.

Опять на поверхность вод, несмотря на насмешки бульварной прессы, всплыло пресловутое чудовище, и возбужденное воображение рисовало самые нелепые картины из области ихтиологической фантастики.

По приезде моем в Нью-Йорк многие лица оказывали честь консультироваться со мной по этому волнующему вопросу. Еще в бытность мою во Франции я выпустил в свет книгу в двух томах in-quarto [3], озаглавленную «Тайны морских глубин». Эта книга, встретившая хороший прием в научном мире, создала мне славу специалиста в сравнительно мало изученной отрасли естественной истории. Меня просили высказать свое мнение по этому вопросу. Но, поскольку в моем распоряжении не было никакого фактического материала, я уклонялся, ссылаясь на свою полную неосведомленность. Однако, прижатый к стене, я вынужден был вынести свое суждение. И «уважаемый Пьер Аронакс, профессор Парижского музея», к которому обратились репортеры «Нью-Йорк-Геральда» с просьбой «сформулировать свое суждение», наконец, сдался.

Я заговорил, потому что молчание становилось уже неприличным. Я рассмотрел вопрос со всех сторон, с политической и научной. Привожу выдержку из статьи, появившейся 30 апреля в газете.

«Итак, — писал я, — взвесив одну за другой все выдвинутые гипотезы и не имея иных более солидных предположений, приходится допустить существование морского животного, обладающего огромной силой.

---

[3] В четверть бумажного листа (лат.).

Глубинные слои океана почти не исследованы. Никакой зонд еще не достигал до них. Что творится в неведомых безднах? Какие существа живут и могут жить в двенадцати или пятнадцати милях под уровнем вод? Что за организм у этих животных? Любое предположение было бы гадательным.

Решение стоящей перед нами задачи может быть двояким.

Или нам известны все виды существ, населяющих нашу планету, или они не все нам известны.

Если нам известны не все виды живых существ, если в области ихтиологии природа хранит от нас тайны, нет никаких оснований не допускать существования рыб или китообразных неизвестных нам видов или даже родов, особых „глубоководных“ организмов, приспособленных жить в глубинных водных слоях и только лишь в силу каких-то физических законов или, если угодно, причуд природы всплывающих порою на поверхность океана.

Если же, напротив, нам известны все виды живых существ, то нужно искать животное, о котором идет речь, среди уже классифицированных морских животных, и в этом случае я готов допустить существование *гигантского нарвала.*

Обыкновенный нарвал, или единорог, часто достигает шестидесяти футов в длину. Упятерите, удесятерите его размеры, наделите животное силой, пропорциональной его величине, соответственно увеличьте его бивень, и вы получите представление о чудовище! Животное приобретает размеры, указанные офицерами „Шанона“, бивень, способный нанести пробоину пароходу „Шотландии“, и силу достаточную, чтобы протаранить корпус океанского парохода.

В самом деле, нарвал вооружен подобием костяной шпаги, алебардой, по выражению некоторых натуралистов. Это огромный рог, обладающий твердостью стали. Следы от ранений не однажды находили на теле китов, которых нарвал всегда атакует с успехом. Случалось, что осколки бивня нарвала извлекали из деревянных корпусов судов, которые они пробивают насквозь, как бурав просверливает бочонок. Музей парижского медицинского факультета располагает бивнем длиной в два метра двадцать пять сантиметров, который у основания достигает в окружности сорока восьми сантиметров.

Так вот! Представим себе бивень в десять раз больше, животное в десять раз сильнее, вообразим, что оно движется со скоростью двадцати миль в час, помножим массу животного на скорость, и вы поймете возможную причину катастрофы.

Итак, в ожидании более полных сведений я склоняюсь к мнению, что мы имеем дело с морским единорогом гигантских размеров, вооруженным уже не алебардой, а настоящим тараном, как броненосные фрегаты и другие военные суда, столь же массивные, как они, и наделенные такой же двигательной силой.

Так объясняю я это необъяснимое явление при условии, что такое явление имело место в действительности, а не было плодом расстроенного воображения, — что тоже возможно».

Последние слова были с моей стороны уловкой: я хотел сохранить свое достоинство ученого и не дать повода для насмешек американцев, которые мастера подшутить. Я оставил себе путь для отступления. В сущности же я был убежден в существовании «чудовища».

Статья моя вызвала горячие споры и получила широкую известность. У меня даже появились единомышленники. Предложенное в ней решение задачи давало, впрочем, полную свободу воображению. Человеческий ум склонен создавать величественные образы гигантов. И море — именно та область, та единственная стихия, где эти гиганты, — перед которыми земные животные, слоны и носороги, просто пигмеи, — могут рождаться и существовать. Водная среда выращивает самые крупные виды млекопитающих, и, может быть, в ней живут исполинские моллюски, наводящие ужас ракообразные, омары в сто метров длиною, крабы весом в двести тонн! Как знать? Некогда земные животные, современники геологических эпох, четвероногие, четверорукие, пресмыкающиеся, птицы были созданы по гигантским образцам. Они были отлиты в колоссальные формы, затем время сократило их в размере. Почему не допустить, что море в своих неизведанных глубинах сохранило величественные образчики жизни отдаленнейших эпох, — оно, которое не подвержено никаким изменениям, меж тем как земная кора непрестанно эти изменения претерпевает? Почему бы морю не сохранить в своем лоне последние виды титанических существ, годы которых равны векам, а века — тысячелетиям?

Но я предаюсь мечтаниям, с которыми мне приличествовало бы бороться! Прочь порождение фантазии! В будущем все это обратилось в ужасную действительность! Повторяю, природа необычайного явления не вызывала больше сомнений, и общество признало существование диковинного существа, не имеющего ничего общего со сказочными морскими змеями.

Но если для некоторых вся эта таинственная история имела чисто научный интерес, то для людей более практических, особенно для американцев и англичан, заинтересованных в безопасности трансокеанских сообщений, со всей очевидностью вставала необходимость очистить океан от страшного зверя. Пресса, представлявшая интересы промышленных и финансовых кругов, рассматривала вопрос принципиально, именно с этой практической стороны. «Шиппинг-энд-Меркэнтайл газет», «Ллойд», «Пакебот», «Ревю-маритим-колониаль» — все эти органы, финансируемые страховыми обществами, грозившими повысить страховые обложения, высказались на этот счет единодушно.

Общественное мнение, и в первую очередь Соединенные Штаты, поддержало инициативу страховых обществ. В Нью-Йорке стали готовиться к экспедиции, специально предназначенной для поимки нарвала. Быстроходный фрегат «Авраам Линкольн» должен был в ближайшее время выйти в море. Военные склады были открыты для капитана Фарагута, и капитан спешно снаряжал свой фрегат.

Но, как это часто случается, именно в то время, когда было решено снарядить экспедицию, животное перестало появляться. Целые два месяца не было о нем слуху. Ни одно судно с ним не встречалось. Единорог словно почувствовал, что против него составляется заговор. Об этом столько говорили! Сносились даже по трансатлантическому подводному кабелю! Шутники уверяли, что этот плут перехватил какую-нибудь телеграмму и принял меры предосторожности.

Итак, фрегат был снаряжен в дальнее плавание, снабжен грозными китобойными снарядами, а в какую сторону держать ему путь, никто не знал. Напряженное состояние достигало предела, как вдруг 2 июля прошел слух, что пароход, совершающий рейсы между Сан-Франциско и Шанхаем, недели три тому назад встретил животное в северных водах Тихого океана.

Известие это произвело чрезвычайное впечатление. Капитану Фарагуту не дали и двадцати четырех часов отсрочки. Продовольствие было погружено на борт. Трюмы наполнены доверху углем. Команда была в полном составе. Оставалось только разжечь топки, развести пары и отшвартоваться! Ему не простили бы и нескольких часов промедления! Впрочем, капитан Фарагут и сам рвался выйти в море.

За три часа до отплытия «Авраама Линкольна» мне вручили письмо следующего содержания:

«Господину Аронаксу, профессору Парижского музея.

Гостиница „Пятое авеню", Нью-Йорк.

Милостивый государь!

Если вы пожелаете присоединиться к экспедиции на фрегате „Авраам Линкольн", правительство Соединенных Штатов Америки выразит удовлетворение, узнав, что в Вашем лице Франция приняла участие в настоящем предприятии. Капитан Фарагут предоставит в Ваше распоряжение каюту.

Совершенно преданный Вам морской министр
Д.Б.Гобсон».

3. Как будет угодно господину профессору

В момент получения письма от господина Гобсона я столько же думал об охоте за единорогом, сколько о попытке прорваться сквозь ледовые поля Северо-Западного прохода. Однако, прочитав письмо морского министра, я сразу же понял, что истинное мое призвание, цель всей моей жизни в том и заключается, чтобы уничтожить это зловредное животное и тем самым избавить от него мир.

Я только что возвратился из тяжелого путешествия, страшно устал, нуждался в отдыхе. Я так мечтал вернуться на родину, к друзьям, в свою квартиру при Ботаническом саде, к моим милым драгоценным коллекциям! Но ничто не могло меня удержать от участия в экспедиции. Усталость, друзья, коллекции — все было забыто! Не раздумывая, я принял приглашение американского правительства.

«Впрочем, — размышлял я, — все пути ведут в Европу! И любезный единорог, пожалуй, приведет меня к берегам Франции! Почтенное животное не лишит меня удовольствия привезти в Парижский музей естествознания в качестве экспоната не менее полуметра его костяной алебарды».

Но в ожидании далекого будущего предстояло выслеживать нарвала в северных водах Тихого океана, — иными словами, держать путь в противоположную сторону от Франции.

— Консель! — крикнул я в нетерпении.

Консель был моим слугой и сопутствовал мне во всех моих путешествиях. Я любил его, и он платил мне взаимностью. Флегматичный по природе, добропорядочный из принципа, исполнительный по привычке, философски относившийся к неожиданным поворотам судьбы, мастер на все руки, всегда готовый услужить, он, вопреки своему имени[4], никогда не давал советов — даже когда к нему обращались за таковым.

---

[4] Conseil — совет (франц.).

Соприкасаясь постоянно с кругами нашего ученого мирка при Ботаническом саде, Консель и сам кое-чему научился. Он специализировался в области естественнонаучной классификации, наловчился с быстротой акробата пробегать всю лестницу типов, групп, классов, подклассов, отрядов, семейств, родов, подродов, видов и подвидов. Но его познания на этом и кончались. Классифицировать — это была его стихия, дальше он не шел. Сведущий в теории классификации, но слабо подготовленный практически, он, я думаю, не сумел бы отличить кашалота от беззубого кита! И все же какой хороший малый!

Вот уже десять лет Консель сопровождает меня во всех научных экспедициях. И я никогда не слыхал от него жалобы, если путешествие затягивалось или сопровождалось большими тяготами. Он готов был каждую минуту ехать со мной в любую страну, будь то Китай или Конго, каким бы далеким ни был путь. Он готов был безоговорочно следовать за мною повсюду. Притом он мог похвалиться завидным здоровьем, при котором не страшны никакие болезни, крепкими мускулами и, казалось, полным отсутствием нервов.

Ему было тридцать лет, и возраст его относился к возрасту его господина, как пятнадцать к двадцати. Да простится мне несколько усложненная форма, в которую вылилось мое признание в том, что мне сорок лет!

Но у Конселя был один недостаток. Неисправимый формалист, он обращался ко мне не иначе, как в третьем лице — манера, раздражавшая меня.

— Консель! — вторично позвал я, с лихорадочной торопливостью принимаясь за сборы к отъезду.

В преданности Конселя я был уверен. Обыкновенно я не спрашивал, согласен ли он сопровождать меня в поездке, но на этот раз речь шла об экспедиции, которая могла затянуться на неопределенное время, о предприятии рискованном, об охоте за животным, способным пустить ко дну фрегат, как ореховую скорлупу! Было над чем задуматься даже самому флегматичному человеку!

— Консель! — крикнул я в третий раз.

Консель появился.

— Господин профессор изволил звать меня? — спросил он, входя.

— Да, друг мой, собирай мои вещи и собирайся сам. Мы едем через два часа.

— Как будет угодно господину профессору, — отвечал Консель спокойно.

— Нельзя терять ни минуты. Уложи в чемодан все мои дорожные принадлежности, костюмы, рубашки, носки, и как можно побольше и поживей!

— А коллекции господина профессора? — спросил Консель.

— Мы займемся ими позже.

— Как так! Архиотерии, гиракотерии, ореодоны, херопотамусы и прочие скелеты ископаемых...

— Они останутся на хранение в гостинице.

— А бабирусса?

— Ее будут кормить в наше отсутствие. Впрочем, я распоряжусь, чтобы все наше хозяйство отправили во Францию.

— А мы разве едем не в Париж? — спросил Консель.

— Да... конечно... только придется, пожалуй, сделать небольшой крюк...

— Как будет угодно господину профессору. Крюк так крюк!

— Совсем пустячный! Мы только несколько уклонимся от прямого пути, вот и все! Мы отплываем на фрегате «Авраам Линкольн».

— Как будет угодно господину профессору, — отвечал покорно Консель.

— Знаешь, мой друг, речь идет о чудовище... о знаменитом нарвале. Мы очистим от него моря! Автор книги в двух томах, in-quarto, «Тайны морских глубин» не может отказаться сопровождать капитана Фарагута в экспедиции. Миссия почетная, но... и опасная! Тут придется действовать вслепую. Зверь может оказаться с причудами! Но будь что будет! Наш капитан не даст промаха!..

— Куда господин профессор, туда и я, — отвечал Консель.

— Подумай хорошенько! Я от тебя ничего не хочу утаивать. Из таких экспедиций не всегда возвращаются.

— Как будет угодно господину профессору.

Через четверть часа чемоданы были уложены. Консель живо справился со сборами, и можно было поручиться, что он ничего не забыл, потому что он так же хорошо классифицировал рубашки и платье, как птиц и млекопитающих.

Служитель гостиницы перенес наши вещи в вестибюль. Я стремглав сбежал по нескольким ступеням в нижний этаж. Расплатился по счету в конторе, где вечно толпились приезжие. Я распорядился, чтобы тюки с препарированными животными и засушенными растениями были отправлены во Францию (в Париж). Открыв солидный кредит своей бабируссе, я, а следом за мной и Консель прыгнули в карету.

Экипаж, нанятый за двадцать франков, спустился по Бродвею до Юнион-сквера, свернул на Четвертое авеню, проехал по нему до скрещения с Боуэри-стрит, затем повернул на Катрин-стрит и остановился у Тридцать четвертого пирса. Отсюда на катринском пароме нас доставили — людей, лошадей и карету — в Бруклин, главный пригород Нью-Йорка, расположенный на левом берегу Ист-Ривера. Через несколько минут карета была у причала, где стоял «Авраам Линкольн», из двух труб которого валил дым густыми клубами.

Наш багаж тотчас погрузили на палубу. Я взбежал по трапу на борт корабля. Спросил капитана Фарагута. Матрос провел меня на ют. Там меня встретил офицер с отличной выправкой.

Протянув мне руку, он спросил:

— Господин Пьер Аронакс?

— Он самый, — отвечал я. — Капитан Фарагут?

— Собственной персоной! Добро пожаловать, господин профессор! Каюта к вашим услугам.

Я откланялся и, не отвлекая внимания капитана от хлопот, связанных с отплытием, попросил лишь указать предназначенную мне каюту.

«Авраам Линкольн» был отлично приспособлен для своего нового предназначения. Это был быстроходный фрегат, оборудованный самыми совершенными машинами, которые работали при давлении пара до семи атмосфер. При таком давлении «Авраам Линкольн» достигал средней скорости в восемнадцать и три десятых мили в час, скорости значительной, но, увы, недостаточной для погони за гигантским китообразным.

Внутренняя отделка фрегата отвечала его мореходным качествам. Я был вполне удовлетворен своей каютой, которая находилась на кормовой части судна и сообщалась с кают-компанией.

— Нам будет здесь удобно, — сказал я Конселю.

— Удобно, как раку-отшельнику в раковине моллюска-трубача, с позволения сказать! — ответил Консель.

Я предоставил Конселю распаковывать чемоданы, а сам поднялся на палубу, поглядеть на приготовления к отплытию.

В эту самую минуту капитан Фарагут приказал отдать концы, удерживавшие «Авраама Линкольна» у Бруклинской пристани. Опоздай я на четверть часа, даже и того менее, фрегат ушел бы, и мне не пришлось бы участвовать в этой необычной, сверхъестественной, неправдоподобной экспедиции, самое достоверное описание которой могут счесть за чистейший вымысел.

Капитан Фарагут не желал терять ни дня, ни часа; он спешил выйти в моря, в которых было замечено животное.

Он вызвал старшего механика.

— Давление достаточное? — спросил его капитан.

— Точно так, капитан, — отвечал механик.

— Go ahead![5] — распорядился капитан Фарагут.

Приказание сейчас же было передано в машинное отделение по аппарату, приводимому в действие сжатым воздухом; механики повернули пусковой рычаг. Пар со свистом устремился в золотники. Поршни привели во вращение гребной вал. Лопасти винта стали вращаться со все возрастающей скоростью, и «Авраам Линкольн» величественно тронулся в путь, сопровождаемый сотней катеров и буксиров, переполненных людьми, устроившими эти торжественные проводы.

Набережные Бруклина и вся часть Нью-Йорка вдоль Ист-Ривера были полны народа. Троекратное «ура», вырвавшееся из пятисот тысяч уст, следовало одно за другим. Тысяча платков взвилась в воздухе над густой толпой, приветствовавшей «Авраама Линкольна», пока он не вошел в воды Гудзона у оконечности полуострова, на котором расположен Нью-Йорк.

Фрегат, придерживаясь живописного правого берега у Нью-Джерси, сплошь застроенного виллами, прошел мимо фортов, которые салютовали ему из самых больших орудий. «Авраам Линкольн» в ответ троекратно поднимал и опускал американский флаг с тридцатью девятью звездами, развевавшийся на гафеле; затем, когда судно, меняя курс, чтобы войти в отмеченный баканами фарватер, который округляется во внутренней бухте, образуемой оконечностью Санди-Хука, огибало эту песчаную отмель, его снова приветствовала многотысячная толпа.

Процессия катеров и буксиров провожала фрегат до двух плавучих маяков, огни которых указывают судам вход в Нью-йоркский порт.

Было три часа пополудни. Лоцман покинул свой мостик, сел в шлюпку, которая доставила его на шхуну, ожидавшую под ветром. Увеличили пары; лопасти винта все быстрее рассекали воду; фрегат шел вдоль песчаного и низкого берега Лонг-Айленда и к восьми

---

[5] Вперед! (англ.).

часам, потеряв из виду на северо-востоке огни Файр-Айленда, пошел под всеми парами по темным водам Атлантического океана.

4. Нед Ленд

Капитан Фарагут был опытный моряк, поистине достойный фрегата, которым он командовал. Составляя со своим судном как бы одно целое, он был его душой. Существование китообразного не подлежало для него никакому сомнению, и он не допускал на своем корабле никаких кривотолков по этому поводу. Он верил в существование животного, как иные старушки верят в библейского Левиафана — не умом, а сердцем. Чудовище существовало, и капитан Фарагут освободит от него моря, — он в этом поклялся. Это был своего рода родосский рыцарь, некий Дьедоне де Гозон, вступивший в борьбу с драконом, опустошавшим его остров. Либо капитан Фарагут убьет нарвала, либо нарвал убьет капитана Фарагута. Середины быть не могло!

Команда разделяла мнение своего капитана. Надо было послушать, как люди толковали, спорили, обсуждали, взвешивали возможные шансы на скорую встречу с животным! И как они наблюдали, вглядываясь в необозримую ширь океана! Даже те офицеры, которые в обычных условиях считали вахту каторжной обязанностью, готовы были дежурить лишний раз. Пока солнце описывало на небосводе свой дневной путь, матросы взбирались на рангоут, потому что доски палубы жгли им ноги и они не могли там стоять на одном месте. А между тем «Авраам Линкольн» еще не рассекал своим форштевнем подозрительных вод Тихого океана!

Что касается экипажа, у него было одно желание: встретить единорога, загарпунить его, втащить на борт, изрубить на куски. За морем наблюдали с напряженным вниманием. Кстати сказать, капитан Фарагут пообещал премию в две тысячи долларов тому, кто первым заметит животное, будь то юнга, матрос, боцман или офицер. Можно себе вообразить, с каким усердием экипаж «Авраама Линкольна» всматривался в море!

И я не отставал от других, выстаивая целыми днями на палубе. Наш фрегат имел все основания именоваться «Аргусом». Один

Консель выказывал полное равнодушие к волновавшему нас вопросу и не разделял возбужденного настроения, царившего на борту.

Я уже говорил, что капитан Фарагут озаботился снабдить свое судно всеми приспособлениями для ловли гигантских китов. Ни одно китобойное судно не могло быть лучше снаряжено. У нас были все современные китобойные снаряды, начиная от ручного гарпуна до мушкетонов с зазубренными стрелами и длинных ружей с разрывными пулями. На баке стояла усовершенствованная пушка, заряжавшаяся с казенной части, с очень толстыми стенками и узким жерлом, модель которой была представлена на Всемирной выставке 1867 года. Это замечательное орудие американского образца стреляло четырехкилограммовыми снарядами конической формы на расстоянии шестнадцати километров.

Итак, «Авраам Линкольн» снаряжен был всеми видами смертоносных орудий. Мало того! На борту фрегата находился Нед Ленд, король гарпунеров.

Нед Ленд, уроженец Канады, был искуснейшим китобоем, не знавшим соперников в своем опасном ремесле. Ловкость и хладнокровие, смелость и сообразительность сочетались в нем в равной степени. И нужно было быть весьма коварным китом, очень хитрым кашалотом, чтобы увернуться от удара его гарпуна.

Неду Ленду было около сорока лет. Это был высокого роста, — более шести английских футов, — крепкого сложения, суровый с виду мужчина; необщительный, вспыльчивый, он легко впадал в гнев при малейшем противоречии. Наружность его обращала на себя внимание; и больше всего поражало волевое выражение его глаз, придававшее его лицу особенную выразительность.

Я считаю, что капитан Фарагут поступил мудро, пригласив этого человека к участию в экспедиции: по твердости руки и верности глаза он один стоил всего экипажа. Неда Ленда можно было уподобить мощному телескопу, который одновременно был и пушкой, всегда готовой выстрелить.

Канадец — тот же француз, и я должен признаться, что Нед Ленд, несмотря на свой необщительный нрав, почувствовал ко мне некоторое расположение. Невидимому, его влекла моя национальность. Ему представлялся случай поговорить со мною по-французски, а мне послушать старый французский язык, которым писал Рабле, язык, сохранившийся еще в некоторых провинциях Канады. Нед вышел из старинной квебекской семьи, в его роду было немало смелых рыбаков еще в ту пору, когда город принадлежал Франции.

Понемногу Нед разговорился, и я охотно слушал его рассказы о пережитых злоключениях в полярных морях. Рассказы о рыбной ловле, о поединках с китами дышали безыскусственной поэзией. Повествование излагалось в эпической форме, и порою мне начинало казаться, что я слушаю какого-то канадского Гомера, поющего «Илиаду» гиперборейских стран!

Я описываю этого отважного человека таким, каким я знаю его теперь. Мы стали с ним друзьями. Мы с ним связаны нерушимыми узами дружбы, которая зарождается и крепнет в тяжелых жизненных испытаниях! Молодчина Нед! Я не прочь бы прожить еще сто лет, чтобы подольше вспоминать о тебе!

Однако какого же мнения держался Нед Ленд насчет морского чудища? Надо признаться, он не верил в существование фантастического единорога и один из всех на борту не разделял общего ослепления. Он избегал даже касаться этой темы, на которую однажды я пытался с ним заговорить.

Великолепным вечером 30 июля, короче говоря, через три недели после того, как мы отвалили от набережных Бруклина, фрегат находился поблизости мыса Бланка, в тридцати милях под ветром от патагонских берегов. Мы пересекли тропик Козерога, и, менее чем в семистах милях к югу, перед нами откроется вход в Магелланов пролив. Еще восемь дней, и «Авраам Линкольн» будет бороздить воды Тихого океана!

Сидя с Недом Лендом на юте, мы толковали о разных пустяках, не сводя глаз с моря, таинственные глубины которого все еще недоступны человеческому взору. Разговор, естественно, перешел на гигантского единорога, и я стал перебирать различные возможные случаи, в зависимости от которых повышались или падали шансы на успех нашей экспедиции. Но, видя, что Нед уклоняется от разговора, я поставил вопрос прямо.

— Как можете вы, Нед, — сказал я, — сомневаться в существовании китообразного, за которым мы охотимся? Какие у вас основания не доверять фактам?

Гарпунер поглядел на меня с минуту. Прежде чем ответить, привычным жестом хлопнул себя по лбу, закрыл глаза, как бы собираясь с мыслями, и, наконец, сказал:

— Основания веские, господин Аронакс.

— Послушайте, Нед! Вы китобой по профессии, вам доводилось не раз иметь дело с крупными морскими млекопитающими. Вам легче, чем кому-либо, допустить возможность существования гигантского китообразного. Кому-кому, а вам-то не пристало в данном случае быть маловером!

— Вы ошибаетесь, господин профессор, — отвечал Нед. — Если невежда верит, что какие-то зловещие кометы бороздят небо, что в недрах земного шара обитают допотопные чудовищные животные, — куда ни шло! Но астроному и геологу смешны подобные сказки. Также и китобою. Я много раз охотился за китообразными, много их загарпунил, множество убил, но, как бы ни были велики и сильны эти животные, ни своим хвостом, ни бивнем они не в состоянии пробить металлическую обшивку парохода.

— Однако, Нед, рассказывают же, что бывали случаи, когда зуб нарвала протаранивал суда насквозь.

— Деревянные суда, еще возможно! — отвечал канадец. — Впрочем, я этого не видел. И пока не увижу своими глазами, не поверю, что киты, кашалоты и единороги могут произвести подобные пробоины.

— Послушайте, Нед…

— Увольте, профессор, увольте! Все, что вам угодно, только не это. Разве что гигантский спрут…

— Еще менее вероятно, Нед! Спрут — это мягкотелое. Уже самое название указывает на особенности его тела. Имей он хоть пятьсот футов в длину, спрут остается живым беспозвоночным и, следовательно, совершенно безопасным для таких судов, как «Шотландия» и «Авраам Линкольн». Пора сдать в архив басни о подвигах разных спрутов и тому подобных чудовищ!

— Итак, господин естествоиспытатель, — спросил Нед с некоторой иронией, — вы убеждены в существовании гигантского китообразного?..

— Да, Нед! И убеждение мое основывается на логическом сопоставлении фактов. Я уверен в существовании млекопитающего мощного организма, принадлежащего, как и киты, кашалоты или дельфины, к подтипу позвоночных и наделенного костным бивнем исключительной крепости.

— Гм! — произнес гарпунер, с сомнением покачав головой.

— Заметьте, почтеннейший канадец, — продолжал я, — если подобное животное существует, если оно обитает в океанских глубинах, в водных слоях, лежащих в нескольких милях под уровнем моря, оно, несомненно, должно обладать организмом огромной жизненной силы.

— А на что ему такая сила? — спросил Нед.

— Сила нужна, чтобы, обитая в глубинах океана, выдерживать давление верхних слоев воды.

— В самом деле? — сказал Нед, глядя на меня прищуренным глазом.

— В самом деле! И в доказательство могу привести несколько цифр.

— Э-э! Цифры! — заметил Нед. — Цифрами можно оперировать как угодно!

— В торговых делах, Нед, но не в математике. Выслушайте меня. Представим себе давление в одну атмосферу в виде давления водяного столба высотою в тридцать два фута. В действительности высота водяного столба должна быть несколько меньшей, поскольку морская вода обладает большей плотностью, чем пресная. Итак, когда вы ныряете в воду, Нед, ваше тело испытывает давление в столько атмосфер, иначе говоря, в столько килограммов на каждый квадратный сантиметр своей поверхности, сколько столбов воды в тридцать два фута отделяют вас от поверхности моря. Отсюда следует, что на глубине в триста двадцать футов давление равняется десяти атмосферам, на глубине в три тысячи двести футов — ста атмосферам, и в тридцать две тысячи футов, то есть на глубине двух с половиною лье, — тысяче атмосферам. Короче говоря, если бы вам удалось опуститься в столь сказочные глубины океана, на каждый квадратный сантиметр вашего тела приходилось бы давление в тысячу килограммов. А вам известно, уважаемый Нед, сколько квадратных сантиметров имеет поверхность вашего тела?

— И понятия не имею, господин Аронакс.

— Около семнадцати тысяч.

— Да неужто?

— А так как в действительности атмосферное давление несколько превышает один килограмм на квадратный сантиметр, то семнадцать тысяч квадратных сантиметров вашего тела испытывают в настоящую минуту давление семнадцати тысяч пятисот шестидесяти восьми килограммов!

— А я этого не замечаю?

— А вы этого и не замечаете. Под этим огромным давлением ваше тело не сплющивается потому лишь, что воздух, находящийся внутри вашего тела, имеет столь же высокое давление. Отсюда совершенное равновесие между давлением извне и давлением изнутри, нейтрализующееся одно другим. Вот почему вы и не замечаете этого давления. Но в воде совсем другое дело.

— А-а! Понимаю, — отвечал Нед, внимательно слушавший. — Вода не воздух, она давит извне, а внутрь не проникает!

— Вот именно, Нед! На глубине тридцати двух футов вы будете испытывать давление в семнадцать тысяч пятьсот шестьдесят восемь килограммов; на глубине трехсот двадцати футов это давление удесятерится, то есть будет равно ста семидесяти пяти тысячам шестистам восьмидесяти килограммам; наконец, на глубине тридцати двух тысяч футов давление увеличится в тысячу раз, то есть будет равно семнадцати миллионам пятистам шестидесяти восьми тысячам килограммам; образно говоря, вас сплющило бы почище всякого гидравлического пресса!

— Фу-ты, дьявол! — сказал Нед.

— Ну-с, уважаемый гарпунер, если позвоночное длиной в несколько сот метров и крупных пропорций может держаться в таких глубинах, стало быть, миллионы квадратных сантиметров его поверхности испытывают давление многих миллиардов килограммов. Какой же мускульной силой должно обладать животное и какая должна быть сопротивляемость его организма, чтобы выдерживать такое давление!

— Надо полагать, — отвечал Нед Ленд, — что на нем обшивка из листового железа в восемь дюймов толщиною, как на броненосных фрегатах!

— Пожалуй, что так, Нед. И подумайте, какое разрушение может нанести подобная масса, ринувшись со скоростью курьерского поезда на корпус корабля!

— Да-а... точно... может статься... — отвечал канадец, смущенный цифровыми выкладками, но все же не желавший сдаваться.

— Ну-с, убедились вы, а?

— В одном вы убедили меня, господин естествоиспытатель, что, ежели подобные животные существуют в морских глубинах, надо полагать, они и впрямь сильны, как вы говорите.

— Но если б они не существовали, упрямый вы человек, так чем вы объясните случай с пароходом «Шотландия»?

— А тем... — сказал Нед нерешительно.

— Ну, ну, говорите!

— А тем... что все это враки! — ответил Нед, бессознательно повторяя знаменитый ответ Араго.

Но ответ этот доказывал лишь упрямство гарпунера и ничего более. В тот день я оставил его в покое. Происшествие с пароходом «Шотландия» не подлежало ни малейшему сомнению. Пробоина была настолько основательной, что ее пришлось заделывать, и я не думаю, что требовались доказательства более убедительные. Не могла же пробоина возникнуть сама собою; а поскольку всякая мысль о возможности удара о подводный риф или какой-либо китобойный снаряд исключалась, все приписывалось таранящему органу животного.

Итак, в силу соображений, изложенных выше, я относил животное к подтипу позвоночных, классу млекопитающих, к отряду китообразных. Что же касается семейства, что же касается рода, вида, к которому его надлежало отнести, это выяснится только впоследствии. Чтобы разрешить этот вопрос, нужно было вскрыть неизвестное чудовище, чтобы вскрыть, нужно было его изловить, чтобы изловить, нужно было его загарпунить, — это было делом Неда Ленда, — чтобы загарпунить, нужно было его выследить, — а это было делом всего экипажа, — а чтобы его выследить, нужно было его встретить, — что было уже делом случая!

5. Наудачу!

Вначале плавание «Авраама Линкольна» протекало однообразно. Только однажды случай предоставил Неду Ленду проявить свою удивительную сноровку, снискавшую ему всеобщее уважение.

Тридцатого июня, на широте Фолклендских островов, фрегат снесся с встречным американским китобойным судном «Монроэ»; но оказалось, что там ничего не слышали о нарвале. Капитан китобоя, узнав, что на борту «Авраама Линкольна» находится Нед Ленд, обратился к нему с просьбой помочь им загарпунить кита, которого они выследили в здешних водах. Капитан Фарагут, любопытствуя увидеть Неда Ленда в деле, разрешил гарпунеру перейти на борт «Монроэ». Охота сложилась удачно для нашего канадца. Вместо одного кита он загарпунил двух: одного уложил на месте, попав гарпуном в самое сердце, за другим пришлось охотиться несколько минут!

Право, не поручусь за жизнь животного, доведись ему иметь дело с гарпунером Недом Лендом!

Мы прошли с большой скоростью мимо юго-восточного берега Южной Америки, и 3 июля, на долготе мыса Дев, были, наконец, у входа в Магелланов пролив. Но капитан Фарагут не пожелал входить в этот извилистый пролив и взял курс на мыс Горн.

Экипаж единодушно одобрил решение капитана. И в самом деле, возможно ли было встретить нарвала в этом узком проходе? Матросы в большинстве были убеждены, что чудовище «слишком толсто, чтобы заплыть в такую щель».

Шестого июля, около трех часов пополудни, «Авраам Линкольн» обогнул в пятнадцати милях к югу тот уединенный остров, ту скалу на оконечности Южной Америки, которую голландские моряки назвали, в честь своего родного города, мысом

Горн. Обогнув мыс Горн, мы взяли курс на северо-запад, и на другое утро винт фрегата рассекал воды Тихого океана.

«Гляди в оба! Гляди в оба!» — говорили друг другу матросы «Авраама Линкольна».

И они действительно смотрели во все глаза. Награда в две тысячи долларов прельщала каждого. И глаза и зрительные трубы не знали ни минуты покоя! И днем и ночью пристально вглядывались в поверхность океана; и люди, страдающие никталопией, имели вдвое больше шансов получить премию, потому что в темноте они отлично видели.

Премия не прельщала меня, но тем не менее я внимательно вглядывался в море. Наскоро обедал, тревожно спал. И, несмотря на палящий зной, несмотря на проливные дожди, не уходил с палубы. То перегнувшись через борт на баке, то опершись о поручни на шканцах, я жадно впивался глазами в вспененные гребни бурунов, исчертивших морскую ширь до самого горизонта! И сколько раз приходилось мне волноваться вместе с экипажем, стоило из воды выступить черной спине кита! Валили валом матросы на палубу. Затаив дыхание, напрягая зрение, вся команда следила за животным. Я тоже смотрел, смотрел, рискуя повредить сетчатку, ослепнуть! Флегматичный Консель неизменно говорил:

— Господин профессор видел бы много лучше, если бы меньше утруждал глаза!

Но напрасны были наши треволнения! Случалось, «Авраам Линкольн», лавируя, чуть ли не вплотную подходил к выслеженному животному. Но оказывалось, это был обыкновенный кит или кашалот, который пускался в бегство при криках взбешенной команды.

Погода стояла прекрасная. Плавание проходило при благоприятных условиях, хотя время года было самое дождливое, потому что в Южном полушарии июль соответствует нашему европейскому январю; море было спокойное, видимость отличная.

Нед Ленд по-прежнему относился скептически к нашим тревогам. Он демонстративно не выходил на палубу в часы, свободные от вахты. А между тем удивительная острота его зрения могла бы сослужить большую службу! Но упрямый канадец из двенадцати часов предпочитал восемь проводить в своей каюте за книжкой или просто валяться на койке. Сотни раз я упрекал его в равнодушии.

— Ба, господин профессор! — отвечал он. — Да если б эта тварь и существовала, много ли у нас шансов выследить ее? Ведь мы гоняемся за зверем наудачу, не так ли? Говорят, что видели это пресловутое животное в северных водах Тихого океана? Положим. Так ведь с той поры прошло два месяца, а судя по нраву вашего нарвала, он не любит киснуть на месте! Вы ж сами говорите: «Одарено, мол, необыкновенной быстротой движения!» А вы знаете лучше меня, господин профессор, что природа ничего не создает без цели. И она не одарила бы животное, ленивое по натуре, резвостью движений. А стало быть, если наше животное и существует, оно уже далеко отсюда!

Все это так! Мы шли наудачу. Но что было делать? Шансы на встречу с нарвалом все уменьшались. И все же никто не сомневался в успехе, и ни один матрос не стал бы биться об заклад насчет факта существования животного и скорой встречи с ним.

Двадцатого июля мы вторично пересекли тропик Козерога под 105° долготы, а двадцать седьмого числа того же месяца перевалили за экватор на сто десятом меридиане. Отсюда фрегат взял курс на запад, к центральному бассейну Тихого океана. Капитан Фарагут весьма резонно рассудил, что нарвала можно скорее встретить в глубоководных зонах, вдали от материков и крупных островов, приближаться к которым животное избегало, потому, видимо, что «прибрежные воды для него мелки», как объяснял нам боцман.

Фрегат прошел в виду островов Паумоту, Маркизских, Сандвичевых, пересек тропик Рака под 132° долготы и направился в Китайские моря.

Наконец-то мы были на театре последних подвигов чудовища! И, сказать правду, вся жизнь на судне замерла. Сердца у всех учащенно бились, и, конечно, для большинства из нас сердечные заболевания были обеспечены. Все были возбуждены до крайности. Люди не ели, не спали. Раз двадцать в день какая-нибудь ошибка в вычислении, обман зрения какого-нибудь матроса, взобравшегося на кабестан, приводили нас в волнение. Нервы наши находились в состоянии крайнего возбуждения, что грозило вызвать скорую реакцию.

И реакция не замедлила наступить. Три месяца — целые три месяца, когда каждый день казался вечностью, — «Авраам Линкольн» бороздил моря северной части Тихого океана в погоне за встречными китами, круто меняя курс, ложась с галса на галс, то резко замедляя ход, то разводя пары с риском вывести машину из строя. Не осталось неисследованной ни одной точки от берегов Японии до американских берегов. Но все тщетно! Пустынны были океанские воды! Ни признака гигантского нарвала, ни признака какого-либо подводного острова или плавающего рифа, ни призрака потонувшего судна, блуждающего в здешних водах, словом, никакой фантастики!

Наступила реакция. Уныние вызвало упадок духа, открыло дорогу неверию. Возбуждению, царившему на борту, заступило другое чувство: на одну треть это было чувство стыда, на две трети — чувство злобы. «Остаться в дураках», гоняясь за химерой, — вот что особенно злило! Ворох доказательств, нагроможденный в течение года, рухнул, и каждый спешил наверстать даром потраченные часы сна и отдыха!

С непостоянством, свойственным людям, команда из одной крайности бросалась в другую. Самые горячие сторонники экспедиции, к несчастью, стали самыми яростными противниками ее. Упадочное настроение охватило весь корабль, начиная от кубрика до кают-компании, и, если б неудивительное упорство капитана Фарагута, фрегат, несомненно, поворотил бы носом к югу.

Напрасные поиски не могли, однако, продолжаться бесконечно. Экипажу «Авраама Линкольна» не приходилось винить себя за неудачу, он сделал все, что только от него зависело. Никогда еще матросы американского флота не выказывали такого терпения и усердия. Они были неповинны, что экспедиция не имела успеха. Оставалось скорее вернуться на родину.

Заявление в этом духе было сделано капитану. Капитан стоял на своем. Матросы не скрывали своего недовольства, и дисциплина на судне упала. Я не хочу сказать, что на борту начался бунт, но все же после непродолжительного сопротивления капитан Фарагут, как некогда Колумб, вынужден был просить три дня отсрочки. Если в течение трех дней чудовище не будет обнаружено, рулевой положит руль на борт, и «Авраам Линкольн» направит свой бег в сторону европейских морей.

Обещание было дано 2 ноября. Настроение команды сразу поднялось. С новой энергией люди всматривались в океанские воды. Каждый хотел бросить последний взгляд на море в надежде на успех. Зрительные трубы снова пошли в ход. Это был последний торжественный вызов гиганту-нарвалу, и чудовище не имело причины уклониться от требования «предстать перед судом»!

Два дня истекли. «Авраам Линкольн» шел под малыми парами. Команда придумывала тысячу способов, чтобы привлечь внимание животного или «расшевелить» его, в случае если оно находится в здешних водах. Огромные куски сала, привязанные к веревкам, волочились за кормой, — кстати сказать, к великому удовольствию акул! «Авраам Линкольн» лежал в дрейфе, а вокруг него шлюпки бороздили море во всех направлениях, не оставляя без внимания ни одной точки на его поверхности. Наступил вечер 4 ноября, а подводная тайна так и оставалась тайной!

В полдень 5 ноября истекал указанный срок. С последним ударом часов капитан Фарагут, верный своему слову, должен был отдать приказание повернуть на юго-восток и покинуть воды северной части Тихого океана.

Фрегат находился тогда под 31°15′ северной широты и 136°42′ восточной долготы. Японские берега оставались менее чем в двухстах милях под ветром. Ночь наступала. Пробило восемь часов. Густые облака заволокли серп луны, вступившей в свою первую четверть. Легкими волнами разбегалась вода из-под форштевня фрегата.

Я стоял на баке, опершись на поручни штирборта. Консель, находившийся рядом, смотрел прямо перед собой. Матросы, взобравшись на ванты, наблюдали за горизонтом, который все суживался из-за сгущавшейся темноты. Офицеры, приставив к глазам ночные бинокли, обшаривали воды, окутанные предвечерней мглой. Порою лунный луч, прорвавшись в просветы облаков, бросал серебряные блики на темную поверхность океана. Но находили тучи, и серебряный след гас во мраке.

Глядя на Конселя, я решил, что впервые за все это время он поддался общему настроению. Так по крайней мере мне показалось. Возможно, что впервые в жизни нервы его напряглись под влиянием любопытства.

— Ну-с, Консель, — сказал я, — последний раз представляется случай заработать две тысячи долларов!

— С позволения господина профессора, скажу, — отвечал Консель, — что я никогда не рассчитывал на эту премию. И если бы правительство Соединенных Штатов пообещало не две тысячи долларов, а сто, оно не потеряло бы ни копейки!

— Ты прав, Консель. Дурацкая затея! И мы поступили легкомысленно, впутавшись в это дело. Сколько времени потеряно даром! Сколько напрасных волнений! Еще шесть месяцев назад мы могли бы вернуться во Францию…

— В квартирку господина профессора, — заметил Консель, — в Парижском музее! И я бы уже классифицировал ископаемых из коллекции господина профессора! Бабирусса, вывезенная господином профессором, сидела бы теперь в клетке в Ботаническом саду и привлекала к себе любопытных со всех концов столицы!

— Все это так и было бы, Консель! И, воображаю, как над нами будут смеяться!

— Уж действительно! — отвечал спокойно Консель. — Я думаю, что будут смеяться над господином профессором. Не знаю, говорить ли…

— Говори, Консель.

— …и господин профессор заслужил насмешки.

— Помилуй!

— Когда имеешь честь быть ученым, как господин профессор, не следует пускаться…

Консель не окончил своей любезности. Глубокую тишину нарушил громкий возглас. Это был голос Неда Ленда.

Нед Ленд кричал:

— Ого-го! Наша-то штука под ветром, перед самым нашим носом!

6. Под всеми парами

Весь экипаж кинулся к гарпунеру: капитан, офицеры, матросы, юнги, даже механики, бросившие свои машины, даже кочегары, покинувшие свои топки. Был отдан приказ остановить судно, и фрегат шел лишь в силу инерции.

Ночь была темная; и я удивился, как мог канадец, при всей своей зоркости, что-нибудь увидеть в таком мраке. Сердце у меня так билось, что готово было разорваться.

Но Нед Ленд не ошибся. И вскоре мы все увидели предмет, на который он указывал.

В двух кабельтовых от «Авраама Линкольна», за штирбортом, море, казалось, было освещено изнутри. Это не было обычным явлением свечения моря. Чудовище, всплыв в поверхностные водные слои, отдыхало в нескольких туазах[6] под уровнем океана, и от него исходил этот яркий, необъяснимой силы свет, о котором упоминали в своих донесениях многие капитаны. Какой необычайной мощностью должны были обладать светящиеся органы живого организма, излучавшие столь великолепное сияние! Светящийся предмет имел контуры огромного, удлиненной формы, овала, в центре которого, как в фокусе, свет был особенно ярок, по мере же приближения к краям ослабевал.

— Да это просто скопление фосфоресцирующих организмов! — воскликнул один из офицеров.

— Вы ошибаетесь, сударь, — возразил я решительно. — Никогда фолады или сальпы не выделяют столь светящееся вещество. Это свет электрического происхождения... Впрочем, посмотрите, посмотрите-ка! Свет перемещается! То приближается, то удаляется, Теперь он направляется на нас!

На палубе поднялся крик.

---

[6] Туаз равен 1,949 метра.

— Смирно! — скомандовал капитан Фарагут. — Руль под ветер! Задний ход!

Все кинулись по своим местам: кто к рулю, кто в машинное отделение. И «Авраам Линкольн», развернувшись на бакборт, описал полукруг.

— Право руля! Ход вперед! — командовал капитан Фарагут.

Фрегат забрал большой ход и стал удаляться от светящейся точки.

Я ошибся. Фрегат хотел только удалиться, но сверхъестественное животное погналось за ним со скоростью, превышавшей скорость его хода.

Мы затаили дыхание. Пожалуй, даже не страх, а удивление приковало нас к месту. Животное гналось за нами, как бы играя. Оно сделало оборот вокруг судна, которое шло со скоростью четырнадцати узлов, обдав его каскадом электрических лучей, словно светящейся пылью, и мгновенно оказалось на расстоянии двух или трех миль от нас, оставив за собою в море фосфоресцирующий след, напоминавший клубы дыма, которые выбрасывает локомотив курьерского поезда. И вдруг из-за темной линии горизонта, куда оно отступило, чтобы взять разбег, чудовище ринулось на «Авраама Линкольна» с устрашающей быстротой и, круто оборвав свой бег в двадцати футах от борта, погасло. Нет! Оно не ушло под воду, иначе яркость его свечения уменьшалась бы постепенно, — оно погасло сразу, словно источник этого светового потока мгновенно иссяк. И сразу же появилось по другую сторону судна, не то обойдя его, не то проскользнув под его корпусом. Каждую секунду могло произойти роковое столкновение.

Маневры фрегата меня удивляли. Корабль спасался бегством, а не вступал в бои. Фрегату надлежало преследовать морское чудовище, а тут чудовище преследовало фрегат! Я обратил на это внимание капитана Фарагута. В эту минуту на его бесстрастном лице было написано крайнее недоумение.

— Господин Аронакс, — сказал он в ответ, — я не знаю, с каким грозным зверем имею дело, и не хочу рисковать своим фрегатом в ночной тьме. И как прикажете атаковать неизвестное животное? Как от него защищаться? Подождем рассвета, тогда роли переменятся.

— Вы, стало быть, не сомневаетесь уже в природе этого явления, капитан?

— Видите ли, сударь, по всей вероятности, это гигантский нарвал, притом электрический нарвал!

— Пожалуй, — сказал я, — он так же опасен, как гимнот или электрический скат.

— Ну, а если у этого зверя еще и органы электрические, то это поистине самое страшное животное, когда-либо созданное рукою творца! — ответил капитан. — Поэтому, сударь, я принимаю все меры предосторожности.

Экипаж фрегата был на ногах всю ночь. Никто глаз не сомкнул. «Авраам Линкольн», оказавшись не в состоянии состязаться в скорости с морским животным, умерил ход и шел под малыми парами. Нарвал, подражая фрегату, лениво покачивался на волнах и, казалось, не обнаруживал желания покинуть поле битвы.

Около полуночи он все же исчез, или, говоря точнее, «угас», как гигантский светлячок. Не скрылось ли животное в морские глубины? Мы не смели на это надеяться. Был час ночи в исходе, когда послышался оглушительный свист. Казалось, что где-то поблизости, вырвавшись из океанских пучин, забил мощный фонтан.

Капитан Фарагут, Нед Ленд и я стояли в этот момент на юте и с жадностью всматривались в ночной мрак.

— А часто ли вам, Нед Ленд, приходилось слышать, как киты выбрасывают воду? — спросил капитан.

— Частенько, сударь! Но ни разу не доводилось встречать кита, один вид которого принес бы мне две тысячи долларов.

— В самом деле, вы заслужили премию. Ну, а скажите мне, когда кит выбрасывает воду из носовых отверстий, он производит такой же шипящий свист?

— Точь-в-точь! Но только шуму побольше. Ошибки быть не может. Ясно, что к нам пришвартовалось китообразное, которое водится в здешних водах. С вашего позволения, сударь, — прибавил гарпунер, — на рассвете я скажу ему пару теплых слов!

— Если он будет в настроении вас выслушать, мистер Ленд, — заметил я с некоторым сомнением.

— Когда я подберусь к нему на расстояние четырехкратной длины гарпуна, — возразил канадец, — так придется выслушать!

— Но ведь для этого я должен дать вам вельбот? — спросил капитан.

— Само собою.

— И рисковать жизнью гребцов?

— И моей! — просто сказал гарпунер.

Около двух часов ночи, под ветром, в пяти милях от «Авраама Линкольна», опять появился столь же интенсивно светящийся предмет. Несмотря на расстояние, несмотря на шум ветра и моря, явственно слышался могучий всплеск хвостом и астматическое дыхание животного. Казалось, что воздух, подобно пару в цилиндрах машины в две тысячи лошадиных сил, врывался в легкие этого гиганта моря, когда он, всплыв на поверхность океана, переводил дыхание.

«Ну, — подумал я, — хорош кит, который может помериться силами с целым кавалерийским полком!»

До рассвета мы были настороже и готовились к бою. Китоловные сети были положены по бортам судна. Помощник капитана приказал приготовить мушкетоны, выбрасывающие гарпун на расстояние целой мили, и держать наготове ружья, заряженные разрывными пулями, которые бьют наповал даже самых крупных животных. Нед Ленд ограничился тем, что наточил свой гарпун — орудие смертоносное в его руках.

В шесть часов начало светать; и с первыми лучами утренней зари померкло электрическое сияние нарвала. В семь часов почти совсем рассвело; но густой утренний туман застилал горизонт, и в самые лучшие зрительные трубы ничего нельзя было разглядеть. Каково было наше разочарование и гнев, можно себе представить!

Я взобрался на бизань-мачту. Несколько офицеров влезли на марсовые площадки.

В восемь часов густые клубы тумана поплыли над волнами и медленно начали подниматься вверх. Линия горизонта расширилась и прояснилась.

Неожиданно, как и накануне, послышался голос Неда Ленда.

— Глядите-ка! Эта штука с левого борта, за кормой! — кричал гарпунер.

Все взгляды устремились в указанном направлении.

Там, в полутора милях от фрегата, виднелось какое-то длинное темное тело, выступавшее примерно на метр над поверхностью воды. Волны пенились под мощными ударами его хвоста. Никогда еще не доводилось наблюдать, чтобы хвостовой плавник разбивал волны с такой силой! Ослепляющий своей белизною след, описывая дугу, отмечал путь животного.

Фрегат приблизился к китообразному животному. Я стал внимательно вглядываться в него. Донесения «Шанона» и «Гельвеции» несколько преувеличили его размеры. По-моему, длина животного не превышала двухсот пятидесяти футов. Что касается толщины, то ее трудно было определить; все же у меня создалось впечатление, что животное удивительно пропорционально во всех трех измерениях.

В то время как я наблюдал за этим диковинным существом, из его носовых отверстий вырвались два водяных столба, которые рассыпались серебряными брызгами на высоте сорока метров. Теперь у меня было некоторое представление о том, как нарвал дышит. И я пришел к выводу, что животное принадлежит к подтипу позвоночных, к классу млекопитающих, отряду китообразных, семейству... Вот этого я еще не решил. Отряд китообразных включает в себя китов, кашалотов и дельфинов; к последним причисляются и нарвалы. Каждое семейство подразделяется на роды, роды на виды, виды... Я не мог еще определить, к какому роду и виду относится животное; но я не сомневался, что пополню пробел в классификации с помощью неба и капитана Фарагута.

Команда с нетерпением ожидала приказаний начальника. Капитан некоторое время внимательно наблюдал за животным, затем приказал позвать старшего механика. Тот явился.

— Пары разведены? — спросил капитан.

— Точно так! — ответил механик.

— Так-с! Усилить давление! Дать полный ход!

Троекратное ура грянуло в ответ на приказ. Час боя настал. Спустя несколько секунд из двух труб фрегата повалили клубы черного дыма, палуба сотрясалась от клокотания пара в котлах, работавших под высоким давлением.

Мощный винт заработал, и «Авраам Линкольн» под всеми парами устремился к животному. Животное подпустило к себе корабль на расстояние полукабельтова. Затем поплыло не спеша, держась на почтительном расстоянии.

По крайней мере три четверти часа продолжалась погоня, но фрегат не выиграл и двух туазов. Было очевидно, что при такой скорости животного не настигнуть.

Капитан Фарагут в ярости теребил свою густую бороду.

— Нед Ленд! — крикнул он.

Канадец подошел.

— Ну-с, мистер Ленд, — сказал капитан, — не пора ли спустить шлюпки?

— Придется повременить, сударь, — отвечал Нед Ленд. — Покуда эта тварь сама не пожелает даться в руки, ее не возьмешь!

— Что же делать?

— Поднять давление пара, если это возможно, сударь. Я же, с вашего позволения, помещусь на бушприте и, как только мы подойдем поближе, ударю по этой твари гарпуном.

— Ступайте, Нед, — ответил капитан Фарагут. — Увеличить давление пара! — скомандовал он механикам.

Нед Ленд занял свой пост. Заработали топки, и винт стал давать сорок три оборота в минуту; пар клубами вырывался наружу через клапаны. Брошенный в воду лаг показал, что «Авраам Линкольн» делает восемнадцать с половиною миль в час.

Но и проклятое животное плыло со скоростью восемнадцати с половиною миль в час!

В течение часа фрегат шел на такой скорости, не выиграв ни одного туаза! Как это было унизительно для одного из самых быстроходных судов американского флота! Команда приходила в бешенство. Матросы проклинали морское чудовище, но оно и в ус не дуло! Капитан Фарагут уже не теребил свою бородку, а кусал ее.

Снова был призван старший механик.

— Давление доведено до предела? — спросил капитан.

— Точно так, капитан, — отвечал тот.

— Сколько атмосфер?..

— Шесть с половиной.

— Доведите до десяти.

Поистине американский приказ! Капитан парохода какой-нибудь частной компании на Миссисипи, в стремлении обогнать «конкурента», не мог бы поступить лучше!

— Консель, — сказал я моему верному слуге, — мы, как видно, взлетим в воздух!

— Как будет угодно господину профессору! — отвечал Консель.

Признаюсь, отвага капитана была мне по душе.

Предохранительные клапаны были зажаты. Снова засыпали уголь на колосники. Вентиляторы нагнетали воздух в топки. «Авраам Линкольн» рвался вперед. Мачты сотрясались до самого степса, и вихри дыма с трудом прерывались наружу сквозь узкие отверстия труб.

Вторично бросили лаг.

— Сколько хода? — спросил капитан Фарагут.

— Девятнадцать и три десятых мили, капитан.

— Поднять давление!

Старший механик повиновался. Манометр показывал десять атмосфер. Но и чудовище шло «под всеми парами», делая без заметного усилия по девятнадцати и три десятых мили в час.

Какая гонка! Не могу описать своего волнения. Я дрожал всеми фибрами своего существа! Нед Ленд стоял на посту с гарпуном в руке. Несколько раз животное подпускало фрегат на близкое расстояние к себе.

— Настигаем! Настигаем! — кричал канадец.

Но в тот момент, когда он готовился метнуть гарпун, животное спасалось бегством, развивая скорость не менее тридцати миль в час. И в то время как мы шли с максимальной скоростью, животное, словно издеваясь над нами, описало вокруг нас большой круг! У всех нас вырвался крик бешенства.

В полдень нас отделяло от животного такое же расстояние, как и в восемь часов утра.

Капитан Фарагут решился, наконец, прибегнуть к более крутым мерам.

— А-а! — сказал он. — От «Авраама Линкольна» животное ускользает! Посмотрим, ускользнет ли оно от конических бомб! Боцман! Людей к носовому орудию!

Орудие на баке немедленно зарядили и навели. Раздался выстрел, но снаряд пролетел несколькими футами выше животного, которое находилось на расстоянии полумили от фрегата.

— Наводчика половчее! — скомандовал капитан. — Пятьсот долларов тому, кто пристрелит это исчадие ада!

Старый канонир с седой бородой, — я как сейчас вижу его спокойный взгляд и бесстрастное лицо, — подошел к орудию, тщательно навел его и долго прицеливался.

Не успел отзвучать выстрел, как раздалось многоголосое «ура!».

Снаряд попал в цель. Но удивительное дело! Скользнув по спине животного, выступавшей из воды, ядро, отлетев мили на две, упало в море.

— Ах, чтоб тебя! — вскрикнул взбешенный старик. — Да этот гад в броне из шестидюймового железа!

— Проклятие! — вскричал капитан Фарагут.

Охота возобновилась; и капитан, наклоняясь ко мне, сказал:

— Покуда фрегат не взлетит в воздух, я буду охотиться за этим зверем!

— Вы правильно поступите, — ответил я.

Можно было надеяться, что животное устанет, не выдержав состязания с паровой машиной. Ничуть не бывало! Часы истекали, а оно не-выказывало ни малейшего признака утомления.

К чести «Авраама Линкольна» надо сказать, он охотился за зверем с неслыханным упорством. Я думаю, что он сделал по меньшей мере пятьсот километров в этот злополучный день 6 ноября! Но наступила ночь и окутала мраком волнующийся океан.

В ту минуту мне казалось, что наша экспедиция окончена и мы никогда более не увидим фантастическое животное. Я ошибался.

В десять часов пятьдесят минут вечера снова вспыхнул электрический свет в трех милях под ветром от фрегата — столь же ясный, яркий, как и в прошлую ночь.

Нарвал лежал неподвижно. Быть может, утомившись за день, он спал, покачиваясь на волнах? Капитан Фарагут решил воспользоваться благоприятным моментом.

Он отдал нужные приказания. «Авраам Линкольн» взял малый ход, чтобы не разбудить своего противника. Встретить в открытом океане спящего кита вовсе не редкость, и сам Нед Ленд загарпунил не одного из них именно во время сна. Канадец снова занял свой пост на бушприте.

Фрегат бесшумно приблизился на два кабельтовых к животному. Тут машина была остановлена, и судно шло по инерции. На борту воцарилась тишина. Все затаили дыхание. Мы были всего в сотне футов от светящегося пространства. Сила свечения еще увеличилась и буквально слепила глаза.

Я стоял на баке, опершись о борт, и видел, как внизу, на бушприте, Нед Ленд, уцепившись одной рукой за мартинштаг, потрясал своим страшным орудием. Всего двадцать футов отделяло его от животного.

Вдруг рука Неда Ленда поднялась широким взмахом, и гарпун взвился в воздухе. Послышался звон, как при ударе по металлу.

Электрическое излучение угасло мгновенно, и два гигантских водяных столба обрушились на палубу фрегата, сбивая с ног людей, ломая фальшборты.

Раздался страшный треск, и, не успев схватиться за поручни, я вылетел за борт.

7. Кит неизвестного вида

Неожиданно упав в воду, я был ошеломлен, но сознание не потерял.

Меня сразу же увлекло на глубину около двадцати футов. Я хорошо плаваю; и хотя не притязаю состязаться с такими пловцами, как Байрон и Эдгар По, но, очутившись в воде, я не растерялся. Двумя сильными взмахами я всплыл на поверхность океана.

Я стал искать глазами фрегат. Заметили ли там мое исчезновение? Повернул ли «Авраам Линкольн» на другой галс? Догадался ли капитан Фарагут послать в поисках меня шлюпку? Есть ли надежда на спасение?

Мрак был полный. Я едва различил вдали какую-то темную массу, которая, судя по огням, постепенно угасавшим, удалялась на восток. Это был фрегат. Я погиб.

— На помощь! На помощь! — закричал я, пытаясь, что было силы, плыть вслед «Аврааму Линкольну».

Одежда стесняла меня. Намокнув, она прилипала к телу, затрудняла движения. Я шел ко дну! Я задыхался!..

— На помощь!

Я крикнул в последний раз. Захлестнуло рот водой. Я стал биться, но бездна втягивала меня…

Вдруг чья-то сильная рука схватила меня за ворот и одним рывком вытащила на поверхность воды. И я услышал, да, услышал, как у самого моего уха кто-то сказал:

— Если сударь изволит опереться на мое плечо, ему будет легче плыть.

Я схватил за руку верного Конселя.

— Это ты! — вскричал я. — Ты!

— Я, — отвечал Консель, — и в полном распоряжении господина профессора.

— Ты упал в воду вместе со мной?

— Никак нет. Но, состоя на службе у господина профессора, последовал за ним.

И он находил свой поступок естественным!

— А фрегат?

— Фрегат! — отвечал Консель, ложась на спину. — Не посоветовал бы я господину профессору рассчитывать на него!

— Что ты говоришь?

— А то, что, когда я прыгнул в море, вахтенный крикнул: «Гребной винт сломан!»

— Сломан?

— Да! Чудовище пробило его своим бивнем. Полагаю, что «Авраам Линкольн» отделался небольшой аварией. Но для нас это плачевная история. Фрегат потерял управление!

— Значит, мы погибли!

— Все может быть, — спокойно ответил Консель. — Впрочем, еще несколько часов в нашем распоряжении; а за несколько часов может многое случиться!

Хладнокровие невозмутимого Конселя ободрило меня. Я поплыл сколько хватало сил; но промокшая одежда сдавливала меня, как свинцовая оковка, и я с трудом держался на воде. Консель это заметил.

— Не позволит ли, сударь, разрезать на нем платье? — сказал он.

Вынув нож, Консель вспорол на мне одежду сверху донизу, и пока я его поддерживал на воде, он сдернул ее с меня.

Я в свою очередь оказал такую же услугу Конселю. И мы, держась друг возле друга, продолжали наше «плавание».

Все же положение не стало менее ужасным. Нашего исчезновения, возможно, и не заметили. А если бы и заметили, фрегат, потерявший управление, все равно в поисках нас не мог пойти против ветра. Рассчитывать можно было только на шлюпки.

Консель хладнокровно обсуждал все возможности нашего спасения и составил план действий. Удивительная натура! Флегматичный малый чувствовал себя тут как дома!

Итак, единственная надежда была на шлюпки «Авраама Линкольна». Стало быть, нам необходимо было как можно дольше продержаться на воде.

Экономя свои силы, мы решили действовать таким образом: в то время как один из нас, скрестив руки и вытянув ноги, будет отдыхать, лежа на спине, другой будет плыть, подталкивая перед собою отдыхающего. Мы сменяли друг друга каждые десять минут. Чередуясь таким образом, мы надеялись удержаться на поверхности воды несколько часов, а может быть, и до рассвета!

Слабая надежда! Но человек так уж создан, что никогда не теряет надежды. И все же нас было двое.

Но если б я, как это не парадоксально, и утратил всякие иллюзии, если б в минуту слабости и готов был сдаться без борьбы, — я *не мог бы* этого сделать!

Столкновение фрегата с нарвалом произошло около одиннадцати часов вечера. Стало быть, до рассвета оставалось почти восемь часов. Задача вполне выполнимая при условии чередования. Море было спокойное, плавание почти не утомляло нас. Время от времени я вглядывался в густой мрак, нарушаемый лишь фосфорическим свечением воды, встревоженной взмахами наших рук. Я глядел на светящиеся волны, которые, разбиваясь о мою руку, разбегались по широкому водному полю, испещренному свинцовыми бликами. Мы словно плыли в море ртути.

Около часу ночи меня внезапно охватила крайняя усталость. Руки и ноги сводило судорогой. Консель должен был поддерживать меня, и забота о нашем спасении пала на его долю. Вскоре я услыхал его прерывистое и тяжелое дыхание. Консель задыхался, и я понял, что долго он не выдержит.

— Оставь меня! Оставь! — говорил я.

— Оставить господина профессора! Ни за что! — отвечал он. — Я надеюсь утонуть первым.

В эту минуту луна выглянула из-за черной тучи, которую ветер гнал на юг. Поверхность океана заискрилась при лунном свете. Благодетельное сияние луны придало нам сил. Я поднял голову. Окинул взглядом горизонт. Вдали, на расстоянии пяти миль от нас, едва вырисовывался темный силуэт фрегата. Но ни одной шлюпки в виду!

Я хотел крикнуть. Но разве услышат мой голос на таком расстоянии! К тому же я не мог разомкнуть распухших губ. Консель собрался с силами и крикнул:

— На помощь! На помощь!

Остановившись на секунду, мы прислушались. Что это? Шум в ушах от прилива крови к голове? Или мне почудилось, что на крик Конселя ответили криком?

— Ты слышал? — прошептал я.

— Слышал!

И Консель опять отчаянно закричал.

Ошибиться было нельзя! Человеческий голос ответил на вопль Конселя! Был ли это голос такого же несчастного, как и мы, выброшенного в океанские пучины, такой же жертвы катастрофы, постигшей корабль? А не подают ли нам сигналы с шлюпки, невидимой в мраке ночи?

Консель, собрав последние силы и опершись на мое плечо, сведенное судорогой, высунулся наполовину из воды, но тут же упал обессиленный.

— Что ты видел?

— Я видел, — прошептал он, — я видел... помолчим лучше... побережем наши силы!

Что же он увидел? И вдруг мысль о морском чудовище впервые пришла мне в голову. Не увидел ли он морское чудовище?.. Ну, а человеческий голос?

Прошли те времена, когда Ионы укрывались в чреве китов!

Консель из последних усилий подталкивал меня перед собою. Порой он приподнимал голову и, глядя вдаль, кричал. На его крик отвечал голос, который становился все слышнее, словно бы приближаясь к нам.

Но слух отказывался мне служить. Силы мои иссякали, пальцы немели, плечо становилось ненадежной опорой, я не мог закрыть рта, сведенного в судорожной спазме. Я захлебывался соленой водой. Холод пронизывал меня до самых костей. Я в последний раз поднял голову и пошел ко дну...

И тут я натолкнулся на какое-то твердое тело. Я задержался на нем. Почувствовал, что меня выносит на поверхность воды, что дышать становится легче... я потерял сознание...

По-видимому, я скоро пришел в себя благодаря энергичному растиранию всего тела. Открыл глаза...

— Консель! — прошептал я.

— Сударь изволил звать меня? — отозвался Консель.

И при свете заходящей луны передо мной мелькнуло и другое лицо, которое я сразу же узнал.

— Нед! — вскрикнул я.

— Он самый, сударь! Как видите, все еще гоняюсь за премией! — отвечал канадец.

— Вас сбросило в воду при сотрясении фрегата?

— Так точно! Но мне повезло больше, чем вам. Я почти сразу же высадился на плавучий островок.

— На островок?

— Точнее сказать, оседлал нашего гигантского нарвала!

— Не понимаю вас, Нед, — сказал я.

— Видите ли, я сразу же смекнул, почему мой гарпун не мог пробить шкуру чудовища, а только скользнул по поверхности.

— Почему, Нед? Почему?

— А потому что это животное, господин профессор, заковано в стальную броню!

Ко мне внезапно вернулась способность мыслить, оживилась память, я пришел в себя.

Слова канадца окончательно отрезвили меня. Несколько оправившись от потрясения, я вскарабкался на спину этого неуязвимого существа или предмета. Я попробовал ударить по нему ногой. Тело было явно твердое, неподатливое, непохожее на мягкую массу тела крупных морских млекопитающих!

Но это могло быть костным панцирем, подобно сплошной костяной крышке черепа допотопных животных? А если так, то мне пришлось бы отнести чудовище к допотопным пресмыкающимся типа черепах или крокодилов.

Но нет! Отливающая черным глянцем спина, на которой я стоял, была гладкой, отполированной, а не чешуйчатой. При ударе она издавала металлический звук и, как это не удивительно, была склепана из листового железа.

Сомнения не было! То, что принимали за животное, за чудовище, за необычайное явление природы, поставившее в тупик весь ученый мир, взволновавшее воображение моряков обоих полушарий, оказалось еще более чудесным явлением: созданием рук человеческих!

Доведись мне установить существование самого фантастичного, полумифического животного, я не был бы удивлен в такой степени. В том, что природа творит чудеса, нет ничего удивительного, но увидеть своими глазами нечто чудесное, сверхъестественное и притом созданное человеческим гением, — тут есть над чем задуматься!

Однако раздумывать долго не было времени. Мы лежали на поверхности невиданного подводного судна, напоминавшего собою, насколько я мог судить, огромную стальную рыбу. Мнение Неда Ленда на этот счет уже сложилось. Нам с Конселем приходилось только согласиться с ним.

— Если это и в самом деле судно, — сказал я, — то должны быть и машины, приводящие его в движение, и экипаж для управления им?

— Ну, как полагается! — отвечал гарпунер. — Но вот уже три часа, как я торчу на этом плавучем островке, а не заметил никаких признаков жизни.

— Что ж, судно движется?

— Нет, господин Аронакс! Покачивается себе на волнах, а с места не трогается.

— Ну, мы-то знаем, как нельзя лучше, какова быстроходность этого судна! Чтобы развить такую скорость, нужны машины, а чтобы управлять машинами, нужны механики, из чего я заключаю, что… мы спасены!

— Гм! — с сомнением произнес Нед.

В этот момент, словно в подтверждение моих слов, за кормой этого фантастического судна послышалось какое-то шипенье. Видимо, пришли в движение лопасти гребного винта, и судно дало ход. Мы едва успели схватиться за небольшое возвышение в носовой части, выступавшее из воды сантиметров на восемьдесят. К счастью, судно шло на умеренной скорости.

— Покуда этот поплавок держится на поверхности, — ворчал Нед Ленд, — мне нечего возразить. Но ежели ему придет фантазия нырнуть, я не дам и двух долларов за свою шкуру!

Канадец мог бы дать за нее и того меньше. Надо было безотлагательно вступать в переговоры с людьми, заключенными в этот плавучий механизм. Я стал ощупывать поверхность, отыскивая какой-нибудь люк, отверстие, какую-нибудь «горловину», говоря техническим языком; но ряды заклепок, плотно пригнанных к краям стальной обшивки, не оставляли пустого места.

Луна зашла за горизонт, и мы оказались в полнейшей темноте. Нужно было ожидать рассвета, чтобы попытаться проникнуть внутрь подводного судна.

Итак, наша жизнь всецело зависела от прихоти таинственных кормчих, управлявших судном! Вздумай они пойти под воду, и мы погибли! В противном случае я не сомневался в возможности войти с ними в сношение. И в самом деле, если только они не вырабатывали кислород химическим способом, им приходилось время от времени всплывать на поверхность океана, чтобы возобновить запасы чистого воздуха! А стало быть, имелось какое-то отверстие, через которое воздух поступает внутрь судна.

Тщетны были надежды на помощь капитана Фарагута! Мы шли на запад на умеренной скорости, не более, я думаю, двенадцати миль в час. Лопасти винта разрезали воду с математической равномерностью, выбрасывая время от времени в воздух целые снопы фосфоресцирующих брызг.

Около четырех часов утра скорость хода возросла. Мы с трудом удерживались на полированной поверхности судна, с головокружительной быстротой рассекавшего океанские волны, которые неистово хлестали нас со всех сторон. Хорошо, что Нед нащупал якорное кольцо, вделанное в стальную обшивку! Мы поспешили покрепче за него ухватиться.

Истекла и эта долгая ночь.

Мне трудно восстановить в памяти все, что было пережито мной в ту ночь! Помню, что порою, когда шум ветра и грохот волн стихал, доносились издалека беглые аккорды, обрывки мелодии. Что за таинственное подводное судно? Куда держит дно путь? Что за люди находятся в нем? Что за удивительный механический двигатель позволяет ему развивать такую бешеную скорость?

Рассвело. Утренний туман окутал нас своей пеленой. Но и туман рассеялся. Я хотел уже приступить к тщательному осмотру верхней части корпуса, выступавшей из воды в виде горизонтальной плоскости, как вдруг почувствовал, что судно медленно погружается в воду.

— Эй вы, дьяволы! — закричал Нед Ленд, стуча ногами по гулкому металлу. — Отпирайте, да поживее! Горе-мореплаватели!

Но трудно было что-либо услышать из-за оглушительного шума гребного винта. К счастью, погружение в морские глубины приостановилось.

Изнутри судна послышался лязг отодвигаемых засовов. Поднялась крышка люка. Оттуда выглянул человек; он выкрикнул какое-то непонятное слово и мгновенно исчез.

Несколько минут спустя из люка вышли восемь дюжих молодцов с закрытыми лицами; и они молча повлекли нас внутрь своего грозного подводного корабля.

8. Mobilis in mobile

Столь бесцеремонное похищение свершилось с быстротой молнии. Мы буквально не успели опомниться. Не знаю, что чувствовали мои спутники, очутившись в плавучей тюрьме, но у меня мороз пробежал по коже. С кем мы имели дело? Несомненно, с пиратами новой формации, которые разбойничали на морях по вновь изобретенному ими способу.

Едва крышка узкого люка захлопнулась, я оказался в полной темноте. Глаза, привыкшие к дневному свету, отказывалась служить в этом мраке. Я ощупью шел, ступая босыми ногами по ступенькам железной лестницы. Вслед за мной вели Неда Ленда и Конселя. Внизу лестницы находилась дверь, которая распахнулась и, пропустив нас, со звоном захлопнулась.

Мы остались одни. Куда мы попали? Что можно было сказать? Я представить себе не мог, где мы находимся. Все было погружено во мрак. Мрак был настолько полный, что даже спустя несколько минут нельзя было уловить ни малейшего проблеска света, мерцание которого чувствуется в самую темную ночь.

Нед Ленд, взбешенный грубостью обращения, дал волю своему негодованию.

— Тысяча чертей! — кричал он. — Эти люди превзошли в гостеприимстве каледонских дикарей! Недостает только, чтобы они оказались людоедами. Меня это нисколько не удивит, но я заранее заявляю, что добровольно на съедение не отдамся!

— Полноте, друг Нед, полноте! — говорил невозмутимый Консель. — Не кипятитесь раньше времени. Мы еще не на сковороде!

— Не на сковороде, — отвечал канадец, — но в печке-то уж наверно! И тьма кромешная. К счастью, мой «bowie-knife»[7] при мне,

---

[7] Нож с широким лезвием (англ.).

и не требуется много света, чтобы его пустить в ход! Пусть только хоть один бандит тронет меня...

— Не волнуйтесь, Нед, — сказал я гарпунеру, — и не ставьте нас в неприятное положение своей напрасной горячностью. Кто знает, не подслушивают ли нас? Попытаемся лучше выяснить, где мы находимся!

Я пошел ощупью. Пройдя шагов пять, я уперся в стену, обитую листовым железом. Двинувшись вдоль стены, я наткнулся на деревянный стол, возле которого стояло несколько скамеек. Пол нашей тюрьмы покрыт был толстой циновкой из формиума, заглушавшей шаги. На голых стенах не было и признака двери или окна. Консель, пустившийся в обход в другую сторону, столкнулся со мной, и мы оба вышли на середину камеры, имевшей в длину примерно футов двадцать, а в ширину футов десять. Что касается высоты, то Нед Ленд, несмотря на свой рост, не мог дотянуться рукой до потолка.

Прошло полчаса, а все оставалось по-прежнему. И вдруг наши глаза, привыкшие к полной темноте, ослепил яркий свет. Наша тюрьма внезапно осветилась. Свет был настолько ярок, что в первый момент я невольно зажмурил глаза. Я узнал этот беловатый слепящий свет, заливавший в ту страшную ночь все пространство вокруг подводного корабля, свет, который мы принимали за великолепное явление фосфоресценции морских организмов! Когда я открыл глаза, я увидел, что живительный свет исходил из электрической арматуры в виде полушария, вделанного в потолок кабины.

— Наконец-то стало светло! — вскричал Нед Ленд, стоявший в оборонительной позе, с ножом в руке.

— Да, но положение наше не прояснилось! — отвечал я.

— Пусть господин профессор запасется терпением, — сказал невозмутимый Консель.

При электрическом освещении можно было разглядеть кабину в мельчайших подробностях. Обстановка состояла из стола и пяти скамеек. Потайная дверь, видимо, закрывалась герметически. Ни единого звука извне не доносилось до наших ушей. Казалось, все умерло на этом судне. Плыли ли мы по поверхности океана? Погрузились ли в морские пучины? Этого нельзя было угадать.

Но не напрасно же зажегся светоносный шар! У меня блеснула надежда, что кто-нибудь из экипажа судна не замедлит появиться. Если хотят забыть о людях, не освещают подземные темницы!

Я не обманулся в ожиданиях. Послышался лязг затворов, дверь открылась, вошли два человека.

Один был невысок ростом, мускулист, широкоплеч, с большой головой, всклокоченными черными волосами, усатый, остроглазый. Все его обличие южанина носило на себе отпечаток чисто французской живости, выдававшей в нем провансальца. Дидро справедливо сказал, что характер человека сказывается в его движениях, а этот крепыш мог служить тому живым доказательством. Чувствовалось, что язык его красочен, щедр на прибаутки, образные выражения, на своевольные обороты речи. Впрочем, я не мог в этом убедиться, потому что в нашем присутствии они изъяснялись на странном неизвестном мне наречии.

Второй незнакомец заслуживает более подробного описания. Для ученика Грасиоле и Энгеля его лицо было открытой книгой. Я не колеблясь признал основные черты характера этого человека: уверенность в себе, о чем свидетельствовали благородная посадка головы, взгляд черных глаз, исполненный холодной решимости, спокойствие, ибо бледность его кожи говорила о хладнокровии, непреклонность воли, что выдавало быстрое сокращение надбровных мышц, — наконец, мужество, ибо его глубокое дыхание изобличало большой запас жизненных сил.

Прибавлю, что это был человек гордый, взгляд его, твердый и спокойный, казалось, выражал возвышенность мысли; и во всем его облике, в осанке, движениях, в выражении его лица сказывалась, если верить наблюдениям физиономистов, прямота его натуры.

В его присутствии я «невольно» почувствовал себя в безопасности, и свидание с ним предвещало благополучное разрешение нашей участи.

Сколько было лет этому человеку? Ему можно было дать и тридцать пять и пятьдесят! Он был высокого роста; резко очерченный рот, великолепные зубы, рука, тонкая в кисти, с удлиненными пальцами, в высшей степени «психическая», заимствуя определение из словаря хиромантов, то есть характерная для натуры возвышенной и страстной, все в нем было исполнено благородством. Словом, этот человек являл собою совершенный образец мужской красоты, какой мне не доводилось встречать. Вот еще примечательность его лица: глаза, широко расставленные, могли объять взглядом целую четверть горизонта! Эта способность, — как я узнал позднее, — сочеталась с остротой зрения, превосходившей зоркость Неда Ленда. Когда незнакомец устремлял на что-либо свой взгляд, брови его сдвигались; он прищуривал глаза, ограничивая поле зрения, и смотрел! Что за взгляд! Он пронизывал душу! Он проникал сквозь водные слои, непроницаемые для наших глаз, вскрывал тайны морских глубин!..

Оба незнакомца были в беретах из меха морской выдры, обуты в высокие морские сапоги из тюленьей кожи. Одежда из какой-то особой ткани мягко облегала их стан, не стесняя свободы движений.

Высокий, — по-видимому, командир судна, — оглядел нас с величайшим вниманием, не произнося ни слова. Затем, оборотясь к своему спутнику, он заговорил на языке, о существовании которого я совершенно не подозревал. Это был благозвучный, гибкий, певучий язык с ударениями на гласных.

Тот кивнул головой и обронил два-три слова на том же языке. Потом он вопросительно посмотрел на меня.

Я ответил ясным французским языком, что не понимаю его вопроса. Но он, по-видимому, тоже не понял меня. Положение становилось довольно затруднительным.

— А все же пусть господин профессор расскажет им нашу историю, — сказал мне Консель. — Авось эти господа поймут хоть кое-что!

Я стал рассказывать о наших приключениях, отчетливо, по слогам, выговаривая каждое слово, не упуская ни единой подробности. Я назвал наши имена, указал звание и, с соблюдением всех правил этикета, представился лично, в качестве профессора Аронакса. Затем представил своего слугу Конселя и гарпунера, мистера Неда Ленда.

Человек с прекрасными добрыми глазами слушал меня спокойно, даже учтиво, и чрезвычайно внимательно, но я не мог прочесть на его лице, понял ли он хоть что-нибудь из моего рассказа. Я окончил повествование. Он не произнес ни слова.

Оставалась возможность объясниться с ними по-английски. Может быть, они говорят на языке, который стал почти общепринятым. Я бегло читал и по-английски и по-немецки, но свободно изъясняться не мог. А тут требовалась прежде всего ясность изложения.

— Ну-с, теперь ваш черед, — сказал я гарпунеру. — Извольте-ка, мистер Ленд, тряхнуть стариной и вступить в переговоры, как подобает англосаксу, на чистейшем английском языке! Как знать, не повезет ли вам больше, чем мне.

Нед не заставил себя просить и повторил по-английски мой рассказ. Вернее, он передал сущность, но совершенно в другой форме. Канадец, увлекаемый своим темпераментом, говорил с большим воодушевлением. Он в резких выражениях протестовал против нашего заточения, совершенного в явное нарушение прав человека! Спрашивал, в силу какого закона нас держат на этом поплавке, ссылался на habeas corpus [8], грозил судебным преследованием тех, кто лишил нас свободы, бесновался, размахивал руками, кричал и в конце концов выразительным жестом дал понять, что мы умираем с голоду.

---

[8] Начальные слова закона о неприкосновенности личности, принятого английским парламентом в 1679 году.

Это была сущая правда, но мы об этом почти забыли.

К своему величайшему удивлению, гарпунер, по-видимому, преуспел не более меня. Наши посетители и бровью не повели. Язык Фарадея, как и язык Араго, был для них непонятен.

Обескураженный неудачей, исчерпав все филологические ресурсы, я не знал, как нам быть дальше. Но тут Консель сказал:

— Если господин профессор позволит, я поговорю с ним по-немецки.

— Как, ты говоришь по-немецки? — вскричал я.

— Как всякий фламандец, с позволения господина профессора.

— Вот это мне нравится! Продолжай, дружище!

И Консель степенно рассказал в третий раз все перипетии нашей истории. Но, невзирая на изысканность оборотов и прекрасное произношение рассказчика, немецкий язык также не имел успеха.

Наконец, доведенный до крайности, я попытался восстановить в памяти свои юношеские познания и пустился излагать наши злоключения по-латыни. Цицерон зажал бы себе уши и выставил бы меня за дверь, но все же я довел рассказ до конца. Результат был столь же плачевный.

Последняя попытка тоже не имела успеха. Незнакомцы обменялись несколькими словами на каком-то непостижимом языке и ушли, не подав нам надежды каким-либо ободряющим знаком, понятным во всех странах мира! Дверь за ними затворилась.

— Какая низость! — вскричал Нед Ленд, вспылив уже, наверное, в двадцатый раз. — Как! С ними говорят и по-французски, и по-английски, и по-немецки, и по-латыни, а канальи хоть бы из вежливости словом обмолвились!

— Успокойтесь, Нед, — сказал я кипятившемуся гарпунеру. — Криком делу не поможешь.

— Но вы сами посудите, господин профессор, — возразил наш раздражительный компаньон, — не околевать же нам с голоду в этой железной клетке!

— Ба! — заметил философски Консель. — Мы еще в силах продержаться порядочное время!

— Друзья мои, — сказал я, — не надо отчаиваться. Мы были еще в худшем положении. Не спешите, пожалуйста, составлять мнение насчет командира и экипажа этого судна.

— Мое мнение уже сложилось, — ответил Нед Ленд. — Отъявленные негодяи…

— Так-с! А из какой страны?

— Из страны негодяев!

— Любезный Нед, — сказал я, — страна сия еще недостаточно ясно обозначена на географической карте, и, признаюсь, трудно определить, какой национальности наши незнакомцы. Что они не англичане, не французы, не немцы — можно сказать с уверенностью. А все же мне кажется, что командир и его помощник родились под низкими широтами. У них внешность южан. Но кто они? Испанцы, турки, арабы или индусы? Наружность их не настолько типична, чтобы судить о их национальной принадлежности. Что касается языка, происхождение его совершенно необъяснимо.

— Большое упущение не знать всех языков! — заметил Консель. — А еще проще было бы ввести один общий язык!

— И это бы не помогло! — возразил Нед Ленд. — Неужто не видите, что у этих людей язык собственного изобретения, выдуманный, чтобы приводить в бешенство порядочного человека, который хочет есть! Во всех странах мира поймут, что надо человеку, когда он открывает рот, щелкает зубами, чавкает! На этот счет язык один как в Квебеке, так и в Паумоту, как в Париже, так и у антиподов: «Я голоден! Дайте мне поесть!»

— Э-э! — сказал Консель. — Бывают такие непонятливые натуры…

Не успел он сказать последнее слово, как дверь растворилась. Вошел стюард[9]. Он принес нам одежду, куртки и морские штаны,

[9] Буфетчик на корабле (англ.).

сшитые из какой-то диковинной ткани. Я проворно оделся. Мои спутники последовали моему примеру.

Тем временем стюард, — немой, а может быть, и глухой, — накрыл на стол и поставил три прибора.

— Дело принимает серьезный оборот, — сказал Консель. — Начало обнадеживающее!

— Ба! — возразил злопамятный гарпунер. — На кой черт вам ихние кушанья! Черепашья печенка, филе акулы, бифштекс из морской собаки!

— А вот увидим! — сказал Консель.

Блюда, прикрытые серебряными колпаками, были аккуратно расставлены на столе, застланном скатертью. Мы сели за стол. Право, мы имели дело с людьми цивилизованными, и, если б не электрическое освещение, можно было бы вообразить, что находимся в ресторане отеля Адельфи в Ливерпуле или в Гранд-Отеле в Париже. Должен сказать, что к столу не подали ни хлеба, ни вина. Вода была свежая и прозрачная, но все же это была вода, — что пришлось не по вкусу Неду Ленду. В числе поданных нам кушаний я отметил несколько знакомых мне рыбных блюд, превосходно приготовленных; но перед некоторыми кушаньями я стал в тупик. Я не мог даже определить, какого они происхождения — растительного или животного. Что до сервировки стола, на всем лежал отпечаток изящества и тонкого вкуса. На столовой утвари, ложках, вилках, ножах, тарелках, был выгравирован инициал в полукружии надписи-девиза. Вот точное факсимиле: «Mobilis in mobile. N»[10].

Подвижный в подвижной среде! Девиз, удивительно подходивший к этому подводному судну при условии, что предлог in в переводе читать как *в*, а не *на*. Буква «N» была, очевидно, инициалом таинственной личности, господствовавшей в глубинах морей!

[10] Подвижный в подвижном (лат.).

Нед и Консель не вдавались в подобные размышления. Они набросились на еду, и я поспешил последовать их примеру. Теперь я был спокоен за нашу участь, и мне казалось очевидным, что наши хозяева не дадут нам умереть от истощения.

Однако все на свете кончается, все проходит, даже голод людей, не евших целых пятнадцать часов! Насытившись, мы почувствовали, что нас неодолимо клонит ко сну. Реакция вполне естественная после борьбы со смертью в ту ночь, которой, казалось, конца не будет.

— Ей-ей, я охотно соснул бы, — сказал Консель.

— А я уже сплю, — ответил Нед Ленд.

И оба мои спутника растянулись на циновках, разостланных на полу кабины, и мгновенно заснули.

Но для меня не так просто было отдаться властной потребности сна. Тысячи мыслей волновали мозг, тысячи неразрешенных вопросов вставали передо мною, тысячи образов не давали мне сомкнуть веки! Где мы? Какая неуемная сила увлекала нас? Я чувствовал, — вернее, мне казалось, что чувствую, — как судно погружается в самые глубинные слои моря. Меня мучили кошмары. Из таинственных морских пучин возникали целые сонмища неведомых животных, казалось, однородных с этим подводным кораблем, столь же жизнедеятельным, подвижным, грозным, как они!.. Понемногу мозговое возбуждение улеглось, видения растаяли в дымке дремоты, и я забылся вскоре тяжелым сном.

9. Нед Ленд в ярости

Не знаю, долго ли мы спали; вероятно, долго, потому что я чувствовал себя вполне отдохнувшим. Проснулся я раньше всех. Мои спутники мирно почивали, растянувшись в углу.

Голова у меня была свежая, мысли ясные. Поднявшись со своего изрядно жесткого ложа, я снова стал внимательно исследовать наш каземат.

Никаких превращений тут не произошло. Темница оставалась темницей, а пленники пленниками! Только убраны были приборы со стола. Ничто не предвещало скорого изменения нашей участи; и в тревоге я спрашивал себя: неужели обречены мы, невесть какое время, жить в этой клетке?

Невеселая будущность рисовалась еще в более мрачных красках, потому что мне стало не хватать воздуха. Я почувствовал какое-то стеснение в груди, хотя вчерашние кошмары больше не повторялись. Дыхание становилось все затрудненнее. От духоты я буквально задыхался. Хотя наша камера была достаточно просторна, мы, видимо, поглотили большую часть кислорода, содержащегося в воздухе. Известно, что человек расходует в час такое количество, кислорода, какое содержится в ста литрах воздуха. Поэтому воздух, насыщенный почти таким же количеством выдыхаемой углекислоты, становится негодным для дыхания.

Короче говоря, необходимо было освежить атмосферу в нашей камере и, само собою, во всем подводном корабле.

Но тут у меня возник вопрос. Как поступает в таком случае командир подводного судна? Не получает ли он кислород химическим способом: путем прокаливания бертолетовой соли с одновременным поглощением углекислого газа воздуха хлористым калием? Но ведь запасы химических веществ истощаются, их приходится возобновлять и, стало быть, поддерживать сношения с Землей? Возможно, он довольствуется сжатым воздухом, нагнетенным в особые резервуары, который расходуется по мере надобности? Все может статься! Не действует ли он более простым, более экономическим, а значит, и более вероятным способом? Не поднимается ли он на поверхность океана подобно киту, подышать свежим воздухом?

Но каким бы способом он ни действовал, по-моему, пришло время применить его без промедления!

Я старался дышать чаще, вбирая в себя остатки кислорода, которые еще сохранились в душном помещении. И вдруг на меня пахнуло морем: струя чистого, насыщенного морскими запахами воздуха ворвалась в наш каземат. Животворного, напоенного йодистыми веществами, морского воздуха! Широко раскрыв рот, я вдохнул с жадностью его чудодейственную струю! И буквально в ту же минуту почувствовал легкий толчок и затем нерезкую бортовую качку, впрочем довольно ощутимую. Судно, это стальное чудовище, всплывало на поверхность вод подышать, на манер кита, свежим воздухом! Итак, способ вентилирования судна был установлен.

Надышавшись полной грудью, я стал искать вентиляционное отверстие, так сказать, «воздухопровод», через который поступал живительный ток. Я скоро нашел его. Над дверью находилась отдушина, через которую врывалась струя чистого воздуха, освежавшая камеру.

Как только пахнуло свежестью, проснулись Нед и Консель.

Точно по команде, протерев глаза, потянувшись, они оба вскочили на ноги.

— Как почивалось господину профессору? — учтиво спросил Консель.

— Превосходно, мой друг, — отвечал я. — А вам, мистер Нед Ленд?

— Спал мертвым сном, господин профессор. Если не ошибаюсь, повеяло морским ветерком?

Моряк не мог ошибиться, и я рассказал гарпунеру о том, что произошло, пока они спали.

— Тэк-с! — сказал он. — Теперь понятно, что это был за свист, который мы слышали, когда мнимый нарвал шнырял в виду «Авраама Линкольна»!

— Совершенно верно, мистер Ленд! До нас доносилось его свистящее дыхание.

— А скажите на милость, господин Аронакс, который теперь час? Я никак не могу сообразить, не обеденный ли?

— Обеденный час, мой уважаемый гарпунер? Вы, верно, хотите сказать, что время завтракать? Мы наверное проспали весь вчерашний день, до самого нынешнего утра!

— Выходит, что мы проспали целые сутки! — вскричал Консель.

— Так мне кажется, — отвечал я.

— Не стану спорить с вами, господин профессор, — сказал Нед Ленд. — По мне, все равно, что обед, что завтрак! Лишь бы стюард надоумился подать нам и то и другое!

— И то и другое! — повторил Консель.

— Правильно! — поддержал его канадец. — Мы имеем право и на то и на другое! А что меня касается, я окажу честь и завтраку и обеду.

— Ну, что ж, Нед, приходится запастись терпением, — сказал я. — Наши неведомые хозяева, очевидно, не имеют намерения уморить нас с голоду. Иначе им не было бы смысла кормить нас вчера обедом.

— А что, если они вздумали откармливать нас на убой? — сказал Нед.

— Едва ли! — ответил я. — Не в руки же людоедов мы попали!

— Один раз полакомиться не в счет, — серьезно сказал канадец. — Кто знает, может быть, эти люди давненько не пробовали свежего мяса. А трое здоровых, хорошо упитанных особ, как господин профессор, его слуга и я...

— Выбросьте вздорные мысли из головы, мистер Ленд, — отвечал я гарпунеру. — И главное, не вздумайте разговаривать в таком духе с нашими хозяевами, вы этим только ухудшите наше положение.

— Баста! — сказал гарпунер. — Я голоден, как тысяча чертей, и будь то обед или ужин, а нам его не подают!

— Мистер Ленд, — заметил я, — на корабле следует подчиняться установленному распорядку, а я подозреваю, что сигналы наших желудков опережают звонок кока!

— Что ж, переведем стрелки наших часов, — сказал невозмутимый Консель.

— Узнаю вас, друг Консель! — вскричал нетерпеливый канадец. — У вас желчь даром не разливается, вы бережете свои нервы! Завидное спокойствие! Вы способны, не покушав, произнести благодарствие! Вы скорее умрете с голоду, чем станете жаловаться!

— А что толку в жалобах? — спросил Консель.

— Что толку? Пожалуешься, и все как-то легче! Ну, а ежели эти пираты, — я говорю пираты из уважения к господину профессору, потому что он запрещает мне называть их людоедами, — ежели эти пираты воображают, что я позволю держать себя в клетке, где я задыхаюсь, и что дело обойдется без крепких слов, на которые я горазд во гневе, так они ошибаются! Послушайте, господин Аронакс, скажите откровенно, как вы думаете, долго еще протомят нас в этом железном ящике?

— Откровенно говоря, я знаю об этом не больше вашего, мой друг!

— Ну, все-таки, как вы полагаете?

— Я полагаю, что случай позволил нам приоткрыть важную тайну. И если экипаж подводного судна заинтересован в сохранении этой тайны и если тайна для них дороже, чем жизнь трех человек, то, я думаю, мы в большой опасности. В противном случае чудовище, поглотившее нас, при первой же возможности вернет нас в общество нам подобных.

— Или зачислит нас в судовую команду, — сказал Консель, — и будет держать...

— До тех пор, — закончил Нед Ленд, — пока какой-нибудь фрегат, более быстроходный или более удачливый, чем «Авраам Линкольн», не захватит это разбойничье гнездо и не вздернет весь экипаж и нас вместе с ним на реи.

— Весьма резонно, мистер Ленд, — заметил я. — Но, как мне известно, никто еще не делал нам каких-либо предложений. Поэтому бесполезно строить планы на будущее. Повторяю, нужно выждать время, нужно действовать в соответствии с обстоятельствами; и не нужно ничего делать, раз делать нечего!

— Напротив, господин профессор, — ответил гарпунер, не желавший сдаваться, — нужно что-то делать!

— Но что же именно, мистер Ленд?

— Бежать!

— Бежать из «земной» тюрьмы и то довольно трудно, но бежать из подводной тюрьмы и вовсе, по-моему, немыслимо.

— Ну-с, друг Ленд, — обратился к нему Консель, — что вы скажете в ответ на замечание господина профессора? Я не поверю, чтобы американец полез в карман за словом!

Гарпунер, явно смущенный, молчал. Побег в тех условиях, в которые поставил нас случай, был совершенно невозможен. Но недаром канадец наполовину француз, и Нед Ленд доказал это своим ответом.

— Стало быть, господин Аронакс, — сказал он после короткого раздумья, — вы не догадываетесь, что должен делать человек, если он не может вырваться из тюрьмы?

— Не догадываюсь, мой друг!

— А очень просто! Он устраивается там по-хозяйски.

— Еще бы! — сказал Консель. — Куда приятнее обосноваться внутри плавучей тюрьмы, чем оказаться вне ее стен!

— Но прежде нужно вышвырнуть вон всех тюремщиков, ключарей, стражников! — прибавил Нед Ленд.

— Полноте, Нед! Неужели вы серьезно думаете взять в свои руки судно?

— Вполне серьезно, — отвечал гарпунер.

— Пустая затея!

— Почему же, сударь? Разве не может представиться удобный случай? А раз так, я не вижу причины им не воспользоваться. Ежели на этом поплавке не больше двадцати человек экипажа, неужто они заставят отступить двух французов и одного канадца!

Разумнее было обойти молчанием фантазерство гарпунера и не вступать с ним в спор. Поэтому я ограничился дипломатической оговоркой.

— При случае, мистер Ленд, мы вернемся к этой теме, — сказал я. — Но прошу вас запастись терпением. Тут надо действовать осторожно, а вы своей вспыльчивостью только все дело испортите! Обещайте мне считаться с нашим положением и не впадать в гнев.

— Обещаю, господин профессор, — отвечал Нед Ленд мало утешительным тоном. — В рот воды наберу, не изменю себе ни единым движением, пусть даже не будут кормить, как нам того хотелось бы!

— Вы дали слово, Нед, — сказал я канадцу.

Разговор на этом кончился, и каждый из нас углубился в свои мысли.

Должен сознаться, что вопреки гарпунеру, исполненному радужных надежд, я не питал никаких иллюзий. Я не верил в счастливый исход, на который уповал Нед Ленд. Судя по тому, как искусно маневрировал подводный корабль, на борту должен был находиться солидный экипаж; и, стало быть, вступив в борьбу, мы столкнулись бы с сильным противником. Притом, чтобы действовать, нужно быть свободными, а мы сидели взаперти! Я не представлял себе, каким путем можно бежать из этого стального каземата с герметическими затворами. И если командир хранит в тайне существование своего подводного корабля, — что было вполне вероятно, — он не позволит нам разгуливать на борту судна. Как он обойдется с нами? Обречет ли на смерть, или высадит когда-нибудь на необитаемый остров? Мы были в его власти. Все мои домыслы, как мне казалось, были равно близки к истине, и нужно быть Недом Лендом, чтобы надеяться завоевать себе свободу. Впрочем, зная склонность канадца к навязчивым идеям, я понимал, что чем больше он будет раздумывать, тем больше будет ожесточаться. Я уже чувствовал, что проклятия застревают в его глотке, что в его движениях сказывается едва сдерживаемая ярость. Он вскакивал, метался, как дикий зверь в клетке, колотил об стену и ногой и кулаками. Время шло, голод давал себя знать, а стюард не показывался. Нашим хозяевам, если у них действительно были в отношении нас добрые намерения, не следовало так надолго оставлять без внимания потерпевших кораблекрушение!

Неда Ленда от голода мучили спазмы в желудке, и он все больше выходил из себя; я начинал уже опасаться с его стороны, несмотря на данное им слово, вспышки гнева при появлении кого-нибудь из команды судна.

Прошло еще два часа. Гнев Неда Ленда все нарастал. Канадец звал, кричал, но тщетно. Глухи были железные стены. Не слышно было ни малейшего шума на судне, как будто все там умерло. Не чувствовалось легкого дрожания корпуса при вращении винта. Судно, несомненно, стояло на месте. Погрузившись в морские пучины, оно не принадлежало более земле. Безмолвие это было ужасно.

Мы были покинуты, заперты в стенах каземата. Я страшился подумать о том, как долго может продлиться наше заключение. Проблеск надежды, вспыхнувший было при свидании с капитаном, понемногу угас. Ласковый взгляд этого человека, печать великодушия на его лице, благородство осанки — все изгладилось в моей памяти. Я представлял себе этого таинственного незнакомца таким, каким он, верно, и был: неумолимым, жестокосердным. Он, видимо, поставил себя выше человечности, стал недоступен чувству жалости, сделался непримиримым врагом себе подобных, которым он поклялся в вечной ненависти!

Но неужели этот человек даст нам погибнуть в стенах тесной темницы? Оставит нас во власти страшных мучений, на которые обрекает жестокий голод? Ужасная мысль овладела моим сознанием, а воображение сгущало краски. Отчаяние овладело мною. Консель был спокоен. Нед Ленд неистовствовал.

Вдруг снаружи послышался шум. Чьи-то шаги гулко отдавались в металлических плитах. Засовы взвизгнули, дверь отворилась, вошел стюард.

Прежде чем я успел сделать движение, чтобы удержать канадца, он ринулся на беднягу, повалил его на пол, схватил за горло. Стюард задыхался в его могучих руках.

Консель пытался было вырвать из рук гарпунера его жертву, а я уже готов был помочь ему — и вдруг так и замер на месте при словах, сказанных по-французски:

— Успокойтесь, мистер Ленд, и вы, господин профессор! Извольте выслушать меня!

10. Обитатель морей

Это был капитан корабля.

Нед Ленд живо вскочил на ноги. Стюард, чуть не задушенный, тотчас же, по знаку своего начальника, пошатываясь, вышел из каюты; и власть командира была такова, что этот человек ни единым жестом не выказал своей злобы против канадца. Консель, и тот, казалось, несколько опешил от неожиданности. И все втроем мы молча ожидали развязки этой сцены.

Капитан, прислонившись к столу, скрестив руки на груди, внимательно смотрел на нас. Колебался ли он вступить с нами в сношения? Жалел ли, что у него вырвалось несколько французских фраз? Вполне возможно.

Несколько секунд длилось молчание, и никто из нас не решался его нарушить.

— Господа, — сказал, наконец, капитан спокойным и проникновенным голосом, — я свободно владею французским, английским, немецким и латинским языками. Я мог бы сразу же объясниться с вами, но я хотел сперва понаблюдать за вами и затем решить, как мне к вам отнестись. Все, что вы рассказали о себе, и вместе и порознь, вполне совпадало; и я убедился, что вы действительно те самые лица, за которых вы себя выдаете. Я знаю теперь, что случай свел меня с господином Пьером Аронаксом, профессором естественной истории в Парижском музее, командированным за границу с научной миссией; я знаю, что спутники господина профессора — его слуга Консель и канадец Нед Ленд, гарпунер с фрегата «Авраам Линкольн», входящего в состав военно-морского флота Соединенных Штатов Америки.

Я поклонился в знак согласия. Капитан не обращался ко мне с вопросом. Стало быть, ответа не требовалось. Он изъяснялся по-французски совершенно свободно. Произношение его было безукоризненно, слова точны, манера говорить обаятельна.

Затем он сказал:

— Вы, несомненно, сочли, что наша вторичная встреча могла бы состояться несколько раньше. Но я стал в тупик, узнав, кто вы такой, сударь! Я долго не мог принять решения. Досадные обстоятельства свели вас с человеком, который порвал с человечеством! Вы смутили мой покой…

— Поневоле, — сказал я.

— Поневоле? — повторил неизвестный, несколько возвысив голос. — Неужто «Авраам Линкольн» поневоле охотился за мной во всех морях? Неужто вы поневоле пустились в плавание на борту этого фрегата? Неужто ваши снаряды поневоле попадали в корпус моего судна? Неужто мистер Нед Ленд поневоле метнул в меня острогой?

Сдержанное раздражение чувствовалось в словах капитана. Но на все его упреки у меня был совершенно естественный ответ.

— Сударь, — сказал я, — до вас, конечно, не доносились слухи, которые ходили в Америке и Европе в связи с вашим судном. Вы не знаете, какой отклик в общественном мнении обоих материков получили несчастные случаи при столкновении военных кораблей с вашим подводным судном! Я не стану утомлять ваше внимание перечислением всех предположений, которыми пытались объяснить необъяснимое явление, составлявшее вашу тайну. Но знайте, что, преследуя вас до самых отдаленных морей Тихого океана, «Авраам Линкольн» считал, что он охотится за каким-то морским чудовищем, истребить которое он обязан во что бы то ни стало!

Легкая усмешка тронула губы капитана.

— Господин Аронакс, — сказал он более спокойным тоном, — возьмете ли вы на себя смелость утверждать, что ваш фрегат не стал бы преследовать и обстреливать подводное судно с такой же энергией, как преследовал морское чудовище?

Вопрос капитана смутил меня. Я знал, что командир фрегата, капитан Фарагут, конечно, не стал бы раздумывать. Он счел бы своим долгом уничтожить подводное судно так же, как и чудовищного нарвала.

— Итак, вы должны согласиться, сударь, — продолжал неизвестный, — что я имею право отнестись к вам, как к моим врагам.

Я опять ничего не ответил, и по той же причине.

— Я долго колебался, — говорил капитан. — Ничто не обязывало меня оказывать вам гостеприимство. У меня не было бы сейчас причины встречаться с вами, если б я решил избавиться от вас. Я мог бы, высадив вас на палубу моего судна, послужившего вам убежищем, опуститься в морские глубины и забыть о вашем существовании! Разве я был не вправе так поступить?

— Дикарь был бы вправе поступить так, но не цивилизованный человек! — отвечал я.

— Господин профессор, — возразил с живостью капитан, — я вовсе не из тех людей, которых вы именуете цивилизованными! Я порвал всякие связи с обществом! На то у меня были веские причины. А насколько причины были основательны, судить могу лишь я один! Я не повинуюсь законам этого самого общества и прошу вас никогда на них не ссылаться!

Все было сказано. Гневен и презрителен был взгляд неизвестного. И у меня мелькнула мысль, что в прошлом этого человека скрыта страшная тайна. Недаром он поставил себя вне общественных законов, недаром ушел за пределы досягаемости, обретя независимость и свободу в полном значении этого слова! Кто отважится преследовать его в морских пучинах, если и на поверхности океана он пресекал всякую попытку вступить с ним в бой? Какое судно устоит против этого подводного монитора? Какая броня выдержит удар его тарана? Никто из людей не мог потребовать у него отчета в его действиях! Бог, если он верил в него, совесть, если он еще не потерял ее, были его единственными судьями.

Все эти мысли промелькнули в моей голове, пока этот загадочный человек, весь уйдя в себя, хранил молчание. Я глядел на него с ужасом и любопытством; так, верно, Эдип глядел на сфинкса!

Капитан прервал, наконец, томительное молчание.

— Итак, я колебался, — сказал он. — Но, подумав, решил, что свои интересы можно в конце концов совместить с чувством сострадания, на которое имеет право всякое живое существо. Вы останетесь на борту моего корабля, раз судьба забросила вас сюда. Я предоставлю вам свободу, впрочем, весьма относительную; но взамен вы должны выполнить одно условие. Вашего обещания сдержать свое слово вполне для меня довольно.

— Я слушаю, сударь, — ответил я. — Надеюсь, что порядочному человеку не составит труда принять ваше условие!

— Само собою разумеется! Так вот: возможно, что некоторые непредвиденные обстоятельства когда-нибудь вынудят меня удалить вас на несколько часов или дней в ваши каюты без права выходить оттуда. Не желая прибегать к насилию, я заранее хочу заручиться вашим обещанием беспрекословно повиноваться мне в подобных случаях. Таким образом я снимаю с вас всякую ответственность за все, что может произойти. Вы будете лишены возможности быть свидетелями событий, в которых вам не положено принимать участие. Ну-с, принимаете мое условие?

Стало быть, на борту подводного корабля вершатся дела, о которых вовсе не следует знать людям, не поставившим себя вне общественных законов! Из всех нечаянностей, которые готовило мне будущее, последняя нечаянность была не из самых малых!

— Принимаем, — отвечал я. — Но позвольте, сударь, обратиться к вам с вопросом?

— Пожалуйста.

— Вы сказали, что мы будем пользоваться свободой на борту вашего судна?

— Полной свободой.

— Я желал бы знать, что вы разумеете под этой свободой?

— Вы можете свободно передвигаться в пределах судна, осматривать его, наблюдать жизнь на борту, — за исключением редких случаев, — короче говоря, пользоваться свободой наравне со мной и моими товарищами.

Видимо, мы говорили на разных языках.

— Извините, сударь, но это свобода узника в стенах темницы! Мы не можем этим удовольствоваться.

— Приходится удовольствоваться.

— Как! Мы должны отбросить всякую надежду увидеть родину, друзей, семью?

— Да! И вместе с тем сбросить с себя тяжкое земное иго, что люди называют свободой! Уж не так это тягостно, как вы думаете!

— Что касается меня, — вскричал Нед Ленд, — я никогда не дам слово отказаться от мысли бежать отсюда!

— Я и не прошу вашего слова, мистер Ленд, — холодно отвечал капитан.

— Сударь, — вскричал я, не владея собою, — вы злоупотребляете своей властью! Это бесчеловечно!

— Напротив, великодушно! Вы взяты в плен на поле битвы! Одно мое слово, и вас сбросили бы в пучины океана! А я сохранил вам жизнь. Вы напали на меня! Вы овладели тайной, в которую не должен был проникнуть ни один человек в мире, — тайной моего бытия! И вы воображаете, что я позволю вам вернуться на землю, для которой я умер! Да никогда! Я буду держать вас на борту ради собственной безопасности!

По-видимому, капитан принял решение, против которого бессильны были всякие доводы.

— Совершенно очевидно, сударь, — сказал я, — что вы попросту предоставляете нам выбор между жизнью и смертью?

— Совершенно очевидно.

— Друзья мои, — сказал я, обращаясь к своим спутникам, — дело обстоит так, что спорить бесполезно. Но мы не дадим никакого обещания, которое связало бы нас с хозяином этого судна.

— Никакого, — сказал неизвестный.

И более мягким тоном он прибавил:

— Позвольте мне закончить наш разговор. Я знаю вас, господин Аронакс. Если не ваши спутники, то, может быть, вы лично не посетуете на случай, связавший наши судьбы. Между моими любимыми книгами вы найдете и свой труд, посвященный изучению морских глубин. Я часто перечитываю вашу книгу. Вы двинули науку океанографии так далеко, как только это возможно для жителя земли. Позвольте уверить вас, господин профессор, что вы не пожалеете о времени, проведенном на борту моего корабля. Вы совершите путешествие в страну чудес! Смена впечатлений взволнует ваше воображение. Вы постоянно будете находиться в восторженном состоянии. Вы не устанете изумляться виденным. Жизнь подводного мира непрерывно будет развертываться перед вашими глазами, не пресыщая ваш взор! Я готовлюсь предпринять вновь подводное путешествие вокруг света — как знать, не последнее ли? Я хочу еще раз окинуть взглядом все, что мною изучено в морских глубинах, не однажды мною исследованных! Вы будете участником моих научных занятий. С нынешнего дня вы вступаете в новую стихию, вы увидите то, что скрыто от людских глаз, — я и мои товарищи, не идем в счет, — и наша планета раскроет перед вами свои сокровенные тайны!

Не скрою, речи капитана произвели на меня большое впечатление. Он тронул мою чувствительную струну, и я на мгновение забыл, что созерцание чудес подводного мира не искупит утраченной свободы. Но я утешил себя, положившись на будущее в решении столь важного вопроса. Поэтому я ограничился короткой репликой.

— Сударь, — сказал я, — хотя вы и порвали с-человечеством, все же, надеюсь, вам не чужды человеческие чувства? Мы потерпели кораблекрушение. Вы великодушно приняли нас на борт своего судна. Мы никогда не забудем этого. Что касается меня, признаюсь, что если бы возможность служить науке могла ослабить вкус к свободе, то встреча с вами с избытком вознаградила бы меня за ее утрату.

Я думал, что капитан протянет мне руку, чтобы скрепить наш договор. Но капитан руки не протянул. И я мысленно пожалел его.

— Последний вопрос, — сказал я, заметив, что этот непостижимый человек готов уйти.

— Слушаю вас, господин профессор.

— Как прикажете именовать вас?

— Сударь, — отвечал капитан, — я для вас капитан Немо[11], а вы для меня, как и ваши спутники, только пассажиры «Наутилуса».

Капитан Немо позвал слугу и отдал ему приказание на том же неизвестном мне языке. Затем, обращаясь к канадцу и Конселю, он сказал:

— Завтрак вас ждет в вашей каюте. Потрудитесь следовать за этим человеком.

— Не откажусь! — ответил гарпунер.

И они вышли, наконец, из темницы, где пробыли взаперти более тридцати часов.

— А теперь, господин Аронакс, пойдемте и мы завтракать. Не угодно ли вам пожаловать за мною.

— Я в вашем распоряжении, капитан.

И я пошел вслед за капитаном Немо. Переступив порог, мы очутились в освещенном электричеством узком проходе. Пройдя метров десять, мы через открытую дверь вошли в большую залу.

Это была столовая, отделанная и меблированная в строгом вкусе. Высокие дубовые поставцы, инкрустированные черным деревом, стояли по обоим концам столовой, и на их полках с волнообразными краями сверкал дорогой фаянс, фарфор, хрусталь. Серебряная утварь отражала своей блестящей поверхностью свет, падавший сверху. Тонкая роспись потолка смягчала яркость освещения.

[11] Nemo — никто (лат.)

Посредине залы стоял богато сервированный стол. Капитан Немо жестом указал мне мое место.

— Садитесь, — сказал он, — и кушайте! Вы, верно, умираете с голоду.

Завтрак состоял из нескольких блюд, приготовленных исключительно из продуктов, поставляемых морем; все же некоторые блюда вызывали во мне недоумение. Кушанья были очень аппетитные, но в них чувствовался какой-то привкус; впрочем, вскоре я перестал его ощущать. Все эти блюда содержали в себе, как мне показалось, много фосфора, и я решил, что все они морского происхождения.

Капитан Немо искоса на меня поглядывал. Я ни о чем не спрашивал его, но он сам ответил мне на вопросы, которые вертелись у меня на языке.

— Большинство этих блюд вам незнакомо, — сказал он, — но кушайте их без боязни. Пища здоровая и питательная. Я давно отказался от мясных блюд и, как видите, чувствую себя неплохо. Мои матросы все, как на подбор, здоровяки, а мы одинаково питаемся.

— Стало быть, — сказал я, — все эти кушанья изготовлены из продуктов, поставляемых морем?

— Да, господин профессор! Море удовлетворяет все мои нужды. Закинув сети, я получаю богатый улов. Опустившись в морские глубины, казалось, не доступные человеку, чтобы поохотиться в подводных лесах, я подстрелю водяную дичь. Мои стада, подобно стадам Нептуна, мирно пасутся на океанских пастбищах. Владения мои обширны, и рука создателя всего живого не оскудевает!

Я поглядел на Немо с удивлением и сказал:

— Я хорошо понимаю, сударь, что сети поставляют превосходную рыбу к вашему столу; я понимаю, хотя и не совсем ясно, что вы позволяете себе роскошь охотиться за водяной дичью в подводных лесах; но мне совершенно непонятно, откуда в меню появляется мясное блюдо, пусть в самом малом количестве?

— Сударь, — отвечал капитан Немо, — я не питаюсь мясом земных животных.

— Ну, а это что же такое? — спросил я, указывая на тарелку, на которой лежали кусочки говядины.

— То, что вы принимаете за говядину, господин профессор, всего лишь филейная часть морской черепахи. А вот жаркое из печени дельфина; вы легко приняли бы это блюдо за рагу из свинины! Мой повар мастерски консервирует дары океана. Отведайте всего понемногу. Вот консервы из морских кубышек; любой малаец нашел бы их несравненными на вкус! Вот крем, взбитый из сливок, которые поставляют нам киты; вот сахар, который добывается из гигантских фукусов Средиземного моря! И, наконец, позвольте вам предложить варенье из анемонов, не уступающих в сочности самым спелым плодам земли.

И я отведывал от каждого блюда не из жадности, а из любопытства. А капитан Немо тем временем чаровал меня, рассказывая баснословные вещи.

— Море, господин Аронакс, — говорил он, — кормит меня. Щедроты его неистощимы. Море не только кормит меня, но и одевает. Ткань на вашем костюме соткана из биссуса некоторых двустворчатых моллюсков; окрашена она, по примеру древних, соком пурпурницы, а фиолетовый оттенок придан экстрактом аплизий Средиземного моря. Духи, что стоят на туалетном столике в вашей каюте, получены сухой перегонкой морских растений. Ваша постель из мягкой морской травы зостеры. Пером вам будет служить китовый ус, чернилами выделения желез каракатицы. Я живу дарами моря, и море в свое время возьмет обратно свои дары!

— Вы любите море, капитан?

— Да, я люблю море! Море — это все! Оно покрывает собою семь десятых земного шара. Дыхание его чисто, животворно. В его безбрежной пустыне человек не чувствует себя одиноким, ибо вокруг себя он ощущает биение жизни. В лоне морей обитают невиданные, диковинные существа. Море — это вечное движение и любовь, вечная жизнь, как сказал один из ваших поэтов. И в самом деле, господин профессор, водная среда представляет для развития жизни исключительные преимущества. Тут представлены все три царства природы: минералы, растения, животные. Животное царство широко представляют четыре группы зоофитов[12], три класса членистых, пять классов моллюсков, три класса позвоночных, млекопитающих, пресмыкающихся и неисчислимые легионы рыб, отряды животных, которых насчитывают свыше тринадцати тысяч видов, из коих только одна десятая обитает в пресных водах. Море — обширный резервуар природы. Если можно так выразиться, морем началась жизнь земного шара, морем и окончится! Тут высший покой! Море не подвластно деспотам. На поверхности морей они могут еще чинить беззакония, вести войны, убивать себе подобных. Но на глубине тридцати футов под водою они бессильны, тут их могущество кончается! Ах, сударь, оставайтесь тут, живите в лоне морей! Тут, единственно тут, настоящая независимость! Тут нет тиранов! Тут я свободен!

Капитан Немо вдруг умолк. Не изменил ли он своей обычной сдержанности? Не пожалел ли, что сказал лишнее? Несколько минут он в видимом волнении ходил по комнате. Понемногу нервы его успокоились, лицо приняло обычное холодное выражение. Наконец, он подошел ко мне.

— А теперь, господин профессор, — сказал он, — если вы желаете осмотреть «Наутилус», я к вашим услугам.

[12] Зоофиты, по научной классификации того времени, объединяли большое число различных групп беспозвоночных и в том числе губок, кишечнополостных, червей, иглокожих и др.

11. «Наутилус»

Я последовал за капитаном Немо. Двойная дверь в глубине столовой распахнулась, и мы вошли в соседнюю комнату, столь же просторную.

Это была библиотека. В высоких шкафах из черного палисандрового дерева с бронзовыми инкрустациями на широких полках стояли рядами книги в одинаковых переплетах. Шкафы тянулись вдоль стен, занимая все пространство от пола до потолка. Несколько отступя от шкафов, шли сплошные широкие диваны, обитые коричневой кожей. Легкие передвижные подставки для книг расставлены были близ диванов. Посредине библиотеки стоял большой стол, заваленный журналами, среди которых я заметил несколько старых газет. С лепного потолка, завершая весь этот гармонический ансамбль, четыре полушария из матового стекла изливали электрический свет. С восхищением осматривал я этот покой, обставленный с таким вкусом, и глазам своим не верил.

— Капитан Немо, — сказал я хозяину, расположившемуся на диване, — ваша библиотека сделала бы честь любому дворцу на континенте; и я диву даюсь при мысли, что такая сокровищница сопутствует вам в морские глубины!

— А где же вы найдете столь благоприятные условия для работы, господин профессор? — ответил капитан Немо. — Тишина, полный покой. Разве в вашем кабинете в Парижском музее вы пользуетесь такими удобствами?

— Разумеется, нет! И я должен признаться, что мой парижский кабинет беден в сравнении с вашим. У вас тут не менее шести-семи тысяч томов...

— Двенадцать тысяч, господин Аронакс. Книги — единственное, что связывает меня с землей. Свет перестал существовать для меня в тот день, когда «Наутилус» впервые погрузился в морские глубины. В тот день я в последний раз покупал книги, журналы, газеты. С того дня для меня человечество перестало мыслить, перестало творить. Моя библиотека к вашим услугам, господин профессор; вы можете располагать ею, как вам будет угодно.

Поблагодарив капитана Немо, я подошел к библиотечным полкам. Тут была собрана научная, философская, художественная литература на всех языках; но я не заметил ни одного сочинения по политической экономии; очевидно, политической экономии доступ на борт судна был строго воспрещен. Любопытная подробность — книги были расставлены в алфавитном порядке, независимо от того, на каком языке они написаны; видимо, капитан Немо свободно владел всеми языками.

Среди книг я увидел произведения великих писателей и мыслителей древнего и нового мира — все то лучшее, что создано человеческим гением в области истории, поэзии, художественной прозы и науки, начиная с Гомера до Виктора Гюго, с Ксенофонта до Мишле, с Рабле до госпожи Санд. Но научные книги все же преобладали в этой библиотеке; книги по механике, баллистике, гидрографии, метеорологии, географии, зоологии и прочее чередовались с трудами по естественной истории, как я понял, главного предмета научных интересов капитана. Тут было полное собрание сочинений Гумбольдта, Араго, труды Фуко, Анри Сент Клер Девиля, Шасля, Мильн Эдвардса, Катрфажа, Тиндаля, Фарадея, Вертело, аббата Секки, Петерманна, капитана Мори, Агассиса, «Записки Академии наук», сборники различных географических обществ и прочее. И в этом почетном обществе находились две моих книги, которым, возможно, я был обязан относительно любезным приемом на борту «Наутилуса»! Книга Жозефа Бертрана «Основы астрономии» позволила мне сделать заключение: я знал, что она вышла в свет в 1865 году, — стало быть, «Наутилус» был спущен под воду не раньше этого времени.

Итак, капитан Немо начал свое подводное существование всего лишь три года назад. Впрочем, я надеялся установить точную дату, если в библиотеке окажется более позднее издание. Но у меня впереди было достаточно времени для подобных изысканий, и, помимо того, мне не хотелось откладывать обозрения чудес «Наутилуса».

— Благодарю вас, сударь, — сказал я, — за разрешение пользоваться вашей библиотекой. Тут собраны столь ценные научные сокровища! Я не премину с ними ознакомиться.

— Тут не только библиотека, — отвечал капитан Немо, — но и курительная.

— Курительная? — воскликнул я. — Курительная на борту «Наутилуса»?

— Совершенно верно!

— В таком случае, сударь, я должен предположить, что вы поддерживаете связь с Гаваной?

— Отнюдь нет, — возразил капитан. — Позвольте предложить вам сигару. Правда, она не гаванская, но, если вы знаток, сигара придется вам по вкусу.

Я взял сигару, по форме весьма напоминавшую лучшие сорта гаванских, но, казалось, скрученную из золотистых листьев. Я раскурил ее у светильника, стоявшего на изящной бронзовой подставке, и затянулся с жадностью завзятого курильщика, лишенного табака уже двое суток.

— Превосходная сигара, — сказал я, — но разве это табак?

— Табак, но не гаванский и не турецкий. Море поставляет мне, хотя и не очень щедро, эти редкие морские водоросли, богатые никотином. Вы и теперь вздыхаете о гаванских сигарах, а?

— С этой минуты, капитан, я их презираю!

— Курите, пожалуйста, сколько вам вздумается, не спрашивая о происхождении сигар. Никакая таможня не взимала за них налога, но от этого, полагаю, они не стали хуже!

— Напротив!

В этот момент капитан Немо растворил дверь, противоположную той, через которую мы вошли в библиотеку, и я оказался в ослепительно освещенном салоне.

Это был просторный зал с закругленными углами, длиною в десять, шириною в шесть, высотою в пять метров. Сильные лампы, скрытые за узорчатым орнаментом потолка, выдержанного в духе мавританских сводчатых покрытий, бросали мягкий свет на сокровища этого музея. Да, это был настоящий музей, в котором мастерской и щедрой рукой были соединены воедино дары природы и искусства в том живописном беспорядке, какой обличает жилище художника.

Десятка три картин великих мастеров, в одинаковых рамах, отделенные одна от другой щитами с рыцарскими доспехами, украшали стены, обтянутые ткаными обоями строгого рисунка. Тут были полотна огромной ценности, которыми я любовался в частных картинных галереях Европы и на художественных выставках. Различные школы старинных мастеров были представлены тут: «Мадонна» Рафаэля, «Дева» Леонардо да Винчи, «Нимфа» Корреджо, «Женщина» Тициана, «Поклонение волхвов» Веронезе, «Успение» Мурильо, «Портрет» Гольбейна, «Монах» Веласкеза, «Мученик» Рибейры, «Ярмарка» Рубенса, два фламандских пейзажа Тенирса, три жанровых картинки Жерара Доу, Метсю, Поля Поттера, два полотна Жерико и Прюдона, несколько морских видов Бекюйзена и Берне. Современная живопись была представлена картинами Делакруа, Энгра, Декампа, Труайона, Мессонье, Добиньи и т. д.; несколько очаровательных мраморных и бронзовых копий античных скульптур на высоких пьедесталах стояло по углам великолепного музея. Предсказание командира «Наутилуса» начинало сбываться: я был буквально ошеломлен.

— Господин профессор, — сказал этот загадочный человек, — надеюсь, вы извините меня за то, что я принимаю вас запросто и в гостиной беспорядок.

— Сударь, — отвечал я, — не доискиваясь, кто вы такой, смею предполагать, что вы художник!

— Любитель, сударь, не более! Когда-то мне доставляло удовольствие собирать прекрасные творения рук человеческих. Я был страстный, неутомимый коллекционер, и мне удалось приобрести несколько вещей большой ценности. Это собрание картин — последнее воспоминание о земле, которая для меня уже не существует. В моих глазах ваши современные живописцы — то же, что старинные мастера. Гений не имеет возраста.

— А композиторы? — спросил я, указывая на партитуры Вебера, Россини, Моцарта, Бетховена, Гайдна, Мейербера, Герольда, Вагнера, Обера, Гуно и многих других, разбросанные на огромнейшей фисгармонии, занимавшей всю стену между дверьми.

— Для меня эти композиторы, — отвечал капитан Немо, — современники Орфея, ибо понятие о времени стирается в памяти мертвых, а я мертв, господин профессор! Я такой же труп, как и те ваши друзья, которые покоятся в шести футах под землей!

Капитан Немо умолк и глубоко задумался. Я глядел на него в величайшем волнении, молча изучая его лицо. Опершись о драгоценный мозаичный стол, он, казалось, не замечал меня, забыл о моем присутствии.

Не желая нарушать течения его мыслей, я решил заняться осмотром редкостей.

Произведения искусства соседствовали с творениями природы. Водоросли, раковины и прочие дары океанской фауны и флоры, собранные, несомненно, рукою капитана Немо, занимали видное место в его коллекции. Посреди салона из гигантской тридакны бил фонтан, освещенный снизу электричеством. Края резко ребристой раковины этого исполинского двустворчатого моллюска были изящно зазубрены. В окружности раковина достигала шести метров. Стало быть, этот экземпляр превосходил размерами прекрасные тридакны, поднесенные Венецианской республикой Франциску I и служившие кропильницами в парижской церкви св. Сульпиция.

Вокруг раковины в изящных витринах, оправленных в медь, были расположены по классам и снабжены этикетками редчайшие экспонаты океанических вод, какие когда-либо доводилось видеть натуралисту. Вообразите себе радость такого естествоиспытателя, как я!

Раздел зоофитов — «животных-цветов» — был представлен весьма любопытными образцами полипов и иглокожих. Первую группу составляли органчиковые и горгониевые восьмилучевые кораллы, сирийские губки, молуккские изиды, морские перья, прелестные лофогелии норвежских морей, различные зонтичные, альциониевые, целая коллекция шестилучевых мадрепоровых кораллов, которые мой учитель Мильн Эдвардс так остроумно классифицировал на подотряды и среди которых я особо отметил очаровательных веерниц, разноцветных глазчатых кораллов с острова Бурбон, «колесницу Нептуна» с Антильских островов, бесподобные разновидности кораллов! Тут были представлены все виды обитателей коралловых рифов, колонии которых образуют настоящие острова, а со временем, возможно, и целые материки.

Иглокожие, примечательные своим известковым панцирем из многочисленных пластинок решетчатого строения, как то: красно-бурые морские звезды астериас, морские лилии, стебельчатые лилии ризокринусы, астерофоны, морские ежи, голотурии и прочие, являли полное собрание представителей этой группы.

Какой-нибудь впечатлительный конхиолог, конечно, растерялся бы, увидев соседние витрины, в которых были размещены и классифицированы представители типа моллюсков. Коллекция мягкотелых не имела цены, и мне не достало бы времени ее описать. Я назову лишь-некоторые особи и единственно ради того, чтоб сохранить в памяти их названия: изящная королевская синевакула Индийского океана, вся в белых пятнах, ярко выступающих на красном и коричневом фоне, красочный «императорский спондил», весь ощетинившийся шипами, — редкий экземпляр, за который, по моему мнению, любой европейский музей заплатил бы двадцать тысяч франков, обыкновенная синевакула из морей Новой Голландии, весьма трудно добываемая, экзотические сенегальские бюккарды — двустворчатые белые раковины, — такие хрупкие, что рассыпаются при малейшем дуновении, множество разновидностей морского щипца с острова Явы — улитки вроде известковых трубок, окаймленных листовидными складками, высоко ценимые любителями; все виды брюхоногих, начиная от зеленовато-желтых, которых вылавливают в морях Америки, до кирпично-красных, предпочитающих воды Новой Голландии; одни, добытые в Мексиканском заливе и примечательные своей черепицеобразной раковиной, другие — звездчатки, найденные в южных морях, и, наконец, самый редкий из всех, великолепный шпорник Новой Зеландии; затем удивительные теллины, драгоценные виды цитер и венусов, решетчатые кадраны, отливающие перламутром, с берегов Транкебара, крапчатая башенка, зеленые ракушки Китайских морей, конусовидная улитка; все виды ужовок, служащих монетами в Индии и Африке, «Слава морей» — драгоценнейшая раковина Восточной Индии; наконец, литорины, дельфинки, башенки, янтины, яйцевидки, оливы, митры, шлемы, пурпурницы, трубачи, арфы, скальницы, тритоны, цериты, веретеновидки, блюдечки, стеклышки, клеодоры — нежные хрупкие раковины, которым ученые дали прелестные имена.

В особых отделениях лежали нити жемчуга невиданной красоты, загоравшиеся всеми огнями при электрическом освещении: розовый жемчуг, извлеченный из морской пинны Красного моря, зеленый жемчуг из галиотиса, желтый жемчуг, голубой, черный — удивительный продукт различных моллюсков всех океанов и некоторых перловиц из северных рек; и, наконец, несколько бесценных образцов, извлеченных из самых крупных и редчайших раковин жемчужниц. Иные жемчужины были больше голубиного яйца; каждая из них стоила дороже той жемчужины, которую путешественник Тавернье продал за три миллиона персидскому шаху, а красотой они превосходили жемчужину имама маскатского, которой, как я думал, не было равной в мире. Определить стоимость коллекции не представляло возможности. Капитан Немо должен был истратить миллионы на приобретение этих редчайших образцов; и я спрашивал себя: из каких источников черпает средства на удовлетворение своих причуд этот собиратель редкостей? Но тут капитан обратился ко мне:

— Вы рассматриваете мои раковины, господин профессор? В самом деле, они могут заинтересовать натуралиста, но для меня они имеют особую прелесть, потому что я собрал их собственными руками, и нет моря на земном шаре, которое я обошел бы в своих поисках.

— Понимаю, капитан, вполне понимаю, какое удовольствие испытываете вы, любуясь своими сокровищами. И они собраны вашими собственными руками! Ни один европейский музей не располагает такой коллекцией океанской фауны и флоры. Но если я растрачу все свое внимание на осмотр коллекции, что же останется для судна? Я отнюдь не хочу проникать в ваши тайны, но признаюсь, что устройство «Наутилуса», его двигатели, механизмы, сообщающие ему необычайную подвижность, все это крайне возбуждает мое любопытство.

На стенах салона я вижу приборы, назначение которых мне неизвестно. Могу ли я узнать...

— Господин Аронакс, — ответил капитан, — я уже сказал вам, что вы свободны на борту моего судна; следовательно, нет такого уголка на «Наутилусе», куда бы вам был воспрещен доступ! Вы можете осматривать судно со всем его устройством, и я почту за удовольствие быть вашим проводником.

— Не нахожу слов благодарности, сударь! Постараюсь не злоупотребить вашей любезностью! Разрешите только узнать назначение этих физических приборов...

— Господин профессор, точно такие же приборы имеются в моей каюте, и там я объясню вам их назначение. Но сначала пройдемте в каюту, приготовленную для вас. Надо же вам знать, в каких условиях вы будете жить на борту «Наутилуса»!

Я последовал за капитаном Немо. Выйдя через одну из дверей, имевшихся в каждом из округленных углов салона, мы оказались в узком проходе, пролегавшем по обоим бокам судна. Пройдя на нос корабля, капитан Немо ввел меня в каюту, вернее, в изящно обставленную комнату с кроватью, туалетным столом и прочей удобной мебелью.

Оставалось только благодарить любезного хозяина.

— Ваша каюта — смежная с моей, — сказал он, раскрывая другую дверь, — а моя сообщается с салоном, откуда мы только что вышли.

Каюта капитана носила суровый, почти монастырский характер. Железная кровать, рабочий стол, несколько стульев, умывальник. В каюте царил полумрак. Ничего лишнего. Только необходимые вещи.

Капитан Немо указал мне на стул.

— Не желаете ли присесть? — сказал он.

Я сел, и он начал свои объяснения.

12. Все на электрической энергии!

— Сударь, — сказал капитан Немо, указывая на приборы, висевшие на стенах каюты, — вот аппаратура, служащая для управления «Наутилусом». Здесь, как и в салоне, она всегда у меня перед глазами и в любой момент дает мне знать, в какой точке океана находится мой подводный корабль, а также указывает его направление. Некоторые приборы вам знакомы. Вот термометр для измерения температуры воздуха на «Наутилусе»; барометр — прибор, определяющий атмосферное давление, благодаря этому мы имеем возможность предвидеть изменение погоды; гигрометр — один из приборов для измерения степени влажности в атмосфере; storm-glass сигнализирует о приближении бури; компас указывает путь; секстан позволяет по высоте солнца определить широту; хронометры дают возможность установить долготу; и, наконец, зрительные трубы, дневные и ночные, которыми я пользуюсь, осматривая горизонт, когда «Наутилус» поднимается на поверхность океана.

— Ну, что ж! Все это приборы обычные в обиходе мореплавателей, и я давно с ними знаком. Но тут есть вещи, которые, очевидно, имеют отношение к особенностям управления подводным кораблем. Хотя бы этот большой циферблат с подвижной стрелкой, не манометр ли?

— Манометр, совершенно верно! Прибор этот служит для измерения давления воды и тем самым указывает, на какой глубине находится мое подводное судно.

— А эти зонды новой конструкции?

— Термометрические зонды. Ими измеряют температуру в различных слоях воды.

— А вот эти инструменты? Я не представляю себе их назначение.

— Тут, господин профессор, я должен буду дать вам некоторые разъяснения, — сказал капитан Немо. — Не угодно ли выслушать их?

Помолчав немного, он сказал:

— В природе существует могущественная сила, послушная, простая в обращении. Она применима в самых различных случаях, и на моем корабле все подчинено ей. От нее исходит все! Она освещает, отапливает, приводит в движение машины. Эта сила — электрическая энергия!

— Электрическая энергия? — удивленно воскликнул я.

— Да, сударь.

— Однако, капитан, исключительная быстроходность вашего корабля плохо согласуется с возможностями электрической энергии. До сей поры динамическая сила электричества представлялась весьма ограниченной и возможности ее чрезвычайно ничтожны.

— Господин профессор, — отвечал капитан Немо, — способы использования электрической энергии на корабле значительно отличаются от общепринятых. Позволю себе на этом закончить!

— Не смею настаивать, сударь, и удовольствуюсь вашим кратким сообщением. Признаться, я изумлен! Позвольте лишь задать вопрос. Надеюсь, вы ответите, если не сочтете меня нескромным. Ведь элементы, которые служат проводниками этой чудодейственной силы, должны быстро истощаться, не так ли? Чем вы замените хотя бы цинк? Вы ведь не поддерживаете связи с землей?

— Отвечу на ваш вопрос, — сказал капитан Немо. — Прежде всего скажу, что на морском дне имеются значительные залежи руд, цинка, железа, серебра, золота и прочее, разработка которых не составит большого труда. Но я не пожелал пользоваться благами земли и предпочел позаимствовать у моря количество энергии, потребной для нужд корабля.

— У моря?

— Да, господин профессор, в море нет недостатка в этой энергии. Я мог бы, кстати сказать, проложив кабель на различных глубинах, получить ток от разности температур в различных водных слоях. Но я предпочел более практический способ:

— Какой же?

— Вам известен состав морской воды. На тысячу граммов приходится девяносто шесть с половиною процентов чистой воды, два и две трети процента хлористого натрия; далее в небольшом количестве хлористый магний и хлористый кальций, бромистый магний, сернокислый магний, сульфат и углекальциевая соль. Вы видите, что хлористый натрий содержится в морской воде в значительном количестве. Вот этот-то натрий я выделяю из морской воды и питаю им свои элементы.

— Хлористым натрием?

— Да, сударь. В соединении с ртутью он образует амальгаму, заменяющую цинк в элементах Бунзена. Ртуть в элементах не разлагается. Расходуется только натрий, а его мне поставляет море. И надо сказать, что, помимо всего, натриевые элементы по крайней мере в два раза сильнее цинковых.

— Я хорошо понимаю, капитан, все преимущество натрия в условиях, в которых вы находитесь. Натрий вам поставляет море. Отлично! Но ведь его еще надо добыть, иначе говоря, выделить из его хлористого соединения. Каким способом вы его извлекаете? Разумеется, ваши батареи могли бы послужить для электрохимического разложения хлористого натрия, но, если не ошибаюсь, расход натрия на электролиз очень высок. И что же окажется? Вы таким способом потратите натрия больше, чем его получите!

— Поэтому-то, господин профессор, я не извлекаю натрий электролитическим способом и пользуюсь для этого энергией каменного угля.

— Каменного угля?

— Скажем, морского угля, если вам угодно, — отвечал капитан Немо.

— Стало быть, вы нашли способ разрабатывать подводные каменноугольные копи?

— Господин Аронакс, вы увидите это на деле. Я только попрошу вас запастись терпением, благо в этом вам способствует излишек свободного времени. Помните лишь одно: я всем обязан океану. Океан снабжает меня электричеством, а электричество дает «Наутилусу» тепло, свет, способность двигаться, словом, жизнь!

— Но не воздух для дыхания?

— О, я мог бы получить и воздух, чистейший кислород! Но это излишне, ибо я могу подняться в любой момент на поверхность океана. Впрочем, если электрическая энергия и не вырабатывает кислород, потребный для дыхания, все же она приводит в движение мощные насосы, нагнетающие воздух в специальные резервуары, что позволяет мне, если потребуется, долгое время находиться в глубинных водах.

— Капитан, я восхищаюсь вами! — сказал я. — Вы, очевидно, сделали научное открытие, выявив двигательную мощь электрической энергии! Когда-нибудь люди поймут это!

— Не знаю, поймут ли они когда-нибудь, — холодно отвечал капитан Немо. — Но, как бы то ни было, я дал этой драгоценной силе широкое применение. Она изливает на нас свой равномерный и постоянный свет, чего недостает солнечному свету. Теперь взгляните на эти часы: они электрические и в точности не уступают лучшим хронометрам. Я сконструировал их по итальянской системе, разделив циферблат на двадцать четыре часа, потому что для меня не существует ни дня, ни ночи, ни солнца, ни луны, только лишь этот искусственный свет, который я уношу с собой в морские глубины! Видите, теперь десять часов утра.

— Совершенно верно!

— А вот и другое применение электричества. Циферблат, который вы видите перед собой, служит указателем скорости

«Наутилуса». Проводами он соединяется с винтом лага, и стрелка постоянно дает мне знать, на какой скорости идет судно. Смотрите, сейчас мы идем со скоростью не более пятнадцати миль в час.

— Удивительно! — воскликнул я. — Вы, я вижу, правильно разрешили задачу, применив силу, которая в будущем заменит ветер, воду и паровые двигатели!

— Мы еще не кончили, господин Аронакс, — сказал капитан Немо, вставая. — И, если вам угодно, пройдемте на корму «Наутилуса».

И я действительно ознакомился с внутренним устройством подводного корабля. Вот его точное описание, если идти от миделя к форштевню на носовую часть: столовая метров пять длиною, отделенная от библиотеки непроницаемой, точнее говоря, водонепроницаемой переборкой; библиотека длиною метров пять, салон в длину десять метров, отделенный второй водонепроницаемой переборкой от каюты капитана длиной пять метров; рядом моя каюта в длину два с половиною метра; и, наконец, резервуар для хранения воздуха, который занимает все пространство до форштевня, то есть семь с половиною метров. Итого тридцать пять метров! Водонепроницаемые переборки и герметически запиравшиеся двери служили надежной защитой, если бы в какой-либо части подводного корабля образовалась течь.

Я последовал за капитаном Немо по узким проходам, и мы опять оказались в самом центре судна. Там, заключенное между двумя непроницаемыми переборками, находилось узкое помещение. Железный трап, привинченный к стене, вел к самому потолку. Я спросил капитана, куда ведет этот трап.

— Он ведет к шлюпке, — отвечал он.

— Как! У вас есть шлюпка? — спросил я, несколько удивившись.

— Само собой! Отличное гребное судно, легкое и устойчивое. Шлюпка служит для прогулок и рыбной ловли.

— Стало быть, вам приходится подниматься на поверхность моря, чтобы спустить шлюпку в воду?

— Вовсе нет! Шлюпка помещается в специальной выемке в кормовой части палубы «Наутилуса». Это вполне палубное судно, оно снабжено водонепроницаемой крышкой и укреплено в своем гнезде крепкими болтами. Трап ведет к узкому люку в палубе «Наутилуса», который сообщается с таким же люком в дне шлюпки. Через эти отверстия я попадаю в шлюпку. Тотчас же палубный люк закрывается. Я со своей стороны закрываю герметической крышкой отверстие в шлюпке. Затем отвинчиваю болты, и шлюпка мгновенно всплывает на поверхность вод. Тогда я открываю герметический люк шлюпки, ставлю мачту, поднимаю паруса, берусь за весла, и вот я в открытом море!

— А как же вы возвращаетесь на борт?

— Я не возвращаюсь, господин Аронакс! «Наутилус» возвращается на поверхность океана.

— По вашему приказанию?

— По моему приказанию. Шлюпка соединена с судном электрическим кабелем. Я даю телеграмму — и дело с концом!

— И в самом деле, — говорю я, наглядевшись на все эти чудеса, — ничего не может быть проще!

Миновав лестничную клетку, мы прошли мимо открытой двери в небольшую каюту, не более двух метров в длину, в которой Консель и Нед Ленд уписывали за обе щеки отличный завтрак. Затем растворилась соседняя дверь, и мы заглянули в камбуз длиной в три метра, расположенный между вместительными кладовыми судна.

Электричество оказалось удобнее всякого газа. Все готовилось на электричестве. Провода, включенные в аппаратуру в виде платиновых пластинок, раскаляли их добела, поддерживая в плите температуру, нужную для приготовления пищи. На электричестве работал и дистилляционный аппарат, снабжавший судно чистейшей пресной водой. Возле камбуза помещалась ванная комната, комфортабельно оборудованная, с кранами для горячей и холодной воды.

Дальше находился матросский кубрик длиною пять метров. Но дверь была заперта, и мне не пришлось по его обстановке определить количество обслуживающего персонала на борту «Наутилуса».

Четвертая водонепроницаемая переборка отделяла кубрик от машинного отделения.

Отворилась дверь, и я оказался в помещении, где капитан Немо — первоклассный инженер — установил машины, приводившие «Наутилус» в движение.

Машинное отделение, занимавшее в длину метров двадцать, было ярко освещено. Помещение состояло из двух половин: в первой находились батареи, вырабатывавшие электрическую энергию, во второй — машины, вращавшие винт корабля.

Я сразу же почувствовал какой-то неприятный запах, стоявший в помещении. Капитан Немо заметил это.

— Вы чувствуете запах газа, — сказал он, — газ выделяется при извлечении натрия. Приходится с этим мириться! Впрочем, мы каждое утро основательно вентилируем весь корабль.

Естественно, что я с интересом осматривал машинное отделение «Наутилуса».

— Вы видите, — сказал капитан Немо, — я пользуюсь элементами Бунзена, а не Румкорфа. Последние не дали бы мне такого высокого напряжения. Батарей Бунзена у меня не так много, но зато они работают на большой мощности. Электрическая энергия, выработанная батареями, передается в машинное отделение, приводит в действие электромоторы, которые через сложную систему трансмиссий сообщают вращательное движение гребному валу. И несмотря на то, что винт в диаметре равен шести метрам, скорость вращения его доходит до ста двадцати оборотов в секунду.

— И вы развиваете скорость…

— Пятьдесят миль в час.

Тут крылась тайна, и я не настаивал на ее разъяснении. Как может электричество дать ток столь высокого напряжения? В чем источник этой сверхмощной энергии? В высоком ли качестве арматуры нового образца, в которой индуцируется ток? В системе ли трансмиссий неизвестной дотоле конструкции, способной довести силу напряжения до бесконечности? Я не мог этого понять.

— Капитан Немо, — сказал я, — результаты налицо, и я не притязаю на объяснения. Я не забыл еще, как искусно маневрировал «Наутилус» вокруг «Авраама Линкольна», и мне известна его быстроходность. Но развить скорость — этого еще недостаточно. Нужно видеть, куда идешь! Нужно иметь возможность направлять судно вправо, влево, вверх, вниз! Каким способом погружаетесь вы на большие глубины, где давление достигает ста атмосфер? Каким способом вы поднимаетесь на поверхность океана? Наконец, каким способом вы движетесь вперед в избранных вами глубинных слоях? Но, может быть, нескромно с моей стороны задавать подобные вопросы?

— Нисколько, господин профессор, — отвечал капитан после некоторого колебания. — Ведь вы навсегда связаны с подводным кораблем. Пойдемте в салон. Там у нас настоящий рабочий кабинет, и там вы узнаете все, что вам должно знать о «Наутилусе».

13. Некоторые цифры

Вскоре мы сидели на диване в салоне с сигарами во рту. Капитан разложил передо мною чертежи, представлявшие в продольном и поперечном разрезе план «Наутилуса». Затем он сказал:

— Вот, господин Аронакс, чертежи судна, на котором вы находитесь. Судно представляет собой сильно удлиненный цилиндр с коническими концами. По своей форме оно напоминает сигару, а эта форма считается в Лондоне лучшей для подобного рода конструкций. Длина цилиндра семьдесят метров; наибольшая ширина — восемь метров. Пропорция судна несколько отступает от обычного для ваших быстроходных паровых судов отношения ширины к длине, как единица к десяти, но и при данном соотношении лобовое сопротивление невелико и вытесняемая вода не затрудняет хода корабля.

Эти две величины уже позволяют вычислить площадь и объем «Наутилуса». Площадь его равняется одной тысяче одиннадцати и сорока пяти сотым квадратных метров, объем равен одной тысяче пятистам и двум десятым кубических метров; короче говоря, корабль, полностью погруженный в воду, вытесняет тысячу пятьсот и две десятых кубических метров, или тонн, воды.

Составляя план судна, предназначенного к подводному плаванию, я исходил из того расчета, что при спуске в воду девять десятых его объема были бы погружены в море и одна десятая выступала из воды. При таких условиях судно должно было вытеснять только девять десятых своего объема, иначе говоря, одну тысячу триста пятьдесят шесть и сорок восемь сотых кубических метров воды, и весить столько же тонн. Конструкция судна не допускала, стало быть, нагрузки свыше этого веса.

«Наутилус» имеет два корпуса, один наружный, другой внутренний; они соединены между собой железными балками, имеющими двутавровое сечение, которые придают судну чрезвычайную прочность. В самом деле, благодаря такой конструкции судно противостоит любому давлению, подобно монолиту. Крепостью своего корпуса «Наутилус» обязан отнюдь не заклепкам обшивки: монолитность его конструкции достигнута путем сварки и обеспечена однородностью материалов, что позволяет ему вступать в единоборство с самыми бурными морями.

Двойная обшивка корабля изготовлена из листовой стали, удельный вес которой равен семи и восемь десятых. Толщина наружной обшивки не менее пяти сантиметров, вес триста девяносто четыре и девяносто шесть сотых тонны. Внутренняя обшивка, киль — в вышину пятьдесят сантиметров и в ширину двадцать пять сантиметров, весом шестьдесят две тонны, — машины, балласт и прочее оборудование, обстановка, внутренние переборки и пилерсы — все это вместе взятое весит девятьсот шестьдесят одну и шестьдесят две сотых тонны. Таким образом общий вес судна составляет одну тысячу триста пятьдесят шесть и сорок восемь сотых тонны, ясно?

— Совершенно ясно, — отвечал я.

— Стало быть, — продолжал капитан, — находясь на поверхности океана, «Наутилус» при этих условиях выступает над поверхностью воды на одну десятую. Следовательно, желая полностью погрузить «Наутилус» в воду, необходимо располагать резервуарами, емкостью равными этой десятой доле его объема, иными словами, способными вмещать в себя сто пятьдесят и семьдесят две сотых тонны воды. В последнем случае вес судна составил бы одну тысячу пятьсот семь тонн, и оно совершенно ушло бы под воду. Так и есть в действительности, господин профессор! Такие резервуары имеются в трюме «Наутилуса». Стоит открыть краны, как они наполняются водой, и корабль погружается в море в уровень с поверхностью воды!

— Хорошо, капитан! Но вот тут и возникает главное затруднение! Допустим, что ваше судно может держаться в уровень с поверхностью океана. Но, погружаясь в глубинные слои, разве ваш подводный корабль не испытывает повышенного давления верхних слоев воды? Разве это давление не выталкивает его снизу вверх с силою, которая равна примерно одной атмосфере на каждые тридцать футов воды, то есть около одного килограмма на квадратный сантиметр?

— Совершенно верно, сударь.

— Стало быть, для того чтобы «Наутилус» опустился в глубины океана, вам приходится до отказа наполнять резервуары водой?

— Господин профессор, — отвечал капитан Немо, — не следует смешивать статику с динамикой, это может повести к серьезным промахам. Не требуется больших усилий, чтобы опуститься в глубины океана, потому что корпус корабля имеет тенденцию «тонуть» в воде. Вы следите за ходом моей мысли?

— Я слушаю вас, капитан.

— Так вот, когда мне пришлось определять, каков должен быть вес «Наутилуса», чтобы он мог погружаться в глубины, я занялся прежде всего расчетом уменьшения объема морской воды на различных глубинах под давлением верхних водных слоев.

— Совершенно очевидно, — отвечал я.

— Но если вода и обладает способностью сжиматься, все же сжимаемость ее весьма ограничена. Действительно, согласно последним данным вода сжимается на четыреста тридцать шесть десятимиллионных при повышении давления на одну атмосферу, или, скажем, на каждые тридцать футов глубины. При погружении на глубину тысячи метров приходится брать в расчет сокращение объема от давления водяного столба высотой в тысячу метров, иначе говоря, от давления в сто атмосфер. Итак, сокращение объема составит в этих условиях четыреста тридцать шесть стотысячных. Следовательно, водоизмещение судна увеличится до одной тысячи пятисот тринадцати и семидесяти семи сотых тонны; между тем нормальный тоннаж судна одна тысяча пятьсот семь и две десятых тонны. А стало быть, для увеличения водоизмещения судна потребуется балласт весом всего лишь в шесть и пятьдесят семь сотых тонны.

— Всего лишь?

— Всего лишь, господин Аронакс! И расчет этот легко проверить. У меня имеются запасные резервуары емкостью в сто тонн. Благодаря этому я могу погружаться на значительные глубины. Если я хочу подняться в уровень с поверхностью моря, мне достаточно выкачать воду из запасных резервуаров. Если я захочу, чтобы «Наутилус» вышел на поверхность океана на одну десятую своего объема, я должен до отказа опорожнить резервуары.

Что можно было возразить против чисто математической выкладки капитана?

— Должен признать правильность ваших вычислений, капитан, — отвечал я, — и напрасно было бы их оспаривать, тем более что ваши расчеты каждодневно оправдываются на практике. Но у меня возникает сомнение…

— Какого рода, сударь?

— Когда вы находитесь на глубине тысячи метров, обшивка «Наутилуса» испытывает давление ста атмосфер, не так ли? Но если вы пожелаете опорожнить резервуары, чтобы, облегчив судно, поднять его на поверхность, вашим насосам придется преодолеть давление ста атмосфер, не так ли? А ведь это равняется ста килограммам на квадратный сантиметр! Тут нужна большая мощность…

— Которую может дать только электричество, — поспешил досказать капитан Немо. — Повторяю, сударь, возможности моих машин почти не ограничены. Насосы «Наутилуса» большой мощности. Вы могли в этом убедиться, когда на палубу «Авраама Линкольна» обрушился целый водяной столб, извергнутый ими. Впрочем, я пользуюсь запасными резервуарами лишь в крайнем случае, а именно при погружении на глубины от полутора до двух тысяч метров. Без особой нужды я не перегружаю батареи. Ну, а ежели мне приходит фантазия побывать в океанских пучинах, короче говоря, на глубине двух-трех лье под поверхностью воды, я пользуюсь более сложным маневром, но не менее надежным.

— Что это за маневр, капитан? — спросил я.

— Предварительно я должен рассказать вам, каким способом управляется «Наутилус».

— Я весь нетерпение, капитан!

— Чтобы направлять судно на штирборт, на бакборт, чтобы делать эволюции, короче говоря, вести судно по горизонтальной плоскости, я пользуюсь обыкновенным рулем с широким пером, подвешенным к ахтерштевню, который приводится в движение штурвалом посредством штуртроса. Но я могу направлять «Наутилус» и в вертикальной плоскости, сверху вниз и снизу вверх, посредством двух наклонных плоскостей, свободно прикрепленных к его бортам у ватерлинии. Плоскости эти подвижны и приводятся в любое положение изнутри судна при помощи мощных рычагов. Если плоскости поставлены параллельно килю, судно идет по горизонтали. Если они наклонны, «Наутилус», в зависимости от угла наклона, увлекаемый винтом, либо опускается по диагонали, удлиняемой по моему желанию, либо поднимается по той же диагонали. Более того, при желании можно ускорить подъем, выключив винт. Под давлением воды «Наутилус» всплывает на поверхность по вертикали, как взлетает в воздух наполненный водородом аэростат.

— Браво, капитан! — вскричал я. — Но как может рулевой вести подводный корабль вслепую?

— Управление ходом судна производится из рубки, образующей выступ в наружной части корабельного корпуса. Иллюминаторы рубки из толстого черепицеобразного стекла.

— И стекло способно выдержать такое давление?

— Как нельзя лучше! Хрусталь, при всей своей ломкости при падении, оказывает, однако, значительное сопротивление давлению воды. В тысяча восемьсот шестьдесят четвертом году производилась в Северном море опытная рыбная ловля при электрическом свете. И что же? Хрустальные пластинки в семь миллиметров толщиной выдержали давление в шестнадцать атмосфер! Причем надо сказать, что был включен ток высокого напряжения. Стекла же, которыми пользуюсь я, имеют толщину не менее двадцати одного сантиметра, то есть в тридцать раз толще упомянутых пластинок.

— Все это так, капитан Немо! Но чтобы ориентироваться в пути, необходим свет, который рассеивал бы тьму. А во мраке вод...

— Позади рубки помещается мощный электрический рефлектор, который освещает море на расстоянии полмили.

— Браво! Брависсимо, капитан! Теперь я понимаю, что означало свечение моря, столь смущавшее ученых! Бот он, пресловутый фосфоресцирующий нарвал! Кстати, скажите, столкновение «Наутилуса» с «Шотландией», наделавшее столько шуму, чистая случайность?

— Чистейшая, сударь! Я плыл в двух метрах под уровнем моря, когда произошло столкновение. Впрочем, я сразу же увидел, что оно не имело печальных последствий.

— Никаких, сударь! Ну, а что касается вашей встречи с «Авраамом Линкольном»...

— Весьма прискорбно, господин профессор, что пострадал один из лучших кораблей американского флота; но на меня напали, я вынужден был защищаться. Впрочем, я удовольствовался тем, что обезвредил фрегат. Судно отделается легким ремонтом в ближайшем порту!

— О командир, — воскликнул я, — ваш «Наутилус» действительно чудеснейшее судно!

— Да, господин профессор, — взволнованно отвечал капитан Немо, — я люблю его, как плоть от плоти моей! Если ваши суда, подверженные всем случайностям мореплавания, всюду подстерегает опасность, если первое впечатление, которое производит море, как хорошо сказал голландец Янсен, — страх бездны, то на борту «Наутилуса» человек может быть спокоен. Тут нечего бояться прогиба в корпусе, ибо двойная обшивка судна крепче железа; тут нет такелажа, который страдает от боковой качки или «устает» от качки килевой; нет парусов, которые может сорвать ветер; нет паровых котлов, которые могут взорваться; тут исключена опасность пожара, потому что на корабле нет деревянных частей; нет угля, запас которого может истощиться, потому что корабль управляется электрическими аппаратами; нет опасности столкновения, ибо он один плавает в морских пучинах; не страшны и бури, потому что в нескольких метрах под уровнем моря царит глубокий покой! Так-с, сударь! Вот совершенный подводный корабль! И если верно, что изобретатель больше верит в свое судно, нежели конструктор, а конструктор больше, чем сам капитан, то поймите, с каким безграничным доверием отношусь к «Наутилусу» я, одновременно изобретатель, конструктор и капитан судна!

Капитан Немо говорил с большим воодушевлением. Горящий взгляд, порывистые движения совершенно преобразили его. Да, он любил свое судно, как отец любит свое детище!

Но вопрос, возможно нескромный, так и срывался с моих губ; и, наконец, я все же спросил:

— Вы, стало быть, инженер, господин Немо?

— Да, господин профессор, — ответил он, — я обучался в Лондоне, Париже и Нью-Йорке в те времена, когда еще был жителем Земли.

— Но как же вам удалось сохранить в тайне строительство этого удивительного подводного корабля?

— Каждая часть корабля, господин Аронакс, получена мною из различных стран земного шара. Предназначение каждого заказа было вымышленным. Киль «Наутилуса» выкован у Крезо, гребной вал у «Пена и компании» в Лондоне, листовая обшивка корпуса у Лерда в Ливерпуле, винт у Скотта в Глазго, резервуары у «Кайля и компании» в Париже, машины у Круппа в Пруссии, таран в мастерских Мотала в Швеции, измерительные приборы у братьев

Гарт в Нью-Йорке и так далее. Поставщики получали мои чертежи, подписанные всякий раз другим именем.

— Но, получив отдельные части, вы должны были их собрать, смонтировать? — спросил я.

— Господин профессор, моя судостроительная верфь находилась на пустынном острове, в открытом океане. Там обученные мною рабочие, мои отважные товарищи, под моим наблюдением собрали наш «Наутилус». Когда корабль был собран, огонь уничтожил всякие следы нашего пребывания на острове, который, если бы мог, я взорвал бы!

— Надо полагать, что корабль стоил вам немалых денег?

— Господин Аронакс, броненосец обходится в одну тысячу сто двадцать пять франков с каждой тонны. «Наутилус» весит тысячу пятьсот тонн. Стало быть, он обошелся около двух миллионов франков, если считать только стоимость его оборудования, и не менее четырех или пяти миллионов франков вместе с коллекциями и художественными произведениями, хранящимися в нем.

— Разрешите, капитан, задать последний вопрос?

— Извольте, господин профессор!

— Вы очень богаты?

— Несметно богат! Я мог бы свободно уплатить десять миллиардов государственного долга Франции!

Я пристально посмотрел на своего собеседника. Не злоупотреблял ли он моей доверчивостью? Время покажет!

14. «Черная река»

Площадь, занимаемая водой на поверхности земного шара, исчисляется в три миллиона восемьсот тридцать две тысячи пятьсот пятьдесят восемь квадратных мириаметров[13]; иначе говоря, вода занимает свыше тридцати восьми миллионов гектаров земной поверхности. Объем этой жидкой массы равен двум миллиардам двумстам пятидесяти миллионам кубических миль; и если вообразить себе эту жидкую массу в форме шара, то окажется, что диаметр его равен шестидесяти лье, а вес составляет три квинтиллиона тонн. А чтобы осмыслить эти цифры, необходимо знать, что квинтиллион относится к миллиарду, как миллиард к единице, иными словами, в квинтиллионе столько же миллиардов, сколько в миллиарде единиц. Образно говоря, такое количество воды могли бы излить все земные реки лишь в течение сорока тысяч лет!

В геологическом прошлом нашей планеты за огненным периодом следовал период водяной. Земная поверхность представляла собою ложе мирового океана. Затем, в силурийский период, начался горообразовательный процесс; из вод выступили горные вершины, на поверхности океана появились острова, которые исчезали во время потопов и затем вновь возникали, соединяясь между собою и образуя материки; соотношение между пространствами суши и воды на Земле неоднократно изменялось, и, наконец, рельеф земной поверхности принял те очертания, какие мы видим на современных географических картах. Суша отвоевала у воды тридцать семь миллионов шестьсот пятьдесят семь квадратных миль, или двенадцать миллиардов девятьсот шестнадцать миллионов гектаров.

Очертания материков позволяют разделить мировые воды на пять главных водоемов: Северный Ледовитый океан, Южный

---

[13] Мириаметр — десять тысяч метров.

Ледовитый океан, Индийский океан, Атлантический океан, Тихий океан.

Тихий океан простирается с севера на юг, занимая все пространство между обоими полярными кругами, и с запада на восток, между Азией и Америкой, на протяжении ста сорока пяти градусов долготы. Это самый спокойный из океанов, течения его широки и не быстры, приливы и отливы умеренны, осадки обильны. Таков океан, с которого началось мое путешествие в самых необычайных условиях.

— Господин профессор, — сказал капитан Немо, — если вам угодно, мы с точностью определим место, где мы находимся, и установим отправную точку нашего путешествия. Теперь без четверти двенадцать. Я прикажу поднять судно на поверхность океана.

Капитан нажал трижды кнопку электрического звонка. Тотчас же насосы начали выкачивать воду из резервуаров; стрелка манометра поползла вверх, указывая на то, что давление все уменьшается; наконец, она замерла на месте.

— Мы вышли на поверхность, — сказал капитан.

Я направился к центральному трапу. Взобравшись по железным ступенькам наверх, я вышел через открытый люк на палубу «Наутилуса».

Палуба выступала из воды не больше чем на восемьдесят сантиметров. Округлый и длинный корпус «Наутилуса» и в самом деле был похож на сигару. Я обратил внимание на то, что его черепитчатая обшивка из листового железа напоминала чешую, покрывающую тело наземных пресмыкающихся. И я понял, почему, несмотря на самые сильные подзорные трубы, это судно всегда принимали за морское животное.

Полускрытая в корпусе «Наутилуса» шлюпка образовывала небольшую выпуклость в самой середине палубы. На носу и на корме выступали две невысокие кабины с наклонными стенками, частично прикрытые толстым чечевицеобразным стеклом:

передняя служила рубкой рулевого, в задней был установлен мощный электрический прожектор, освещавший путь.

Океан был великолепен, небо ясно. Длинный корпус судна лишь слегка покачивался на широких океанских волнах. Легкий восточный ветерок чуть рябил водную гладь. Туман не застилал линии горизонта, и можно было с большой точностью вести наблюдение.

Ничто не останавливало взгляда. Ни островка, ни скалы в виду. Ни следа «Авраама Линкольна»... Необозримая пустыня!

Капитан Немо, взяв секстан, приготовился измерить высоту солнца, чтобы определить, на какой широте мы находимся. Он ожидал несколько минут, пока дневное светило не вышло из-за облака. И покамест он наблюдал, ни один мускул его руки не дрогнул, словно секстан держала рука статуи.

— Полдень, — сказал капитан. — Господин профессор, не угодно ли вам...

Я кинул последний взгляд на желтоватые воды, омывавшие, несомненно, японские берега, и сошел вслед за ним в салон.

Там капитан сделал при помощи хронометра вычисления, определил долготу данного места и проверил свой расчет по предшествующим угломерным наблюдениям. Затем он сказал:

— Господин Аронакс, мы находимся под сто тридцать седьмым градусом и пятнадцатью минутами западной долготы...

— По какому меридиану? — живо спросил я, надеясь, что ответ капитана прольет свет на его национальность.

— Сударь, — отвечал он, — у меня разные хронометры, поставленные по Парижскому, Гринвичскому и Вашингтонскому меридианам. Но в честь вас я выбираю парижский.

Ответ не осветил ровно ничего. Я поклонился, а капитан продолжал:

— Под сто тридцатью семью градусами и пятнадцатью минутами западной долготы от Парижского меридиана и под тридцатью градусами и семью минутами северной широты, иными словами, в трехстах милях от берегов Японии. Итак, сегодня, восьмого ноября, в полдень, начинается наше кругосветное путешествие под водой.

— Храни нас господь! — сказал я.

— А теперь, господин профессор, — прибавил капитан, — продолжайте свои занятия. Я приказал взять курс на восток-северо-восток и идти на глубине пятидесяти метров. На карте ежедневно будет отмечаться пройденный нами путь. Салон в вашем распоряжении. А теперь позвольте покинуть вас.

Капитан Немо откланялся и вышел. Я остался наедине со своими мыслями. Я думал о капитане «Наутилуса». Узнаю ли я когда-нибудь, какой национальности этот загадочный человек, отрекшийся от своей родины? Что вызвало в нем ненависть к человечеству, возможно, ненависть, жаждавшую отмщения? Не из тех ли он непризнанных ученых, не из тех ли гениев, которых, как говорит Консель, «обидел свет»? Не современный ли Галилей, не жрец ли науки, как американец Мори, ученая карьера которого была прервана политическими событиями? Неизвестно! Случай бросил меня на борт его судна, и жизнь моя была в его руках. Он встретил меня холодно, но не отказал в гостеприимстве. Ни разу не пожал он моей протянутой руки. Ни разу не подал мне своей руки!

Целый час провел я в размышлениях, стараясь проникнуть в волнующую тайну этого человека. Нечаянно взгляд мой упал на карту Земли, разложенную на столе; и я, водя пальцем по карте, нашел точку скрещения долготы и широты, указанные капитаном Немо.

На океанах, как и на материках, есть свои реки. Это океанские течения, которые легко узнать по цвету и температуре и самое значительное из которых известно под названием Гольфстрим. Наука нанесла на карту земного шара направление пяти главнейших течений: первое на севере Атлантического океана, второе на юге Атлантического океана, третье на севере Тихого океана, четвертое на юге Тихого океана и, наконец, пятое в южной части Индийского океана. Вполне вероятно, что в северной части

Индийского океана существовало и шестое океанское течение в те времена, когда Каспийское и Аральское моря и большие озера Азии составляли одно водное пространство.

Путь «Наутилуса» лежал по одному из таких течений, обозначенному на карте под японским названием *Куро-Сиво,* что значит «Черная река». Выйдя из Бенгальского залива, согретое отвесными лучами тропического солнца, это течение проходит через Малаккский пролив, идет вдоль берегов Азии и, огибая их в северной части Тихого океана, достигает Алеутских островов; оно увлекает с собой стволы камфарного дерева, тропические растения и резко отличается ярко-синим цветом своих теплых вод от холодных вод океана.

Я изучал путь этого течения по карте, представляя себе, как оно теряется в бескрайних просторах Тихого океана; и воображение так увлекло меня, что я не заметил, как Нед Ленд и Консель вошли в салон.

Мои спутники не могли прийти в себя от удивления при виде чудес, представших перед их глазами.

— Где же мы находимся? Где? — вскричал канадец. — Не в Квебекском ли музее?

— С позволения сказать, — заметил Консель, — скорее в особняке Соммерара!

— Друзья мои, — сказал я, приглашая их подойти поближе, — вы не в Канаде и не во Франции, а на борту «Наутилуса», в пятидесяти метрах ниже уровня моря.

— Приходится поверить, раз сударь так говорит, — сказал Консель. — Но, признаться, этот салон может удивить даже такого фламандца, как я.

— Удивляйся, друг мой, да, кстати, осмотри витрины, там найдется много любопытного для такого классификатора, как ты.

Поощрять Конселя не было надобности. Склонившись над витриной, он уже бормотал что-то на языке натуралистов:

«брюхоногие, класс животных из типа моллюсков, семейство трубачей, род ужовки, вид Мадагаскарской ципреи».

Тем временем Нед Ленд, мало осведомленный в конхиологии, расспрашивал меня о моем свидании с капитаном Немо. Узнал ли я, кто он, откуда прибыл, куда направляется, в какие глубины увлекает нас. Короче говоря, он задавал мне тысячи вопросов, на которые я не успевал отвечать.

Я сообщил ему все, что я знал, вернее, чего я не знал, и в свою очередь спросил его, что он слышал или видел со своей стороны.

— Ничего не видел, ничего не слышал, — отвечал канадец. — Даже из команды судна никто мне на глаза не попался. Неужто и экипаж электрический?

— Электрический!

— Ей-ей, в это можно поверить! Но вы, господин Аронакс, — спросил Нед Ленд, одержимый своим замыслом, — вы-то можете мне сказать, сколько людей на борту? Десять, двадцать, пятьдесят, сто?

— Не могу вам на это ответить, Нед! И послушайте меня, выбросьте-ка из головы вашу затею овладеть «Наутилусом» или бежать с него. Судно — настоящее чудо современной техники, и я очень сожалел бы, если б мне не довелось с ним ознакомиться. Многие пожелали бы оказаться в нашем положении, хотя бы ради возможности поглядеть на все эти чудеса! Поэтому успокойтесь и давайте наблюдать за тем, что происходит вокруг нас.

— Наблюдать! — вскричал гарпунер. — Да разве что увидишь в этой железной тюрьме! Мы движемся, мы плывем, как слепые…

Не успел Нед окончить фразу, как вдруг в салоне стало темно. Светоносный потолок померк так внезапно, что я почувствовал боль в глазах, как это бывает при резком переходе из мрака на яркий свет.

Мы замерли на месте, не зная, что нас ожидает, — удовольствие или неприятность. Но тут послышался какой-то шорох. Словно бы железная обшивка «Наутилуса» стала раздвигаться.

— Конец конца! — сказал Нед Ленд.

— Отряд гидромедуз! — бормотал Консель.

Внезапно салон опять осветился. Свет проникал в него снаружи с обеих сторон, через огромные овальные стекла в стенах. Водные глубины были залиты электрическим светом. Хрустальные стекла отделяли нас от океана. В первый момент я содрогнулся при мысли, что эта хрупкая преграда может разбиться; но массивная медная рама сообщала стеклам прочность почти несокрушимую.

Морские глубины были великолепно освещены в радиусе одной мили от «Наутилуса». Дивное зрелище! Какое перо достойно его описать! Какая кисть способна изобразить всю нежность красочной гаммы, игру световых лучей в прозрачных морских водах, начиная от самых глубинных слоев до поверхности океана!

Прозрачность морской воды известна. Установлено, что морская вода чище самой чистой ключевой воды. Минеральные и органические вещества, содержащиеся в ней, только увеличивают ее прозрачность. В некоторых частях океана, у Антильских островов, сквозь слой воды в сто сорок пять метров можно прекрасно видеть песчаное дно, а солнечные лучи проникают на триста метров в глубину! Но электрический свет, вспыхнувший в самом лоне океана, не только освещал воду, но и превращал жидкую среду вокруг «Наутилуса» в жидкий пламень.

Если допустить гипотезу Эремберга, полагавшего, что вода в морских глубинах фосфоресцирует, то надо признать, что природа приберегла для обитателей морей одно из самых чарующих зрелищ, о чем я могу свидетельствовать, наблюдая игру световых лучей, преломляющихся в грани тысячи жидких алмазов. Окна по обе стороны салона были открыты в глубины неизведанного. Темнота в комнате усиливала яркость наружного освещения, и казалось, глядя в окна, что перед нами гигантский аквариум.

Создавалось впечатление, что «Наутилус» стоит на месте. Объяснялось это тем, что в виду не было никакой неподвижной точки. Но все же океанские воды, рассеченные форштевнем судна, порою проносились перед нашими глазами с чрезвычайной скоростью.

Очарованные картиной подводного мира, опершись на выступ оконной рамы, мы прильнули к стеклам, не находя слов от удивления, как вдруг Консель сказал:

— Вы желали видеть, милейший Нед, ну вот и смотрите!

— Удивительно! Удивительно! — говорил восторженно канадец, позабыв и свой гнев и свои планы бегства. — Стоило приехать издалека, чтобы полюбоваться на такое чудо!

— Да, теперь мне понятна жизнь этого человека! — воскликнул я. — Он проник в особый мир, и этот мир раскрывал перед ним свои самые сокровенные тайны!

— Но где же рыбы? — спрашивал канадец. — Я не вижу рыб!

— А на что они вам, милейший Нед? — отвечал Консель. — Ведь в рыбах вы ничего ровно не смыслите.

— Я? Да ведь я рыбак! — вскричал Нед Ленд.

И между друзьями завязался спор; оба они знали толк в рыбах, но каждый по-своему.

Известно, что рыбы составляют четвертый и последний класс позвоночных [14]. Им дано очень точное определение: «позвоночные — животные с двойным кровообращением и холодной кровью, дышат жабрами и приспособлены жить в воде». Рыбы подразделяются на костистых и хрящевых. Костистые — это рыбы, у которых костяной скелет; хрящевые — рыбы, у которых скелет хрящевой.

Канадец, возможно, слышал о таком подразделении, но Консель, более сведущий в этой области, не мог из чувства дружбы допустить, чтобы Нед оказался менее образованным, чем он. Поэтому он сказал:

---

[14] Современная систематика делит позвоночных на 6 классов.

— Милейший Нед, вы гроза рыб, искуснейший рыболов! Вы переловили множество этих занятных животных. Но бьюсь об заклад, что вы и понятия не имеете, как их классифицируют.

— Как классифицируют рыб? — серьезно отвечал гарпунер. — На съедобных и несъедобных!

— Вот так гастрономическая классификация! — воскликнул Консель. — А не скажете ли вы, чем отличаются костистые рыбы от хрящевых?

— А может быть, и скажу, Консель!

— А вы знаете, как подразделяются эти два основных класса?

— Понятия не имею, — отвечал канадец.

— Так вот, милейший Нед, слушайте и запоминайте! Костистые рыбы подразделяются на шесть подотрядов: primo, колючеперые с цельной и подвижной верхней челюстью, с гребенчатыми жабрами. Подотряд включает пятнадцать семейств, иначе говоря, почти три четверти всех известных рыб. Представитель подотряда: обыкновенный окунь.

— Рыба недурна на вкус, — заметил Нед Ленд.

— Secundo, — продолжал Консель, — рыбы с брюшными плавниками, расположенными позади грудных, но не соединенными с плечевой костью. Подотряд включает пять семейств, и сюда относится большая часть пресноводных рыб. Представители подотряда: карп, щука.

— Фи! — сказал канадец с пренебрежением, — пресноводные рыбы!

— Tertio, — продолжал Консель, — мягкоперые, у которых брюшные плавники находятся под грудными и непосредственно связаны с плечевой костью. Подотряд включает четыре семейства. Представители: палтус, камбала, тюрбо и так далее…

— Превосходные рыбы! Превосходные! — восклицал гарпунер, не признававший другой классификации рыб, кроме вкусовой.

— Quarto, — продолжал не смущаясь Консель, — бесперые, с удлиненным телом, без брюшных плавников, покрытые жесткой и слизистой кожей. Подотряд включает только одно семейство. Сюда относятся угревые: угорь обыкновенный, гимнот — угорь электрический.

— Посредственная рыба! Посредственная! — заметил Нед Ленд.

— Quinto, — говорил Консель, — пучкожаберные, с цельной подвижной челюстью; жабры состоят из кисточек, расположенных попарно вдоль жаберных дуг. В этом подотряде одно семейство. Представители: морской конек, летучий дракон.

— Мерзость! Мерзость! — заметил гарпунер.

— Sexto, — сказал Консель в заключение, — сростночелюстные, у которых кости, ограничивающие рот сверху, сращены, придавая полную неподвижность челюсти, — подотряд, порочащий настоящих рыб. Представители: иглобрюхи, луна-рыба.

— Ну, эта рыба только осквернит кастрюлю! — вскричал канадец.

— Вы хоть сколько-нибудь поняли, милейший Нед? — спросил ученый Консель.

— Нисколько, милейший Консель! — отвечал гарпунер. — Но валяйте дальше, любопытно послушать!

— Что касается хрящевых рыб, — невозмутимо продолжал Консель, — они подразделяются на три отряда.

— И того много! — буркнул Нед.

— Primo, круглоротые, у которых вместо челюсти одно срединное носовое отверстие, а позади черепа ряд круглых жаберных отверстий. Отряд включает лишь одно семейство. Представитель: минога.

— Хороша рыба! — сказал Нед Ленд.

— Secundo, селахии; жабры у них похожи на жаберные отверстия круглоротых, но с подвижной нижней челюстью. Отряд самый значительный в классе. Подразделяется на два семейства. Представители: акулы и скаты.

— Как! — вскричал Нед. — Скат и акула в одном отряде? Ну, милейший Консель, в интересах скатов не советую вам сажать их вместе в один сосуд!

— Tertio, — продолжал Консель, — осетровые. Жабры у них открываются, как обычно, одной щелью, снабженной жаберной крышкой, — отряд включает четыре вида. Представитель семейства: осетр.

— Э, э! Милейший Консель, вы приберегли на мой вкус лучший кусочек на закуску! И это все?

— Да, милейший Нед, — отвечал Консель. — И заметьте, что знать это, еще не значит узнать все, потому что семейства подразделяются на роды, виды, разновидности.

— Так-то, милейший Консель! — сказал гарпунер, взглянув в окно. — А вот вам и разновидности!

— Рыбы! — вскричал Консель. — Право, можно подумать, что перед нами аквариум!

— Нет! — возразил я. — Аквариум — та же клетка, а эти рыбы свободны, как птицы в воздухе.

— А ну-ка, милейший Консель, называйте рыб! Называйте! — сказал Нед Ленд.

— Это не по моей части, — отвечал Консель. — Это дело хозяина!

И в самом деле, славный парень, рьяный классификатор, не был натуралистом, и я не уверен, мог ли он отличить тунца от макрели. Канадец, напротив, называл без запинки всех рыб.

— Балист, — сказал я.

— Балист китайский, — заметил Нед Ленд.

— Род балистов, семейство жесткокожих, отряд сростночелюстных, — бормотал Консель.

Право, вдвоем они составили бы замечательного натуралиста!

Канадец не ошибся. Множество китайских балистов, со сплющенным телом, с зернистой кожей, с шипом на спинном плавнике, резвилось вокруг «Наутилуса», ощетинясь колючками, торчавшими в четыре ряда по обе стороны хвоста. Ничего нет прелестнее китайских балистов, сверху серых, белых снизу, с золотыми пятнами на чешуе, мерцавшими в темных струях за кормою. Между балистами виднелись скаты, словно полотнища, развевающиеся по ветру; и среди них я заметил, к величайшей радости, японского ската с желтоватой спиной, нежно-розовым брюхом и тремя шипами над глазом; вид настолько редкий, что самое существование его было в свое время поставлено под сомнение Ласепедом, который видел такого ската только в одном собрании японских рисунков.

В продолжение двух часов подводное воинство эскортировало «Наутилус». И покуда рыбы резвились и плескались, соперничая красотою расцветки, блеском чешуи и юркостью, я приметил зеленого губана, барабульку, отмеченную двойной черной полоской, бычка, белого, с фиолетовыми пятнами на спине и закругленным хвостом, японскую скумбрию, чудесную макрель здешних морей, с серебряной головой и голубым телом, блистательных лазуревиков, одно название которых заменяет всякие описания, спарид рубчатых, с разноцветным плавником, голубым и желтым, спарид полосатых, с черной перевязью на хвосте, спарид поясоносных, изящно зашнурованных шестью поперечными полосами, трубкоротых с рыльцем в форме флейты, или морских бекасов, некоторые представители которых достигают метра в длину, японскую саламандру, мурену, род змеевидного угря, длиною в шесть футов, с маленькими живыми глазками и широким ощеренным зубами ртом, всего не перечислишь...

Восхищению нашему не было предела. Восклицаниям не было конца. Нед называл рыб, Консель их классифицировал, а я восторгался живостью их движений и красотою формы. Мне не доводилось видеть таких рыб в их естественной среде.

Не стану описывать все разновидности, промелькнувшие перед нашими ослепленными глазами, всю эту коллекцию Японского и Китайского морей.

Рыбы, привлеченные, несомненно, блеском электрического света, стекались целыми стаями, их было больше, чем птиц в воздухе.

Внезапно в салоне стало светло. Железные створы задвинулись. Волшебное видение исчезло. Но я долго бы еще грезил наяву, если б мой взгляд случайно не упал на инструменты, развешанные на стене. Стрелка компаса по-прежнему показывала направление на северо-северо-восток, манометр — давление в пять атмосфер, соответствующее глубине в пятьдесят метров ниже уровня моря, а электрический лаг — скорость в пятнадцать миль в час.

Я ждал капитана Немо. Но он не появлялся. Хронометр показывал пять часов.

Нед Ленд и Консель ушли в свою каюту. Я тоже вернулся к себе. Обед уже стоял на столе. Был подан суп из нежнейших морских черепах, на второе барвена, которая славится своей белой, слегка слоистой мякотью и печень которой, приготовленная особо, считается изысканнейшим блюдом, затем филейная часть рыбы из семейства окуневых, более вкусная, чем лососевое филе.

Вечером я читал, писал, размышлял. Когда же меня начало клонить ко сну, я лег на свое ложе из морской травы и крепко заснул, меж тем как «Наутилус» скользил по быстрому течению «Черной реки».

15. Письменное приглашение

На следующий день, 9 ноября, я проснулся после глубокого двенадцатичасового сна. Консель, по обыкновению, пришел узнать, «хорошо ли хозяин почивал», и предложить свои услуги. Его друг, канадец, все еще спал так безмятежно, как будто другого занятия у него и не было.

Я не мешал славному малому болтать, но отвечал невпопад. Меня тревожило, что капитан не присутствовал на вчерашнем зрелище, и я надеялся увидеть его нынешним днем.

Я облачился в свои виссоновые одеяния. Качество ткани вызвало у Конселя целый ряд замечаний. Пришлось ему объяснить, что ткань эта вырабатывается из шелковистых прочных нитей биссуса, посредством которых прикрепляется к скалам раковина, так называемая «пинна», которая встречается во множестве у берегов Средиземного моря. В старину из биссуса выделывали прекрасные ткани — виссоны, а позже чулки, перчатки, чрезвычайно мягкие и теплые. И экипаж «Наутилуса» не нуждался ни в хлопке, ни в овечьей шерсти, ни в шелковичных червях, потому что материал для одежды ему доставляло море!

Одевшись, я вошел в салон. Там было пусто.

Я занялся изучением конхиологических сокровищ, хранившихся в витринах. Я рылся в гербариях, наполненных редкостными морскими растениями, хотя и засушенными, но не утратившими пленительной яркости красок. Среди этих изящных морских растений я заметил кольчатые кладостефы, пластинчатые падины, каулерпы, похожие на виноградные листья, бугорчатые каллитамнионы, нежные церамиумы ярко-красных расцветок, хрупкие алые веерообразные агариумы и другие различные водоросли.

День прошел, а капитан Немо не удостоил меня своим посещением. Железные створы на окнах в салоне не раскрывались. Не желали ли охранить нас от пресыщения столь дивным зрелищем?

«Наутилус» держал курс на восток-северо-восток и шел на глубине пятидесяти — шестидесяти метров со скоростью двенадцати миль в час.

Следующий день, 10 ноября, прошел как и остальные: по-прежнему не показался ни один человек из команды «Наутилуса». Нед и Консель провели большую часть дня со мною. Отсутствие капитана удивляло их. Может быть, этот странный человек заболел? А может быть, он переменил свое решение в отношении нас?

Впрочем, как правильно заметил Консель, у нас не было причины жаловаться: мы пользовались полной свободой, нас вкусно и сытно кормили. Наш хозяин строго соблюдал условия договора. И к тому же самая необычность нашего положения представляла такой интерес, что мы не вправе были сетовать на судьбу.

С этого дня я стал аккуратно вести запись текущих событий, и поэтому могу восстановить все наши приключения с величайшей точностью. И любопытная подробность! Свои записи я вел на бумаге, изготовленной из морской травы.

Итак, 11 ноября, проснувшись ранним утром, я догадался по притоку свежего воздуха, что мы всплыли на поверхность океана, чтобы возобновить запасы кислорода. Я направился к трапу и вышел на палубу.

Было шесть часов утра. Погода стояла пасмурная, море было серое, но спокойное. Лишь легкая зыбь пробегала по водной глади. Появится ли нынче капитан Немо? Я так надеялся встретить его тут. Но, кроме рулевого, заключенного в свою стеклянную будку, на палубе никого не было. Сидя на возвышении, образуемом корпусом шлюпки, я жадно вдыхал насыщенный солью морской воздух.

Понемногу, под действием солнечных лучей, туман рассеялся. На восточной части горизонта показался лучезарный диск. Море вспыхнуло, как порох. Высокие, рассеянные облака окрасились в удивительно нежные тона, а обрамлявшие их, точно кружевом, перистые облачка, так называемые «кошачьи языки», предвещали ветреный день.

Но что значит ветер для «Наутилуса», который не страшился бурь!

Я радостно встречал восход солнца — такое животворящее, исполненное ликования явление природы, — как вдруг послышались чьи-то шаги.

Я собрался было приветствовать капитана Немо, но это был только его помощник — я видел его уже раньше, при первой встрече с капитаном. Он взошел на палубу, казалось, не замечая моего присутствия. Приставив к глазам подзорную трубу, он с величайшим вниманием стал исследовать горизонт. Окончив свои наблюдения, он подошел к люку и произнес несколько слов. Я точно запомнил их, потому что впоследствии слышал эти слова каждодневно при подобных же условиях.

Фраза звучала так:

«Nautron respoc lorni virch!»

Что означала фраза, не знаю!

Произнеся эти слова, помощник капитана сошел вниз. Я подумал, что «Наутилус» начнет снова погружаться в морские глубины. Поэтому я в свою очередь поспешил сойти вниз.

Прошло пять дней без каких-либо перемен. Каждое утро я выходил на палубу. Каждое утро тот же человек произносил ту же фразу. Капитан Немо не появлялся.

Я решил, что больше уже не увижу его, и покорился своей участи; но 16 ноября, войдя вместе с Недом и Конселем в свою каюту, я нашел на столе адресованную мне записку.

Я поспешил вскрыть ее. Записка была написана по-французски, но готическим шрифтом, напоминавшим буквы немецкого алфавита.

«Господину профессору Аронаксу.

На борту „Наутилуса“, 16 ноября 1867 года.

Капитан Немо просит господина профессора Аронакса принять участие в охоте, которая состоится завтра утром в его лесах на острове Креспо. Капитан Немо надеется, что ничто не помешает господину профессору воспользоваться его приглашением, и притом он будет очень рад, если спутники господина профессора пожелают присоединиться к нашей экскурсии.

Командир „Наутилуса“ капитан Немо».

— На охоту? — вскричал Нед.

— Да еще в его лесах на острове Креспо! — прибавил Консель.

— Стало быть, этот человек иногда высаживается на берег? — спросил Нед Ленд.

— Сказано, кажется, совершенно ясно, — ответил я, перечитывая письмо.

— Ну, что ж! Надо принять приглашение, — заявил канадец. — А попав на сушу, мы уж обдумаем, как нам поступить. Помимо всего, я не прочь съесть кусок свежей дичи.

Не пытаясь установить связь между ненавистью капитана Немо к континентам и островам и его приглашением охотиться в лесах Креспо, я ограничился ответом:

— Посмотрим-ка сперва, что представляет собою остров Креспо!

И тут же на карте я нашел под 32°40′ северной широты и 167°50′ западной долготы этот островок, открытый в 1801 году капитаном Креспо и значившийся на старинных испанских картах под названием Rocca de la Plata, что по-французски означает «Серебряный утес». Итак, мы находились в тысяча восьмистах милях от точки нашего отправления, и «Наутилус» несколько изменил курс, повернув к юго-востоку.

Я указал моим спутникам на скалистый островок, затерянный в северной части Тихого океана.

— Ну если уж капитан Немо порою и выходит на сушу, — сказал я, — то, конечно, он выбирает самые необитаемые острова!

Нед Ленд ничего не ответил, только лишь покачал головой; затем они оба ушли. После ужина, поданного безмолвным и невозмутимым стюардом, я лег спать несколько озабоченный.

Поутру 17 ноября, проснувшись, я почувствовал, что «Наутилус» стоит на месте. Наскоро одевшись, я вышел в салон.

Капитан Немо был там. Он ожидал меня. Когда я вошел, он встал, поздоровался и спросил, согласен ли я сопровождать его на охоту.

Поскольку он не сделал ни малейшего намека насчет своего восьмидневного отсутствия, я воздержался заговорить на эту тему и коротко ответил, что я и мои спутники готовы сопутствовать ему.

— Но позвольте, сударь, — прибавил я, — задать вам один вопрос.

— Пожалуйста, господин Аронакс. Если смогу, я вам отвечу.

— Как случилось, капитан, что вы, порвав всякие связи с землей, владеете лесами на острове Креспо?

— Господин профессор, — отвечал капитан, — леса в моих владениях не нуждаются ни в солнечном свете, ни в теплоте. В них не водятся ни львы, ни тигры, ни пантеры, ни какие-либо другие четвероногие. Об их существовании знаю лишь я один. Растут они лишь для одного меня. Это не земные леса, а подводные.

— Подводные леса? — вскричал я.

— Да, господин профессор.

— И вы предлагаете мне побывать в этих лесах?

— Совершенно верно.

— Идти туда пешком?

— Даже не замочив ног.

— И охотиться там?

— И охотиться.

— И взять ружье?

— И взять ружье.

Я кинул на капитана Немо взгляд, в котором не было ничего лестного для его особы.

«Несомненно, у него голова не в порядке, — подумал я. — Видимо, у него был приступ болезни, длившийся восемь дней, и, как знать, здоров ли он теперь? А жаль! Все же лучше иметь дело с чудаком, чем с сумасшедшим!»

Мысли эти были ясно написаны на моем лице, но капитан Немо жестом пригласил меня следовать за собою, и я безропотно повиновался ему.

Мы вошли в столовую, где был уже подан завтрак.

— Господин Аронакс, — сказал капитан, — прошу вас позавтракать со мною без церемоний. За столом мы продолжим наш разговор. Ведь я обещал вам прогулку в лес, но не в ресторан! Поэтому рекомендую вам завтракать поплотнее; обедать, видимо, мы будем очень поздно.

Я отдал должное завтраку. Меню состояло из рыбных кушаний, ломтиков голотурий, превосходных зоофитов, приправленных весьма пикантным соусом из морских водорослей, так называемых порфир и лауренсий. Пили мы чистую воду, прибавляя в нее, по примеру капитана, несколько капель перебродившего настоя, приготовленного, по-камчатски, из водоросли, известной под названием «лапчатой родимении».

Вначале капитан Немо завтракал молча. Потом он сказал:

— Господин профессор, совершенно очевидно, что, получив мое приглашение на охоту в лесах острова Креспо, вы сочли меня непоследовательным. Когда же вы узнали, что я приглашаю вас в подводные леса, вы решили, что я просто сумасшедший. Никогда не следует, господин профессор, поверхностно судить о людях.

— Но, капитан, поверьте, что…

— Благоволите выслушать меня, а после судите, можно ли обвинять меня в непоследовательности или в сумасшествии.

— Я слушаю вас.

— Господин профессор, вы, как и я, знаете, что человек может находиться под водой, если при нем будет достаточный запас воздуха, нужного для дыхания. При подводных работах водолазы, одетые в водонепроницаемый костюм, с защитным металлическим шлемом на голове, получают воздух с поверхности через специальный шланг, соединенный с насосом.

— Это так называемые скафандры, — сказал я.

— Совершенно верно! Но человек, одетый в скафандр, стеснен в своих действиях. Его связывает резиновый шланг, через который насосы подают ему воздух. Это настоящая цепь, которой он прикован к земле; и если бы мы были так прикованы к «Наутилусу», мы не далеко бы ушли.

— Каким же способом можно избежать такой скованности? — спросил я.

— Пользуясь прибором Рукейроля-Денейруза, изобретенного вашим соотечественником и усовершенствованного мною, вы можете без всякого ущерба для здоровья погрузиться в среду с совершенно иными физиологическими условиями. Прибор этот представляет собою резервуар из толстого листового железа, в который нагнетается воздух под давлением в пятьдесят атмосфер. Резервуар укрепляется на спине водолаза ремнями, как солдатский ранец. Верхняя часть резервуара заключает в себе некое подобие кузнечных мехов, регулирующих давление воздуха, доводя его до нормального. В обычном приборе Рукейроля две резиновые трубки соединяют резервуар со специальной маской, которая накладывается на лицо водолаза; одна трубка служит для вдыхания свежего воздуха, другая для удаления воздуха отработанного, и водолаз по мере надобности нажимает языком клапан той или другой трубки. Но мне, чтобы выдерживать на дне моря значительное давление верхних слоев воды, пришлось вместо маски надеть на голову, как в скафандре, медный шлем с двумя трубками — вдыхательной и выдыхательной.

— Превосходно, капитан Немо! Но ведь запас воздуха быстро иссякает, и как только процент кислорода падет до пятнадцати, он становится непригоден для дыхания?

— Разумеется. Но я уже сказал вам, господин Аронакс, что насосы «Наутилуса» позволяют мне нагнетать воздух в резервуар под значительным давлением, а при этих условиях можно обеспечить водолаза кислородом на девять-десять часов.

— Оспаривать это не приходится, — отвечал я. — Хотелось бы только знать, капитан, каким способом вы освещаете себе путь на дне океана?

— Аппаратом Румкорфа, господин Аронакс. Резервуар со сжатым воздухом укрепляется на спине, а этот привязывают к поясу. Он состоит из элемента Бунзена, который я заряжаю натрием, а не двухромистым калием, как обычно. Индукционная катушка вбирает в себя электрический ток и направляет его к фонарю особой конструкции. Фонарь состоит из змеевидной, полой, стеклянной трубки, наполненной углекислым газом. Когда аппарат вырабатывает, электрический ток, газ светится достаточно ярко. Таким образом я могу дышать и видеть под водой.

— Капитан Немо, вы на все мои возражения даете такие исчерпывающие ответы, что я не смею больше сомневаться. Однако, признав себя побежденным касательно аппаратов Рукейроля и Румкорфа, я все же надеюсь взять реванш на ружьях, которыми вы обещали меня снабдить.

— Но ведь это не огнестрельное оружие, — отвечал капитан.

— Стало быть, ружья действуют сжатым воздухом?

— Само собою! И как мог бы я изготовлять порох на борту моего судна, не имея ни селитры, ни серы, ни угля?

— И притом, какое огромное сопротивление пришлось бы преодолевать пуле, если бы пользоваться огнестрельным оружием под водой, в среде, которая в восемьсот пятьдесят пять раз плотнее воздуха! — прибавил я.

— Ну, это не причина! Существует оружие, усовершенствованное после Фультона англичанами Филиппом Кольтом и Бурлеем, французом Фюрси и итальянцем Ланди, снабженное особыми затворами и способное стрелять в таких условиях. Но, повторяю, не имея пороха, я воспользовался сжатым воздухом, которым меня снабжают в неограниченном количестве насосы «Наутилуса».

— Но нагнетенный воздух быстро расходуется.

— Ну что ж! Разве не при мне резервуар Рукейроля? Ведь в случае нужды он выручит меня. А *посему* достаточно повернуть кран! Впрочем, вы сами увидите, господин Аронакс, что подводные охотники скромно расходуют и кислород и пули.

— Все же мне кажется, что в полутьме, какая царит на дне моря, и при чрезвычайной плотности жидкой среды ружейные пули не попадают в цель на большом расстоянии и не могут быть смертоносными.

— Напротив, сударь! Каждый выстрел из такого ружья несет смерть. И как бы легко не было ранено животное, оно падает, как пораженное молнией.

— Почему же?

— Потому что эти ружья заряжены не обычными пулями, а снарядом, изобретенным австрийским химиком Ленибroom. У меня имеется изрядный запас таких снарядов. Эти стеклянные капсюли, заключенные в стальную, оболочку с тяжелым свинцовым дном, — настоящие лейденские банки в миниатюре! Они содержат в себе электрический заряд высокого напряжения. При самом легком толчке они разряжаются, и животное, каким бы могучим оно ни было, падает замертво. Прибавлю, что эти капсюли не крупнее дроби номер четыре и что обойма ружья вмещает не менее десяти зарядок.

— Сдаюсь! — отвечал я, вставая из-за стола. — Мне остается только взять ружье. Словом, куда вы, капитан, туда и я!

Капитан Немо повел меня на корму «Наутилуса». Проходя мимо каюты Неда и Конселя, я окликнул их, и они тотчас же присоединились к нам.

Затем мы все вошли в камеру рядом с машинным отделением, где нам надлежало обрядиться в водонепроницаемые костюмы для предстоящей подводной прогулки.

16. Прогулка по подводной равнине

Камера служила одновременно и арсеналом и гардеробной «Наутилуса». На стенах, в ожидании любителей прогулок, висело около дюжины скафандров.

При виде скафандров Нед Ленд выразил явное нежелание в них облачиться.

— Послушай, Нед, — сказал я, — ведь леса на острове Креспо — подводные леса!

— Пусть так, — отвечал обманутый в своих ожиданиях гарпунер, поняв, что его мечты о свежей говядине рассыпаются в прах. — А вы, господин Аронакс, неужто вы эту штуку нацепите на себя?

— Придется, Нед!

— Как вам угодно! — сказал гарпунер, пожимая плечами. — Что касается меня, по своей воле я в нее не влезу, разве что поневоле придется!

— Вас никто не неволит, господин Нед, — заметил капитан Немо.

— А Консель рискнет прогуляться? — спросил Нед.

— Куда господин профессор, туда и я, — отвечал Консель.

На зов капитана пришли два матроса и помогли нам одеться в тяжелые непромокаемые скафандры, скроенные из цельных-кусков резины. Водолазная аппаратура, рассчитанная на высокое давление, напоминала броню средневекового рыцаря, но отличалась от нее своей эластичностью. Скафандр состоял из головного шлема, куртки, штанов и сапог на толстой свинцовой подошве. Ткань куртки поддерживалась изнутри подобием кирасы из медных пластинок, которая защищала грудь от давления воды и позволяла свободно дышать; рукава куртки оканчивались мягкими перчатками, не стеснявшими движений пальцев.

Эти усовершенствованные скафандры были гораздо лучше изобретенных в XVIII веке лат из пробкового дерева, камзолов без рукавов, разных морских подводных одеяний — «сундуков» и прочее, столь высоко в свое время превознесенных.

Капитан Немо, богатырского сложения матрос из команды «Наутилуса», Консель и я быстро облеклись в скафандры. Оставалось только надеть на голову металлический шлем. Но, прежде чем совершить эту операцию, я попросил у капитана разрешения осмотреть наши ружья.

Мне подали обыкновенное ружье, стальной приклад которого, полый внутри, был несколько больше, чем у огнестрельного оружия. Приклад служил резервуаром для сжатого воздуха, врывавшегося в дуло, как только спущенный курок открывал клапан резервуара. В обойме помещалось штук двадцать электрических пуль, которые особой пружиной механически вставлялись в дуло. После каждого выстрела ружье автоматически заряжалось.

— Капитан Немо, — сказал я, — ружье ваше замечательно и притом чрезвычайно простой конструкции. Мне не терпится испробовать его на деле. Но каким способом мы опустимся на дно?

— В данную минуту, господин профессор, «Наутилус» стоит на мели, на глубине десяти метров, и мы можем выйти наружу.

— Но как же мы выйдем?

— А вот увидите!

И капитан Немо надел на голову шлем. Консель и я последовали его примеру, причем канадец иронически пожелал нам «удачной охоты». Ворот куртки был снабжен медным кольцом с винтовой нарезкой, на которую навинчивался шарообразный металлический шлем. Сквозь три толстых смотровых стекла в шлеме можно было, поворачивая голову, глядеть во все стороны. Открыв кран аппарата Рукейроля, висевшего на спине, я прицепил к поясу лампу Румкорфа и взял в руки ружье.

Тяжелый скафандр и особенно подбитые свинцом сапоги буквально пригвождали меня к полу: казалось, я не смогу сделать ни шагу.

Однако все было предусмотрено: меня втолкнули в маленькую кабинку, смежную с гардеробной. Мои спутники последовали за мной таким же способом. Я слышал, как за нами захлопнулась дверь, и нас объяла глубокая тьма.

Спустя несколько минут до моего слуха донесся пронзительный свист, и я почувствовал пронизывающий холод снизу. Видимо, в машинном отделении открыли кран и в кабину впустили воду. Как только вода заполнила все помещение, отворилась вторая дверь в самом борту «Наутилуса». Снаружи стоял полумрак. Минуту спустя мы нащупали ногами морское дно.

Как описать впечатления этой подводной прогулки? Слова бессильны воссоздать чудеса океанических глубин. Если кисть живописца не в состоянии передать всю прелесть водной стихии, как же изобразить это пером?

Капитан Немо шел впереди, его товарищ следовал за нами на расстоянии нескольких шагов. Я и Консель держались рядом, как будто можно было перекинуться словом в наших металлических шлемах! Я уже не чувствовал тяжести скафандра, сапог, резервуара со сжатым воздухом, металлического шлема, в котором моя голова болталась, как миндаль в скорлупе! Все эти предметы, погруженные в воду, теряли в весе ровно столько, сколько и вытесненная ими вода. Я готов был благословлять этот физический закон, открытый Архимедом. Благодаря ему я не был более инертной массой: я обрел относительную подвижность.

Свет, проникавший в толщу воды на тридцать футов, освещал дно океана с поразительной яркостью. Ясно были видны все предметы на расстоянии ста метров. А дальше ультрамариновые краски морских глубин постепенно угасали, сгущались и, наконец, растворялись в туманной беспредельности. Среда, окружавшая меня, казалась тем же воздухом, только более плотным, чем земная атмосфера, но не менее прозрачным. Надо мной была спокойная поверхность моря.

Мы шли по мелкому, плотно слежавшемуся песку, на котором приливы и отливы, избороздившие приморские пляжи, не оставили и следа. Ослепительный песчаный ковер служил благодатным рефлектором для солнечных лучей. Вот откуда исходит сила этого отраженного сияния, которым пронизана каждая частица воды! Поверят ли мне, что на глубине тридцати футов под поверхностью океана так же светло, как на земле в ясный день?

Вот уже четверть часа идем мы по пламенеющему песку, усеянному неосязаемой пылью ракушек. Контуры корпуса «Наутилуса», рисовавшегося каким-то подводным рифом, постепенно стушевывались, но яркий свет его прожектора, с наступлением темноты в глубине вод, укажет нам путь на борт судна. Трудно представить себе силу отражения солнечных лучей в морских водоемах тому, кто привык к рассеянному, холодному электрическому свету земных городов. Там электрический свет, пронизывая воздух, насыщенный пылью, создает впечатление светящегося тумана; но на море, равно и в морских глубинах, электрические лучи обретают большую мощность.

А мы все шли и шли по бескрайной песчаной равнине. Я раздвигал руками водную завесу, смыкавшуюся за моей спиной, и давление воды мгновенно стирало следы моих ног на песке.

Вскоре стали смутно вырисовываться вдали очертания предметов. Я различил величественные силуэты подводных утесов, густо унизанных прелестнейшими зоофитами; и тут я был ослеплен световым эффектом, свойственным только жидкой среде.

Было десять часов утра. Косые лучи солнца преломлялись в воде, словно в призме, и окрашивали ребра утесов, водоросли, раковины, полипы всеми семью цветами солнечного спектра. Какой праздник для глаз был в этом причудливом сочетании красок, в этой непрестанной смене зеленого, желтого, оранжевого, фиолетового, синего, голубого, красного, как на палитре вдохновенного живописца! Зачем я не мог поделиться с Конселем впечатлениями, взволновавшими мое воображение, восторгаться и радоваться вместе с ним! Зачем я не знал языка знаков, подобно капитану Немо и его спутнику, чтобы обмениваться мыслями! Не находя иного выхода, я говорил сам с собою, я выкрикивал какие-то слова, расточительно и попусту расходуя драгоценный запас воздуха.

Полипы и иглокожие устилали песчаное дно. Разновидности изид, трубчатые кораллы — корнулярии, живущие особняком, гроздья первобытных глазчат, прежде именуемых «белыми кораллами», грибовидные фунгии, ветряницы, приросшие к почве своей мускулистой подошвой, представляли собою настоящий цветник, разукрашенный сифонофорами — порпитами в венчике лазоревых щупальцев, целыми созвездиями морских звезд; и, словно тонкие кружева, сплетенные руками наяд, трепетали при каждом нашем шаге гирлянды бугорчатых астерофитонов. Как жаль было ступать ногами по этим блистающим моллюскам, устилавшим землю тысячами морских гребешков, морских молотков, донаксов, настоящих прыгающих ракушек, трохусов, красных шлемов, крылатиков, петушков, сердцевидок и множеством других созданий неисчерпаемого в своей фантазии океана. Но надо было идти, и мы шли дальше. Над нашими головами плыли отряды физалий с колыхающимися бирюзовыми щупальцами, медузы своими опаловыми или нежно-розовыми зонтиками с лазоревой окраиной защищали нас от солнечных лучей, а фосфоресцирующие медузы — пелагии освещали б дорогу, если бы нас настигла ночь!

Все эти чудеса я наблюдал мимоходом, на коротком пути, не больше четверти мили, и всякий раз, как я останавливался, капитан Немо жестом приглашал меня следовать за ним. Вскоре характер почвы изменился. Песчаное плато сменилось вязким илом, который американцы называют *ооз* и который состоит из множества кремнеземовых или известковых раковинок. Затем мы прошли луга водорослей, поражавших своей мощностью. Подводные лужайки по мягкости могли соперничать с самыми пушистыми коврами, вытканными руками искуснейших мастеров. Водоросли не только стлались под ногами, но и раскидывались над головой. Морские растения, сплетаясь своими стеблями, воздвигали зеленые своды на поверхности вод. Над нами развевались длинные космы фукусов, то шарообразные, то трубчатые, лауренсии, тонколистые кладостефы, лапчатые родимении, похожие на кактусы. Я заметил, что зеленые водоросли тянулись к поверхности вод, а красные предпочитали срединные слои, предоставляя черным и бурым водорослям создавать сады и цветники в океанических глубинах.

Водоросли — подлинный перл творения, одно из чудес царства растений. К ним относятся и самые мелкие и самые крупные растительные организмы земли. И наряду с крохотными растеньицами, сорок тысяч которых могут уместиться на площади в пять квадратных миллиметров, встречаются бурые водоросли длиною до сотни метров.

Прошло полтора часа, как мы покинули «Наутилус». Было около полудня. Я заметил это по солнечным лучам, которые, падая отвесно, уже не преломлялись в воде. Волшебство красок пропало, изумрудные и сапфировые цвета потускнели и вовсе исчезли с нашего небосвода. Мы шли, и каждый наш шаг гулко отдавался в жидкой среде. Малейший шум распространялся со скоростью, непривычной для нашего слуха. И действительно, вода лучший проводник звука, нежели воздух: звук распространяется в жидкой среде в четыре раза быстрее.

А между тем дорога шла под уклон. Солнечные лучи утрачивали свою силу. Мы находились на глубине ста метров, выдерживая давление в десять атмосфер. Но скафандр был, видимо, так хорошо приспособлен к этим условиям, что я не страдал от повышенного давления. Все же в суставах пальцев я испытывал несколько болезненное ощущение, которое, впрочем, вскоре прошло. Усталости от двухчасовой ходьбы в непривычном для меня снаряжении я не чувствовал. При поддержке воды я двигался с поразительной легкостью.

На глубине в триста футов я все же ловил последние отблески заходящего солнца. Дневное светило уступало место предвечерним сумеркам. Но мы все еще обходились без аппарата Румкорфа.

Вдруг капитан Немо остановился. И когда я к нему подошел, он указал мне на какую-то темную массу, выступавшую из полутьмы, невдалеке от нас.

«Остров Креспо», — подумал я и не ошибся.

17. Подводный лес

Мы подошли, наконец, к опушке леса, несомненно одного из красивейших мест в обширных владениях капитана Немо. Он считал их своей собственностью и имел на это такое же право, какое присвоил себе первый человек в первые дни существования мира. И кто мог оспаривать у него права на подводные владения? Какой смельчак дерзнул бы проникнуть в эти глубины и с топором в руках расчищать себе путь сквозь дремучие заросли?

Подводный лес состоял из гигантских древовидных растений; и едва мы вступили под его мощные своды, как мое внимание было привлечено своеобразным явлением природы, еще не встречавшимся в моей научной практике.

Ни одна травинка не стлалась по земле, ни одна ветвь не сгибалась и не росла в горизонтальном направлении. Все устремлялось вверх, к поверхности океана. Ни единое волоконце, ни один стебелек, как бы тонки они ни были, не клонились к земле, а вытягивались в струнку, как железные прутья, фукусы и ламинарии, уступая плотности окружающей среды, тянулись вверх по прямой линии, строго перпендикулярной к поверхности океана. Водоросли, казалось, застыли в своей неподвижности, и, чтобы пройти, приходилось раздвигать их руками; но растение тотчас же принимало прежнее положение. Тут было царство вертикальных линий!

Вскоре я освоился и с причудливым лесом и с полумраком водной среды. Песчаный грунт был усеян острыми камнями, затруднявшими нам путь. Подводная флора показалась мне чрезвычайно богатой, даже более богатой, нежели в арктических и тропических зонах, где она представлена достаточно скупо. В первое время я не мог отличить мир растительный от мира животного: зоофитов принимал за водоросли, животных — за растения. И кто бы не ошибся на моем месте? Фауна и флора часто так сходны по форме в подводном мире!

Я заметил, что все особи растительного мира лишь прикрепляются к грунту, а не растут из него. Не имея корней, они требуют от земли не жизненных соков, а только опоры; они равно произрастают на камнях, ракушках, песке или гальке. Все нужное для их существования заключается в воде, вода их поддерживает и питает. Большинство растений пластинчатой, весьма прихотливой формы; в окраске растений преобладают тона розоватые, алые, зеленые, желтоватые, рыжие и бурые. Мне повстречались тут живые образцы тех особей, которые в засушенном виде хранились в коллекции «Наутилуса»: веерообразная падина-павония, казалось, жаждавшая дуновения ветерка, пунцовые церамиумы, ламинарий, съедобные водоросли, простирающие вверх свои молодые побеги, нитевидные нереоцистисы, распускавшие свои ветви на высоте пятнадцати метров, букеты ацетобулярий — нитчатых дудчаток, стебли которых утолщаются кверху, и множество других, лишенных цветков морских растений. «Любопытная аномалия, причуда водной среды! — сказал один естествоиспытатель. — Здесь животные, как цветы, а растения лишены цветов!»

Между древовидными растениями, не уступавшими по величине деревьям умеренного пояса, виднелись кустовидные колонии шестилучевых кораллов, настоящие кустарники в цвету! Живые изгороди из зоофитов, на которых пышно распускались коралловидные меандрины, исполосованные извилистыми бороздками, желтоватые звездчатые кораллы-кариофиллеи с прозрачными щупальцами, пучки похожих на травы зоантарий, и в довершение иллюзии рыбки — ильные прыгуны порхали с ветки на ветку, точно рой колибри, а из-под наших ног, как стаи бекасов, поднимались желтые, с ощеренной пастью и заостренной чешуей леписаканты, дактилоптеры и моноцентры.

Около часу дня капитан Немо дал сигнал к отдыху, чем меня весьма обрадовал. Мы расположились под сенью аларий с лентовидным слоевищем, вздымавших свои длинные, похожие на стрелы стебли.

Короткий отдых был чрезвычайно приятен. Недоставало только возможности поговорить. Но все же я приблизил свою большую медную голову к шлему Конселя. Глаза его из-под толстых стекол скафандра блестели от удовольствия, и в знак полного удовлетворения он комично завертел головой в своем металлическом колпаке.

Меня крайне удивляло, что после четырехчасовой прогулки я не ощущал голода. Что было тому причиной, я не знал. Но меня неодолимо клонило ко сну, как это бывает со всеми водолазами. Веки мои смежились, и я отдался дремоте, которую преодолевал только движением. Капитан Немо и его богатырского сложения спутник первые подали пример, растянувшись во весь рост в лоне этой кристаллически чистой среды.

Не могу определить, сколько времени я спал; но, проснувшись, я заметил, что солнце клонилось к горизонту. Капитан Немо уже встал, и я начал было потягиваться, расправляя члены, как одно непредвиденное обстоятельство мгновенно подняло меня на ноги.

В нескольких шагах от нас чудовищный краб в метр вышиной, вперив в меня взгляд раскосых глаз, готовился наброситься на меня. Хотя скафандр служил достаточной защитой от его клешней, все же я не мог скрыть овладевшего мной ужаса. В эту минуту проснулись Консель и матрос с «Наутилуса». Капитан Немо указал матросу на гнусное членистоногое, и тот, ударив его прикладом, тотчас же убил гада; и я видел, как сводило в предсмертных конвульсиях страшные лапы чудовища.

Случай этот заставил меня вспомнить, что в мраке водных пучин водятся и более опасные животные, от которых не защитит и скафандр. Удивительно, что я не подумал об этом раньше! Впредь я решил быть настороже. Впрочем, мне казалось, что наш привал знаменует конец прогулки. Но я ошибался. Капитан Немо и не помышлял возвращаться к «Наутилусу», он отважно шел вперед.

Дно круто спускалось вниз, и мы все больше погружались в морские глубины. Было примерно около трех часов дня, когда мы очутились в узкой ложбине, стиснутой отвесными утесами, на глубине ста пятидесяти метров под уровнем моря. Благодаря совершенству наших водолазных аппаратов мы опустились уже на девяносто метров ниже того предела, который природа, казалось, установила для подводных экскурсий человека.

Я определил глубину нашего погружения в сто пятьдесят метров, хотя никаких измерительных приборов у меня не было. Но я знал, что даже в самых прозрачных водах солнечные лучи не могут проникать глубже определенной толщи воды. На расстоянии десяти шагов ничего не было видно. Я шел ощупью, как вдруг тьму прорезал довольно яркий луч света. Капитан Немо зажег электрический фонарь. Его спутник сделал то же. Мы с Конселем последовали их примеру. Как только мы повернули выключатель, змеевидная стеклянная трубка, наполненная газом, засветилась от действия электрического тока. Свет наших фонарей осветил море в радиусе двадцати пяти метров.

Между тем капитан Немо вел нас все дальше, в самую глубь мрачного леса, в котором все реже и реже встречались кустистые колонии. Растительная жизнь, как я заметил, исчезала заметно раньше животной. На этих глубинах морские растения из-за недостатка солнечного света почти не встречались, меж тем как множество удивительных животных, зоофитов, членистоногих, моллюсков и рыб все еще кишело вокруг нас.

Дорогой я подумал, что свет электрического аппарата Румкорфа должен привлечь внимание обитателей мрачных глубинных слоев. Но если морские животные и приближались к нам, то все же держась на почтительном расстоянии, недоступном для охотника.

Несколько раз капитан Немо останавливался и вскидывал ружье к плечу, но, прицелившись, опускал ружье, не выстрелив, и шел дальше.

Наконец, около четырех часов дня мы достигли цели нашей чудесной прогулки. Перед нами вдруг выросла гранитная стена, величественная громада неприступных утесов, изрытая пещерами. Это было подножие острова Креспо. Это была земля!

Капитан Немо остановился. Жестом он приказал нам сделать привал, и, как я не жаждал преодолеть эти стены, пришлось повиноваться. Здесь кончались владения капитана Немо. Он не хотел переступить их границы. За этой чертой начинался другой мир, в который он не желал шага ступить!

Мы тронулись в обратный путь. Капитан Немо снова встал во главе нашего маленького отряда и, не колеблясь, повел нас вперед. Мне показалось, что мы возвращались к «Наутилусу» другой дорогой. Новая дорога с чрезвычайно крутым подъемом, а значит и очень утомительная, скоро вывела нас к поверхности океана. Впрочем, вступление в верхние слои воды совершалось более или менее постепенно и не могло грозить неприятными последствиями, так как резкое изменение давления гибельно отражается на человеческом организме и является роковым для неосторожных водолазов. Вскоре мы снова вошли в освещенные слои воды. Солнце стояло низко над горизонтом, и его косые лучи, преломляясь в воде, окружали радужным ореолом все предметы.

Мы шли на глубине десяти метров. Вокруг нас кружили стайки самых разнообразных рыбешек, более многочисленных, чем птицы в воздухе, и более проворных, но ни одна водяная дичь, достойная ружейного выстрела, не попалась нам на глаза.

Внезапно капитан Немо опять вскинул ружье к плечу и стал прицеливаться в какое-то существо, мелькавшее в кустах. Он спустил курок. Послышался слабый свист, и сраженное животное упало в пяти шагах от нас.

Это была великолепная морская выдра, калан, единственное четвероногое, обитающее только в морях. Мех выдры, достигающей полутора метров, темно-коричневый, на кончиках серебристо-белый и весьма нежного подшерстка, высоко ценится на русском и китайском рынках. По тонкости и шелковистости волоса мех нашей выдры должен был стоить по крайней мере две тысячи франков. Я с интересом рассматривал этот любопытный образец млекопитающего с плоской головой, короткими ушами, круглыми глазами, белыми кошачьими усами, с сильно развитой перепонкой между пальцами лапок, с пушистым хвостом. Это ценное хищное животное, за которым охотятся, устраивая целые облавы, становится чрезвычайно редкой добычей и встречается чаще всего в северной части Тихого океана, где тоже, вероятно, скоро исчезнет.

Спутник капитана Немо взвалил убитое животное себе на плечи, и мы опять двинулись в путь.

Целый час шли мы по песчаной равнине. Местами дно поднималось настолько, что каких-нибудь два метра отделяло нас от поверхности океана. И тогда я видел, как отражение наших фигур в воде бежало в обратном направлении, а другое отражение, повернутое вверх ногами, плыло над нашими головами.

Помимо этого было еще явление, достойное внимания. Над нами непрерывно проносились облака, мгновенно сгущавшиеся и мгновенно таявшие. Подумав, я понял, что возникновение облаков объясняется постоянным изменением толщи водяного слоя над нами, и, приглядевшись, заметил даже белые «барашки» на гребнях волн. Прозрачность воды была такова, что отчетливо были видны тени крупных морских птиц, пролетавших над океаном.

И тут-то я стал свидетелем самого замечательного выстрела, который когда-либо доводилось наблюдать охотнику.

Над нами парила на широко распростертых крыльях какая-то большая птица. И когда она летела в расстоянии нескольких метров от поверхности моря, спутник капитана Немо прицелился и подстрелил птицу. Птица камнем упала в море, и сила падения была так велика, что, преодолев сопротивление воды, она свалилась почти в самые руки меткого стрелка. Это был альбатрос, великолепный представитель отряда морских птиц.

Импровизированная охота нисколько не замедлила нашего походного марша. В течение двух часов мы шли то по песчаной равнине, то среди лугов морских водорослей. Я буквально изнемогал, как вдруг слабая полоска света рассеяла темноту вод на полумилю. Это был прожектор «Наутилуса». Еще каких-нибудь двадцать минут — и мы на борту судна! Наконец-то я вздохну свободно! Мне начинало казаться, что кислород в моем резервуаре уже истощается. Но я не предвидел, что нечаянная встреча несколько замедлит наше возвращение на «Наутилус».

Я шел шагах в двадцати от спутников. Вдруг капитан Немо круто повернулся и быстро направился ко мне. Мощной рукой он пригнул меня к земле, его спутник поступил так же с Конселем. В первую минуту я не знал, что и подумать об этом внезапном нападении, но, увидев, что капитан лежит неподвижно подле меня, я успокоился.

Я лежал распростертый на земле, под прикрытием водорослей. Взглянув вверх, я увидел, что над нами проносятся какие-то огромные фосфоресцирующие туши.

Кровь застыла в моих жилах. Я узнал страшных морских хищников. Это были две акулы, ужасные акулы-людоеды с огромным хвостовым плавником, тусклыми стеклянными глазами, с глазчатыми, пропитанными светящимся веществом пятнами на морде. Чудовищная пасть, способная одним движением своей железной челюсти раздробить человека! Не знаю, занимался ли Консель классификацией акул, что касается меня, я глядел на их серебристое брюхо, грозную пасть, ощеренную зубами, скорее как жертва, чем как ученый-естествоиспытатель.

К нашему великому счастью, у этих прожорливых животных плохое зрение. Распустив свои темные плавники, они пронеслись мимо, не заметив нас; и мы каким-то чудом избавились от опасности более страшной, чем встреча с тигром в глухом лесу.

Через полчаса мы подошли к «Наутилусу», яркий прожектор которого указывал нам путь. Люк был открыт, и, как только мы вошли в кабину, капитан Немо захлопнул наружную дверь. Затем он нажал кнопку. Насосы внутри судна заработали, что было видно по тому, как спадает уровень воды вокруг нас. Через несколько секунд в кабине не осталось и капли воды. Тогда распахнулась внутренняя дверь, и мы попали в гардеробную.

Не без труда сняли мы свои скафандры, и я, измученный, полусонный, падая от усталости, но совершенно очарованный чудесной подводной прогулкой, добрался, наконец, до своей каюты.

18. Четыре тысячи лье под водами Тихого океана

Проснувшись утром, 18 ноября, я почувствовал себя вполне отдохнувшим. Выйдя на палубу «Наутилуса», я услыхал, как помощник капитана произносил свою традиционную фразу. И вдруг я понял ее смысл. Речь шла, конечно, о состоянии моря, вернее, об отсутствии опасности: «На море спокойно!»

Необозримая водная ширь! Ни паруса на горизонте. Ни утесов острова Креспо! За ночь они исчезли из виду. Перед глазами синее море! Море поглотило все краски солнечного спектра, осталась одна лишь синь! Морская гладь, вся в переливах легкой зыби, живо напоминала муаровую ткань.

Я залюбовался волшебным видом океана. Но тут поднялся на палубу капитан Немо. Он приступил к астрономическим наблюдениям, не замечая, казалось, моего присутствия. Потом он облокотился на штурвальную рубку и погрузился взглядом в бескрайную даль.

Тем временем на палубу поднялись человек двадцать матросов «Наутилуса». Они начали выбирать сети, закинутые накануне ночью. Это были здоровые крепкие люди различных национальностей, но все европейского типа. Я без труда узнал ирландцев, французов, славян, одного грека, или критянина. Они были скупы на слова и объяснялись между собой на каком-то непонятном наречии, происхождения которого я не мог угадать. Стало быть, я не-мог говорить с ними.

Сети вытащили на борт судна. Они представляли собою подобие нормандского невода, огромного мешка, который благодаря верхним поплавкам и цепи, продетой в нижние петли, держится полуоткрытым в воде. Мешок этот, прикрепленный к корме стальными тросами, скребет дно океана и вбирает в себя все, что попадается на пути судна. В это утро в сети попали любопытные образчики океанской фауны: лягва-рыба из семейства рукоперых, прозванная за свои комичные движения клоуном, спинороги, опоясанные красными лентами, способный раздуваться ядовитый скалозуб, оливковые миноги, среброчешуйчатые сарганы, нитехвосты с сильно развитыми электрическими органами, не уступающими в силе органам гимнота и ската, зеленоватые тресковые бычки различных видов и, наконец, несколько более крупных рыб: толстоголовка с выпуклой головой, длиной в целый метр, множество отличных макрелей, разряженных в серебро и лазурь, три великолепных тунца, которых не спасла от невода быстрота их движений.

Я полагаю, что на этот раз сети принесли не менее тысячи фунтов рыбы. Удачный улов, но отнюдь не удивительный! Сети выметываются на несколько часов и, следуя за судном, вбирают в свои тенета всех обитателей водяного мира, какие только встретятся на пути. И впредь у нас не будет недостатка в превосходной добыче — порукой тому быстроходность «Наутилуса» и притягательная сила его прожектора.

Богатые дары океана были незамедлительно спущены в камбуз; часть улова была оставлена впрок, другая к столу.

Рыбная ловля окончена, запас воздуха в резервуарах возобновлен, и я, решив, что «Наутилус» снова пойдет под воду, хотел спуститься в свою каюту; но тут капитан Немо обернулся в мою сторону и без всяких предисловий сказал:

— Взгляните-ка на океан, господин профессор, разве это не живое существо? Порою гневное, порою нежное! Ночью он спал, как и мы, и вот просыпается в добром расположении духа после покойного сна!

Ни приветствия, ни пожелания доброго утра! Казалось, этот загадочный человек продолжает начатый разговор.

— Посмотрите, — говорил он, — океан пробуждается под лаской солнечных лучей! Он начинает дневную жизнь! Как любопытно наблюдать за проявлениями жизнедеятельности его организма! У него есть сердце, есть артерии, и я вполне согласен с ученым Мори, который открыл в мировом океане циркуляцию воды, столь же реальную, как циркуляция крови в жилах живого существа.

Капитан Немо не ожидал ответа, а я счел лишним прерывать его речь пустыми «да», «конечно», «совершенно верно», «вы правы». Он говорил как бы сам с собою и после каждой фразы надолго умолкал. Он размышлял вслух.

— Да, — говорил он, — в мировом океане происходит постоянная циркуляция воды, обусловленная изменением температуры, наличием солей и микроорганизмов. Изменение температуры предопределяет плотность воды, и, как следствие этого, образуются течения и противотечения. Испарение воды, незначительное в полярных областях и весьма значительное в экваториальных зонах, порождает постоянный обмен между тропическими и полярными водами. Помимо того, я обнаружил постоянную вертикальную циркуляцию от поверхностных вод до глубинных и от глубинных к поверхностным, что является подлинно дыханием океана! Океанические воды, прогретые в поверхностных слоях теплых зон океана, уносятся в холодные зоны, где благодаря охлаждению становятся более плотными, а следовательно, и более тяжелыми, опускаются вниз и заполняют глубины океана. Постепенно подымаясь вверх к экваториальной зоне и прогреваясь, они вновь увлекаются в зоны высоких широт. У полюса вам будут видны результаты этого явления, и вы оцените предусмотрительность природы, ибо в силу этого закона вода превращается в лед только в поверхностных слоях!

В то время как капитан Немо произносил последние слова, я думал: «Полюс! Неужели этот смельчак хочет направиться к полюсу?»

Капитан умолк, устремив взор на водную стихию, которую он так тщательно и непрестанно изучал. После короткого молчания он сказал:

— Море содержит в себе изрядное количество солей. И если бы удалось собрать всю соль, растворенную в, мировом океане, объем ее составил бы четыре с половиной миллиона кубических лье. И если бы рассыпать эту соль ровным слоем по всему земному шару, образовался бы соляной покров свыше десяти метров толщиной. Не подумайте, что наличие солей в морской воде является капризом природы. Нет! Соль уменьшает испаряемость воды, предохраняет от выветривания водяных паров и тем самым спасает от излишества осадков умеренные пояса нашей планеты. Важная роль! Роль почетная — уравновешивать действие стихий на земном шаре!

Капитан Немо вновь умолк, выпрямился, сделал несколько шагов по палубе и опять подошел ко мне.

— Что касается миллиардов мельчайших существ, населяющих миллионами каждую каплю воды, роль их не менее значительна. Они поглощают морские соли, вбирают в себя растворенную в воде известь и в виде полипняков и мадрепоровых кораллов являются настоящими рифообразователями! Умирая, они снова отдают в воду различные минеральные вещества, а частично отлагают их в виде скелетов на морском дне. Таким образом осуществляется вечное круговое вращение, вечная жизнь! Жизнь более напряженная, нежели на суше, более плодотворная, бесконечная, охватывающая поистине каждую каплю воды в океане, в этой среде, как говорят, убийственной для человека, но животворной для мириадов животных — и для меня!

Произнося эти слова, капитан Немо совершенно преобразился и произвел на меня сильное впечатление.

— И настоящая жизнь, — прибавил он, — здесь, только здесь! Я верю в возможность создания подводных городов, построения подводных зданий, которые, как «Наутилус», каждое утро будут подниматься на поверхность океана, чтобы запастись свежим воздухом, городов свободных, городов независимых. И, кто знает, если какой-нибудь деспот…

Капитан Немо оборвал фразу угрожающим жестом. Потом, обращаясь прямо ко мне и как бы желая отвлечься от мрачных мыслей, спросил:

— Господин Аронакс, известна ли вам глубина океана?

— Известны результаты измерений, капитан!

— А каковы цифровые данные измерений? При случае я мог бы их проверить.

— Цифровые данные, насколько я помню, таковы... — отвечал я. — Если не ошибаюсь, средняя глубина в северной части Атлантического океана, согласно измерениям, достигает восьми тысяч двухсот метров, а в Средиземном море двух тысяч пятисот метров. Самые замечательные промеры были сделаны в южной части Атлантического океана, приблизительно на тридцать пятом градусе широты. Результаты: двенадцать тысяч метров, четырнадцать тысяч девятьсот один метр и пятнадцать тысяч сто сорок девять метров. Короче говоря, если бы ложе мирового океана было приведено к одному уровню, средняя океанская глубина исчислялась бы приблизительно в семь километров.

— Отлично, господин профессор, — отвечал капитан Немо. — Надеюсь дать вам более точные показатели. Что касается средней глубины данной части Тихого океана, то могу вам сообщить, что она не превышает четырех тысяч метров.

Сказав это, капитан Немо направился к люку и сошел вниз по железной лесенке. Я последовал за ним. Винт почти в ту же минуту пришел во вращение, и лаг показал скорость двадцать миль в час.

Проходили дни, проходили недели, а капитан Немо не баловал меня своими посещениями. Я встречался с ним очень редко. Помощник капитана каждое утро аккуратнейшим образом отмечал на карте курс корабля, и я мог с точностью определить местонахождение «Наутилуса».

Консель и Ленд проводили со мной целые часы. Консель рассказывал своему другу о том, какие чудеса довелось ему увидеть во время нашей подводной прогулки, и канадец сожалел, что не принял в ней участия. А я утешал его, уверяя, что еще не раз случится нам посетить океанские леса.

Почти каждый день на несколько часов железные створы в салоне раздвигались, и нам предоставлялось право проникать в тайны подводного мира.

«Наутилус» держал курс на юго-восток и шел на глубине ста — ста пятидесяти метров под уровнем океана. Но однажды, по прихоти капитана, судно погрузилось в глубинные воды на две тысячи метров. Стоградусный термометр показывал 4,25° — температура, как будто свойственная этим глубинам под всеми широтами.

Двадцать шестого ноября, в три часа утра, «Наутилус» пересек тропик Рака под 172° долготы. 27 ноября мы миновали Сандвичевы острова, где 14 февраля 1779 года погиб знаменитый капитан Кук. Мы прошли, стало быть, четыре тысячи восемьсот шестьдесят лье со времени нашего путешествия. Утром, выйдя на палубу, я увидел, в двух милях под ветром, остров Гавайи, самый большой из семи островов, образующих Гавайский архипелаг. Я видел ясно возделанные поля, предгорья и цепи гор вдоль побережья, вулканы, над которыми господствует Мауна-Кеа, вздымающаяся на пять тысяч метров над уровнем моря. Сети, в числе многих образцов фауны этих мест, выловили несколько экземпляров веерообразной павонии, полипа чрезвычайно изящной формы, типичного обитателя этой части океана.

«Наутилус» по-прежнему держал курс на юго-восток. 1 декабря он пересек экватор под 142° долготы, а 4 декабря, после быстрого перехода, не отмеченного ничем примечательным, мы подошли к Маркизским островам.

На расстоянии трех миль от берега, под 8°57′ южной широты и 139°32′ западной долготы, вырисовывался пик Мартин на Нукухива, крупнейшем из Маркизских островов, принадлежащих Франции. Я мог разглядеть лишь очертания лесистых гор на горизонте, так как капитан Немо не любил приближаться к земле. В этих водах попались в сети великолепные образцы рыб: корифены с лазоревыми плавниками и золотым хвостом, несравненные по нежности их мяса, коралловые губаны, почти бесчешуйные, но очень вкусные, коралловые рыбки-осторинки с костяной челюстью, желтоватые мелкие тунцы, тасары, на вкус не уступающие макрели, — рыбы, достойные почетного места в нашем меню.

Миновав эти прелестные острова, охраняемые французским морским флотом, «Наутилус» с 4 по 11 декабря прошел около двух тысяч миль.

Плавание ознаменовалось встречей с огромным количеством кальмаров, любопытных моллюсков, родственных каракатице. Французские рыболовы называют их «летучие волосатики». Кальмары принадлежат к классу головоногих, подклассу двужаберных, к которому относятся и каракатицы и аргонавт «бумажный ботик». Эти животные внимательно изучались древними натуралистами и, занимая почетное место в метафорах античных ораторов, пользовались не меньшим успехом за столом богатых граждан, так по крайней мере утверждает Атеней, древнегреческий врач, предшественник знаменитого Галена.

В ночь с 9 на 10 декабря «Наутилус» встретил на своем пути целые полчища моллюсков. С наступлением ночи животные, поднявшись из морских пучин в верхние слои и следуя миграционными путями сельди и сардин, перемещались из умеренной зоны в зоны более теплые. Обычная миграция морских организмов, которая захватывает громадные массы, исчисляемые миллионами тонн!

Мы наблюдали сквозь толстые хрустальные стекла, как кальмары, с силой выбрасывая воду из своей так называемой «воронки» обратными толчками, по «ракетному» принципу, проворно перебирая своими десятью щупальцами, развевавшимися вокруг их головы, как живые змеи Горгоны, преследовали с удивительной скоростью рыб и моллюсков, — пожирали мелких и в свою очередь пожирались крупными. «Наутилус», несмотря на быстроту своего хода, в течение многих часов шел в окружении этих животных, во множестве попадавших в сети. Я узнал представителей девяти видов, согласно классификации д'Орбиньи, типических для тихоокеанской фауны.

Море щедро развертывало перед нами картины, одна другой пленительнее! Оно разнообразило их до бесконечности. Оно меняло без устали декорации и обстановку сцены, радуя глаз. Оно не только развлекало нас, позволяя наблюдать живые существа в родной им стихии, но и открывало нам свои самые сокровенные тайны.

Днем, 11 декабря, я читал в салоне книгу из библиотеки капитана Немо. Нед Ленд и Консель при раздвинутых ставнях любовались ярко освещенными водами. «Наутилус» стоял на месте. Наполнив резервуары, судно держалось на глубине тысячи метров, в слоях мало обитаемых, где крупная рыба встречается чрезвычайно редко.

Я читал прелестную книгу Жана Масэ «Служители желудка», восхищаясь неподражаемым остроумием автора, как вдруг Консель позвал меня.

— Не угодно ли вашей милости подойти сюда на минуту? — сказал он каким-то странным голосом.

— Что случилось, Консель?

— Не угодно ли взглянуть.

Я встал, подошел к окну, взглянул наружу.

В пространстве, ярко освещенном прожектором «Наутилуса», виднелась повисшая среди вод какая-то черная громада. Я пристально всматривался, разглядывая это гигантское китообразное животное. И вдруг у меня мелькнула мысль.

— Корабль! — вскричал я.

— Да, — отвечал канадец, — затонувший корабль с перебитым рангоутом!

Нед Ленд не ошибался. Перед нами был корабль, потерпевший крушение, с перерезанными вантами, беспомощно висевшими на цепях. Корпус судна был еще в хорошем состоянии; казалось, кораблекрушение произошло всего несколько часов назад. Обломки трех мачт, выступавшие над палубой едва на два фута, свидетельствовали, что команде судна пришлось пожертвовать рангоутом. Наполнившись водой, судно накренилось на бакборт. Какую грусть наводило это судно! Но еще большая грусть охватывала при виде трупов на палубе, привязанных канатами! Я насчитал шесть трупов: четыре мужских — один так и застыл, стоя у руля, — один женский. Женщина с ребенком на руках высунулась наполовину из решетчатого отверстия юта!

Она была молода. При ярком свете прожектора я мог даже различить черты ее лица, еще не тронутого разложением. В отчаянии она подняла над головой младенца, цеплявшегося ручонками за материнскую шею! Лица четырех моряков, пытавшихся в последнем усилии разорвать веревки, связывающие их с тонущим судном, поистине были ужасны. Один лишь рулевой, с прилипшими ко лбу седыми волосами и ясным лицом, сохранял спокойствие и, сжимая штурвал рукою, казалось, по-прежнему управлял своим трехмачтовым кораблем в его последнем пути в пучинах океана!

Какое страшное зрелище. Молча, с бьющимся сердцем, стояли мы, не отводя глаз от этой картины кораблекрушения, как бы заснятого в минуту катастрофы!

А прожорливые акулы уже устремлялись на запах человеческого мяса!

И пока «Наутилус», лавируя, огибал корпус потонувшего корабля, я успел прочесть на его корме: *«Флорида» Зундерланд.*

19. Ваникоро

Трагическая гибель «Флориды» не являлась каким-либо исключительным случаем катастрофы на море. В дальнейшем, плавая в морях наиболее судоходных, мы все чаще встречали остовы судов, потерпевших кораблекрушение, догнивавших в воде; а на самом дне моря ржавели пушки, ядра, якоря, цепи и тысячи других железных обломков.

Одиннадцатого декабря мы приблизились к берегам архипелага Паумоту, бывшей Бугенвильской «опасной группы островов», разбросанных на протяжении пятисот лье, с востока-юго-востока на запад-северо-запад, под 13°30′ — 20°50′ южной широты и 125°30′ — 151°30′ западной долготы, от острова Дюси до острова Лазарева (Матахива).

Этот архипелаг занимает площадь в триста семьдесят квадратных лье и состоит из шестидесяти групп островов, в числе которых находится и группа Гамбье (Мангарева), принадлежащая Франции. Это коралловые острова. Медленная, но неустанная работа полипов со временем приведет к тому, что все эти острова соединятся между собой. Затем вновь образовавшийся массив суши сплотится рано или поздно с соседним архипелагом, и между Новой Зеландией и Новой Каледонией, простираясь вплоть до Маркизских островов, возникнет пятый материк.

Однажды я заговорил на эту тему с капитаном Немо, но он сухо ответил мне:

— Нужны новые люди, а не новые континенты!

Держась намеченного курса, «Наутилус» проходил вблизи острова Клермон-Тоннер, любопытнейшего из островов всей группы, открытой в 1822 году капитаном «Минервы» Беллом. И тут мне представился случай наблюдать колонии мадрепоровых кораллов, которым обязаны своим происхождением острова в этой части Тихого океана.

Мадрепоровые кораллы — настоящие рифообразователи, их не должно смешивать с другими видами кораллов. Это морские животные, обладающие известковым скелетом. Различие в структуре их скелета дало моему знаменитому учителю Мильн-Эдвардсу основание подразделить их на пять отрядов. Миллиарды этих микроскопических животных создают своими известковыми скелетиками мощные сооружения: береговые рифы, острова. Тут они образуют лагуну, замыкая океанские воды в кольцо более или менее удлиненного атолла. Там воздвигают барьерные рифы, подобные рифам, опоясывающим берега Новой Каледонии и многих островов Паумоту. А в иных местах, как на островах Общества и на острове Маврикия, они возводят рифовые утесы, высокие отвесные стены, у основания которых глубина океана значительна.

Мы шли на расстоянии нескольких кабельтовых от подножия острова Клермон-Тоннер, и я не мог надивиться гигантскими сооружениями, созданными столь микроскопическими зодчими. Эти своеобразные фундаменты являются в основном творением мадрепоровых кораллов, а также коралловых полипняков, известных под названием миллепоровых (из гидроидных), дырчатых — поритов, звездчат — астрей и мозговиков — меандрин. Известковые полипняки, а именно, виды, созидающие рифы и острова, придерживаются берегов суши. Волны и ветер наносят к живым полипнякам обломки кораллов, ракушек и прочее. Первоначально образуется береговой риф; затем полоса полипняков, постепенно отступая от берега, образует барьерный риф; в дальнейшем происходит погружение центрального кораллового острова ниже уровня моря, и, таким образом, появляется атолл. Такова по крайней мере теория Дарвина, объясняющая происхождение атолла, — теория, по моему мнению, более близкая к истине, нежели утверждения его противников, что якобы базой для нарастания живых полипняков служат вершины гор или вулканов, не достигающих всего нескольких футов до поверхности океана.

Я мог наблюдать вблизи эти любопытные известковые цоколи, погруженные на триста метров в морские глубины и отливающие перламутровым блеском при ярком свете наших электрических огней.

Консель спросил меня, сколько времени требует возведение таких колоссальных массивов, и был крайне удивлен, когда я ответил ему, что, по вычислениям ученых, толща коралловых отложений за сто лет увеличивается на одну восьмую дюйма[15].

— Стало быть, чтобы возвести такие стены, — сказал он, — потребовалось...

— Сто девяносто две тысячи лет, друг Консель! Библейское летоисчисление, видимо, слишком омолодило Землю. Помимо того, формация каменноугольная, иначе говоря, минерализация допотопных лесов, требовала еще более продолжительного времени. Впрочем, должен заметить, что под библейскими днями сотворения мира следует подразумевать целые эпохи, а не промежуток времени между восходом солнца, тем более что, как свидетельствует библия, солнце создано не в первый день творения.

Когда «Наутилус» поднялся на поверхность океана, я мог охватить глазом едва выступающий из воды и поросший густым лесом остров Клермон-Тоннер. Морские штормы и бури оплодотворили, видимо, известковую почву острова. Зерно, унесенное ураганом с соседней суши, упало однажды на эту почву, удобренную разложившимися остатками морских рыб и водорослей, и принесло богатые всходы. Волны выбросили на остров кокосовый орех, созревший на дальнем берегу. Зерна дали ростки. Выросли деревья. Деревья задерживали испарения воды. Возник ручей. Остров постепенно покрылся растительностью. Морским течением, вместе со стволами деревьев, вырванных из земли на соседних островах, были занесены различные микроорганизмы, черви, насекомые. Черепахи стали класть тут свои яйца. Птицы свили

---

[15] Как показали более поздние наблюдения, коралловые полипняки растут гораздо быстрее, давая иногда за год десять и более сантиметров.

гнезда на молодых деревцах. Постепенно развилась жизнь мира животного. И, привлеченный свежестью зелени и плодородием почвы, на острове появился человек. Так образовались коралловые острова — величественное творение микроскопических животных.

К вечеру Клермон-Тоннер скрылся из виду, и «Наутилус» резко изменил курс. Пройдя тропик Козерога под 135° долготы, подводный корабль направился на запад-северо-запад и прошел всю зону между тропиками. Хотя лучи тропического солнца и были жгучи, мы все же не страдали от жары, потому что на глубине тридцати — сорока метров температура воды не превышала десяти — двенадцати градусов.

Пятнадцатого декабря мы прошли западнее живописного архипелага Общества и прелестного острова Таити, жемчужины Тихого океана. Утром в нескольких милях под ветром я увидел высокие вершины этого острова. В его водах мы выловили несколько превосходных рыб: беломясых тунцов, альбакоров и похожих на морских змей рыб мурен.

«Наутилус» прошел восемь тысяч сто миль. Когда мы проходили между архипелагом Тонга-Табу, где погибли экипажи «Арго», «Порт-о-Пренс» и «Дюк оф Портланд», и архипелагом Мореплавателей, где был убит капитан Лангль, друг Лаперуза, лаг «Наутилуса» отметил девять тысяч семьсот двадцать миль. Затем мы обошли архипелаг Фиджи, где были убиты матросы из команды «Юнион» и капитан Бюро из Нанта, командир корабля «Любезная Жозефина».

Архипелаг Фиджи растянулся на сто лье с севера на юг и на девяносто лье с востока на запад, под 6° и 2° южной широты и 174°-179° западной долготы. Он представлял собою группу островков, барьерных рифов и островов, из которых крупнейшие — Вити-Леву, Вануа-Леву и Кандюбон.

Острова эти были открыты Тасманом в 1643 году; в том же году Торичелли изобрел барометр, а Людовик XIV вступил на престол. Предоставляю судить читателю, которое из этих событий было полезнее для человечества! В 1774 году эти острова посетил

Кук, в 1793 году д'Антркасто, и, наконец, в 1827 году Дюмон д'Юрвиль, распутавший географический хаос этого архипелага.

«Наутилус» шел близ бухты Вайлеа, памятной в связи с трагическими приключениями капитана Диллона, который первый осветил тайну гибели кораблей Лаперуза.

Мы несколько раз закидывали драгу и извлекли множество превосходных устриц. Следуя наставлениям Сенеки, мы вскрывали раковины тут же за столом и глотали устрицы с жадностью. Эти моллюски принадлежат к виду, известному под названием Ostrea lamellosa, чрезвычайно распространенному на Корсике.

Бухта Вайлеа, видимо, была велика; и если бы не злейшие враги устриц морские звезды и крабы, пожирающие молодых моллюсков в громадных количествах, скопление раковин привело бы к полному обмелению бухты, если учесть, что каждый моллюск производит до двух миллионов яиц.

И если Неду Ленду на этот раз не пришлось каяться в своем обжорстве, то лишь потому, что устрицы единственное блюдо, которое не грозит расстройством желудка. В самом деле, нужно съесть не менее шестнадцати дюжин этих двустворчатых моллюсков, чтобы организм человека получил триста пятнадцать граммов азотистых веществ, необходимых для его питания в течение дня.

Двадцать пятого декабря «Наутилус» шел мимо островов Ново-Гебридского архипелага, открытого Квиросом в 1606 году, исследованного Бугенвилем в 1768 году и получившего свое нынешнее наименование от Кука в 1773 году. Группа эта состоит в основном из девяти больших островов, следующих один за другим на протяжении ста двадцати лье с северо-северо-запада к юго-юго-востоку, под 15°-2° южной широты и 164°-168° долготы. В полдень мы проходили довольно близко от острова Ору; и у меня осталось от него впечатление сплошного лесного массива, увенчанного высоким горным пиком.

В тот день было рождество, и Нед Ленд, как мне показалось, приуныл, вспоминая традиционное «Christmas» — подлинный семейный праздник, до фанатизма почитаемый протестантами.

Капитан Немо не появлялся уже целую неделю. Наконец, утром 27 декабря он вошел в салон так непринужденно, словно мы расстались с ним каких-нибудь пять минут назад. А я как раз искал на карте место прохождения «Наутилуса». Капитан подошел ко мне и, указав точку на карте, коротко сказал:

— Ванико́ро.

Название подействовало на меня магически. Это было название островов, у которых погибли корабли Лаперуза.

Я вскочил на ноги.

— «Наутилус» держит курс на Ванико́ро? — спросил я.

— Да, господин профессор, — отвечал капитан.

— И я могу побывать на этих знаменитых островах, где потерпели кораблекрушение «Буссоль» и «Астролябия»?

— Если вам будет угодно, господин профессор.

— А как далеко до Ванико́ро?

— А вот и Ванико́ро, господин профессор.

Вместе с капитаном Немо я поднялся на палубу и глазами жадно впился в горизонт.

На северо-востоке виднелись два острова, разные по величине, но, несомненно, вулканического происхождения, окруженные коралловым барьером, приблизительно до сорока миль в окружности. Мы были вблизи острова Ванико́ро. Вернее, мы были у входа в маленькую гавань Вану, расположенную под 16° 4' южной широты и 164° 32' восточной долготы. Остров, казалось, был сплошь покрыт зеленью, начиная от берега до горных вершин, над которыми возвышалась вершина Капого высотою четыреста семьдесят шесть туазов.

«Наутилус», войдя через узкий пролив внутрь кораллового барьера, очутился за линией прибоя, в гавани, глубина которой доходила до тридцати — сорока саженей. В тени мангров виднелись фигуры дикарей, с величайшим удивлением следивших за нашим судном. Быть может, они принимали черный веретенообразный корпус «Наутилуса» за какое-нибудь китообразное животное, которого надо было опасаться?

Капитан Немо спросил меня, что мне известно о гибели Лаперуза.

— То, что известно всем, капитан, — отвечал я.

— А не можете ли вы посвятить меня в то, что известно всем? — не без иронии спросил капитан.

— Очень охотно!

И я стал пересказывать ему содержание последних сообщений Дюмон д'Юрвиля.

Вот краткое изложение событий.

Лаперуз и его помощник, капитан де Лангль, в 1785 году были посланы Людовиком XVI в кругосветное плавание на корветах «Буссоль» и «Астролябия» и бесследно пропали.

В 1791 году французское правительство, встревоженное судьбой двух корветов Лаперуза, снарядило спасательную экспедицию под командой Бруни д'Антркасто, в составе двух фрегатов «Решерш» и «Эсперанс», которые вышли в плавание из Бреста 28 сентября.

Спустя два месяца стало известно из показаний некоего Боуэна, командира корабля «Албермель», что обломки каких-то судов были замечены у берегов Новой Георгии. Но д'Антркасто, не зная об этом сообщении, — к слову сказать, довольно сомнительном, — держал свой путь к островам Адмиралтейства, которые в рапорте капитана Гунтера указывались как место кораблекрушения корветов Лаперуза.

Поиски д'Антркасто были безуспешны. Корветы спасательной экспедиции прошли мимо Ваникоро, не останавливаясь, и плавание для них окончилось трагически, ибо экспедиция стоила жизни самому д'Антркасто, двум его помощникам и многим матросам из команды корветов.

Первым на несомненные следы гибели кораблей Лаперуза напал старый морской волк, капитан Дилон, отлично знавший Тихий океан. 15 мая 1824 года его корабль «Святой Патрик» проходил мимо острова Тикопиа, принадлежащего к Ново-Гебридской группе. Там один туземец, приплывший к кораблю в пироге, продал капитану серебряный эфес шпаги, на котором сохранились следы какой-то надписи. Тот же туземец рассказал Дилону, что шесть лет назад он видел на Ваникоро двух европейцев из экипажа кораблей, разбившихся о рифы вблизи этого острова.

Дилон сообразил, что речь идет о корветах Лаперуза, исчезновение которых волновало весь мир. Он решил идти на Ваникоро, где, по словам туземца, сохранились еще следы кораблекрушения. Но ветры и течения не позволили Дилону осуществить его намерение.

Дилон вернулся в Калькутту. Там он сумел заинтересовать своим открытием Азиатское общество и Ост-Индскую компанию, и в его распоряжение был предоставлен корабль, также получивший название «Решерш». 23 января 1827 года, сопровождаемый французским представителем, Дилон отплыл из Калькутты.

После неоднократных остановок в различных пунктах Тихого океана, 7 июля 1827 года, корабль «Решерш» бросил, наконец, якорь в той самой гавани Вану, где сейчас стоял «Наутилус».

Дилон нашел тут множество остатков кораблекрушения: якоря, инструменты, блоковые стропы, камнеметы, восемнадцатифунтовое ядро, обломки астрономических приборов, кусок гакаборта и бронзовый колокол с надписью: «Отлит Базеном», с клеймом литейной Брестского арсенала и датой «1785». Не оставалось ни малейшего сомнения!

Дилон, продолжая поиски доказательств, пробыл на месте катастрофы до октября месяца. Затем он поднял якорь и через Новую Зеландию пошел в Калькутту. 7 апреля 1828 года он воротился во Францию и был милостиво принят Карлом X.

В то же самое время Дюмон д'Юрвиль, ничего не зная об открытии Дилона, продолжал поиски следов кораблекрушения в совершенно другом направлении. Со слов одного китобоя ему стало известно, что у дикарей Луизиады и Новой Каледонии видели медаль и крест св. Людовика.

Дюмон д'Юрвиль, командир «Астролябии», вышел в море и спустя два месяца после того, как Дилон покинул Ваникоро, бросил якорь у Гобарт-Тоуна. Тут он узнал о результатах поисков Дилона и помимо того ознакомился с показанием некоего Джемса Гоббса, помощника капитана «Юниона» из Калькутты, который утверждал, что, пристав к острову, лежащему под 8°18′ южной широты и 156°30′ восточной долготы, он якобы видел у туземцев железные брусья и куски красной ткани.

Дюмон д'Юрвиль, смущенный этими противоречивыми сведениями и не зная, можно ли им верить, решился все же идти по следам Дилона.

Десятого февраля 1828 года корвет «Астролябия» подошел к острову Тикопиа. Приняв на борт в качестве лоцмана и переводчика бывшего матроса, обосновавшегося на этом острове, судно взяло курс на Ваникоро. Подойдя к острову 12 февраля, «Астролябия», лавируя между его коралловыми рифами, только 20 февраля, преодолев рифовые барьеры, вошла в гавань Вану.

Двадцать третьего февраля матросы «Астролябии», вернувшись из обхода острова, принесли несколько малоценных обломков. Туземцы отказались указать им место катастрофы, отговариваясь непониманием. Поведение туземцев было подозрительным и наводило на мысль, что они плохо обошлись с потерпевшими кораблекрушение. Они как будто боялись, что Дюмон д'Юрвиль явился отомстить за Лаперуза и его злосчастных спутников.

Наконец, 26 февраля, прельстившись подарками и поняв, что им не грозит расплата за содеянное, туземцы указали помощнику капитана Жаконо место катастрофы.

Там, на глубине трех-четырех саженей под водою, между рифами Паку и Вану, лежали якоря, пушки, железные и свинцовые чушки балласта, покрывшиеся уже известковыми отложениями. Шлюпка и китобойное судно с «Астролябии» направились к этому месту и с большим трудом подняли со дна якорь, весивший тысячу восемьсот фунтов, пушку, стрелявшую восьмифунтовыми ядрами, одну свинцовую чушку и две медные камнеметные мортиры.

Дюмон д'Юрвиль, опросив туземцев, узнал, что Лаперуз, потерявший оба корабля, разбившиеся о рифовый барьер острова, выстроил из обломков небольшое суденышко и вновь пустился в плавание, чтобы опять потерпеть кораблекрушение... Где? Этого никто не знал.

Командир «Астролябии» воздвиг под сенью мангров памятник отважному мореплавателю и его спутникам. Это была простая четырехгранная пирамида на коралловом пьедестале. Ни кусочка металла, на который так падки туземцы, не пошло на этот памятник!

Дюмон д'Юрвиль хотел тут же сняться с якоря. Но команда «Астролябии» была изнурена лихорадкой, свирепствовавшей в этих местах, да и сам он был болен. Он мог пуститься в обратный путь только 17 марта.

Между тем французское правительство, полагая, что Дюмон д'Юрвиль не знает об открытии Дилона, послало на Ваникоро корвет «Байонез», под командою Легоарана де Тромлена, стоявший тогда у западного берега Америки. «Байонез» бросил якорь у берегов Ваникоро спустя несколько месяцев после отплытия «Астролябии». Никаких новых документов не было найдено, но выяснилось, что дикари не тронули мавзолея Лаперуза.

Вот все, что я мог сообщить капитану Немо.

— Итак, — сказал он, — по сей день неизвестно, где погибло третье судно, выстроенное потерпевшими кораблекрушение у Ваникоро?

— Неизвестно.

Капитан ничего не ответил, но знаком пригласил меня следовать за ним в салон. «Наутилус» погрузился на глубину нескольких метров, и железные створы раздвинулись.

Я кинулся к окну, и под коралловыми отложениями, под покровом фунгий, сифоновых, альциониевых кораллов, кариофиллей, среди мириадов прелестных рыбок, радужниц, глифизидонов, помферий, диакопей, жабошипов я заметил обломки, не извлеченные экспедицией Дюмон д'Юрвиля, железные части, якоря, пушки, ядра, форштевень — словом, части корабельного снаряжения, поросшие теперь животными, похожими на цветы.

В то время как я рассматривал эти плачевные останки, капитан Немо сказал мне внушительным тоном:

— Капитан Лаперуз вышел в плаванье седьмого декабря тысяча семьсот восемьдесят пятого года на корветах «Буссоль» и «Астролябия». Сперва он базировался на Ботани-Бэй, затем посетил архипелаг Общества, Новую Каледонию, направился к Санта-Крусу и бросил якорь у Намука, одного из островов Гавайской группы. Наконец, корветы Лаперуза подошли к рифовым барьерам, окружающим остров Ваникоро, в ту пору еще неизвестным мореплавателям. «Буссоль», который шел впереди, натолкнулся на рифы около южного берега. «Астролябия» поспешила к нему на помощь и тоже наскочила на риф. Первый корвет затонул почти мгновенно. Второй, севший на мель под ветром, держался еще несколько дней. Туземцы оказали довольно хороший прием потерпевшим кораблекрушение. Лаперуз обосновался на острове и начал строить небольшое судно из остатков двух корветов. Несколько матросов пожелали остаться на Ваникоро. Остальные, изнуренные болезнями, слабые, отплыли с Лаперузом в направлении Соломоновых островов и погибли все до одного у западного берега главного острова группы, между мысами Разочарования и Удовлетворения!

— Но как вы об этом узнали? — вскричал я.

— Вот что я нашел на месте последнего кораблекрушения!

И капитан Немо показал мне жестяную шкатулку с французским гербом на крышке, заржавевшую в соленой морской воде. Он раскрыл ее, и я увидел свиток пожелтевшей бумаги, но все же текст можно было прочесть.

Это была инструкция морского министерства капитану Лаперузу с собственноручными пометками Людовика XVI на полях!

— Вот смерть, достойная моряка! — сказал капитан Немо. — Он покоится в коралловой могиле. Что может быть спокойнее этой могилы? Дай бог, чтобы моим товарищам и мне выпала такая же доля!

20. Торресов пролив

В ночь с 27 на 28 декабря мы оставили Ваникоро. «Наутилус» взял курс на юго-запад и, развив большую скорость, в три дня прошел семьсот пятьдесят лье, словом, расстояние, отделяющее группу островов Лаперуза от юго-восточной оконечности Новой Гвинеи.

Лишь только мы встали, утром, первого января 1868 года, я вышел на палубу, и тут меня встретил Консель.

— С вашего позволения, господин профессор, я хотел бы пожелать вам счастья в новом году, — сказал он.

— За чем же стало дело, Консель? Вообрази, что мы в Париже, в моем кабинете в Ботаническом саду! Но скажи, в чем ты видишь счастье при нынешних наших обстоятельствах? Жаждешь ли вырваться из плена, или мечтаешь продлить наше подводное путешествие?

— Ей-ей, не знаю, что и сказать! — отвечал Консель. — Много чудес довелось нам увидеть, и, признаться, в эти два месяца у нас не было времени скучать. Последнее чудо, говорят, всегда самое удивительное; и если впредь будет так продолжаться, я уж и не знаю, чем все это кончится! По-моему, такого случая нам никогда больше не представится…

— Никогда, Консель!

— Да и господин Немо вполне оправдывает свое латинское имя. Он ничуть нас не стесняет, словно бы и вправду не существует!

— Верно, Консель.

— Я полагаю, сударь, что счастливым будет тот год, в котором мы увидим все на свете…

— Все увидим, Консель? Пожалуй, это будет длинная история! А что думает Нед Ленд?

— Нед Ленд держится совершенно другого мнения, — отвечал Консель. — У него положительный склад ума и требовательный желудок. Ему скучно смотреть на рыб и есть рыбные блюда. Как истый англосакс, он привык к бифштексам и не брезгует бренди и джином — в умеренной дозе! Понятно, что ему трудно обходиться без мяса, хлеба и вина!

— Что касается меня, Консель, меньше всего я обеспокоен вопросом питания. Меня вполне удовлетворяет режим на борту «Наутилуса».

— И меня тоже, — отвечал Консель. — Поэтому я так же охотно остался бы тут, как мистер Ленд охотно бы отсюда бежал. Сложись новый год несчастливо для меня, значит для него он сложился бы счастливо, и наоборот! Таким манером один из нас обязательно будет доволен. Ну, а в заключение пожелаю господину профессору всего, что он сам себе желает!

— Благодарю, Консель! А новогодних подарков тебе придется обождать до более удобного времени; пока же удовольствуйся крепким пожатием руки. Вот все, что я могу тебе предложить!

— Господин профессор никогда не был так щедр, — ответил Консель.

Затем Консель ушел.

Второе января. Мы прошли одиннадцать тысяч триста сорок миль, короче говоря, пять тысяч двести пятьдесят лье с момента нашего выхода из Японского моря.

Перед нами расстилались опасные воды Кораллового моря, омывающие северо-восточные берега Австралии. Наше судно шло на расстоянии нескольких миль от коварного барьерного рифа, о который 10 июня 1770 года едва не разбились корабли Кука. Судно, на котором находился сам Кук, наткнулось на рифовую гряду и не затонуло лишь потому, что коралловая глыба, отломившаяся при столкновении, застряла в пробоине корпуса корабля.

У меня было сильное желание осмотреть эту гряду коралловых рифов, которая тянулась по горизонту на целые триста шестьдесят лье. Об эту каменную стену яростно билась вода, и буруны в облаках белой пены с грохотом рассыпались в стороны.

Но в этот момент «Наутилус» ушел в морские пучины, и мне не удалось увидеть вблизи высоких коралловых стен. Пришлось удовольствоваться изучением различных образцов рыб, попавших в сети. Я сразу же приметил крупных тунцов с серебристо-белым брюхом и темными поперечными полосами на золотисто-голубой спине, которые исчезают, как только рыба умирает. Тунцы следовали за судном целыми стаями; их чрезвычайно вкусное мясо приятно разнообразило наш стол. В сети попались, тоже в большом количестве, морские караси длиной в пять сантиметров, вкусом напоминавшие дорад, и рыбы-летучки, настоящие подводные ласточки, которые в темные ночи бороздят то воздух, то воду своими фосфоресцирующими телами. Среди моллюсков и зоофитов я нашел запутавшиеся в петлях сетей различные виды альционарий, морских ежей, ракушек-молотков, церитов, башенок, стеклушек. Флора была представлена прекрасными плавучими водорослями, ламинариями и макроцистисами, покрытыми слизью, сочившейся сквозь их поры; и между ними я нашел прелестный экземпляр nemastoma geliniaroide, которую я приобщил к музейной коллекции в качестве редкого явления природы.

Два дня спустя, переплыв через Коралловое море, 4 января мы увидели берега Папуа. По этому случаю капитан Немо сообщил мне о своем намерении пройти в Индийский океан через Торресов пролив. Это было все, что он сказал. Нед Ленд с удовлетворением отметил, что этим путем мы приближаемся к европейским берегам.

Торресов пролив считается опасным для мореплавателей не только из-за обилия рифов, но и из-за того, что на его берегах часто появляются дикари.

Пролив этот отделяет Австралию от большого острова Новой Гвинеи, или Папуа.

Остров Папуа простирается на четыреста лье в длину и сто тридцать в ширину и занимает площадь в сорок тысяч географических лье. Он лежит под 0°19′ и 10°2′ южной широты и

128°23′ и 146°15′ долготы. В полдень, когда помощник капитана определял высоту солнца, я разглядел цепи Арфальских гор, вздымавшиеся террасами и увенчанные остроконечными вершинами.

Земля эта была открыта в 1511 году португальцем Франциско Серрано. Затем тут побывали: в 1526 году дон Хозе де Менезес, в 1527 — Грихальва, в 1528 — испанский генерал Альвар де Сааверда, в 1545 — Хуго Ортес, в 1616 — голландец Саутен, в 1753 — Никола Срюик, затем Тасман, Дампиер, Фюмель, Картере, Эдварде, Бугенвиль, Кук, Форрест, Мак Клур, в 1792 — д'Антркасто, в 1823 — Дюппере и в 1827 — Дюмон д'Юрвиль. Де Риенци сказал об этом острове: «Тут средоточие всех меланезийских чернокожих», и я не сомневался более, что случайности плавания столкнут меня со страшными андаменами.

Итак, «Наутилус» стоял у входа в опаснейший на земном шаре пролив, войти в который едва осмеливались самые отважные мореплаватели. Пролив этот был открыт Луисом Торресом на обратном пути из южных морей в Меланезию. В этом же проливе в 1840 году едва не погибли севшие на мель корветы экспедиции Дюмон д'Юрвиля. Сам «Наутилус», пренебрегавший опасностями морского плавания, должен был остерегаться коралловых рифов.

Торресов пролив имеет в ширину приблизительно тридцать четыре лье, но бесчисленное множество островов, островков, бурунов и скал делают его почти непроходимым для судов. Учитывая это, капитан Немо принял всякие предосторожности, «Наутилус» шел на уровне воды и с малой скоростью. Лопасти винта, напоминая хвостовой плавник кита, медленно рассекали волны.

Воспользовавшись случаем, я и оба мои спутника вышли на палубу, вечно пустующую. Мы стали за штурвальной рубкой, и, если не ошибаюсь, капитан Немо находился там и сам управлял «Наутилусом».

Передо мной была превосходная карта Торресова пролива, составленная инженером-гидрографом Винценданом Дюмуленом и мичманом — впоследствии адмиралом — Купван Дебуа, состоявшим при штабе Дюмон д'Юрвиля во время его последнего кругосветного плавания. Эта карта, как и карта, составленная капитаном Кингом, — лучшие карты Торресова пролива, вносящие ясность в путаницу этого рифового лабиринта. Я изучал их с величайшим вниманием.

Вокруг нас бушевало разъяренное море. Взбаламученные воды, подхваченные сильным течением, неслись с юго-востока на северо-запад со скоростью двух с половиною миль и с грохотом разбивались о гребни коралловых рифов, выступавшие среди вспененных волн.

— Скверное море! — сказал Нед Ленд.

— Прескверное! — отвечал я. — И вовсе непригодное для такого судна, как «Наутилус».

— Надо полагать, — продолжал канадец, — что проклятый капитан Немо хорошо знает путь, иначе его посудина вдребезги разбилась бы о коралловые рога, что высовываются из воды!

В самом деле, положение было опасным. Но «Наутилус», словно по волшебству, легко скользил среди предательских рифов. Он не придерживался маршрута «Астролябии» и «Зеле», оказавшегося роковым для Дюмон д'Юрвиля. Он взял курс много севернее и, обогнув остров Меррея, опять повернул на юго-запад к Кумберландскому проходу. Я думал, что мы войдем в этот проход, по внезапно «Наутилус» изменил направление и пошел на северо-запад, лавируя меж бесчисленных и мало исследованных островов и островков, к острову Тунда и каналу Опасному.

Я уже спрашивал себя: «Неужели капитан Немо настолько безрассуден, что введет свое судно в канал, где сели на мель оба корвета Дюмон д'Юрвиля?» Но тут «Наутилус», вторично переменив направление, пошел прямо на запад, к острову Гвебороар.

Было три часа пополудни. Морской прилив почти достиг своей высшей точки. «Наутилус» шел близ берегов Гвебороара, который и посейчас еще живо представляется мне в кудрявой зелени панданусов. Мы плыли вдоль его берегов на расстоянии не менее двух миль.

Вдруг сильным толчком меня свалило с ног. «Наутилус» наскочил на подводный риф и стал на месте, слегка накренившись на бакборт.

Поднявшись, я увидел на палубе капитана Немо и помощника капитана. Они исследовали положение судна, обмениваясь отрывистыми фразами на своем непостижимом наречии.

А вот каково было положение. За штирбортом, в двух милях от нас, виднелся остров Гвебороар, вытянувшийся с севера на запад, как гигантская рука. На юго-востоке уже показывались из воды обнаженные морским отливом верхушки коралловых рифов. Мы сели на мель в таком месте, где морские отливы довольно слабы — обстоятельство весьма неприятное для «Наутилуса». Однако судно не пострадало при столкновении — настолько прочным был его корпус. Но если даже в корпусе «Наутилуса» не было изъяна, пробоины и течи, все же ему грозила опасность остаться навсегда прикованным к подводным рифам. И тогда пришел бы конец подводному кораблю капитана Немо!

Мои раздумья нарушил капитан Немо, как всегда невозмутимый, прекрасно владевший собою. На его лице нельзя было прочесть ни волнения, ни досады.

— Несчастный случай? — спросил я.

— Случайная помеха! — ответил он.

— Помеха, — возразил я, — которая, возможно, принудит вас стать жителем земли, от которой вы бежите!

Капитан Немо метнул на меня загадочный взгляд и отрицательно покачал головой. Жест его говорил достаточно ясно, что ничто и никогда не заставит его ступить ногой на сушу. Затем он сказал:

— Впрочем, господин Аронакс, «Наутилусу» вовсе не грозит гибель. Он еще будет знакомить вас с чудесами океана. Наше путешествие только лишь началось, и я отнюдь не желаю так скоро лишиться вашего общества.

— Однако, капитан Немо, — отвечал я, делая вид, что не понял смысла насмешливой фразы, — мы сели на мель во время прилива. Вообще в Тихом океане сила прилива очень незначительна, и если вы не освободите «Наутилус» от излишнего балласта, я не вижу, каким способом судно снимется с мели?

— Морские приливы в Тихом океане незначительной силы, вы правы, господин профессор, — отвечал капитан Немо, — но в Торресовом проливе разница между уровнем прилива и отлива воды в полтора метра. Нынче четвертое января. Через пять дней наступит полнолуние. И я буду крайне удивлен, если луна, верный спутник нашей планеты, не поднимет водяную массу на нужную мне высоту. Тем самым она окажет мне услугу, которую я желал бы принять единственно лишь от ночного светила!

С этими словами капитан Немо в сопровождении своего помощника сошел в ют. Что касается судна, оно приросло к месту, словно коралловые полипы уже успели вмуровать его в свой несокрушимый цемент.

— Ну-с, господин профессор? — сказал Нед Ленд, подойдя ко мне, едва лишь капитан удалился с палубы.

— Ну-с, друг Нед! Стало быть, будем ожидать прилива девятого января? Оказывается, луна любезно снимет нас с мели!

— Только всего?

— Только всего!

— И капитан в надежде на луну сложит руки? Не пустит в ход якоря, машины?

— Хватит и одного прилива! — простодушно ответил Консель.

Канадец посмотрел на Конселя и пожал плечами. В нем заговорил моряк.

— Господин профессор, — продолжал Нед, — помяните мое слово, никогда больше эта посудина не будет плавать ни на воде, ни под водою! «Наутилус» годится теперь только на слом. Полагаю, что пришло время избавиться от общества капитана Немо.

— Друг Нед, — отвечал я, — насчет «Наутилуса» я держусь другого мнения. Через четыре дня мы испытаем силу тихоокеанских приливов. Ваш совет был бы уместен в виду берегов Англии или Прованса, но у берегов Папуа — он вовсе не кстати! Им можно воспользоваться в том случае, если «Наутилус» не снимется с мели. И то я сочту этот поступок крайне рискованным!

— Нельзя ли хоть взглянуть на эту землю? — сказал Нед Ленд. — Вот остров. На острове растут деревья. Под деревьями разгуливают животные, земные животные, из которых изготовляются котлеты, ростбифы... Эх, охотно отведал бы я кусочек мяса!

— На этот раз Нед Ленд прав, — сказал Консель. — Я всецело присоединяюсь к нему. Не может ли господин профессор попросить своего друга, капитана Немо, высадить нас хоть ненадолго на землю. Ведь иначе мы разучимся ходить по твердой части нашей планеты!

— Попросить могу, — отвечал я, — но он откажет.

— А если бы господин профессор все же рискнул, — сказал Консель. — По крайней мере мы знали бы, что думать о любезности капитана.

К моему удивлению, капитан Немо ответил согласием на мою просьбу и был настолько деликатен, что не потребовал обещания возвратиться на борт. Впрочем, побег через Новую Гвинею был чрезвычайно опасен, и я бы не посоветовал Неду Ленду искушать судьбу. Лучше быть пленником на «Наутилусе», чем попасть в руки диких папуасов.

Я не допытывался, поедет ли с нами капитан Немо. Я был уверен, что никто из экипажа не будет сопровождать нас в нашей прогулке. Придется самому Неду Ленду взяться за руль! Кстати, до берега было не более двух миль, и Нед Ленд сумеет шутя провести утлую лодку между рифовыми барьерами, столь роковыми для больших судов.

На следующий день, 5 января, шлюпка была вынута из гнезда и прямо с палубы спущена в воду. Два человека легко справились с этим делом. Весла лежали в шлюпке, и мы заняли места на скамьях.

В восемь часов, вооруженные ружьями и топорами, мы отвалили от борта «Наутилуса». Море было довольно спокойное. С берега дул легкий ветерок. Консель и я сидели на веслах и энергично гребли. Нед, лавируя, вел шлюпку через узкие проходы, образованные бурунами. Шлюпка, покорная рулю управления, легко преодолевала риф за рифом.

Нед Ленд не мог скрыть своей радости. Он чувствовал себя узником, вырвавшимся на свободу, и вовсе не думал о том, что придется снова вернуться в темницу.

— Мясо! — твердил он. — Будем есть мясо, и какое мясо! Настоящую дичь! Правда, без хлеба! Я не говорю, что рыба плохая вещь, но нельзя же вечно питаться рыбой! Кусочек свежего мяса, поджаренного на углях, внесет приятное разнообразие в наш обычный стол!

— Лакомка! — заметил Консель. — От одного разговора у меня слюнки текут!

— Надо узнать, не водится ли в здешних лесах крупная дичь, — сказал я. — И не охотится ли здешняя дичь за охотником?

— Пусть даже так, господин Аронакс, — ответил канадец, показывая зубы, острые, как лезвие топора. — Я готов съесть тигра, тигровое филе, если на острове не сыщется других четвероногих.

— Друг Нед внушает опасения, — заметил Консель.

— Какое ни попадись животное, бесперое — четвероногое или с перьями — двуногое, я отсалютую ему выстрелом!

— Ну вот, — сказал я, — начинаются бесчинства мистера Ленда!

— Не бойтесь, господин Аронакс, — ответил канадец, — гребите вовсю! Не пройдет и получаса, как я угощу вас блюдом собственного приготовления.

В половине девятого шлюпка «Наутилуса» причалила к песчаному берегу, благополучно миновав рифовое кольцо, окружающее остров Гвебороар.

21. Несколько дней на суше

Я не без волнения ступил на берег. Нед Ленд пробовал землю ногой, точно испытывая ее прочность. А ведь всего два месяца, как стали мы, по выражению капитана Немо, «пассажирами» «Наутилуса», короче говоря, пленниками его командира!

Спустя несколько минут мы были уже на расстоянии ружейного выстрела от берега. Почва состояла почти исключительно из кораллового известняка; но, судя по руслам высохших рек, усеянным гранитными обломками, можно было предположить, что происхождение острова относится к древней геологической формации.

Горизонт был скрыт великолепной завесой лесов. Гигантские деревья, достигавшие в вышину двухсот футов, переплетались между собою ползучими лианами, которые покачивались от дуновения ветерка, образуя настоящие гамаки, созданные самой природой. Мимозы, фикусы, казуарины, тиковые деревья, гибискусы, панданусы, пальмы в гирляндах зелени, венчающей их вершины, говорили о плодородии здешней природы. Под их зелеными сводами у подножия гигантских древесных стволов пышно разрастались орхидейные, бобовые растения и папоротники.

Превосходные образцы новогвинейской флоры не прельщали канадца: он предпочитал полезное приятному. Кокосовая пальма привлекла его внимание. Он сбил с дерева несколько кокосов, расколол их, и мы пили их молоко, ели кокосовую мякоть, испытывая удовольствие, что отнюдь не говорило в пользу меню «Наутилуса».

— Превосходно! — восклицал Нед Ленд.

— Вкусно! — вторил ему Консель.

— Полагаю, что ваш Немо не запретит погрузить на борт кладь с кокосовыми орехами? — спросил канадец.

— Думаю, что не запретит, — ответил я. — Но сам он не прикоснется к ним.

— Тем хуже для него, — сказал Консель.

— Тем лучше для нас, — поправил его Нед Ленд. — Нам больше останется!

— Одно лишь слово, мистер Нед! — сказал я гарпунеру, намеревавшемуся приняться за вторую пальму. — Кокосовые орехи — отличная вещь, но, прежде чем загружать ими лодку, не лучше ли сперва узнать, нет ли на острове продуктов не менее полезных. Свежие овощи были бы весьма к месту в кладовых «Наутилуса».

— Господин профессор говорит дельно, — сказал Консель. — Я предлагаю сохранить место для трех продуктов: одно для плодов, другое для овощей и третье для дичи, которой, кстати сказать, и не пахнет!

— Консель, брось отчаиваться! — ответил ему канадец.

— Словом, надо идти дальше, — сказал я. — Но будьте начеку! Остров, по-видимому, необитаем, а все же тут могут найтись охотники, не столь щепетильные насчет дичи, как мы!

— Хр!.. Хр!.. — прорычал Нед Ленд, выразительно лязкая зубами.

— Э-э! Что с вами, Нед? — воскликнул Консель.

— Честное слово, — сказал канадец, — я начинаю понимать прелесть людоедства!

— Нед! Нед! Что вы говорите? — крикнул Консель. — Да вы, оказывается, людоед? Право, жить в одной каюте с вами небезопасно. А если, проснувшись, я вдруг увижу, что наполовину съеден?

— Друг Консель, я люблю вас, но не настолько, чтобы съесть без особой надобности.

— Сомневаюсь в этом! — отвечал Консель. — Давайте-ка лучше охотиться! Настреляем-ка поскорее какой-нибудь дичи и насытим этого каннибала! Иначе господин профессор рискует в одно прекрасное утро найти вместо слуги «ножки да рожки»!

Так, обмениваясь шутками, вступили мы под темно-зеленые своды и в течение двух часов обошли лес из конца в конец.

Случай благоприятствовал нам в поисках съедобного. Нам встретилось дерево — одно из самых полезных представителей растительного мира тропиков, доставившее нам тот драгоценный продукт, которого не хватало на борту «Наутилуса».

Я говорю о хлебном дереве, в изобилии произрастающем на острове Гвебороар. Особенно ценной была его бессемянная разновидность, носящая у малайцев название «рима».

Дерево это отличается от других деревьев совершенно ровным прямым стволом высотою в сорок футов. Верхушка его с большими многопластными листьями, изящно закругленная, как бы подстриженная, ясно говорит натуралисту, что перед ним «хлебное дерево», которое так удачно акклиматизировалось на Маскаренских островах. Среди густой листвы висели тяжелые шаровидные плоды величиною в дециметр, с шероховатой кожей, представляющей собою как бы сеть шестиугольников. Это полезное дерево, которым природа одарила страны, где нет зернового хлеба, не требует ухода и приносит плоды в течение восьми месяцев в году.

Неду Ленду хорошо были знакомы плоды хлебного дерева. Ему случалось уже не раз есть их во время своих многочисленных путешествий, и он умел приготовить питательное блюдо из его мякоти. При виде этих плодов у него разыгрался аппетит.

— Сударь, — сказал он, — я умру, если не отведаю этого хлебца!

— Отведайте, друг Нед, отведайте на здоровье! Мы для того и высадились тут, чтобы все испробовать на опыте. Валяйте же!

— За мною дело не станет, — ответил канадец.

И, вооружившись зажигательным стеклом, он развел костер из валежника; сухое дерево вскоре весело затрещало. А тем временем Консель и я выбирали самые спелые плоды хлебного дерева.

Многие из них еще не вполне созрели, и толстая кожа прикрывала белую, но все же волокнистую мякоть. Однако в большинстве сочные и желтоватые плоды, казалось, только и ждали, чтобы их сорвали с ветки.

Сердцевина этих плодов не содержала в себе косточек. Консель принес их целую дюжину, и Нед Ленд, разрезав плод на толстые ломти, положил на горячие уголья, приговаривая:

— Вы увидите, сударь, как вкусен этот хлеб!

— Особенно когда долго не видишь хлеба, — сказал Консель.

— Это даже не хлеб, — прибавил канадец, — а пирожное, которое тает во рту! Вам, сударь, не доводилось пробовать его?

— Не доводилось, Нед.

— Ну вот, попробуйте — вещь питательная. Если не попросите второй порции, я больше не король гарпунеров!

Спустя несколько минут наружная оболочка плодов совершенно обуглилась. Изнутри проглянула белая мякоть, похожая на хлебный мякиш; знатоки уверяют, что вкусом она напоминает артишоки.

Надо признаться, хлеб был превосходный, и я ел его с большим удовольствием.

— К сожалению, — сказал я, — едва ли это тесто может долго сохраниться, и, по-моему, напрасно брать его в качестве провизии на борт.

— Помилуйте, сударь! — воскликнул Нед Ленд. — Вы рассуждаете как натуралист, а я действую как булочник. Консель, припасите, да побольше, этих плодов; на обратном пути мы возьмем их с собою.

— А как же вы заготовите их впрок? — спросил я канадца.

— Приготовлю из мякоти кислое тесто, оно долго не портится. Когда понадобится, я испеку его в корабельной кухне. И, несмотря на несколько кисловатый привкус, хлеб покажется вам превосходным.

— В таком случае, мистер Нед, я скажу, что ваш хлеб хоть куда, и желать больше нечего…

— А все же, господин профессор, — отвечал канадец, — недостает овощей и фруктов!

— Ну, что ж, давайте искать фрукты и овощи!

Окончив сбор плодов хлебного дерева, мы отправились пополнять меню нашего «земного» обеда.

Поиски наши не были напрасны, и к полудню мы собрали достаточное количество бананов. Эти нежные тропические плоды поспевают круглый год, и по-малайски они называются «ptsang». Их едят сырыми. Кроме бананов, мы собрали множество jaks, чрезвычайно острых на вкус, плодов мангового дерева и невероятной величины ананасов. Хотя сбор плодов отнял много времени, мы не жалели об этом.

Консель глаз не спускал с Неда. Гарпунер шел впереди и, проходя мимо плодовых деревьев, безошибочно выбирал лучшие плоды для пополнения наших запасов провизии.

— Надеюсь, теперь вы удовлетворены, друг Нед? — спросил Консель.

— Гм! — промычал канадец.

— Как! Вы все еще недовольны?

— Все эти травки не могут заменить обеда, — отвечал Нед. — Это только приправа к обеду, десерт. А где же суп? Жаркое?

— В самом деле, — сказал я, — Нед обещал угостить нас отбивными котлетами, но, видимо, это чистейшая фантазия!

— Сударь, — отвечал канадец, — охота еще не кончилась, охота еще впереди! Потерпите немножко! Нам непременно встретится какая-нибудь пернатая или четвероногая дичь, если не в этом месте, так в другом…

— Если не сегодня, то завтра, — прибавил Консель. — А все же не следует удаляться от берега. Я предлагаю даже воротиться к лодке.

— Как! Уже? — вскричал Нед.

— К ночи мы должны быть на борту, — сказал я.

— А который теперь час? — спросил канадец.

— Часа два, не менее, — отвечал Консель.

— Как быстро бежит время на твердой земле! — воскликнул мистер Нед Ленд, вздохнув.

— В путь! — сказал Консель.

Мы шли обратно лесом и попутно пополняли наши запасы листьями капустного дерева, за которыми приходилось взбираться на самую верхушку, и зелеными бобами, которые малайцы называют «абру».

Мы были нагружены до отказа, когда подходили к лодке. Однако Нед Ленд находил, что провизии еще недостаточно, и судьба оказала ему свою милость. Мы уже собирались сесть в шлюпку, как вдруг внимание канадца привлекли саговые деревья, из семейства однодольных, достигавшие двадцати пяти — тридцати футов в вышину. Эти деревья столь же ценны, как и хлебное дерево, и справедливо причисляются к полезнейшим из представителей флоры Малайи.

Это были саговые пальмы девственных лесов, которые не нуждаются в уходе и размножаются из отростков и семян.

Нед Ленд знал, как обращаться с этими пальмами. Он взял топор, размахнулся что есть силы и в одно мгновение повалил на землю две или три пальмы. Белая пыль, осыпавшая их листву, говорила о зрелости плодов.

Я следил за работой канадца скорее глазами натуралиста, нежели проголодавшегося человека. Прежде всего Нед снял с каждого ствола кусок коры толщиной в большой палец, причем обнажилась сеть волокон, переплетавшихся в самые запутанные узлы, связанные неким подобием клейкой муки. Мука эта и была саго, съедобное вещество, основной продукт питания меланезийского населения.

Нед Ленд разрубил ствол на куски, как рубят дрова, отложив временно добывание из него муки, которую нужно было просеять, чтобы отделить от волокон, затем высушить на солнце и, наконец, дать ей затвердеть в формах.

В пять часов вечера, погрузив в лодку все наши сокровища, мы отчалили от острова и через полчаса пристали к борту «Наутилуса». Никто не вышел нам навстречу. Огромный стальной цилиндр казался пустым. Освободившись от ноши, я сошел в свою каюту. Там был для меня приготовлен ужин. Поужинав, я лег спать.

На другой день, 6 января, на борту ничто не изменилось. Ни малейшего шума, ни признака жизни. Шлюпка покачивалась у борта. И мы решили вернуться на остров Гвебороар. Нед Ленд надеялся, что на этот раз охота будет удачнее, чем накануне, и хотел попытать счастья в другой части леса.

С восходом солнца мы были уже в пути. Лодка, увлекаемая морским прибоем, вскоре пристала к берегу.

Мы высадились на берег и, рассудив, что вернее всего положиться на инстинкт канадца, последовали за ним, рискуя не раз потерять из виду своего длинноногого товарища.

Нед Ленд вел нас вглубь западной части острова. Пройдя вброд несколько шагов, мы вышли на равнину, окруженную великолепным лесом. Вдоль ручейков бродили зимородки, но при нашем приближении они улетали. Видимо, крылатые не однажды сталкивались с двуногими нашей породы и знают, что можно ожидать от человека. Поэтому я заключил, что если даже остров и необитаем, то все же сюда наведываются человеческие существа.

Миновав довольно тучные луга, мы подошли к опушке молодого леса, откуда доносился птичий гомон и слышалось хлопанье крыльев множества птиц.

— Тут одни только птицы, — сказал Консоль.

— Но есть же и съедобные птицы! — ответил гарпунер.

— Едва ли, друг Нед, — возразил Консель, — я вижу одних только попугаев.

— Друг Консель, — важно отвечал Нед, — и попугай сойдет за фазана, коли есть нечего!

— А я скажу, — заметил я, — что, если эту птицу хорошо приготовить, она вполне пригодна на завтрак.

И в самом деле, в густой листве деревьев гнездился целый мирок попугаев, готовых заговорить на человеческом языке, если бы кто-нибудь занялся их обучением. Они перепархивали, с ветки на ветку, болтали с попугайчиками всех цветов. Тут были шлемоносные какаду, важные, казалось занятые решением какой-то философской проблемы; тут, точно лоскутки красной материи, развеваемые ветром, мелькали ярко окрашенные лори; тут на широко распахнутых крыльях с шумом проносились kalaos и радовали глаз своим оперением лазоревого цвета самых тончайших оттенков. Словом, тут были представлены все виды отряда пернатых, прелестных, но большею частью несъедобных птиц.

Однако в этой коллекции недоставало одного экспоната, а именно, птицы, которая водится только в здешних краях и никогда не покидает предела островов Ару и Папуа. Но позже случай все же позволил мне полюбоваться этой замечательной птицей.

Пройдя сквозь довольно редкий лесок, мы вышли на поляну, местами густо заросшую кустарником. Тут мне довелось увидеть великолепных птиц, которые, судя по расположению их длинных перьев, приспособлены были к полету против ветра. Их волнообразный полет, изящество, с которым они описывают в воздухе круги, игра красок их оперения притягивали и чаровали взор. Я сразу же узнал этих птиц.

— Райские птицы! — вскричал я.

— Отряд воробьиных, семейство райских птиц, — ответил Консель.

— Семейство куропаток? — спросил Нед Ленд.

— Не вполне, мистер Ленд! Все же я рассчитываю на вашу ловкость и надеюсь, что вы поймаете хотя бы одного представителя этих очаровательных созданий тропической природы.

— Попробую, господин профессор, хотя я лучше владею острогой, чем ружьем.

Малайцы, которые ведут крупную торговлю райскими птицами с Китаем, ловят их различными способами, но мы не могли к ним прибегнуть. То они расставляют силки на верхушке деревьев, где охотнее всего гнездятся райские птицы, то ловят их, обмазывая ветви особым клеем, лишая птиц возможности двигаться. Иногда даже отравляют источники, из которых обычно пьют воду эти птицы. Что касается нас, то надо было пытаться подстрелить их на лету, что давало мало шансов на успех. И действительно, мы истратили попусту большую часть наших зарядов.

К одиннадцати часам утра мы миновали первую гряду холмов, образующих центральную часть острова, и не подстрелили никакой дичи. Голод уже давал себя знать. Охотники, понадеявшись на богатую добычу, просчитались. Но тут, к великому удивлению самого Конселя, ему удалось двумя выстрелами сряду обеспечить нас завтраком. Он подстрелил белого голубя и вяхиря, которых мы проворно ощипали и, насадив на вертел, стали жарить на костре из сухого валежника. В то время как эти занятные птички жарились, Нед приготовлял плоды хлебного дерева. Голубь и вяхирь были съедены до косточки, и мы нашли, что птички очень вкусные. Мускатные орехи, которыми они питаются, придавали их мясу особый аромат и вкус.

— Точно пулярки, вскормленные на трюфелях, — сказал Консель.

— Ну, а теперь чего вам еще недостает, Нед? — спросил я канадца.

— Четвероногой дичи, господин Аронакс, — отвечал Нед Ленд. — Все эти голуби хороши только на закуску, чтобы губы помазать. Я не успокоюсь, пока не подстрелю животное, годное на котлеты!

— Ну, что ж! Будем охотиться дальше, — сказал Консель. — Вернемся только обратно к берегу. Мы находимся у самых предгорий, а мне сдается, что уместнее охотиться в лесах.

Консель был прав, и мы последовали его совету. Через час мы пришли в густой лес, сплошь состоящий из саговых деревьев. Из-под наших ног выскальзывали змеи, правда неядовитые. Райские птицы улетали при нашем появлении, и я терял уже надежду поймать хотя бы одну из них, как вдруг Консель, который шел впереди, нагнулся, торжествующе вскрикнул и возвратился с великолепной райской птицей в руках.

— Браво, Консель! — воскликнул я.

— Господин профессор слишком любезен, — сказал Консель.

— Помилуй, дорогой мой, ты мастерски это сделал! Взять птицу живой, да еще голыми руками!

— Если господин профессор пожелает взглянуть на нее поближе, он увидит, что моя заслуга не так велика.

— Почему, Консель?

— Потому что птица пьяна!

— Пьяна?

— Да, сударь, пьяна от мускатных орехов, которыми она объелась, сидя под мускатным деревом, где я и изловил ее. Поглядите, друг Нед, поглядите-ка! Вот пагубное последствие невоздержания!

— Тысяча чертей! — вскричал канадец. — Нашел чем корить меня! А много ли я выпил джину за эти два месяца?

Тем временем я изучал любопытную птицу. Консель не ошибся. Райская птица опьянела от хмельного сока мускатных орехов и пришла в беспомощное состояние. Она не могла летать. Она едва передвигала ноги. Но это меня мало беспокоило, и я оставил ее протрезвиться от мускатного хмеля.

Пойманная птица принадлежала к красивейшему из восьми видов райских птиц, обитающих в Новой Гвинее и на соседних островах. Это была райская птица «большой изумруд», чрезвычайно редкая. В длину она имела тридцать сантиметров. Голова ее была относительно мала, глаза, поставленные близко к клюву, тоже невелики. Оперение птицы отличалось красотой и являло собой прелестное сочетание цветов: клюв желтый, лапки и коготки темно-коричневые, крылья светло-коричневые с пурпурным окаймлением, хохолок и затылок бледно-желтые, шея изумрудная, брюшко и грудь темно-каштановые. Оба удлиненных нитевидных хвостовых пера изящно изогнуты, боковые перья удивительной легкости и изысканной красоты. Короче говоря, это была сказочная птица, которой туземцы дали поэтическое название: «солнечная птица».

У меня было сильное желание вывезти в Париж этот великолепный экземпляр и подарить его Ботаническому саду, где нет ни одной живой райской птицы.

— Значит, это редкая птица? — спросил канадец. Он, как охотник, не очень высоко ценил дичь с художественной точки зрения.

— Чрезвычайно редкая, мой друг; и, главное, ее трудно взять живой. Даже шкурки убитых птиц высоко оцениваются. Поэтому туземцы подделывают их чучела, как подделывают жемчуг и бриллианты.

— Как! — воскликнул Консель. — Делают фальшивые чучела райских птиц?

— Да, Консель.

— И господин профессор знает, как это делается?

— Разумеется. Райские птицы во время восточного муссона теряют свое великолепное хвостовое оперение, которое на языке натуралистов называется «субаларным». Эти перья и собирают птичьи «фальшивомонетчики»; затем они искусно вклеивают их или вшивают в хвост какого-нибудь злополучного попугая, предварительно его ощипав. Наконец, они закрашивают швы, лакируют птицу и вывозят в европейские музеи или частные коллекции эти произведения своего своеобразного мастерства.

— Ну, что ж, — сказал Нед Ленд. — Если птица и поддельная, все же перья настоящие. Я не вижу в этом большой беды, ведь птицу покупают не на жаркое!

Но если мое желание иметь живую райскую птицу осуществилось, то желания канадского охотника еще не были удовлетворены. Все же к двум часам дня Неду Ленду посчастливилось подстрелить превосходную лесную свинью, по-туземному «бари-утанга». Животное пришлось кстати, и мы получили настоящее мясо четвероногого. Нед Ленд был горд своей удачей. Свинья, сраженная электрической пулей, была убита наповал. Канадец освежевал ее, выпотрошил и нарезал с полдюжины котлет к ужину. Затем охота возобновилась и вскоре ознаменовалась охотничьими подвигами Неда и Конселя.

Два друга, обшаривая кустарники, спугнули стадо кенгуру. Животные пустились бежать, припрыгивая на своих эластичных лапах. Но как быстро ни бежали зверьки, электрические пули их настигли.

— Ах, господин профессор! — вскричал Нед Ленд в охотничьем раже. — Какая отличная дичь, особенно в тушеном виде! Сколько тут съестных припасов для «Наутилуса». Два! Три! Пять штук убито! Подумать только, что мы одни съедим это мясо, а те остолопы на борту не получат ни кусочка!

Я думаю, что в приливе радости канадец перебил бы все стадо, если бы не увлекся болтовней! Но он удовольствовался дюжиной этих любопытных сумчатых, которые составляют, со слов Конселя, первый отряд млекопитающих, у которых плацента отсутствует.

Животные были невелики. Они принадлежали к виду «кенгуру-кроликов», которые обычно живут в дуплах и отличаются большой увертливостью. Несмотря на то, что зверьки эти не крупные, мясо их считается одним из самых вкусных.

Мы были очень довольны результатами охоты. Удачливый Нед предлагал вернуться на другой же день на этот прелестный остров и перебить всех четвероногих, годных в пищу. Но он, как обычно, не принимал во внимание непредвиденных обстоятельств.

Около шести часов вечера мы вышли на берег моря. Лодка стояла на прежнем месте. В двух милях от берега выступал из волн силуэт «Наутилуса», напоминавший рифовую полоску.

Нед Ленд, не теряя времени, занялся приготовлением обеда. Он был мастером в поваренном искусстве. Отбивные котлеты из «бари-утанга» скоро зашипели на угольях, распространяя приятнейший запах!

Но я ловлю себя на том, что, кажется, сам иду по стопам канадца. Я прихожу в восторг от куска жареного мяса! Да простят мне читатели, как я прощаю мистеру Ленду, и по той же причине, нашу общую слабость!

Обед удался на славу. Два вяхиря довершили роскошество меню. Саговое тесто, плоды хлебного дерева, несколько мангу, штук шесть ананасов и перебродивший сок кокосовых орехов привели нас в радужное настроение. Я даже подозреваю, что мысли моих уважаемых спутников не отличались должной ясностью.

— А что, если мы не вернемся нынче на борт «Наутилуса»? — сказал Консель.

— А что, если никогда туда не вернемся? — прибавил Нед Ленд.

В этот момент у наших ног упал камень, и вопрос гарпунера остался без ответа.

22. Молния капитана Немо

Мы оглянулись в сторону леса: я так и замер, не успев поднести ложку ко рту; Нед Ленд заканчивал свое занятие.

— Камни не падают с неба, — сказал Консель, — разве только метеориты.

Второй камень, тщательно округленный, выбил из рук Конселя аппетитную ножку вяхиря, придав еще больший вес его замечанию.

Вскочив на ноги и вскинув ружья на плечо, мы приготовились отразить нападение.

— Неужто обезьяны? — вскричал Нед Ленд.

— Вроде того, — ответил Консель. — Дикари!

— К шлюпке! — крикнул я. И мы опрометью бросились к берегу.

Наше бегство было своевременным. Справа, в ста шагах от нас, на опушке рощи, заслонявшей открытый горизонт, показались туземцы, вооруженные луками и пращами. Их насчитывалось десятка два.

Берег был в десяти туазах от нас.

Дикари шли не спеша; но они явно были настроены враждебно. Камни и стрелы так и сыпались!

Нед Ленд, несмотря на грозившую нам опасность, не забыл захватить с собой благоприобретенную провизию и бежал к шлюпке, держа тушу свиньи подмышкой и кенгуру в руках!

В две минуты мы были на берегу. Погрузить в шлюпку провизию и оружие, оттолкнуть ее от берега, взяться за весла было делом одной минуты. Не успели мы отплыть и двух кабельтовых, как добрая сотня дикарей, гнавшихся за нами с диким воем и угрожающе размахивая руками, оказалась уже по пояс в воде. Я глаз не отрывал от «Наутилуса», надеясь, что крики туземцев привлекут внимание команды. Но нет! Пустынно было на палубе огромного подводного судна, стоявшего в виду берега!

Минут двадцать спустя мы поднялись на борт «Наутилуса». Люк был открыт. Укрепив шлюпку, мы вошли внутрь судна.

Из салона доносились звуки органа. Я вошел туда. Капитан Немо, склонившись над клавишами, унесся в мир звуков.

— Капитан! — сказал я.

Он не слышал.

— Капитан! — повторил я, касаясь его плеча.

Он вздрогнул и обернулся.

— А, это вы, господин профессор! — сказал он. — Удачна ли была охота? Обогатился ли ваш гербарий?

— Вполне удачна, капитан, — отвечал я. — Но, на нашу беду, мы привели с собой целую толпу двуногих!

— Каких двуногих?

— Дикарей!

— Дикарей? — повторил капитан Немо насмешливым тоном. — И вы удивляетесь, господин профессор, что, ступив на землю в любой части земного шара, вы встречаете дикарей? Дикари! Да где же их нет? И чем эти люди, которых вы называете дикарями, хуже других?

— Но, капитан…

— Что до меня, сударь, то я встречал их повсюду.

— Но все же, — возразил я, — если вы не желаете видеть их на борту «Наутилуса», не следует ли принять меры предосторожности?

— Не волнуйтесь, господин профессор, остерегаться их нет причины.

— Но их очень много.

— Сколько же вы их насчитали?

— Не менее сотни.

— Господин Аронакс, — сказал капитан Немо, не отнимая пальцев от клавишей, — пусть все население Новой Гвинеи соберется на берегу, и то «Наутилусу» нечего бояться их нападения.

Пальцы капитана забегали по клавишам; и тут я заметил, что он ударял только по черным клавишам. Поэтому его мелодии приобретали совершенно шотландский колорит. Он забыл о моем присутствии, весь отдавшись грезам. Я не стал более беспокоить его.

Я поднялся на палубу. Ночь уже наступила. Под этими широтами солнце заходит внезапно. В этих краях не знают сумерек. Очертания острова Гвебороар уже сливались с туманной далью. Но костры, зажженные на берегу, говорили, что туземцы и не собираются расходиться.

Я провел на палубе в полном одиночестве долгие часы, то вспоминая о туземцах, — но уже без чувства страха, потому что уверенность капитана передалась и мне, — то, забыв о них, наслаждаясь великолепием тропической ночи. Мысленно я переносился во Францию, вслед за созвездиями Зодиака, которые через несколько часов засияют над моей родиной. Всходила луна среди созвездий зенита. И я подумал, что этот верный и галантный спутник нашей планеты вернется через двадцать четыре часа в здешние края, чтобы вздыбить океанские воды и поднять наш корабль с его кораллового ложа.

Около полуночи, убедившись, что на темных водах так же спокойно, как и в прибрежных рощах, я сошел в каюту и заснул спокойно.

Ночь прошла без происшествий. Папуасов, несомненно, пугало чудовище, возлежавшее на коралловой отмели, иначе через открытый люк они легко бы проникли внутрь «Наутилуса».

В десять часов утра 8 января я поднялся на палубу. Занималась утренняя заря. Туман рассеивался, и вскоре показался остров: сперва очертания берегов, затем вершины гор.

Туземцы по-прежнему толпились на берегу; их было больше, чем накануне, — человек пятьсот — шестьсот. Более смелые, воспользовавшись отливом, обнажившим прибрежные рифы, оказались не далее двух кабельтовых от «Наутилуса». Я видел ясно их лица. То были настоящие папуасы атлетического сложения, с высоким крутым лбом, с большим, но не приплюснутым носом и белыми зубами. Красивое племя! Курчавые волосы, выкрашенные в красный цвет, представляли резкий контраст с их кожей, черной и лоснящейся, как у нубийцев. В ушах, с разрезанными надвое и оттянутыми книзу мочками, были продеты костяные серьги. Вообще же дикари были нагие. Между ними я приметил нескольких женщин в настоящих кринолинах, сплетенных из трав; юбки едва прикрывали колена и поддерживались на бедрах поясом из водорослей. Некоторые мужчины носили на шее украшения в виде полумесяца и ожерелья из белых и красных стекляшек. Почти все они были вооружены луками, стрелами и щитами, а за плечами у них висели сетки, наполненные округлыми камнями, которые они мастерски метали пращою.

Один из вождей довольно близко подошел к «Наутилусу» и внимательно рассматривал его. Должно быть, это был «мало» высшего ранга, потому что на нем была наброшена циновка ярчайшей раскраски и с зубцами по краю.

Не составляло труда подстрелить туземца; но я решил, что разумнее подождать нападения с их стороны. При столкновении европейцев с дикарями нам следует защищаться, а не нападать.

Во время отлива туземцы неотступно сновали вокруг судна, но ничем не проявляли своей враждебности. Я расслышал слово «assai», которое они часто повторяли, и по их жестам понял, что меня приглашают сойти на берег, но я уклонился от приглашения.

Итак, шлюпка не трогалась с места к величайшему огорчению мистера Ленда, которому не терпелось пополнить запасы провизии. Канадец, не теряя времени, занялся приготовлением консервов из мяса и муки, вывезенных с острова Гвебороар. Что касается дикарей, то они в одиннадцать часов утра, лишь только начался прилив и верхушки коралловых рифов стали исчезать под водой, возвратились на берег. Очевидно, туземцы пришли с соседних островов, или, вернее, с Папуа. Однако не видно было ни одной пироги.

Чтобы убить время, я вздумал поскрести драгой морское дно, сплошь усеянное раковинами, полипами и богатое водорослями: сквозь прозрачные воды глаз проникал в морские пучины. Кстати, нынче был последний день пребывания «Наутилуса» в здешних краях, потому что завтра, во время прилива, по словам капитана Немо, «Наутилус» выйдет в открытое море.

Я позвал Конселя, и тот принес мне легкую драгу, напоминавшую устричные драги.

— А как дикари? — спросил Консель. — С позволения господина профессора, эти туземцы как будто не так уж злы!

— Однако они людоеды, друг мой!

— Пускай, хоть и людоеды, а все же, возможно, честные люди! — отвечал Консель. — Разве сластена не может быть порядочным человеком? Одно не мешает другому.

— Ладно, Консель, пусть будет по-твоему! Допустим, что эти честные людоеды честно пожирают своих пленников. Но я не желаю быть съеденным, хотя бы и честно, поэтому буду держаться настороже. Капитан Немо не собирается, видимо, принимать меры предосторожности. Ну-с, давай-ка выметывать сети!

В продолжение двух часов мы старательно бороздили драгой морское дно, но ничего примечательного не выловили. Драга собирала Множество разных ракушек; тут были и «уши Мидаса», арфы, гарпы и особенно молотки, пожалуй, самые красивые, какие когда-либо доводилось видеть. Попалось также несколько голотурий, жемчужных раковин и с дюжину мелких черепах, которых мы оставили для корабельного стола.

И вот, когда я менее всего ожидал удачи, мне в руки попалось настоящее чудо природы, вернее сказать, уродство природы, какое чрезвычайно редко встречается. Консель, закинув драгу, вытащил множество довольно обыкновенных ракушек. Я взглянул в сетку и, сунув в нее руку, с чисто кинхиологическим, попросту говоря, с пронзительным криком, какой когда-либо вырывался из человеческого горла, вынул оттуда раковину.

— Что случилось с господином профессором? — спросил с удивлением Консель. — Не укусил ли кто господина профессора?

— Не беспокойся, друг мой! Но я охотно бы поплатился пальцем за такую находку.

— Находку?

— Вот за эту раковину, — сказал я, показывая ему предмет своего восторга.

— Да это же простая пурпурная олива, рода олив, отряда гребенчатожаберных, класса брюхоногих, типа моллюсков...

— Верно, Консель! Но у раковины завиток идет не справа налево, как обычно, а слева направо!

— Неужели? — воскликнул Консель.

— Да, мой друг! Раковина-левша!

— Раковина-левша! — повторил Консель взволнованным голосом.

— Погляди-ка на ее завиток!

— Ах, если господину профессору угодно мне поверить, — сказал Консель, взяв дрожащей рукой драгоценную раковину, — я никогда еще так не волновался!

И было от чего взволноваться! Из наблюдений натуралистов известно, что в природе движение идет справа налево. Все светила и их спутники описывают круговые пути с востока на запад! У человека правая рука развита лучше, нежели левая, а следовательно, все инструменты, приборы, лестницы, замки, пружины часов и прочее приспособлены, чтобы действовать справа налево. Природа, свивая раковины, следует тому же закону. Завитки раковины за редкими исключениями завернуты справа налево. И если попадается раковина-левша, знатоки ценят ее на вес золота.

Итак, мы с Конселем были поглощены созерцанием нашего сокровища. И я уже мечтал обогатить своей находкой Парижский музей, как вдруг камень, брошенный каким-то туземцем, разбил нашу драгоценность в руке Конселя.

Я вскрикнул. Консель, схватив мое ружье, прицелился в дикаря, размахивавшего пращой в десяти метрах от нас. Я бросился к Конселю, но он уже успел выстрелить, и электрическая пуля разбила браслет из амулетов, украшавший запястье дикаря!

— Консель! — кричал я. — Консель!

— Да разве господину профессору не угодно было видеть, что этот каннибал первым бросился в атаку?

— Раковина не стоит человеческой жизни, — сказал я.

— Ах, бездельник! — вскричал Консель. — Лучше бы он размозжил мне плечо!

Консель был искренен, но я остался при своем мнении. Между тем за то короткое время, что мы были заняты раковиной, положение изменилось. Десятка два пирог кружило вокруг

«Наутилуса». Пироги туземцев — попросту говоря, выдолбленные древесные стволы, длинные и узкий, удивительно быстроходные и устойчивые благодаря двойному бамбуковому балансерному шесту, который держится на поверхности воды. Пироги управлялись ловкими полунагими гребцами, и я не без тревоги наблюдал, как они все ближе подплывали к нашему судну.

Папуасы уже входили, видимо, в сношения с европейцами, и суда их были им знакомы. Но эта длинная стальная сигара, едва выступавшая из воды, без мачт, без труб!.. Что могли они думать? Ничего хорошего, потому что некоторое время они держались от нас на почтительном расстоянии. Но, обманутые неподвижностью судна, папуасы постепенно осмелели и теперь выжидали случай свести с нами знакомство. Но именно это знакомство и надо было отвратить. Наши ружья, стрелявшие бесшумно, не могли испугать туземцев, уважающих только громобойные орудия. Гроза без раскатов грома менее страшит людей, хотя опасен не гром, а молния.

Пироги подошли довольно близко к «Наутилусу», и на борт посыпалась туча стрел.

— Черт возьми! Настоящий град! — сказал Консель. — И, как знать, не отравленный ли град!

— Надо предупредить капитана Немо, — крикнул я, спускаясь в люк.

Я пошел прямо в салон. Там никого не было. Я решил постучать в каюту капитана.

— Войдите, — ответили мне из-за двери. Я вошел в каюту. Капитан Немо был занят какими-то вычислениями, испещренными знаками X и сложными алгебраическими формулами.

— Я потревожил вас? — спросил я из вежливости.

— Совершенно верно, господин Аронакс, — ответил мне капитан, — но, очевидно, у вас на это есть серьезная причина?

— Чрезвычайно серьезная! Пироги туземцев окружили «Наутилус», и через несколько минут нам, вероятно, придется отражать нападение дикарей.

— А-а! — сказал спокойно капитан Немо. — Они приплыли в пирогах?

— Да, капитан!

— Ну, что ж! Надо закрыть люк.

— Безусловно! И я пришел вам сказать...

— Ничего нет проще, — сказал капитан Немо.

И, нажав кнопку электрического звонка, он отдал по проводам соответствующее приказание в кубрик команды.

— Вот и все, господин профессор, — сказал он минутой позже. — Шлюпка водворена на место, люк закрыт. Надеюсь, вы не боитесь, что эти господа пробьют обшивку, повредить которую не могли снаряды вашего фрегата?

— Не в этом дело, капитан! Есть другая опасность.

— Какая же, сударь!

— Завтра в этот же час потребуется открыть люк, чтобы накачать свежего воздуха в резервуары «Наутилуса».

— Совершенно верно, сударь! Наше судно дышит на манер китообразных.

— Ну, а в это время папуасы займут палубу! Как тогда мы избавимся от них?

— Значит, вы уверены, сударь, что они взберутся на борт?

— Уверен!

— Ну, что ж, сударь, пускай взбираются. Я не вижу причины мешать им. В сущности папуасы — бедняги! Я не хочу, чтобы мое посещение острова Гвебороар стоило жизни хотя бы одному из этих несчастных!.

Все было сказано, и я хотел уйти. Но капитан Немо удержал меня и усадил около себя. Он с интересом расспрашивал меня о наших экскурсиях на остров, о нашей охоте и, казалось, никак не мог понять звериной жадности канадца к мясной пище. Затем разговор перешел на другие темы; и хотя капитан Немо не стал откровеннее, все же он показался мне более любезным.

Речь зашла и о положении «Наутилуса», севшего на мель в тех же водах, где чуть не погибли корветы Дюмон д'Юрвиля.

— Этот д'Юрвиль был одним из ваших великих моряков, — сказал капитан, — и одним из просвещеннейших мореплавателей! Это французский капитан Кук. Злосчастный ученый! Преодолеть сплошные льды Южного полюса, коралловые рифы Океании, увернуться от каннибалов тихоокеанских островов — и погибнуть нелепо при крушении пригородного поезда! Если этот энергичный человек имел время подумать в последние минуты своей жизни, представляете себе, что он должен был пережить!

Произнося эти слова, капитан Немо явно волновался, и его взволнованность делала ему честь.

Затем, с картой в руках, мы проследили пути всех экспедиций французского мореплавателя, всех его кругосветных путешествий, вплоть до его попыток проникнуть к Южному полюсу, окончившихся открытием земель Адели и Луи Филиппа. Наконец, мы просмотрели его гидрографические описания и карты важнейших островов Океании.

— То, что сделал ваш д'Юрвиль на поверхности морей, — сказал капитан Немо, — я повторил в океанских глубинах, но мои исследования, притом более точные, не потребовали стольких усилий. «Астролябия» и «Зеле», вечно боровшиеся с морскими бурями, не могут идти в сравнение с «Наутилусом», настоящим подводным домом, с рабочим покойным кабинетом!

— Но все же, капитан, — сказал я, — между корветами Дюмон д'Юрвиля и «Наутилусом» есть некоторое сходство.

— А именно, сударь?

— «Наутилус», как и корветы, тут же сел на мель!

— «Наутилус» не садился на мель, сударь, — холодно ответил капитан Немо. — «Наутилус» так устроен, что можешь невозбранно отдыхать на лоне морей. И мне не придется, подобно д'Юрвилю, чтобы снять с мели свои корветы, прибегать к мучительным усилиям; «Астролябия» и «Зеле» едва не погибли в этом проливе, а мой «Наутилус» не подвергается ни малейшей опасности. Завтра в положенное время морской прилив бережно поднимет судно, и оно выйдет в открытое море.

— Капитан, — ответил я, — не сомневаюсь, что…

— Завтра, — сказал в заключение капитан Немо, — завтра, в два часа сорок минут пополуночи, «Наутилус» всплывет и без малейшего повреждения выйдет из Торресова пролива.

С этими словами, сказанными крайне резким тоном, капитан Немо встал и слегка кивнул головой, что означало: разговор окончен! Я вышел из каюты и направился к себе.

Я застал там Конселя, желавшего знать, каковы результаты моего свидания с капитаном.

— Друг мой, — сказал я, — капитан высмеял меня, стоило мне заикнуться, что якобы туземцы Папуа угрожают «Наутилусу». Ну, что ж! Будем полагаться на капитана и пожелаем себе покойной ночи!

— Господину профессору не понадобятся мои услуги?

— Нет, друг мой! А что делает Нед Ленд?

— С позволения господина профессора, — отвечал Консель, — Нед Ленд готовит паштет из кенгуру. Паштет, говорит, будет просто чудо!

Оставшись один, я лег в постель, но спал дурно. До меня доносились неистовые крики дикарей, ворвавшихся на палубу. Так прошла ночь. Экипаж «Наутилуса» по-прежнему бездействовал. Присутствие на судне каннибалов беспокоило команду столько же, сколько беспокоят солдат в блиндированном форту муравьи, ползающие по блиндажу.

Я встал в шесть часов утра. Люк был закрыт. Стало быть, запас кислорода не возобновлялся со вчерашнего дня. Но все же аварийные резервуары, своевременно приведенные в действие, выпустив несколько кубических метров кислорода, освежали воздух.

До полудня я работал в каюте, не видав даже мельком капитана Немо. На борту не заметно было каких-либо приготовлений к отплытию.

Подождав еще некоторое время, я вышел в салон. Часы показывали половину третьего. Через десять минут морской прилив должен был достигнуть своей высшей точки, и, если капитан Немо не ошибся в расчетах, «Наутилус» снимется с мели. Иначе придется ему долгие месяцы почивать на своем коралловом ложе!

Но тут корпус корабля начал вздрагивать, предвещая скорое освобождение! Я услыхал, как заскрипела его обшивка, касаясь известковых отложений шероховатого кораллового дна.

В два часа тридцать пять минут в салон вошел капитан Немо.

— Отплываем, — сказал он.

— А-а!.. — молвил я.

— Я приказал открыть люк.

— А папуасы?

— Папуасы? — повторил капитан Немо, чуть пожав плечами.

— А они невзначай не проникнут внутрь судна?

— Каким путем?

— Через открытый люк.

— Господин Аронакс, — спокойно ответил капитан Немо, — не всегда можно войти через люк «Наутилуса», даже если он открыт.

Я посмотрел на капитана.

— Не понимаете? — спросил он.

— Ни слова!

— Прошу вас следовать за мной, и вы все поймете.

Мы подошли к среднему трапу, Нед Ленд и Консель были уже там и с величайшим любопытством наблюдали, как несколько матросов открывали люк при диких криках и воплях, раздававшихся с палубы.

Крышка люка откинулась наружу... В отверстии показалось десятка два страшных физиономий. Но не успел первый же туземец взяться за поручни трапа, как был отброшен назад неведомой силой. Дикарь с диким воем пустился бежать без оглядки, выкидывая отчаянные сальто-мортале.

Десяток его сородичей кинулись было к трапу, но их постигла та же участь.

Консель ликовал. Нед Ленд, движимый своими дикими инстинктами, тоже кинулся к трапу. Но и канадца в свою очередь отбросило назад, стоило ему схватиться за поручни!

— Тысяча чертей! — вопил он. — В меня ударила молния!

И тут я понял все. Металлические поручни представляли собою кабель тока высокого напряжения. Всякий, кто прикасался к ним, получал электрический удар, — и удар мог быть смертельным, если б капитан Немо включил в этот проводник электричества ток всех своих батарей! Короче говоря, между нападающими и нами была как бы спущена электрическая завеса, через которую никто не мог безнаказанно проникнуть.

Перепуганные насмерть папуасы обратились в бегство. А мы, сдерживая улыбку, успокаивали и растирали Неда Ленда, изрыгавшего ругательства.

В этот момент девятый вал вынес на своем гребне наше судно, и наконец-то «Наутилус» восстал со своего кораллового ложа!

Было два часа сорок минут — время, назначенное капитаном Немо. Заработали винты, и водорез с величественной медлительностью начал рассекать океанские воды. Скорость вращения винта все увеличивалась, и подводный корабль, всплыв на поверхность океана, вышел целым и невредимым из опасных вод Торресова пролива.

23. Необъяснимая сонливость

На следующий день, 10 января, «Наутилус» вышел в открытый океан. Он шел со скоростью тридцати пяти миль в час. Винт вращался с такой быстротой, что я не мог сосчитать количество его оборотов в минуту.

Но моему восхищению не было предела, стоило лишь вспомнить, что электричество, эта чудесная сила, не только приводит в движение, обогревает и освещает судно, но и служит защитой от нападения извне, превращая его в некий ковчег завета, неприкосновенный для непосвященного. И невольно мои мысли перенеслись на творца, создавшего такое диво!

Мы держали курс прямо на запад и 11 января обогнули мыс Уэссел, расположенный под 135° долготы и 10° северной широты и образующий собою восточную оконечность залива Карпентария. Коралловые рифы встречались часто, но они были разбросаны далеко друг от друга и притом с большой точностью обозначены на карте. «Наутилус» благополучно миновал буруны Моне и рифы Виктория, под 130 о долготы, на десятой параллели, которой мы неуклонно держались.

Тринадцатого января мы вошли в воды Тиморского моря, в виду острова того же названия, под 122° долготы. Этот остров, занимавший площадь в тысяча шестьсот двадцать пять квадратных лье, управляется раджами. Раджи именуются сыновьями крокодила, короче говоря, относят себя к существам высшей породы, на какую только может притязать человек. Их пресмыкающиеся предки в изобилии водятся в местных реках и являются предметом особого почитания. Их оберегают, балуют, ласкают, кормят, им предлагают в пищу молодых девушек, и горе чужеземцу, который занесет руку на священное животное!

Но «Наутилусу» не пришлось столкнуться с этими гадами. Остров Тимор мы видели мимоходом, в полдень, когда помощник капитана делал свое очередное наблюдение. Также мельком видел я и островок Роти, входящий в ту же группу; говорят, здешние женщины славятся на малайских рынках своей красотою.

Тут «Наутилус» уклонился к юго-западу от принятой ранее широты и пошел по направлению к Индийскому океану. В какие края увлекает нас фантазия капитана Немо? Возвратится ли он к берегам Азии? Приблизится ли к берегам Европы? Вряд ли! Зачем плыть туда человеку, который бежит от населенных континентов? Не ринется ли он на юг? Не обогнет ли он мыс Доброй Надежды, а затем мыс Горн? Не отважится ли направить свой путь к Южному полюсу? А может быть, возвратится в моря Тихого океана, где для подводного корабля такой простор? Ответ даст будущее.

Пройдя вдоль рифов Картье, Гиберниа, Серингапатама, Скотта, этих последних усилий твердой стихии победить стихию жидкую, 14 января мы были уже за пределами каких-либо признаков земли. «Наутилус» перешел на среднюю скорость и, покорствуя воле капитана, то опускался в морские глубины, то всплывал на поверхность океана.

Во время этого плавания капитан Немо сделал интересные наблюдения относительно температуры мирового океана на разных глубинах. В обычных условиях для измерения колебаний температуры в морях пользуются довольно сложными приборами, показатели которых не всегда заслуживают доверия, особенно показания термометрических зондов, стекло которых часто не выдерживает давления в глубинных слоях воды, а также и показания аппаратов, действие которых основано на неодинаковой электропроводимости некоторых металлов. Проверить полученные данные повторным опытом представляет значительные трудности. Между тем капитан Немо измерял температуру глубинных вод океана, погружаясь в морские пучины, и его термометр, приходя в соприкосновение с водными слоями различных глубин, давал точные и бесспорные показания.

Итак, приводя попеременно в действие то резервуары, наполненные водой, то наклонные рули глубины, капитан Немо имел возможность исследовать температуру, начиная от поверхностных слоев воды до глубинных, погружаясь постепенно на три, четыре, пять, семь, девять и десять тысяч метров ниже уровня океана; и он пришел к выводу, что под всеми широтами температура воды на глубине тысячи метров понижается до четырех с половиною градусов[16].

Я следил за этими исследованиями с величайшим интересом. Капитан Немо вносил в свои опыты истинную страсть. Я часто спрашивал себя: на что ему научные исследования? Для пользы человечества? Невероятно, потому что рано или поздно его труды погибнут вместе с ним в каком-нибудь море, не обозначенном на карте! Не готовился ли он сделать меня душеприказчиком своих открытий? Не рассудил ли он положить конец моему подводному путешествию? Но конца еще не предвиделось.

Как бы то ни было, капитан Немо ознакомил меня с цифровыми данными, полученными им в результате исследования плотности воды в главнейших морях земного шара. Из этих научных наблюдений я сделал отнюдь не научный вывод, касающийся меня лично. Произошло это утром 15 января. Капитан Немо, с которым мы прохаживались по палубе, спросил меня, известна ли мне плотность морской воды на различных глубинах? Я отвечал отрицательно, прибавив, что в этой области не имеется еще достаточно проверенных научных исследований.

— Я сделал эти исследования, — сказал он, — и ручаюсь за их точность.

— Хорошо, — отвечал я, — но на борту «Наутилуса» совсем обособленный мир, и открытия его ученых никогда не дойдут до Земли.

— Вы правы, господин профессор, — сказал он после короткого молчания. — На борту обособленный мир! Он так же обособлен от Земли, как обособлены планеты, вращающиеся вместе с Землей

---

[16] Это правильно только для широкого экваториального пояса между 50 о северной и южной широты; севернее и южнее температура воды на глубине 1000 метров значительно ниже.

вокруг Солнца; и наши труды так же не дойдут до Земли, как и труды ученых Сатурна или Юпитера. Но раз случай соединил наши жизни, я посвящу вас в конечные выводы моих исследований.

— Я вас слушаю, капитан.

— Вам, господин профессор, разумеется, известно, что морская вода обладает большей плотностью, нежели пресная, но что плотность воды не везде одинакова. В самом деле, если принять за единицу плотность пресной воды, то плотность вод Атлантического океана будет равна одной целой и двадцати восьми тысячным, вод Тихого океана — одной целой и двадцати шести тысячным, и одной целой и тридцати тысячным равняется плотность вод Средиземного моря...

«А-а! — подумал я, — он заходит и в Средиземное море!»

— ...одной целой и восемнадцати тысячным для вод Ионического моря и одной целой и двадцати девяти тысячным для вод Адриатического моря.

По-видимому, «Наутилус» не избегал и самых оживленных морей Европы. Я из этого заключил, что когда-нибудь — и, как знать, не скоро ли? — мы приблизимся к берегам более цивилизованных континентов. И подумал, что Нед Ленд, вполне естественно, обрадуется подобной возможности. Некоторое время мы с капитаном посвящали целые дни научным исследованиям, — определяли соленость морской воды на различных глубинах, проникновение света в толщу воды, — и во всех случаях капитан Немо выказывал удивительную изобретательность, которая равнялась только его внимательности ко мне. Затем он снова исчез, и я по-прежнему оказался в одиночестве на борту его подводного корабля.

Шестнадцатого января «Наутилус», казалось, погрузился в сон в нескольких метрах под уровнем моря. Электрические машины остановились, винт бездействовал, отдав судно на произвол течения. Я решил, что экипаж занят ремонтом машин, связанным с их работой на больших скоростях.

В тот день мне и моим товарищам довелось быть очевидцами любопытного явления. Створы в окнах салона раздвинулись. Электрический прожектор не был зажжен. Небо, затянутое грозовыми тучами, бросало слабый свет в верхние слои океанских вод. В окружающей нас жидкой среде царил полумрак.

Я любовался водной стихией в этом сумеречном освещении, и большие рыбы проносились мимо нас, как китайские тени. И вдруг мы попали в полосу яркого света. Сначала я думал, что заработал прожектор и, попав в полосу его лучей, засветились темные воды. Но я ошибся и, вглядевшись внимательнее, понял свое заблуждение.

«Наутилус» был снесен течением в светящиеся слои воды, вспыхивающей огнями, особенно ослепительными в мраке морских пучин. То было свечение мириадов микроскопических морских организмов. Интенсивность свечения еще увеличивалась, отраженная металлической обшивкой судна. Светящаяся водная масса то, подобно доменной печи, изливала как бы огненные струи, и взметались тысячи искр, то превращалась в сплошной поток как бы расплавленного свинца. Все вокруг этого полыхающего пространства уходило в тень, если это понятие тут применимо! Нет! То не был искусственный свет нашего прожектора! Тут чувствовался избыток жизненных сил! То был живой свет!

И действительно, в этих водах образовалось скопление морских жгутиковых ночесветок (Noctiluca miliaris), настоящих студенистых шариков с нитеобразными щупальцами, образующих целые колонии: в тридцати кубических сантиметрах воды их насчитывают до двадцати пяти тысяч. Сияние ночесветок усиливалось трепетным мерцанием медуз, сиянием фолад и множества других фосфоресцирующих организмов, выделяющих светящееся вещество.

В течение многих часов «Наутилус» плыл в светящихся водах; и нашему восхищению не было границ, когда мы увидели больших морских животных, резвившихся, как саламандры, в пламени! В этом живом свете плескались изящные и увертливые дельфины, неутомимые клоуны морей, и предвестник ураганов — меч-рыба длиной в три метра, порою задевавшая своим грозным мечом хрустальное стекло. Затем появились более мелкие рыбки, спинороги, макрели-прыгуны, щетинозубы (хирурги-носачи) и сотни других рыбок, бороздивших светоносную стихию.

Было что-то чарующее в ослепительном свечении моря. Быть может, атмосферные условия усиливали напряженность этого явления? Быть может, над океаном разразилась гроза? Но на глубине нескольких метров под уровнем моря не чувствовалось бушевания стихий, и «Наутилус» мирно покачивался в лоне спокойных вод.

Мы плыли, и все новые чудеса развертывались перед нашим изумленным взором.

Консель без конца классифицировал своих зоофитов, членистоногих, моллюсков и рыб. Дни летели, и я потерял им счет. Нед, по обыкновению, старался разнообразить наш стол. Мы, как улитки, сидели в своей раковине. И я могу засвидетельствовать, что в улитку превратиться вовсе нетрудно!

Наше пребывание на подводном корабле начинало нам казаться вполне естественным и даже приятным, и мы уже стали забывать, что существует иная жизнь на поверхности земного шара. Но одно происшествие неожиданно вернуло нас к сознанию действительности.

Восемнадцатого января «Наутилус» проходил под 105° долготы и 15° широты. Надвигались грозовые тучи, на море начинался шторм. Задул крепкий норд-остовый ветер. Барометр, постепенно падавший последние дни, предвещал бурю.

Я взошел на палубу в то время, как помощник капитана исследовал горизонт. Я ожидал, что он скажет свою обычную фразу. Но на этот раз он произнес другие слова, столь же непонятные. Тотчас же на палубе появился капитан Немо с зрительной трубой в руке и стал всматриваться в горизонт.

Несколько минут капитан, не отводя от глаз зрительной трубы, пристально вглядывался в какую-то точку на горизонте. Затем, резко обернувшись, он обменялся со своим помощником несколькими словами на непонятном наречии. Последний, казалось, был очень взволнован, хотя и пытался сохранить спокойствие. Капитан Немо лучше владел собою и не терял своего обычного хладнокровия. По-видимому, он высказывал какие-то соображения, которые его помощник опровергал. По крайней мере я понял так по их тону и жестам.

Я внимательнейшим образом всматривался в туманную даль, но ничего не приметил. Пустынны были бледные очертания горизонта.

Капитан Немо ходил взад и вперед по палубе, не глядя в мою сторону; возможно, он меня и не заметил. Шаг его был тверд, но, может быть, несколько менее размерен, чем обычно. Иногда он останавливался и, сложив руки на груди, вглядывался в море. Чего искал он в этой необозримой пустыне? «Наутилус» шел в сотнях миль от ближайшего берега.

Помощник капитана в свою очередь поднес к глазам зрительную трубу и напряженно всматривался вдаль; он явно нервничал, топал ногами, метался по палубе, являя собою полную противоположность своему начальнику.

Впрочем, таинственная история должна была вскоре разъясниться, потому что по приказанию капитана машины заработали на большой скорости.

Помощник опять обратил внимание капитана на какую-то точку на горизонте. Капитан прекратил хождение но палубе и навел трубу в указанном направлении. Он долго не отнимал трубы от глаз. А я, чрезвычайно заинтригованный происходящим, сошел в салон, взял там отличную зрительную трубку, которой всегда пользовался, и вернулся на палубу. Опершись на выступ штурвальной рубки, я приготовился обозревать горизонт.

Но не успел я поднести трубку к глазам, как ее вырвали из моих рук.

Я обернулся. Передо мною стоял капитан Немо. Я не узнал его. Лицо его исказилось. Глаза горели мрачным огнем, брови сдвинулись. Полуоткрытый рот обнажил зубы. Его напряженная поза, сжатые кулаки, втянутая в плечи голова — все дышало бешеной ненавистью. Он не шевельнулся. Трубка валялась на полу.

Чем вызвал я его гнев? Не вообразил ли он, что я раскрыл какую-то тайну, которую не положено было знать пленнику «Наутилуса»?

Нет! Не на меня был обращен его гнев! Он даже не взглянул на меня. Взор его был прикован к горизонту.

Наконец, капитан Немо овладел собою. Его лицо обрело обычное холодное выражение. Он обратился к своему помощнику на незнакомом языке. Сказав ему несколько слов, капитан заговорил со мной.

— Господин Аронакс, — сказал он повелительным тоном, — вы обязаны выполнить условие, которым вы связаны со мной.

— В чем дело, капитан?

— Вы и ваши спутники обязаны побыть взаперти, покуда я не сочту возможным освободить вас из заключения.

— Здесь вы хозяин, — отвечал я, пристально глядя на него. — Но разрешите задать вам один вопрос?

— Ни единого, сударь!

Спорить было бесполезно. Приходилось подчиниться.

Я вошел в каюту, отведенную Неду Ленду и Конселю, и объявил им волю капитана. Предоставляю вам судить, какое впечатление произвел на канадца этот приказ! Впрочем, рассуждать не было времени. Четыре матроса ожидали у двери. Нас отвели в ту же самую каюту, в которой мы были заключены в первый день нашего пребывания на «Наутилусе».

Нед Ленд пытался протестовать. Но в ответ захлопнулась дверь.

— Не угодно ли господину профессору объяснить, что все это означает? — спросил Консель.

Я рассказал о всем случившемся. Они были так же удивлены, как и я, и терялись в догадках. Разгневанное лицо капитана не выходило у меня из головы. Мысли мои путались, и я строил самые нелепые предположения. Из раздумья меня вывел возглас Неда Ленда:

— Ба! Завтрак на столе!

В самом деле, стол был уставлен яствами. Распоряжение было, видимо, сделано в тот момент, когда капитан отдавал приказ развить большую скорость.

— Не пожелает ли господин профессор выслушать небольшой совет? — спросил Консель.

— Пожалуйста, мой друг, — отвечал я.

— Господину профессору нужно позавтракать из благоразумия. Ведь неизвестно, что может случиться.

— Ты прав, Консель.

— Увы, — сказал Нед Ленд, — нам подали рыбные блюда!

— Друг Нед, — возразил Консель, — а что бы вы сказали, если б вовсе не было завтрака!

Этот довод пресек жалобы гарпунера.

Сели за стол. Завтракали молча. Я ел мало, Консель «насиловал себя» из того же благоразумия, один Нед Ленд не терял времени попусту! Позавтракав, прикорнули по уголкам.

Но тут матовое полушарие у потолка погасло, и мы остались в полной темноте. Нед Ленд сразу же уснул. Но меня удивило: дремал и Консель! Что могло вызвать у него столь внезапную сонливость? Однако и меня самого неодолимо клонило ко сну. Я боролся со сном. Но веки тяжелели и непроизвольно смыкались. У меня начинались галлюцинации. Очевидно, в кушанья было подмешано снотворное! Неужто капитану Немо мало было посадить нас под замок, ему понадобилось еще усыпить нас?

Я из последних сил пытался побороть сонливость. Но нет! Дыхание становилось все затрудненнее. Смертельный холод сковывал, как бы парализовал, мои конечности. Веки, словно налитые свинцом, сомкнулись. Я не мог открыть глаз. Тяжелый сон овладевал мною. Меня мучили кошмары. Вдруг видения прекратились. Я потерял сознание.

24. Коралловое царство

Я проснулся утром со свежей головой. К моему немалому удивлению, я лежал в постели, в своей каюте. Несомненно, и мои спутники тоже были перенесены в их каюту. Стало быть, они не больше моего могли знать, что произошло минувшей ночью. Оставалось лишь уповать, что какая-нибудь случайность раскроет в будущем эту таинственную историю.

Мне захотелось подышать свежим воздухом. Но могу ли я выйти, не заперта ли каюта на ключ? Я толкнул дверь. Дверь отворилась, и я узким коридором прошел к трапу. Люк, запертый накануне, был открыт. Я вышел на палубу.

Нед Ленд с Конселем уже ожидали меня там. Я спросил, как они провели ночь. Но они ничего не помнили. Заснув вчера тяжелым сном, оба друга очнулись только нынче утром и, к своему удивлению, в своей каюте!

«Наутилус» нем и таинственен по-прежнему. Мы шли в открытом море с умеренной скоростью. На борту не чувствовалось никакой перемены.

И напрасно Нед Ленд впивался глазами в горизонт. Океан был пустынен. Канадец не заметил на горизонте ни паруса, ни полоски земли. Дул крепкий западный ветер. «Наутилус» переваливался с волны на волну.

Запасшись кислородом, «Наутилус» опять нырнул под воду метров на пятнадцать. В случае необходимости судно легко могло всплыть на поверхность. Кстати сказать, в тот день, девятнадцатого января, маневр этот, против обыкновения, повторялся неоднократно. И всякий раз помощник капитана выходил на палубу и произносил традиционную фразу.

Капитан Немо не показывался. Из команды я видел в тот день одного лишь невозмутимого стюарда, который, как всегда, молча и внимательно прислуживал за столом.

Около двух часов пополудни в салон, где я приводил в порядок свои записи, вошел капитан Немо. Я поклонился ему. Он молча кивнул мне головой. Я снова взялся за работу, надеясь втайне, что капитан заговорит о событиях прошедшей ночи. Но он молчал. Я взглянул на капитана. У него был утомленный вид. Покрасневшие глаза выдавали, что он провел бессонную ночь. Глубокая грусть, неподдельное горе наложили свой отпечаток на это волевое лицо. Он ходил взад и вперед по комнате, садился на диван, опять вставал, брал в руки первую попавшуюся книгу, тут же бросал ее, подходил к приборам, но не делал записей, как обычно. Казалось, он не находил себе места.

Наконец, он обратился ко мне.

— Вы врач, господин Аронакс? — спросил он.

Я был захвачен врасплох вопросом капитана и в недоумении, молча смотрел на него.

— Вы врач? — повторил он. — Многие ваши коллеги получили медицинское образование: Грасиоле, Мокен-Тандон и другие.

— Да, — отвечал я. — Мне приходилось работать врачом. Прежде чем стать музейным работником, я был ординатором клиники и много лет занимался медицинской практикой.

— Отлично, сударь!

Ответ мой, по-видимому, вполне удовлетворил капитана. Но, не зная, к чему он клонит речь, я ожидал дальнейших вопросов, рассудив, что отвечать буду в зависимости от обстоятельств.

— Господин Аронакс, — сказал капитан, — один из моих матросов нуждается в помощи врача. Не могли бы вы осмотреть его?

— На борту есть больной?

— Да.

— Я готов служить вам.

— Идемте.

Признаюсь, сердце у меня учащенно билось. Безотчетно болезнь матроса я ставил в связь с событиями минувшей ночи. И вся эта таинственная история занимала меня не менее самого больного.

Капитан Немо провел меня на корму «Наутилуса» и отворил дверь в кабину рядом с матросским кубриком.

Там лежал на койке мужчина лет сорока с энергичным лицом, чисто англосакского типа.

Я подошел к постели. Это был не просто больной — это был раненый. Его голова, повязанная окровавленными бинтами, лежала на подушках. Я снял повязку. Раненый глядел на меня широко раскрытыми глазами. И, пока я его разбинтовывал, не издал ни единого стона.

Рана была ужасна. В черепной коробке, пробитой каким-то тупым орудием, образовалось зияющее отверстие, в которое часть мозга выходила наружу. Сгустки запекшейся крови, в результате многочисленных кровоизлияний, превращали размозженную мозговую ткань в красноватую кашицу.

Тут наблюдались одновременно явления контузии и сотрясения мозга. Дыхание больного было затрудненным. Лицо временами искажалось судорогой. То был характерный случай воспаления мозга с явлениями паралича двигательных центров.

Я пощупал пульс. Сердце работало с перебоями. Пульс порою пропадал. Конечности уже начинали холодеть: человек умирал, и ничем нельзя было предотвратить роковой конец. Я наложил на рану свежую повязку, оправил изголовье. Обернувшись, я спросил капитана Немо:

— Каким орудием нанесена рана?

— Не все ли равно? — уклончиво отвечал капитан Немо. — От сильного сотрясения сломался рычаг машины, удар пришелся по голове этого человека. Ну, как вы находите больного?

Я колебался ответить.

— Вы можете говорить, — сказал капитан. — Этот человек не знает французского языка.

Я еще раз посмотрел на раненого и сказал:

— Этот человек умрет часа через два.

— И ничто не может спасти его?

— Ничто.

Рука капитана Немо сжалась в кулак. Слезы выступили на глазах. Я не думал, что он способен плакать.

Несколько минут я не отходил от раненого. Электричество, заливавшее своим холодным светом смертный одр, еще усиливало бледность лица умирающего. Я вглядывался в это выразительное лицо, изборожденное преждевременными морщинами — следами невзгод и, возможно, лишений. Я ждал, что тайна его жизни раскроется в последних словах, которые сорвутся с его холодеющих уст!

— Вы свободны, господин Аронакс, — сказал капитан Немо.

Я оставил капитана одного у постели умирающего и вернулся к себе, чрезвычайно взволнованный этой сценой. Мрачные предчувствия тревожили меня весь день. Ночью я спал дурно. Просыпался часто. Мне все слышались чьи-то тяжкие вздохи, похоронное пение. Не читались ли молитвы по усопшему на чуждом мне языке?

На рассвете я вышел на палубу. Капитан Немо был уже там. Увидев меня, он подошел ко мне.

— Господин профессор, — сказал он, — не угодно ли вам принять сегодня участие в подводной прогулке?

— Вместе с товарищами?

— Если они пожелают.

— Мы к вашим услугам, капитан.

— В таком случае, будьте любезны надеть скафандр.

Об умирающем или умершем ни слова! Отыскав Неда Ленда и Конселя, я передал им приглашение капитана Немо. Консель обрадовался предстоящей прогулке, и канадец на этот раз охотно согласился принять в ней участие.

Было восемь часов утра. В половине девятого, облачившись в скафандры, запасшись резервуарами Рукейроля и электрическими фонарями, мы тронулись в путь. Двойная дверь распахнулась, и мы, с капитаном Немо во главе, под эскортом двенадцати матросов, ступили на глубине десяти метров под водою на каменистое дно, на котором отдыхал «Наутилус».

Легкий вначале уклон дна завершился впадиной с глубинами до пятнадцати саженей. Грунт дна под поверхностью Индийского океана резко отличался от грунта под тихоокеанскими водами, где мне довелось побывать во время своей первой подводной прогулки. Тут не было ни мягкого песка, ни подводных прерий, ни зарослей водорослей. Я сразу же узнал волшебную область. Это было коралловое царство!

Среди кишечнополостных, класса коралловых полипов, подкласса восьмилучевмх кораллов, особенно примечательны кораллы из отряда горгониевых — роговых кораллов, как то: горгонии, белый коралл и благородный коралл. Коралловые полипы — занятные существа, их относили поочередно к минералам, к растительному и к животному миру. Кораллы — лекарственное средство древних, драгоценное украшение в наши дни, — только лишь в 1694 году были окончательно причислены к животному миру марсельским ученым Пейсоннелем.

Кораллы — это скопление отдельных мелких животных, соединенных в полипняк ломким, каменистым скелетом. Начало колонии кладет отдельная особь, прикрепившись к какому-нибудь предмету. Колония получается в результате размножения почкованием одного полипа. Каждая новая особь, входя в состав колонии, начинает жить общей жизнью. Естественная коммуна.

Мне были известны последние труды ученых, посвященные этим причудливым животным, которые разрастаются древовидными каменистыми колониями, что подтверждено тщательными исследованиями натуралистов. И для меня не было ничего более интересного, как посетить один из таких окаменелых коралловых лесов, которые природа взрастила в глубинах океана.

Приборы Румкорфа были зажжены, и мы пошли вдоль кораллового рифа, находившегося в начальной стадии развития и обещавшего в будущем возвести барьерный риф в этой части Индийского океана. Вдоль дороги росли диковинные кустарники, образовавшиеся из плетевидно-переплетающихся между собою ветвей, усыпанных белыми шестилучевыми звездчатками. Только в отличие от земных растений коралловые деревца росли сверху вниз, прикрепившись к подножию скал.

Свет наших фонарей, играя на ярко-красных ветвях коралловых деревьев, порождал изумительные световые эффекты. Мне казалось порою, что все эти уплощенные и цилиндрические трубочки колышутся от движения воды. И мной овладевало искушение сорвать их свежие венчики с нежными щупальцами, только что распустившиеся или едва начинавшие распускаться. Мимо нас, касаясь их своими плавниками, точно птицы крыльями, проносились легкие рыбы. Но стоило моей руке потянуться к этим удивительным цветам, к этим чувствительным животным, как вся колония приходила в движение. Белые венчики втягивались в свои красные футляры, цветы увядали на глазах, а кустарник превращался в груду пористых окаменелостей.

Мне представился случай увидеть редчайшие образцы животных-цветов. Благородный коралл здешних мест мог соперничать с кораллами, которые добываются в Средиземном море у французских, итальянских и африканских берегов. Поэтические названия «красный цветок», «красная пена», которые ювелиры дали самым лучшим экземплярам, вполне оправданы яркой окраской благородного коралла. Стоимость такого коралла доходит до пятисот франков за килограмм, а здешние воды таили в себе сокровищницу, способную обогатить целую толпу искателей кораллов. Это драгоценное вещество, часто сросшееся с другими полипами, образует прочное и неразрывное целое, так называемые массивные колонии «maccoiota», и тут мне посчастливилось увидеть прелестный образец розового коралла.

Вскоре кустарники стали гуще, коралловые чащи выше. И, наконец, перед нами возникли настоящие окаменелые леса и длинные галереи самой фантастической архитектуры. Капитан

Немо вступил под их мрачные своды. Дорога все время вела под уклон, и постепенно мы спустились на глубину ста метров.

И когда свет наших фонарей касался порою ярко-красной шероховатой поверхности этих коралловых аркад и навесы свода, напоминавшие люстры, загорались красными огоньками, создавалось волшебное впечатление. Среди кустиков кораллов мне встречались другие не менее любопытные кораллы: мелиты, ириды с членистыми разветвлениями, пучки кораллин, зеленые, красные, настоящие водоросли с перисто-разветвленным, сильно инкрустированным известью слоевищем. После долгих споров натуралисты окончательно приобщили их к растительному миру. Как сказал один мыслитель: «Быть может, это и есть та грань, где жизнь смутно пробуждается от своего окаменелого сна, но не имеет еще сил выйти из оцепенения».

Наконец, часа через два мы достигли глубины трехсот метров под уровнем моря, короче говоря, того предела, где завершается процесс последовательного развития кораллового рифа и коралловые известняки при их ветвистом строении приобретают формы древовидных окаменелостей. То не были одинокие кустики, скромные, напоминавшие рощицу колонии полипняков. То были дремучие леса, величественные известковые заросли, гигантские окаменелые деревья, переплетенные между собой гирляндами изящных плюмарий, этих морских лиан всех цветов и оттенков. Мы свободно проходили под их ветвистыми сводами, терявшимися во мраке вод; а у наших ног тубипориды, астреи, меандрины, фунгии и кариофиллеи расстилались цветным ковром, осыпанным сверкающей пылью.

Какое непередаваемое зрелище! Зачем не могли мы поделиться впечатлениями! Зачем были мы в этих непроницаемых масках из металла и стекла! Зачем наш голос не мог вырваться из их плена! Зачем не можем мы жить в этой водной стихии, как рыбы или, еще лучше, как амфибии, которые живут двойной жизнью, привольно чувствуя себя и на суше и в воде!

Меж тем капитан Немо остановился. Остановились и мы. Обернувшись, я увидел, что матросы выстроились полукругом позади своего начальника. Вглядевшись, я рассмотрел какой-то продолговатый предмет, который несли на плечах четыре матроса.

Мы стояли посреди обширной лужайки, окруженной как бы высеченным в камне подводным лесом. В неверном свете наших фонарей на землю ложились гигантские тени. Вокруг царила глубокая тьма. И лишь порою, попадая в полосу света, вспыхивали красные искорки на гранях кораллов.

Нед Ленд и Консель стояли рядом со мной. Мы ждали, что будет дальше. И вдруг у меня мелькнула мысль, что нам предстоит присутствовать при необычной сцене. Оглядевшись, я заметил, что то тут, то там виднеются невысокие холмики, покрытые известковым слоем и расположенные в известном порядке, изобличающем работу рук человеческих.

Посредине лужайки, на возвышении, воздвигнутом из обломков скал, стоял коралловый крест, раскинувший свои длинные, как бы окровавленные руки, обратившиеся в камень.

По знаку капитана Немо один из матросов вышел вперед и, вынув кирку из-за пояса, стал вырубать яму в нескольких футах от креста.

Я понял все! Тут было кладбище, яма — могила, а продолговатый предмет — тело человека, умершего ночью! Капитан Немо и его матросы хоронили своего товарища на этом братском кладбище в глубинах океана!

Никогда я не был так взволнован! Никогда я не испытывал такого смятения чувств! Я не хотел верить своим глазам!

Могилу рыли медленно. Вспугнутые рыбы метнулись в стороны. Я слышал глухой стук железа об известковый грунт и видел, как разлетались искры при ударе кирки о кремень, лежавший в глубинных водах. Яма становилась все длиннее и шире и вскоре стала достаточно глубока, чтобы вместить человека.

Тогда подошли носильщики. Тело, обернутое в белую виссоновую ткань, опустили в могилу, полную воды. Капитан Немо и его товарищи, сложив руки на груди, преклонили колена… А мы, все трое, склонили головы.

Могилу засыпали обломками выкопанного грунта, и над ней образовалась невысокая насыпь.

Когда все было кончено, капитан и его товарищи, опустившись на одно колено, подняли руки в знак последнего прощания…

Затем похоронная процессия тронулась в обратный путь. Мы снова прошли под аркадами подводного леса, мимо коралловых рощиц и кустарников; путь неуклонно вел в гору.

Вдали мелькнул огонек. Мы шли на этот путеводный огонь и через час взошли на борт «Наутилуса».

Переменив одежду, я Поднялся на палубу и сел около прожектора. Я весь был во власти мрачных мыслей.

Вскоре ко мне подошел капитан Немо. Я встал.

— Как я и предвидел, — сказал я, — этот человек умер ночью?

— Да, господин Аронакс, — ответил капитан Немо.

— И он покоится теперь на коралловом кладбище, рядом со своими товарищами?

— Да, забытый всеми, но не нами! Мы вырыли могилу, а полипы замуруют наших мертвых в нерушимую гробницу!

И капитан Немо, закрыв лицо руками, напрасно старался подавить рыдания. Овладев собою, он сказал:

— Там, на глубине нескольких сот футов под водою, наше тихое кладбище!

— Ваши мертвые спят там спокойно, капитан. Они недосягаемы для акул!

— Да, сударь, — сказал капитан Немо, — и для акул и для людей!

ЧАСТЬ ВТОРАЯ

1. Индийский океан

Здесь начинается вторая половина нашего подводного путешествия, начало которого завершилось волнующей сценой на коралловом кладбище, оставившей по себе глубокое впечатление. Итак, не только жизнь капитана Немо протекала в лоне необозримого океана, но он и могилу себе приготовил в его недосягаемых глубинах! Там никакое морское чудовище не потревожит последнего сна владельцев «Наутилуса» — друзей, соединенных в смерти, как и в жизни! Недосягаемых и «для людей», как сказал капитан.

Вечный вызов человеческому обществу, неукротимый в своей жестокости!

Предположения, которые строил Консель, не удовлетворяли меня. Он видел в командире «Наутилуса» одного из тех непризнанных ученых, которые платят человечеству презрением за равнодушие к их особе. Он видел в нем непонятого гения, который, свергнув бремя земных обольщений, укрылся в свободной стихии, столь родственной его вольнолюбивой душе. Но, по-моему, подобное объяснение вскрывало лишь одну сторону натуры капитана Немо.

В чем крылась тайна прошлой ночи? Зачем заточили нас в темнице? Зачем усыпили снотворными средствами? Зачем так резко вырвал капитан из моих рук зрительную трубку, прежде чем я успел окинуть взглядом горизонт? А смертельное ранение одного из матросов при обстоятельствах самых таинственных? Все это наводило на размышления. Нет! Капитан Немо не просто бежал от людей! Его грозное судно служило, может быть, не только приютом вольнолюбив, но и орудием страшной мести.

Все это лишь гадания, слабый проблеск света в глубоком мраке; и я вынужден вести свои записки, так сказать, под диктовку событий.

Впрочем, ничто нас не связывало с капитаном Немо. Он знал, что побег с «Наутилуса» немыслим. Ему не нужны были наши клятвенные заверения. Никакие обязательства нас не стесняли. Мы были невольниками, были пленниками, которых из учтивости именуют гостями. Однако Нед Ленд не теряет надежды вырваться на свободу. Он не преминет воспользоваться для этого первым удобным случаем. Конечно, и я последую его примеру. И все же, не без сожаления, унесу я с собой тайны «Наутилуса», так великодушно доверенные нам капитаном Немо! Что ж, наконец, должен внушать этот человек — ненависть или восхищение? Что он, жертва или палач? И я желал бы, искренне говоря, — прежде чем расстаться с ним навсегда, — завершить кругосветное подводное путешествие, начатое столь блистательно! Я желал бы исчерпать весь кладезь чудес, таящихся в водах земного шара. Я желал бы проникнуть в самое сокровенное, скрытое от глаз человека, рискуя даже поплатиться жизнью за ненасытную потребность познать непознанное! Что же открылось Мне по сию пору? Ничего или почти ничего, потому что мы прошли всего лишь шесть тысяч лье под водами Тихого океана!

А мне было известно, что «Наутилус» приближается к берегам обитаемых земель, и было бы жестоко пожертвовать спутниками в угоду моей страсти к неизведанному. Да и представится ли еще когда-нибудь такой случай? Придется, видимо, следовать за ними, возможно даже указывать им путь. Человек, лишенный свободы, искал случая вырваться из плена, но любознательный ученый страшился такой возможности.

В полдень, 21 января 1868 года, помощник капитана, по обыкновению, вышел на палубу определить угол склонения солнца.

Я тоже поднялся наверх и, закурив сигару, стал следить за его действиями. Очевидно, этот человек ни слова не понимал по-французски. Я нарочно сделал вслух несколько замечаний, на которые он невольно реагировал бы, если бы понимал смысл моих слов. Но он был нем и невозмутим.

В то время как помощник капитана, приставив секстан к глазам, производил свои наблюдения, на палубу вышел матрос, — тот самый богатырь, который сопровождал нас в нашей подводной экскурсии на остров Креспо, — и начал протирать стекла прожектора. Я заинтересовался устройством прибора, в котором, как в маяках, сила света увеличивалась благодаря особому расположению чечевицеобразных стекол, концентрирующих световые лучи. Накал электрической лампы был доведен до максимума. Вольтова дуга помещалась в безвоздушном пространстве, что обусловливало постоянство и равномерность света. Подобное устройство сберегало графитовые острия, между которыми возникала светящаяся дуга, — экономия весьма существенная для капитана Немо, которому нелегко было возобновлять запасы графита.

«Наутилус» готовился к подводному плаванию, и я поспешил спуститься в салон. Люк закрылся, и корабль направил свой бег на запад.

Мы плыли по водам Индийского океана, по необозримой водной равнине, раскинувшейся на пятьсот пятьдесят миллионов гектаров, по океанским водам такой прозрачности, что голова кружится, если глядеть на них сверху вниз. Большею частью «Наутилус» шел на глубине от ста до двухсот метров под уровнем моря. Так плыли мы несколько дней. Всякий другой на моем месте, пожалуй, счел бы путешествие утомительным и однообразным. Но для меня, влюбленного в море, не оставалось времени ни для усталости, ни для скуки. Каждодневные прогулки по палубе, овеваемой живительным дыханием океана, созерцание сокровищ морских глубин сквозь хрустальные стекла в салоне, чтение книг из библиотеки капитана Немо, приведение в систему путевых записей — все это наполняло мои дни.

Состояние нашего здоровья было вполне удовлетворительное. Пищевой рацион на борту шел нам впрок. И я охотно обошелся бы без всяких «прибавок», которые Нед Ленд из духа противоречия ухитрялся вносить в наше меню. Притом температура в этой водной среде была настолько ровная, что нечего было бояться даже насморка. Впрочем, на борту «Наутилуса» имелся достаточный запас мадрепоровых кораллов — дендрофиллий, известных в Провансе под названием «морского укропа»; сочная мякоть этого полипа является превосходным средством против простуды.

Вот уже несколько дней сряду нам встречается множество водяных птиц из отряда водоплавающих, семейства чайковых — морских чаек-поморников. Нам удалось подстрелить несколько птичек; и водяная дичь, приготовленная особым способом, оказалась вкусным блюдом. Среди крупных птиц, способных совершать дальние перелеты и отдыхать в пути на гребнях волн, я приметил великолепных альбатросов, хотя их неблагозвучный крик напоминает крик осла, — птиц из отряда трубконосых. Семейство веслоногих было представлено быстрокрылыми фрегатами, которые с проворством вылавливали рыб, плававших близ поверхности воды, и множеством фаэтонов, тропических птиц, среди которых выделялись алохвостые фаэтоны величиною с голубя; белое в розовых тенях оперение этих птиц еще более подчеркивало черную окраску крыльев.

Сети «Наутилуса» принесли разного рода морских черепах, из которых в промысловом отношении самые ценные большие черепахи — каретты с выпуклым костяным панцирем, роговые пластинки которого идут для художественных изделий. Эти пресмыкающиеся легко ныряют и могут очень долго держаться под водою, закрыв мясистый клапан у наружного носового отверстия. Некоторые из пойманных каретт еще спали, спрятавшись в свой панцирь, служивший им защитой от морских животных. Мясо этих черепах невкусно, но яйца их составляют лакомое блюдо.

Что касается рыб, мы постоянно приходили от них в восхищение, проникая сквозь хрустальные стекла окон в тайны их подводной жизни. Тут я обнаружил многие виды рыб, которые мне еще не случалось встречать в натуре.

Прежде всего назову кузовков, которые преимущественно водятся в водах Красного моря. Индийского океана и у берегов Центральной Америки. Эти рыбы, как и черепахи, броненосцы, морские ежи и ракообразные, защищены панцирем, но не известковым, не кремнеземовым, а совершенно костяным, состоящим из плотно прилегающих друг к другу шестигранных или четырехгранных пластинок. Мое внимание привлекли кузовки с трехгранным панцирем, коричневым хвостом и желтыми плавниками; некоторые особи достигали в длину полдециметра; мясо их питательно и превосходно на вкус, и я советовал бы акклиматизировать этот вид кузовков в пресных водах, в которых, кстати сказать, многие морские рыбы легко приживаются. Упомяну также кузовков с четырехгранным панцирем, у которых над глазами выступают четыре сильных шипа, так называемых четырехрогих; кузовков крапчатых с белыми точками на брюшке, которые, подобно птицам, легко становятся ручными; тригонов или хвостоколов, род скатов, с длинным, тонким хвостом с иглой на его спинной стороне, которых за их своеобразное хрюканье прозвали «морскими свиньями»; наконец, «дромадеров» с конусообразным горбом на спине, мясо которых жестко и мало съедобно.

В ежедневных записях Конселя отмечены некоторые рыбы из рода иглобрюхов, характерные обитатели здешних морей; spengleriens с красной спинкой, белой грудкой, примечательные своими тремя продольными прожилками на спине, электрические рыбы длиною в семь дюймов самых ярких расцветок. Затем, как образцы других родов, яйцевидные, бесхвостые, темно-коричневого, почти черного цвета в белую полоску; диодоны, настоящие морские дикообразы, усаженные шипами и способные раздуваться точно шар, ощетинившийся колючками; морские коньки, водящиеся во всех океанах; летучий пегасик с вытянутым рыльцем и грудными плавниками в виде крыльев, позволявшими если не летать, то все же выскакивать в воздух; плоскоголовики с хвостом, сплошь унизанным чешуйчатыми кольцами; длинночелюстные макрогнаты, превосходные рыбы в двадцать пять сантиметров длиной, блистающие великолепною окраской самых приятных тонов; и тут же рядом, окрашенные в явственно свинцовый цвет, плоскоголовики с шершавой головкой; мириады прыгающих собачек, сплошь в черных полосках, с длинными грудными плавниками, скользившими с удивительной быстротой у поверхности вод; прелестные парусники-хирурги, вздымавшие свои плавники, точно паруса при попутном ветре; блистательные рыбки-дракончики, которых природа одела в охру и лазурь, в золото и серебро; гурами с волокнистыми плавниками; из семейства бычковых упомянут рявец, вечно испачканный в тине и при трении костей жаберной крышечки о другую издающий шум; тригла, род барвены, печень которой считается ядовитой; каменный окунь с подвижными веками глазниц; наконец, брызгуны, с длинным трубчатым рылом, настоящие океанские мухоловки, вооруженные ружьями, о которых не мечтали ни Шаспо, ни Ремингтон: из них убивают насекомых одной каплей воды!

Из рыб, относящихся по классификации Ласапеда к восемьдесят девятому роду отряда костистых, отличительным признаком которых является наличие жаберной крышки и перепонки, я заметил скорпену с чудовищной формы головой и сильно развитой колючей частью спинного плавника; у некоторых представителей этой группы в зависимости от рода, к которому они принадлежат, область туловища и хвоста покрыта чешуями, у других же остается довольно широкое незащищенное пространство. Ко вторым относятся бугорчатка двуперая длиною в три-четыре дециметра, с желтыми полосами на туловище и головой самого фантастического вида. Что касается первого рода, он представлен многими образцами фантастической рыбы, справедливо названной «морской жабой», большеголовой рыбы с коротким мозолистым туловищем; от множества тупых шипов, усеявших тело, образовались вздутия и глубокие впадины; некоторые виды этих рыб снабжены иглами на задней части головы. Уколы их опасны. Вид этих рыб ужасен и внушает отвращение.

С 21 по 23 января «Наутилус» шел со скоростью двести пятьдесят лье в сутки; иначе говоря, он делал пятьсот сорок миль в двадцать четыре часа, или двадцать две мили в час. Нам довелось наблюдать лишь за теми рыбами, которые следовали за нами в полосе света, отбрасываемого прожектором «Наутилуса». Но при быстроте хода нашего судна ряды нашего эскорта постепенно редели, и лишь немногие рыбы соревновались еще некоторое время в быстроте бега с «Наутилусом».

Утром 24 января, под 12°15′ южной широты и 94°33′ долготы, мы увидели остров Килинг, кораллового происхождения, сплошь покрытый великолепными кокосовыми пальмами. В свое время его посетили Дарвин и капитан Фиц-Рой. «Наутилус» прошел на близком расстоянии от берегов этого необитаемого острова. Драги выловили множество образцов разного рода полипов и иглокожих, а также любопытных раковин моллюсков. Несколько драгоценных экземпляров раковин дельфинок пополнили сокровищницу капитана Немо, к которой я присоединил одного представителя звездчатых кораллов, часто поселяющихся на раковинах двустворчатых моллюсков.

Вскоре остров Килинг скрылся за горизонтом, и мы направили свой путь на северо-запад к южной оконечности Индийского полуострова.

— Цивилизованные страны! — сказал мне в тот день Нед Ленд. — Это будет получше островов Папуа, где больше дикарей, чем диких коз! В Индии, господин профессор, есть шоссейные и железные дороги, города английские, французские и индусские. Тут на каждом шагу встретишь земляка! А что, не пора ли нам распрощаться с капитаном Немо?

— Нет, Нед, нет! — отвечал я весьма решительно. — Пусть будет что будет, как говорите вы, моряки. «Наутилус» держит курс на континенты. Приближается к европейским берегам. Пусть он доставит нас туда. А вот, когда мы войдем в европейские моря, тогда посмотрим, что подскажет нам благоразумие. Впрочем, я не думаю, чтобы капитан Немо позволил нам охотиться на Малабарских и Коромандельских берегах, как в лесах Новой Гвинеи.

— Ну, что ж, сударь! Придется обойтись без его позволенья?

Я не ответил канадцу. Я не хотел затевать спора. В глубине души я решил испытать все превратности судьбы, бросившей меня на борт «Наутилуса».

Пройдя остров Килинга, мы замедлили ход. Но направление судна все время менялось. Мы часто погружались на большие глубины. Несколько раз приходилось пускать в ход наклонные плоскости, которые посредством внутренних рычагов могли ложиться наискось от ватерлинии. Это давало возможность опускаться на два и три километра под уровень моря, но ни разу не удалось установить предельной глубины вод Индийского океана, где зонды длиною в тринадцать тысяч метров не достигали дна[17]. Что касается температуры глубинных водных слоев, термометр неизменно показывал четыре градуса выше нуля. Я, кстати, заметил, что температура поверхностных слоев воды всегда ниже в прибрежных районах, чем в открытом море.

Двадцать пятого января океан был совершенно пустынен, и «Наутилус» весь день шел по поверхности вод, рассекая волны своим могучим винтом, из-под которого взлетали в высоту целые каскады брызг. Как же было не принять его за гигантского кита? Я провел на палубе три четверти дня. Я глядел на море. Пустынен был горизонт. Но около четырех часов вечера показался пароход, который шел к западу от нас. Его рангоут короткое время вырисовывался на горизонте, но с парохода не могли заметить «Наутилуса», едва выступавшего из воды. Я подумал, что этот пароход принадлежит пароходному обществу «Пенинсулар энд

---

[17] По современным данным глубина Индийского океана нигде не превышает 6000 м, за исключением впадины Зунда к югу от о. Суматры, имеющей наибольшую глубину 7455 м.

Ориентл Компани», обслуживающему линию Цейлон — Сидней, с заходом в Мельбурн и на мыс короля Георга.

В пять часов вечера, перед наступлением коротких тропических сумерек, мы с Конселем наблюдали очаровавшее нас зрелище.

Существует прелестное животное, встреча с которым, по мнению древних, предвещает счастье. Аристотель, Афиней, Плиний и Аппиан изучали его вкусы и наклонности и ради его описания истощили весь поэтический арсенал Греции и Рима. Они дали ему имя Nautilus и Pompylius. Но современная наука не утвердила этих названий. Ныне этот моллюск известен под именем «аргонавта».

Если бы кто-нибудь завел с Конселем речь о моллюсках, то узнал бы незамедлительно, что моллюски, или мягкотелые, подразделяются на пять классов; что класс головоногих моллюсков включает в себя два подкласса: двужаберных и четырехжаберных, в зависимости от количества жабер; что животные, относимые к подклассу двужаберных, это осьминоги, каракатицы, кальмары, аргонавты; что к подклассу четырехжаберных относится единственный представленный в современной фауне род «наутилуса». И если бы какой-нибудь невежда спутал аргонавта, имеющего настоящие *присоски,* с наутилусом, у которого простые *щупальца,* он не заслуживал бы извинения.

Навстречу нам плыл целый отряд аргонавтов. Их было много сотен. Они принадлежали к роду Argonauta tuberculata, распространенному в Индийском океане.

Эти изящные моллюски передвигались задом наперед посредством своей воронки, выкидывая ею воду, которую вобрали в себя при вдыхании. Из их восьми щупалец шесть, тонких и длинных, расстилались по поверхности воды, а остальные два, округленные дланевидно, вздувались как паруса с подветренной стороны. Я хорошо разглядел спиралевидный завиток их раковины, которую Кювье справедливо сравнивает с изящной шлюпкой. В самом деле, это настоящая лодка! Построенная из вещества, которое выделяется двумя верхними щупальцами, или руками, моллюска, раковина носит животное, но нигде с ним не срастается.

— Аргонавт волен покинуть свою раковину, — сказал я Конселю, — но он никогда с ней не расстанется.

— Так же, как и капитан Немо, — рассудил Консель. — Поэтому лучше было бы ему назвать свое судно «Аргонавтом».

Почти целый час плыл «Наутилус» под эскортом моллюсков. Вдруг, неизвестно почему, животных обуял страх. Словно по команде все паруса мгновенно были спущены, щупальца втянулись в раковину, тела сжались, раковины опрокинулись, переместив центр тяжести, и вся флотилия исчезла под водой. Никогда еще корабли, ни одной эскадры не маневрировали с такой четкостью.

В это мгновенье солнце закатилось. Внезапно наступила ночь. Только легкий ветерок подернет зыбью морскую гладь да под кормой плеснет волна!

На другой день, 26 января, мы пересекли экватор на восемьдесят втором меридиане и вступили в воды Северного полушария.

В этот день нашу свиту составляла грозная армада акул. Здешние моря кишат этими страшными животными, и потому плавание по ним не безопасно. Это были акулы с бурой спиной, белым брюхом и одиннадцатью рядами зубов; акулы глазчатые с круглым черным пятном на шее, напоминавшим глаз; акулы синие с округлой головой, испещренной черными точками. Хищные животные с яростью малоутешительной набрасывались на хрустальные стекла окон. Нед Ленд был вне себя. Он рвался на поверхность океана, чтобы пустить гарпуном в морских хищников. В особенности ему не давали покоя разъяренные тигровые акулы длиною в пять метров и акулы гладкие, пасть которых, усаженная зубами, точно мозаикой выложена!

Вскоре «Наутилус» взял большой ход, оставив далеко позади самых резвых акул.

Двадцать седьмого января, при входе в широкий Бенгальский залив, нам не раз пришлось видеть страшную картину! Навстречу нам плыли трупы. То были трупы умерших индийцев, уносимые Гангом в открытое море, которых грифы, единственные могильщики в стране, не успели еще пожрать. Но акулы не преминут помочь им выполнить погребальный обряд.

Около семи часов вечера «Наутилус», поднявшись на поверхность, плыл по молочному морю. Синее море, куда хватал глаз, стало молочным. Не было ли это игрою лунного света? Нет! Молодой месяц всего два дня как народился и еще не взошел на горизонте. И звездное небо казалось черным в сравнении с молочной белизной вод.

Консель глазам своим не верил и просил меня объяснить причину этого поразительного явления. К счастью, я мог разъяснить ему в чем дело.

— Это так называемое молочное море, — сказал я. — Огромные пространства молочно-белых вод — нередкое явление у берегов Амбоина и вообще в этих широтах.

— Но не объяснит ли мне господин профессор, — сказал Консель, — причину такого явления. Не превратилась же в самом деле вода в молоко!

— Конечно, нет, друг мой! Молочная окраска воды, которая так удивляет тебя, вызвана присутствием в воде мириадов мельчайших животных, бесцветных слизистых светящихся червячков толщиной в волос и длиной в одну пятую миллиметра. Животные прилепляются друг к другу и образуют сплошные поля в несколько лье.

— В несколько лье! — вскричал Консель.

— Да, друг мой! И не пытайся вычислять, сколько их тут! Напрасно время потратишь! Если я не ошибаюсь, некоторым мореплавателям случалось плыть по таким молочным морям более сорока миль.

Не знаю, послушался ли Консель моего совета, но он умолк, глубоко задумавшись. Он, несомненно, занялся вычислением, какое количество простейших поместится на площади в сорок квадратных миль, если длина каждого из них равна одной пятой миллиметра. Что же касается меня, я продолжал наблюдать это удивительное явление. В течение нескольких часов «Наутилус» рассекал своим водорезом воды молочного моря, и я обратил внимание, что он скользил совершенно бесшумно по этой взмыленной воде, словно бы плыл во вспененном водовороте двух встречных течений, порою образующемся в бухтах.

Около полуночи море вдруг приняло обычную окраску; но за кормой, до самой линии горизонта, небо, отражая белизну вод, казалось, было озарено отблеском северного сияния.

2. Новое предложение капитана Немо

Двадцать восьмого января в полдень, всплыв на поверхность вод, «Наутилус» оказался в виду земли, лежавшей в восьми милях к западу. Сперва выступили из дымки вершины гор: хаотическое нагромождение горных кряжей, желтых, лиловых, серых, смотря по освещению солнца и расстоянию. Иные горные пики вздымались в высоту двух тысяч футов. Как только были установлены координаты, я сошел в салон и, отыскав это место на карте, увидел, что мы находимся у берегов острова Цейлон — этой жемчужины Индии, — лежащего у южной оконечности индийского полуострова.

Я пошел в библиотеку поискать, нет ли такой книги, где можно было бы почерпнуть сведения об этом острове, который считается самым плодородным на земном шаре, и нашел труд Сирра, озаглавленный «Цейлон и сингалезы». Возвратясь в салон, я прежде всего ознакомился со статистическими данными, касавшимися Цейлона, которому в древности давали так много различных названий. Остров Цейлон лежит между 5°55′ и 9°49′ северной широты и 79°42′ и 82°4′ долготы к востоку от меридиана Гринвича. С севера на юг он простирается на двести семьдесят пять миль, с востока на запад — не больше чем на сто пятьдесят миль; площадь его равна двадцати четырем тысячам четыремстам сорока восьми милям, иначе говоря, немного менее площади Ирландии.

В это время в салон вошли капитан Немо и его помощник.

Капитан взглянул на карту. Потом, обернувшись ко мне, сказал:

— Остров Цейлон славится своими жемчужными промыслами. Не угодно ли вам, господин Аронакс, побывать на месте ловли жемчуга?

— Вне всякого сомнения, капитан.

— Хорошо. Это легко устроить. Но вот в чем дело: мы побываем на месте ловли, но ловцов не увидим. Сезон ловли жемчуга еще не начался. Но это не важно. Я прикажу взять курс на Манарский залив. Мы придем туда ночью.

Капитан сказал несколько слов своему помощнику, и тот вышел из салона. Через короткое время «Наутилус» вновь возвратился в свою водную стихию; манометр показывал, что судно шло на глубине тридцати футов.

Склонившись над картой, я стал искать Манарский залив. Я нашел его на девятой параллели, у северо-западных берегов Цейлона. Залив этот образуется продолговатой линией маленького острова Манар. Чтобы попасть туда, нужно было обогнуть весь западный берег Цейлона.

— Господин профессор, — обратился ко мне капитан Немо, — жемчуг ловят в Бенгальском заливе, в Индийском море, в Китайском и Японском морях, в морях Южной Америки, в Панамском заливе, в Калифорнийском заливе, но основные промысловые районы морского жемчуга сосредоточены на Цейлоне. Мы придем туда, правда, прежде времени! Ловцы жемчуга появляются в Манарском заливе не раньше марта месяца. К этому времени здесь собирается до трехсот судов, которые в течение тридцати дней занимаются этим доходнейшим промыслом. На каждом судне десять гребцов и десять водолазов. Водолазы работают в две смены. Погружаясь на глубину двенадцати метров, они держат между ногами тяжелый камень, который выпускают, достигнув нужной глубины. Тогда гребцы вытягивают камень, привязанный к веревке, обратно на борт.

— Стало быть, первобытный способ ловли жемчуга все еще практикуется?

— Практикуется, к сожалению, — отвечал капитан Немо, — хотя эти жемчужные россыпи принадлежат самой промышленной стране в мире — Англии, получившей их в собственность по Амьенскому договору тысяча восемьсот второго года.

— Мне кажется все же, что ваш усовершенствованный скафандр мог бы оказать большую помощь в этом деле.

— Да! Бедные ловцы жемчуга не могут долго оставаться под водой. Правда, англичанин Персиваль в своем «Путешествии на Цейлон» упоминает об одном кафре, который мог держаться целых пять минут под водой; но м-не это кажется маловероятным. Я знаю, что некоторые водолазы остаются под водой пятьдесят семь секунд, а самые выносливые даже восемьдесят семь секунд; но таких очень немного; и у этих несчастных, когда они возвращаются на борт, из ушей и носа течет вода, окрашенная кровью. Я думаю, что средняя продолжительность пребывания водолаза под водою не свыше тридцати секунд. И за это короткое время надо успеть собрать в сетку раковины жемчужниц, которых им удается найти! Водолазы не доживают до старости. Они рано дряхлеют, слабеет зрение, глаза начинают гноиться, тело покрывается язвами, и они часто умирают под водой от кровоизлияния в мозг.

— Да, — сказал я, — невеселая профессия. И все это ради удовлетворения женских причуд. Но скажите мне, капитан, сколько раковин может выловить за день одно такое судно?

— Приблизительно от сорока до пятидесяти тысяч. Говорят даже, что в тысяча восемьсот четырнадцатом году английское правительство организовало такую ловлю на государственный счет, и ловцы за двадцать дней добыли семьдесят шесть миллионов раковин.

— По крайней мере труд ловца высоко оплачивается? — спросил я.

— Очень низко, господин профессор. В Панаме они зарабатывают не больше доллара в неделю. Чаще всего они получают по одному су за раковину, содержащую жемчужину. А сколько попадается раковин, в которых нет жемчужин!

— По одному су! А бедняга обогащает своих хозяев! Это возмутительно!

— Итак, господин профессор, — сказал капитан Немо, — вместе со своими спутниками вы посетите Манарскую банку. И если случайно там окажется какой-нибудь нетерпеливый ловец, вы ознакомитесь с техникой этого промысла.

— Решено, капитан.

— Кстати, господин Аронакс, вы не боитесь акул?

— Акул? — вскричал я.

Вопрос показался мне по меньшей мере праздным.

— Ну, что вы скажете насчет акул? — настаивал капитан Немо.

— Должен признаться, капитан, что я еще не вполне освоился с этой породой рыб.

— А мы уже привыкли к ним, — сказал капитан Немо. — Со временем освоитесь и вы. Притом мы будем вооружены и, если удастся, поохотимся за какой-нибудь акулой. Охота за акулами чрезвычайно интересна. Итак, до завтра, господин профессор. Завтра будьте готовы пораньше.

Сказав это самым беззаботным тоном, капитан Немо вышел из салона.

Если бы вас приглашали охотиться на медведей в горах Швейцарии, вы бы сказали: «Отлично! Завтра пойдем на медведя!» Если бы вас приглашали охотиться на львов в долинах Атласа или на тигров в джунглях Индии, вы бы сказали: «А-а! Стало быть, мы идем на тигра или на льва!» Но если вас приглашают охотиться на акул в их родной стихии, вы, наверное, задумаетесь, прежде чем принять такое предложение.

Что касается меня, я провел рукой по лбу, на котором выступило несколько капель холодного пота.

«Обдумай хорошенько, — сказал я сам себе. — Спешить некуда. Охотиться за морскими выдрами в подводных лесах острова Креспо, — еще куда ни шло! Но шататься по морскому дну, зная, что можешь наткнуться на акулу, — совсем иное дело!» Мне известно, что в некоторых местах, в частности на Андаманских островах, негры, не колеблясь, нападают на акул с кинжалом в одной руке, с петлей в другой. Но мне известно также, что многие из смельчаков, вступающих в единоборство с этим страшным животным, отправляются к праотцам! К тому же я не негр, а если б и был негром, то некоторое колебание с моей стороны все же простительно.

Мне мерещились акулы, я видел их огромные пасти, ощерившиеся несколькими рядами зубов, способных раскусить пополам человека. Я уже чувствовал боль в пояснице. И я не мог снести беспечного тона, которым капитан сделал мне это щекотливое предложение! Неужто дело шло о том, чтобы обойти в лесу какую-нибудь безобидную лисицу

«Хорошо! — думал я. — Консель, конечно, откажется принять участие в такой охоте, и у меня будет причина отклонить приглашение капитана».

Что касается Неда, признаться, я не был уверен в его благоразумии. Опасность, как бы велика она ни была, всегда таила в себе приманку для его воинственной натуры.

Я взял книгу Сирра, но перелистывал ее машинально. Между строк мне виделись разверстые грозные пасти.

Но тут вошли Консель и канадец. Они были настроены благодушно, даже весело. Они не знали, что их ожидает.

— Честное слово, сударь, — сказал Нед Ленд, — ваш капитан Немо, — чтоб ему провалиться! — сделал нам очень любезное предложение.

— А-а! — сказал я. — Вы уже знаете…

— С позволения господина профессора, — ответил Консель, — командир «Наутилуса» пригласил нас завтра вместе с господином профессором посетить знаменитые цейлонские жемчужные промыслы. Он был крайне вежлив и выказал себя настоящим джентльменом.

— И больше он ничего не сказал?

— Ничего, сударь, — отвечал канадец. — Он сказал только, что вас он уже пригласил принять участие в этой подводной прогулке.

— Совершенно верно, — сказал я. — И он не упомянул об одном обстоя…

— Ни о каком обстоятельстве не было речи, господин профессор. Вы пойдете с нами, не правда ли?

— Я... конечно! Я вижу, что вы, мистер Ленд, входите во вкус подводных прогулок.

— О да! Это так занятно, очень занятно!

— И, может статься, опасно! — вставил я.

— Опасно? — отвечал Нед Ленд. — Простая экскурсия на устричную банку!

Очевидно, капитан Немо не счел нужным навести моих товарищей на мысль об акулах. Я встревоженно глядел на них, словно они уже лишились какой-нибудь конечности. Должен ли я предупредить их о грозящей опасности? Несомненно. Но я не знал, как к этому подойти.

— Не пожелает ли господин профессор рассказать нам подробнее о лове жемчуга?

— О лове жемчуга, — спросил я, — или о связанных с ним случайностях, которые...

— Конечно, о лове жемчуга! — сказал канадец. — Прежде чем отправляться в путь, надо знать дорогу.

— Ну-с, друзья мои, садитесь, и я расскажу вам о жемчужном промысле все, что сам узнал из книги Сирра.

Нед и Консель сели на диван, и канадец тут же задал мне вопрос:

— А что такое жемчужина, господин профессор?

— Для поэта, друг мой Нед, жемчужина — слеза моря, — отвечал я, — для восточных народов — окаменевшая капля росы; для женщин — драгоценный овальной формы камень с перламутровым блеском, который они носят, как украшение, на руках, на шее, в ушах; для химика — соединение фосфорнокислых солей с углекислым кальцием; и, наконец, для натуралиста — просто болезненный нарост, представляющий собою шаровидные наплывы перламутра внутри мягкой ткани мантии у некоторых представителей двустворчатых моллюсков.

— Типа моллюсков, — сказал Консель, — класса пластинчатожаберных, отряда анизомиарий.

— Совершенно верно, мой ученый друг! Способностью образовывать жемчужины обладает не только настоящая морская жемчужница, но и брюхоногие и головоногие моллюски, как то: морское ушко, или пинна, турбо, тридакна, словом, все моллюски, которые выделяют перламутр — органическое вещество, отливающее радужными цветами, голубым, синим, фиолетовым, которое устилает внутреннюю поверхность створок их раковин.

— Даже и съедобные ракушки? — спросил канадец.

— Да, и съедобные ракушки некоторых водоемов Шотландии, Уэльса, Ирландии, Саксонии, Богемии и Франции.

— Так-с! Примем это к сведению, — отвечал канадец.

— Но главным образом производит жемчуг жемчужница, meleagrtna margaritifera — драгоценная перловица. Жемчужина представляет собою не что иное, как отложение перламутрового вещества, принявшее сферическую форму. Самые красивые, круглые, почти свободно лежащие жемчужины образуются между мантией и раковиной при размыкании створок от раздражения неорганическими тельцами, засевшими в мантии моллюсков. При образовании жемчужницы от неорганического вещества, прилегающего к внутренней поверхности раковины, образуются жемчужины, прикрепленные к раковине. Но во всех случаях жемчужина имеет ядро, вокруг которого тонкими концентрическими слоями из года в год нарастают отложения перламутрового вещества.

— А бывает в одной раковине по нескольку жемчужин? — спросил Консель.

— Бывает, друг мой. Встречались раковины, представлявшие собою настоящий ларчик с драгоценностями. Говорят, хотя я в этом сомневаюсь, что в одной раковине было найдено не меньше ста пятидесяти акул.

— Сто пятьдесят акул! — вскричал Нед Ленд.

— Неужели я сказал «акул»? — воскликнул я смутившись. — Я хотел сказать сто пятьдесят жемчужин. При чем тут акулы!

— Уж действительно, — сказал Консель. — А все же желательно было бы знать, как извлекают из раковин этот самый жемчуг?

— Есть различные способы. Если жемчуг плотно прирос к створке раковины, его извлекают щипчиками. Но чаще всего выловленные раковины высыпают на циновки, разостланные на берегу. Моллюсков оставляют гнить на вольном воздухе. Через десять дней, когда процесс разложения завершится, раковины ссыпают в водоем с морской водой. После неоднократной промывки вскрывают створки раковин, и самые крупные жемчужины выбирают руками, а остающаяся грязь с мелкими жемчужинами вымывается из раковин. Теперь приступают к работе сортировщики. Сперва они отделяют от раковин перламутровые пластинки, известные в промышленности под названием *беспримесных серебристых, неполноценных белых, неполноценных черных*, которые продаются на вес, по ста двадцати пяти и ста пятидесяти килограммов в каждом ящике. Затем извлекают из раковины паренхиму; мягкое тело животного подвергают кипячению до полного растворения и отцеживают из жидкости все, вплоть до мельчайших жемчужин.

— Ценность жемчужины зависит от ее величины, не так ли? — спросил Консель.

— Не только от величины, — отвечал я, — но и от формы, от того — чистой ли «воды» жемчужина, иными словами, от ее цвета; наконец, от «игры», то есть от того, блестит и иридирует ли камень перламутровым блеском, столь приятным для глаза. Особенно ценным считается жемчуг, представляющий собою шаровидный наплыв перламутра, иногда прикрепленный к раковине, но обычно образующийся внутри мягких тканей мантии, так называемый perles vierges. Жемчужины эти образуются в складках ткани моллюска и покоятся там свободно; они белого цвета и большей частью непрозрачные, но у некоторых жемчужин опаловые переливы цветов. Форма этих драгоценных жемчужин чаще всего сферическая или грушевидная. Сферические жемчужины идут на браслеты, грушевидные — на серьги. Этот сорт жемчуга самый ценный и продается поштучно. Жемчужины, прикрепленные к раковине и более неправильной формы, ценятся дешевле и продаются на вес. Наконец, низший сорт жемчуга — мелкий жемчуг, известный под названием «бисера», — продается мерками и идет главным образом на вышивки и церковные облачения.

— Сортировка жемчуга, по-видимому, работа трудная и канительная, — сказал канадец.

— Отнюдь нет, друг мой! Сортировка жемчуга производится посредством сита или решета. Имеется одиннадцать различных сит для отсеивания жемчужин. Жемчуг, который остается после просеивания в редком сите, имеющем от двадцати до восьмидесяти отверстий, считается первосортным. Жемчуг второго сорта остается на решетах, в которых от ста до восьмисот отверстий. Наконец, жемчуг третьего сорта остается на решетах, имеющих от девятисот до тысячи отверстий.

— Хитро придумано! — сказал Консель. — Я вижу, что сортировка и классификация жемчуга производится механически. Не скажет ли господин профессор, какой доход приносит эксплуатация промысловых районов морского жемчуга?

— Судя по книге Сирра, — отвечал я, — цейлонские жемчужные банки ежегодно приносят три миллиона акул!

— Франков! — заметил Консель.

— Да, да, франков! Три миллиона франков, — поправился я. — Но, кажется, теперь жемчужные промыслы не столь доходны, как в прежние времена. Хотя бы взять к примеру американские жемчужные промыслы. При Карле Пятом они приносили ежегодно четыре миллиона франков, а теперь едва ли дают две трети этой суммы. В общей сложности годовой доход с жемчужных промыслов можно исчислить в девять миллионов франков.

— Но я слыхал, — сказал Консель, — что некоторые знаменитые жемчужины оценивались очень высоко?

— Верно, мой друг! Говорят, что Цезарь подарил Сервилии жемчужину, стоившую сто двадцать тысяч франков на наши деньги!

— А вот я слыхал, — сказал канадец, — что в древности одна дама пила жемчуг, растворенный в уксусе!

— Клеопатра! — заметил Консель.

— Напиток едва ли приятный на вкус! — прибавил Нед Ленд.

— Просто пренеприятный, друг Нед! — сказал Консель. — Зато рюмка такого раствора оценивалась в сто пятьдесят тысяч франков! Круглая сумма!

— Жаль, что эта дама не была моей женой, — сказал Нед Ленд, выразительно поглядывая на свои руки.

— Нед Ленд — супруг Клеопатры! — вскричал Консель.

— Я собирался жениться, Консель, — серьезно сказал канадец. — И не моя вина, что дело не сладилось. Я даже купил жемчужное ожерелье для Кэт Тендер, моей невесты. Но она, впрочем, вышла за другого. И что ж? Ожерелье стоило мне всего-навсего полтора доллара! Но, — поверьте мне на слово, господин профессор, — ни одна жемчужина из этого ожерелья не прошла бы сквозь сито с двадцатью отверстиями!

— Мой дорогой Нед! — отвечал я смеясь. — Это был искусственный жемчуг! Простые стеклянные шарики, наполненные жемчужной эссенцией.

— Все же эта эссенция должна дорого стоить, — возразил канадец.

— Эссенция ничего не стоит! Это не что иное, как серебристое вещество с чешуи рыбки-уклейки, растворенное в азотной кислоте. Даровое сырье!

— Поэтому-то, видно, Кэт Тендер и вышла за другого, — философски рассудил мистер Ленд.

— Но возвратимся к нашему разговору о драгоценных жемчужинах, — сказал я. — Не думаю, чтобы какой-нибудь монарх владел жемчужиной, равной жемчужине капитана Немо.

— Вот этой? — спросил Консель, указывая на великолепную жемчужину, хранившуюся под стеклом.

— Не ошибусь, оценив ее в два миллиона…

— Франков! — поспешил сказать Консель.

— Да, — сказал я, — в два миллиона франков! А капитану стоило только нагнуться, чтобы взять ее!

— Э-э! — вскричал Нед Ленд. — А почем знать, может и нам завтра, во время прогулки, попадется такая же?

— Б-ба! — произнес Консель.

— А почему же нет?

— А на что нам миллионы на борту «Наутилуса»?

— На борту, верно, не на что, — сказал Нед Ленд, — но… в другом месте…

— Э-э! В другом месте! — сказал Консель, качая головой.

— В самом деле, — сказал я, — Нед Ленд прав. И если мы когда-нибудь привезем в Европу или Америку жемчужину стоимостью в несколько миллионов, это придаст большую достоверность и больший вес рассказу о наших приключениях.

— Я думаю! — сказал канадец.

— Неужто, — сказал Консель, возвращавшийся всегда к познавательной стороне вопроса, — ловля жемчуга опасное ремесло?

— О нет! — отвечал я с живостью. — Особенно, если приняты некоторые меры предосторожности.

— А что может быть опасного в этом ремесле? — сказал Нед Ленд. — Разве только хлебнешь лишний глоток соленой воды!

— Совершенно верно, Нед! А кстати, — сказал я, стараясь принять беспечный тон капитана Немо, — вы боитесь акул, Нед?

— Я? Гарпунер по профессии! — отвечал канадец. — Мое ремесло — плевать на них!

— Речь идет не о том, чтобы поймать акулу на крюк, втащить на палубу судна, отрубить ей хвост топором, вспороть брюхо, вырвать сердце и бросить его в море!

— Стало быть, речь идет…

— Вот именно!

— В воде?

— В воде!

— Черт возьми! А на что при мне мой гарпун? Видите ли, господин профессор, акулы довольно неуклюжие животные. Чтобы хапнуть вас, им надобно перевернуться на спину… Ну, а тем временем…

Нед Ленд произносил слово «хапнуть» с такой интонацией, что мороз пробегал по спине.

— Ну, а ты, Консель? Как ты насчет акул?

— Я, — сказал Консель, — буду говорить начистоту с господином профессором.

«В добрый час!» — подумал я.

— Ежели господин профессор решается идти на акул, — сказал Консель, — как же я, его верный слуга, не последовал бы за ним!

3. Жемчужина ценностью в десять миллионов

Наступила ночь. Я лег спать. Спал я дурно. Акулы играли главную роль в моих сновидениях, и я находил очень верным и в то же время неверным грамматическое правило, производящее слово акула — requin от слова requiem — панихида.

На следующий день в четыре часа утра меня разбудил матрос, приставленный ко мне для услуг капитаном Немо. Я быстро встал, оделся и вышел в салон.

Капитан Немо ждал меня там.

— Господин Аронакс, — сказал он, — вы готовы?

— Я готов.

— Потрудитесь следовать за мной.

— А мои спутники, капитан?

— Они уже предупреждены и ждут нас.

— Мы наденем скафандры?

— Покамест нет. Я не хочу, чтобы «Наутилус» подходил слишком близко к здешним берегам, ведь мы еще довольно далеко от Манарского мелководья; но я приказал снарядить шлюпку, в которой мы и подплывем к самой отмели, а это значительно сократит нашу переправу. Водолазные аппараты уже перенесены в шлюпку, и мы наденем их перед самым погружением в воду.

Капитан Немо подвел меня к центральному трапу, ведущему на палубу. Нед и Консель, обрадованные предстоящей «веселой прогулкой», уже ожидали нас там. Пять матросов из команды «Наутилуса» с веслами наготове дожидались в шлюпке, спущенной на воду.

Еще не рассвело. Редкие звезды мерцали в просветах густых облаков, обложивших небо. Я искал глазами землю, но мог различить лишь туманную полоску, затянувшую три четверти горизонта, от юго-запада до северо-запада. «Наутилус», прошедший за ночь вдоль западного побережья Цейлона, находился теперь близ входа в бухту, или, вернее, в залив, образуемый берегами Цейлона и острова Манар. Там, под темными водами, таились рифы — неистощимые жемчужные поля, расстилавшиеся почти на двадцать миль в округе.

Капитан Немо, Консель, Нед Ленд и я заняли места на корме шлюпки. Один из матросов стал к рулю; четверо его товарищей взялись за весла; был отдан конец, и мы отчалили.

Шлюпка держала путь на юг. Гребцы действовали не спеша. Я заметил, что взмахи весел следовали с промежутками в десять секунд, как это практикуется в военно-морском флоте. И в то время когда шлюпка шла по инерции, слышно было, как водяные брызги падали с весел на темные воды, образуя как бы пену расплавленного свинца. Легкая зыбь с открытого моря чуть покачивала шлюпку, и гребешки волн с плеском разбивались о ее нос.

Мы молчали. О чем думал капитан Немо? Не о том ли, что земля, к которой мы стремились, была уже чересчур близка, хотя, по мнению канадца, мы находились слишком далеко от нее. Что касается Консоли, он присутствовал тут просто в качестве любопытного.

В половине шестого, с первыми проблесками зари, обозначилась более четко линия гор на горизонте. Низменный восточный берег переходил постепенно в гористые южные берега. Мы находились теперь в пяти милях от острова, и его берега все еще сливались с линией свинцового моря. Море было пустынно. Ни шлюпки, ни водолазов. Тишина пустыни царила в этих краях искателей жемчуга. Капитан Немо был прав — мы прибыли сюда раньше времени.

В шесть часов утра, внезапно, как это свойственно тропическим странам, не ведающим ни утренней зари, ни вечерних закатов, настал ясный день. Солнечные лучи вдруг прорвались сквозь завесу туч, собравшихся на горизонте, и дневное светило озарило небосвод.

Теперь я отчетливо видел землю и даже редкие деревья на берегу.

Шлюпка приближалась к острову Манар, береговая полоса которого закруглялась с южной стороны. Капитан Немо поднялся со скамьи и стал всматриваться в морскую даль.

По его знаку шлюпка стала на якорь, но пришлось вытравить не больше одного метра якорной цепи, так как в этом месте жемчужная отмель лежала неглубоко под водой. Но в этот момент отлив подхватил шлюпку и отнес ее в открытое море, насколько позволяла якорная цепь.

— Вот мы и приехали, господин Аронакс, — сказал капитан Немо. — Вы видите эту замкнутую бухту? Тут через месяц соберется множество промысловых судов, и тысячи отважных водолазов погрузятся в эти воды. Превосходная бухта для промысла такого рода! Она защищена горами от самых сильных ветров, а море здесь не бывает слишком бурным — обстоятельства, чрезвычайно благоприятные для водолазов. Ну, а теперь давайте облачаться в скафандры и отправимся на прогулку!

Я ничего не сказал в ответ и, не сводя глаз с этих предательских вод, стал с помощью одного из матросов облачаться в тяжелый водолазный наряд. Капитан Немо и оба мои товарища тоже одевались. Никто из команды «Наутилуса» не должен был сопровождать нас в этой необычной экскурсии.

Вскоре мы были заключены по самую шею в резиновые одежды, и на спину нам повесили резервуары со сжатым воздухом. Что касается аппаратов Румкорфа, их не было и в помине. Прежде чем надеть на голову водолазный шлем, я напомнил о них капитану.

— Эти аппараты нам не нужны, — отвечал капитан. — Мы не станем опускаться на большие глубины, а мелководье достаточно освещается солнцем. Вдобавок было бы неблагоразумно зажигать электрические фонари в этих водах. Свет фонаря может привлечь внимание опасных хищников, обитающих в здешних морях.

В то время как капитан Немо произносил эти слова, я обернулся в сторону Конселя и Неда Ленда. Но друзья уже успели нацепить на голову металлические шлемы и ничего не могли слышать.

Мне оставалось лишь предложить капитану Немо последний вопрос.

— А наше оружие? — спросил я. — Наши ружья?

— Ружья? На что они нам? Ведь ходят же горцы на медведя с кинжалом в руках! А разве сталь не надежнее свинца? Вот отличный клинок, заткнете его за пояс — и в поход!

Я посмотрел на товарищей. Они были вооружены, как и мы с капитаном, а Нед Ленд вдобавок размахивал огромной острогой, которую он захватил с собой, покидая «Наутилус».

Мне оставалось только, следуя примеру капитана, всунуть голову в тяжелый медный шар, и тут же наши резервуары со сжатым воздухом были приведены в действие.

Минуту спустя матросы высадили нас одного за другим в воду, и уже на глубине не более полутора метров мы нащупали ногами песчаное дно. Капитан Немо сделал знак рукой. Мы последовали за ним по отлогому спуску. Вскоре мы погрузились на изрядную глубину.

Угнетавшие меня мысли вдруг рассеялись. Я обрел удивительное спокойствие. Легкость движений придала мне уверенности, а невиданное зрелище пленило мое воображение.

Солнечные лучи, проникая сквозь прозрачные воды, достаточно ярко освещали дно. Видны были даже самые мельчайшие раковины. Еще десять минут, и мы уже находились на глубине пяти метров; дно становилось все ровнее.

Из-под наших ног, словно бекасы на болоте, вспорхнула стайка занятных рыб из рода одноперых, не имеющих другого плавника, кроме хвостового. Я признал яванскую, настоящую змею длиною в девяносто сантиметров, с брюшком белесовато-серого цвета, которую легко можно было принять за морского угря, если бы не золотистые полоски на боках. Из рода строматид, с их характерным чрезвычайно сплющенным телом, я приметил рыб-паров яркой окраски, со спинным плавником в виде серпа; рыбы эти съедобны и в высушенном и в маринованном виде являются превосходным блюдом, известным под названием karavade. И, наконец, я увидел морских карасей — транкебаров, тела которых покрыты чешуйчатым панцирем из восьми продольных полос.

Между тем всходившее солнце все ярче и ярче освещало морское дно. Характер почвы понемногу изменялся. Мягкий песчаный грунт уступил место как бы подобию шоссейной дороги из обломочных пород, покрытой ковром из моллюсков и зоофитов. Среди образцов этих двух вышеупомянутых особей я заметил устрицеобразные раковины, тонкостенные с нежными замочными зубами из плиоцена Красного моря и Индийского океана, шарообразные раковины оранжевых луцин, шиловок, персидских багрянок, снабжавших «Наутилус» превосходной краской, рогатых каменок длиною в пятнадцать сантиметров, вытянутых вверх, точно руки, готовые вас схватить, роговидных кубаревиков, сплошь покрытых шипами, двустворчатых раковин-лингул, уткородок, съедобных раковин, экспортируемых на рынки Индостана, полипов, пелагий-панопир, слегка фосфоресцирующих, и, наконец, очаровательных веерообразных глазчаток — этих великолепных опахал, являющих собою одно из самых роскошных воспроизведений океанской фауны.

Среди этих «животных-цветов», под сенью гидроидов, кишели легионы членистоногих животных, преимущественно ракообразных, с треугольным, слегка округленным панцирем: «пальмовые воры» — особенность здешних побережий, ужасные партенопы омерзительного вида. Мне довелось несколько раз встретить другое, не менее гнусное животное — это был гигантский краб, описанный Дарвином. Природа наделила пальмового вора инстинктом и силой в такой степени, что он может питаться кокосовыми орехами; вскарабкавшись на прибрежные деревья, крабы обрывают кокосы; орехи при падении трескаются, и животные вскрывают их своими мощными клешнями. Здесь, в этих прозрачных водах, крабы передвигались с удивительной быстротой, между тем как морские черепахи, из тех, что водятся у малабарских берегов, медленно ползали между скал.

Около семи часов утра мы, наконец, добрались до жемчужной отмели, где размножаются миллионами жемчужницы. Эти драгоценные моллюски прикрепляются к подводному утесу и буквально присасываются к нему посредством биссуса коричневого цвета, лишаясь тем самым возможности передвигаться. В этом отношении жемчужницы уступают обычным устрицам, которым во взрослом состоянии природа не отказала в способности свободно двигаться.

Жемчужница мелеагрина, перламутровая устрица, представляет собой округлой формы раковину, плотные створки которой почти одинаковой величины, а наружная поверхность чрезвычайно ребриста. Спиральные ребра некоторых раковин изборождены зеленоватыми обрастаниями водорослей, которые идут лучеобразно. Раковины эти принадлежат молодым устрицам. Раковины в возрасте десяти лет и свыше, наружная поверхность которых благодаря утолщению створок покрывается более грубыми концентрическими краями почти черного цвета, достигают в ширину пятнадцати сантиметров.

Капитан Немо указал мне на это удивительное скопление раковин, и я понял, что этот кладезь поистине неисчерпаем, ибо творческая сила природы все же превышает разрушительные инстинкты человека. Нед Ленд, верный своей наклонности к разрушению, спешил наполнить самыми лучшими моллюсками сетку, висевшую у его пояса.

Но подолгу останавливаться мы не могли. Нужно было идти следом за капитаном, который, по-видимому, вел нас по знакомой ему дороге. Дно заметно повышалось, и порою моя поднятая рука выступала над поверхностью моря. И тут же под ногами неожиданно возникала впадина. Часто нам приходилось обходить высокие пирамидальные утесы. В мраке их расщелин гнездились огромные ракообразные. Приподнявшись на высоких лапках, они впивались в нас взглядом своих круглых глаз, напоминая собою пушки с наведенными дулами, а под нашими ногами копошились нереиды, глицеры, ариции и другие кольчецы, вытягивавшие свои длинные усики и щупальца.

Но вот перед нами возник обширный грот, образовавшийся в живописной группе скал, покрытых пестрым ковром подводной флоры. Вначале мне показалось, что в этой подводной пещере царит глубокий мрак. Солнечные лучи словно бы угасали у самого входа в грот. То был призрачный свет поглощенных водою солнечных лучей.

Капитан Немо вошел в грот. Мы последовали за ним. Я скоро освоился с относительной темнотой пещеры. Я различил купол свода, столь причудливо округленного, опиравшегося на естественные пилястры с широким гранитным основанием, напоминавшие тяжелые колонны тосканской архитектуры. Зачем понадобилось нашему непостижимому вожатому влечь нас за собою вглубь этой подземной пещеры? Я скоро понял, в чем была причина.

Спустившись по довольно крутому склону, мы очутились на дне некоего подобия круглого колодца. Тут капитан Немо остановился и указал нам на предмет, которого я сразу не заметил.

Это была раковина необыкновенной величины, гигантская тридакна диаметром в два метра и, стало быть, больше той, которая украшала салон «Наутилуса». Чаша, вместившая бы в себя целое озеро святой воды!

Я подошел поближе к этому чудесному моллюску. Он прикрепился своим биссусом к гранитному пласту и рос в одиночестве в спокойных водах грота. По моим соображениям, эта тридакна весила килограммов триста. В такой устрице было, надо полагать, не менее пятнадцати килограммов мякоти. Надобно иметь желудок Гаргантюа, чтобы переварить дюжину подобных устриц!

Капитан Немо, по-видимому, знал о существовании этой двустворчатой раковины. По-видимому, не в первый раз приходил он в этот грот! И я вообразил, что он привел нас сюда ради того лишь, чтобы показать нам этот курьез природы. Но я ошибся. У капитана Немо были к тому свои причины: он интересовался состоянием тридакны.

Обе створки моллюска были приоткрыты. Капитан Немо, подойдя к раковине, вложил кинжал между створками, чтобы не дать им сомкнуться; затем он приподнял рукой бахромчатый край мантии.

Там, между листовидными складками мантии, свободно покоилась жемчужина величиною с кокосовый орех. Жемчужина безупречной сферической формы, чистейшей воды, бесподобного отлива! Драгоценность баснословной стоимости! В порыве неуместного любопытства я протянул руку, чтобы схватить этот перл, осязать его, взвесить! Но капитан, знаком остановив меня, быстрым движением вынул кинжал из раковины, и створки ее мгновенно сомкнулись.

И тут я понял намерение капитана Немо. Оставляя жемчужину под мантией тридакны, он давал ей возможность постепенно расти. С каждым годом выделения моллюска прибавляли к ней новые концентрические слои. Один только капитан Немо знал грот, где «зреет» этот прелестный плод; один он, так сказать, растил его, чтобы со временем перенести в свой великолепный музей. Могло быть и так, что, по примеру китайцев или индусов, он сам вызвал развитие этой жемчужины путем внесения в мантию моллюска инородного твердого тела — в виде бусинки или металлического шарика, — которое благодаря отложениям перламутра постепенно обросло перламутровым покровом. Как бы то ни было, но, сравнивая эту жемчужину с теми, которые мне доводилось видеть прежде, и с теми, что хранились в коллекции капитана Немо, я мысленно оценил ее по крайней мере в десять миллионов франков. Это был перл творчества природы, а не предмет роскоши! И какое женское ухо могло бы выдержать тяжесть такой жемчужины?.

Осмотр великолепной тридакны был окончен. Капитан Немо вышел из грота, и наше шествие в этих спокойных водах, еще не вспененных искателями жемчуга, возобновилось. Путь к жемчужной отмели пролегал в гору.

Мы шли порознь, точно заправские фланеры; каждый из нас задерживался на месте или уклонялся в сторону по своей воле. Я уже не страшился более опасностей, столь смешно преувеличенных игрой воображения. Подводная скала заметно вела нас к поверхности моря. И, наконец, на глубине одного метра под уровнем океана моя голова выступила из воды. Консель догнал меня и, приблизив стекла своего шлема к моим, передал мне глазами дружеский привет. Но плоскогорье простиралось всего лишь на несколько метров.

Вскоре мы опять вступили в свою стихию. Неужели я не вправе теперь называть водную среду своей стихией?

Десять минут спустя капитан Немо вдруг остановился. Я думал, что он хочет вернуться обратно. Но нет! Движением руки он приказал нам спрятаться в расщелине скалы. Затем он указал на какую-то точку в водной массе. Я стал внимательно всматриваться.

В пяти метрах от меня мелькнула и пошла ко дну какая-то тень. Тревожная мысль об акулах пронеслась в моем мозгу. Но я ошибся: на этот раз мы имели дело не с морскими чудовищами.

Это был человек, живой человек, индус, ловец жемчуга, бедняга, явившийся, несомненно, собирать колосья раньше жатвы. Я заметил дно его лодки, стоявшей на привязи в нескольких футах над его головой. Он нырял и всплывал непрерывно. Опускаясь в воду, он держал между ног камень, обточенный в виде сахарной головы и привязанный веревкой к корме лодки, что помогало ему быстрее опускаться на дно. В этом состояло все его водолазное снаряжение. На глубине примерно пяти метров он выпускал камень, бросался на колени и торопливо заполнял сетку, привязанную у пояса, первыми попавшимися под руку раковинами. Затем он всплывал на поверхность, опоражнивал сетку, опять брал камень и снова начинал ту же операцию, продолжавшуюся секунд тридцать.

Водолаз не видел нас. Мы укрывались за выступом скалы. Да и как мог этот бедняга индус предположить, что люди, существа, подобные ему, находятся рядом с ним, под водою, наблюдая за каждым его движением, не упуская ни единого момента его ловли?

Много раз он всплывал и снова погружался в воду. И всякий раз он приносил не более десятка раковин, потому что их надо было отрывать от грунта, к которому они прикрепились своими крепкими биссусными нитями. А сколько раковин, из-за которых он рисковал жизнью, было пустыми!

Я внимательно следил за ним. Он нырял и всплывал на поверхность через определенные промежутки времени, и в течение получаса никакая опасность не угрожала ловцу.

У меня начал уже пропадать интерес к этой занятной работе, как вдруг индус, стоявший на коленях, шарахнулся в сторону, вскочил на ноги и сделал попытку всплыть на поверхность воды.

Я понял причину его испуга. Гигантская тень пронеслась над несчастным водолазом. Это была акула огромной величины, она приближалась к нему наискось с горящими глазами, с разверстой пастью!

Я замер от ужаса, не мог сделать ни малейшего движения.

Сильным ударом плавников прожорливое животное ринулось на индуса; индус отскочил в сторону и избег зубов акулы, но он не успел уклониться от удара ее хвоста; удар пришелся по груди и сшиб его с ног.

Все это свершилось в несколько мгновений. Акула сперва несколько приостановилась, а затем, перевернувшись на спину, снова ринулась на индуса, собираясь перекусить его пополам; но тут я увидел, что капитан Немо, стоявший возле меня, выхватил из-за пояса кинжал и шагнул навстречу чудовищу, готовясь вступить с ним в единоборство.

Но в тот момент, когда страшная тварь уже готова была вцепиться зубами в несчастного ловца, внимание ее привлек новый противник. Перевернувшись на брюхо, животное бросилось в сторону капитана Немо.

Я как сейчас вижу его. Откинувшись немного назад, он с удивительным хладнокровием ожидал приближения страшной акулы; и как только та бросилась на него, капитан с удивительной ловкостью отскочил в сторону, уклонился от удара и тут же по самую рукоятку всадил ей в брюхо кинжал. Но не все еще было кончено. Завязалась отчаянная борьба.

Акула, образно говоря, взревела. Кровь потоком лилась из ее раны. Море окрасилось в багрец, и сквозь окровавленные воды я уже не мог что-либо видеть.

Не мог что-либо видеть до той минуты, покамест кровавые волны не сплыли и пространство вокруг нас не очистилось.

Тут я увидел, что отважный капитан, вцепившись в плавник акулы, отчаянно борется с животным, нанося ему в брюхо рану за раной. Но он был лишен возможности нанести решительный удар, попасть в самое сердце! Растерзанная акула изгибалась и разбрасывала хвостом воду вокруг себя с такой силой, что я едва держался на ногах.

Я хотел было броситься на помощь капитану. Но, скованный ужасом, не мог сделать шагу.

Я был в состоянии полной растерянности. Я видел, что положение сражающихся меняется. Капитан упал, опрокинутый тяжестью огромной туши. Пасть акулы раскрылась. И все было бы кончено для капитана, если б Нед Ленд, быстрый, как мысль, не подскочил к акуле и не сразил животное своим страшным орудием.

Воды снова обагрились от хлынувшей крови. Заходили волны под ударами хвоста взбешенного животного. Нед Ленд не промахнулся. То была агония чудовища. Акула билась в предсмертных судорогах, описывая хвостом круги среди вспененных вод. И сила волны была такова, что сбила Конселя с ног.

Тем временем Нед Ленд помог капитану высвободиться из-под животного. Капитан не был ранен. Он встал, кинулся к индусу, перерезал веревку, которая связывала его с камнем, и, обхватив несчастного рукой, оттолкнулся от дна и всплыл на поверхность океана.

Мы всплыли за ним следом и через несколько секунд оказались возле лодки водолаза.

Прежде всего капитан Немо позаботился привести беднягу в чувство. Я не был уверен, удастся ли ему спасти индуса. Правда, под водой он пробыл короткое время. Но ударом хвоста акула могла его убить!

К счастью, благодаря энергичным мерам, принятым капитаном и Конселем, сознание постепенно возвращалось к утопленнику. Он раскрыл глаза. Можно представить себе, каково было его удивление, даже испуг, когда он увидел четыре медные головы, склонившиеся над ним!

Но что мог он подумать, когда капитан Немо, вынув из кармана мешочек с жемчугом, вложил его ему в руку! Бедный цейлонский индус дрожащей рукой принял великолепный дар обитателя морей! Его испуганный взгляд говорил, что он не знает, каким неведомым существам обязан он и жизнью и богатством.

По знаку капитана мы пошли обратно к жемчужной отмели и после получаса ходьбы по знакомой дороге оказались возле шлюпки «Наутилуса», стоявшей на якоре.

Мы сели в шлюпку и с помощью матросов освободились от своих тяжелых металлических шлемов.

Первое слово капитана Немо было обращено к канадцу.

— Благодарю вас, мистер Ленд! — сказал он.

— Не стоит благодарности, капитан, — отвечал Нед Ленд. — Я был у вас в долгу.

Легкая улыбка скользнула по губам капитана, и этим все кончилось.

— К «Наутилусу»! — приказал он.

Шлюпка понеслась по волнам. Несколько минут спустя нам повстречался труп акулы, всплывший на поверхность.

По черной окраине плавников я узнал страшную акулу-людоеда Индийского океана. Рыба была более двадцати пяти футов в длину; огромная пасть занимала одну треть тела. Это была взрослая акула, судя по шести рядам ее зубов, расположенным в верхней челюсти, в форме равнобедренного треугольника.

Консель разглядывал околевшую акулу с чисто научным интересом; и я уверен, что он отнес ее, и не без основания, к подклассу элазмобранхит, отряду селахиевых или широкоротых.

В то время как я рассматривал эту безжизненную тушу, около дюжины прожорливых акул такого же вида всплыло вокруг шлюпки. Не обращая на нас никакого внимания, они накинулись на труп, вырывая друг у друга куски мяса.

В половине девятого мы взошли на борт «Наутилуса».

Мысли мои постепенно возвращались к нашей экскурсии на Манарскую отмель. Я отдавал дань несравненной отваге капитана Немо, в чем я имел случай убедиться. И затем я понял, что этот человек способен пожертвовать собою ради спасения представителя человеческого общества, от которого он бежал в морские глубины! Что бы ни говорил о себе этот загадочный человек, все же ему не удалось убить в себе чувство сострадания.

Я высказал ему это. Он ответил мне, заметно взволновавшись:

— Но это был индус, господин профессор, представитель угнетенного народа, а я до последнего вздоха буду защитником угнетенных!

4. Красное море

Днем 29 января остров Цейлон скрылся за горизонтом. «Наутилус» со скоростью двадцати миль в час лавировал в лабиринте проливов между Мальдивскими и Лаккадивскими островами. Мы обогнули остров Киттан, кораллового происхождения, открытый Васко де Гама в 1499 году, один из главных девятнадцати островов Лаккадивского архипелага, лежащего между 10° и 14°30′ северной широты и 69° и 50°72′ восточной долготы.

Мы сделали, стало быть, с момента выхода из Японского моря шестнадцать тысяч двести двадцать миль, или семь тысяч пятьсот лье.

На следующий день, 30 января, когда «Наутилус» всплыл на поверхность океана, островов уже не было в виду. Он держал курс на северо-северо-запад, по направлению к Оманскому заливу, который лежит между Аравией и Индийским полуостровом и служит входом в Персидский залив.

Очевидно, это был закрытый залив, не имевший выхода в море. Куда же вел нас капитан Немо? Я не мог этого сказать. Такой ответ не удовлетворил канадца, который именно в этот день спрашивал меня, куда же мы держим путь.

— Мы держим путь туда, мистер Ленд, куда ведет нас фантазия капитана.

— Фантазия капитана не может завести нас далеко, — отвечал канадец. — Персидский залив не имеет другого выхода, и, если мы войдем в него, нам придется возвращаться обратно тем же путем.

— Ну, что ж! И возвратимся, мистер Ленд. Если после Персидского залива «Наутилус» пожелает посетить Красное море, то Баб-эль-Мандебский залив всегда к его услугам.

— Позвольте, господин профессор, — отвечал Нед Ленд, — но Красное море, как и Персидский залив, не имеет другого выхода!

Суэцкий перешеек еще не прорыт. Да и будь он прорыт, неужто такое законспирированное судно, как наше, отважилось бы вступить в канал, перекрытый шлюзами? Стало быть, Красное море не тот путь, который приведет нас в Европу.

— Но я не говорил, что мы идем в Европу.

— Что же вы полагаете?

— Я полагаю, что, посетив воды, омывающие берега Аравии и Египта, «Наутилус» возвратится в Индийский океан либо через Мозамбикский пролив, либо мимо Маскаренских островов и достигнет мыса Доброй Надежды.

— Ну-с, а когда мы достигнем мыса Доброй Надежды? — с особенной настойчивостью спросил канадец.

— Обогнув мыс Доброй Надежды, мы выйдем в Атлантический океан. В этих водах мы еще не бывали. Послушайте, друг Нед, неужели вам наскучило подводное плавание? Я же буду крайне огорчен, если наше увлекательное путешествие неожиданно окончится. Не всякому выпадет на долю такая удача!

— Но не забывайте, господин Аронакс, — отвечал канадец, — что вот уже три месяца мы живем пленниками на борту «Наутилуса»!

— Я этого не помню, Нед! Не хочу помнить! На борту «Наутилуса» я не считаю ни часов, ни дней!

— Но чем все это кончится?

— Кончится в свое время! Кстати, мы бессильны ускорить наступление конца, и споры на эту тему напрасны. Если б вы, Нед, сказали мне: «Представился случай бежать!» — я обсудил бы с вами шансы к побегу. Но такого случая не представляется, и, говоря откровенно, я не думаю, чтобы капитан Немо когда-либо рискнул войти в европейские моря.

Что касается Неда Ленда, он закончил разговор в форме монолога: «Все это хорошо и распрекрасно! Но, по моему мнению, в неволе ничто сердце не радует!»

В течение четырех дней, до 3 февраля, «Наутилус» плавал в Оманском заливе с разными скоростями и на разных глубинах. Казалось, он шел наудачу, как бы колеблясь в выборе пути; но ни разу за это время мы не пересекли тропик Рака.

Выходя из Оманского залива, мы на короткое время увидели Маскат, главный город протектората Оман. Я был очарован живописным расположением города среди черных скал, на фоне которых резко выделялись белые стены зданий и крепостей. Четко вырисовывались круглые купола мечетей, изящные шпили минаретов, радовала глаз свежая зелень набережных, спускавшихся террасами к самому морю. Но это было лишь мимолетное видение, и вскоре «Наутилус» погрузился в глубины этих угрюмых вод.

Затем мы прошли на расстоянии шести миль от аравийских берегов, мимо Хадрамаута, вдоль волнистой гряды прибрежных гор с развалинами древних храмов. Наконец, 5 февраля мы вошли в Аденский залив, настоящую воронку, вставленную в горлышко Баб-эль-Мандебского пролива, через которую воды Индийского океана вливаются в Красное море.

Шестого февраля «Наутилус» шел в виду города Адена, расположенного на скале, далеко выступающей в море и соединенной с континентом узким перешейком, настоящим аравийским Гибралтаром. Будучи захвачен англичанами в 1839 году, он превратился в неприступную крепость. Промелькнули вдали восьмигранные минареты этого города, который, по сказанию историка Эдризи, был некогда самым оживленным и богатым торговым пунктом на всем побережье.

Я был уверен, что капитан Немо, дойдя до этих мест, повернет обратно. Но, к моему удивлению, я ошибся.

На следующий день, 7 февраля, мы вошли в Баб-эль-Мандебский пролив, что по-арабски означает «Врата слез». При двадцати милях ширины этот пролив в длину насчитывает всего пятьдесят два километра, и «Наутилус», дав полный ход, в один час прошел это пространство. И мне не удалось увидеть даже берегов острова Перим, захваченного англичанами с целью установить господство Адена над морем. Слишком много английских и французских пароходов, связующих Суэц с Бомбеем, Калькутту с Мельбурном, остров Бурбон с островом св. Маврикия, бороздило воды этого узкого пролива, чтобы «Наутилус» попытался всплыть на поверхность. Поэтому мы благоразумно держались под водой.

Наконец, в полдень мы вошли в воды Красного моря.

Красное море! Прославленное озеро библейских преданий! Никогда не проливаются ливни над его водами! Никакая многоводная река не пополняет его водоем! Ежегодно испарение его вод понижает на полтора метра уровень его поверхности! Удивительный залив! Будучи замкнут со всех сторон, подобно озеру, он, может статься, совершенно бы высох. В этом отношении он находится в худшем положении, нежели Каспийское и Мертвое моря, уровень которых понижался только до тех пор, пока их испарение не уравновесилось суммою вливающихся в них вод.

Красное море простирается на две тысячи шестьсот километров в длину при средней ширине в двести сорок километров. Во времена Птоломеев и римских императоров оно было главной артерией мировой торговли. Открытие Суэцкого канала вернет ему былое значение, которое уже отчасти восстановлено с проведением железных дорог.

Я не желал искать причины, побудившей капитана Немо войти в этот залив. Но я принял без оговорок возможность побывать в здешних водах. Мы шли средним ходом, то держась на поверхности, то погружаясь в глубины, чтобы избежать встречи с каким-либо судном. И я мог наблюдать это любопытное море и на поверхности и в глубинах.

Восьмого февраля на рассвете мы завидели Мокка, город, представляющий собою груды развалин, которые обрушиваются при одном звуке пушечного выстрела. Среди развалин тут и там зеленели финиковые пальмы. В былые времена город был крупным торговым центром; там было шесть рынков, двадцать шесть мечетей и четырнадцать фортов, окружавших его кольцом в три километра.

«Наутилус» приблизился к африканским берегам, где имеются глубокие впадины. Там, в глубинах кристаллически чистых вод, мы любовались сквозь хрустальные стекла окон прелестными кустистыми колониями ярко-красных кораллов, подводными скалами, устланными великолепным зеленым ковром водорослей. Незабываемое зрелище! Какие очаровательные пейзажи являют собою эти подводные рифы и острова вулканического происхождения, примыкающие к Ливийскому побережью! Но во всей своей красоте подводная флора и фауна предстала у восточных берегов, к которым «Наутилус» вскоре приблизился. То было у берегов Тихама, где эти зоофиты во множестве пышно распускались не только в морских глубинах, но и вздымались в причудливом сплетении на десять саженей поверх воды. Последние были более живописными, но менее красочными, чем первые, свежесть которых поддерживалась живительной влагой вод.

Сколько чудесных часов провел я, сидя у окна в салоне! Сколько новых образцов подводной флоры и фауны увидел я при свете нашего прожектора! Тут были грибовидные кораллы, актинии аспидного цвета, тубипориды — восьмилучевые кораллы, похожие на флейты, ожидавшие, казалось, лишь дуновения Пана, бесчисленные глубоководные организмы, характерные для здешних вод: мадрепоровые кораллы — основные компоненты коралловых рифов, дающие в своей пористой, ноздреватой массе приют богатейшей фауне. Наконец, тысячи разновидностей еще не встречавшейся мне обыкновенной морской губки.

Класс губок, первый из группы полипов, получил свое название от любопытного продукта, полезность которого бесспорна. Губка отнюдь не растение, как думают еще некоторые натуралисты, а самый низший тип многоклеточных животных, стоящих на более низкой ступени развития, чем даже кораллы. Принадлежность губок к животному миру не подлежит сомнению, и нельзя поэтому согласиться с древними, которые относили губку к промежуточным формам между животными и растениями. Но я должен сказать, что натуралисты до сих пор не пришли к согласию относительно строения губок. По мнению некоторых, это целая колония микроскопических организмов. Другие же, как Мильн Эдвардс, считают, что каждая губка — самостоятельное животное.

Класс губок включает много сот видов, которые водятся только в морях, за исключением семейства «пресноводных», или бодяг. Но чаще всего губки встречаются в водах Средиземного моря, Греческого архипелага, у берегов Сирии и в Красном море. Там главным образом водятся тончайшие туалетные губки, цена которым доходит до ста пятидесяти франков за штуку: золотистая сирийская губка, жесткая берберийская и т. д. Но раз я не мог изучать этих зоофитов в пределах Леванта, от которого нас отделял Суэцкий перешеек, приходилось удовольствоваться лицезрением их в водах Красного моря.

Я позвал Конселя, и мы оба глядели в окно, в то время как «Наутилус» медленно шел на глубине восьми-девяти метров под уровнем моря, мимо живописных подводных утесов восточного берега.

Тут росли губки всех видов: губки ветвистые, листоватые, шаровидные, лапчатые. Поистине своей формой они оправдывали названия — корзиночки, чашечки, прялки, лосий рог, львиная лапа, павлиний хвост, перчатка Нептуна, — которыми одарили их ловцы губок, более поэтически настроенные, нежели ученые. Волокнистая ткань губок, насыщенная студенистым веществом, благодаря подвижным жгутикам клеток, выстилающих внутреннюю полость, постоянно обмывается водой, которая поступает через вводящие поры и выходит наружу через выводное отверстие, так называемое «устье». Вещество губки разлагается после отмирания и, разлагаясь, выделяет аммиак. Когда процесс распада студенистого вещества завершается и все живые ткани выгнивают и вымываются водой, от животного остается только роговой скелет, постепенно приобретающий золотисто-соломенный цвет и мягкость, из которого и состоит обыкновенная туалетная губка. Смотря по степени своей упругости, водопроницаемости или прочности при вымочке, губка применяется для разных надобностей.

Губки лепились по скалам, прикреплялись к раковинам моллюсков, даже к стеблям гидроидов. Они гнездились в расселинах скал, стлались понизу, ползли вверх, свисали, точно коралловые полипы. Я объяснил Конселю, что губки собирают двояким способом: драгами и вручную. Ручной способ считается лучшим потому, что губки плотно прирастают к твердому грунту и обитают на небольших глубинах, доступных ныряльщику, который отрывает их осторожно, без повреждения ткани, что неизбежно при ловле драгой. Губка, добытая вручную, высоко ценится.

Среди зоофитов, кишевших вокруг зарослей губок, больше всего было медуз чрезвычайно изящной формы; моллюски были представлены разного вида кальмарами, которые, по данным д'Орбиньи, свойственны водам Красного моря; из пресмыкающихся тут водились морские, так называемые суповые черепахи, доставившие к столу вкусное и тонкое блюдо.

Что касается рыб, они населяли здешние воды в изобилии. Я назову рыб, которые чаще всего попадались в наши сети: скаты, в том числе лиммы овальной формы и кирпичного цвета, усеянные неравной величины голубоватыми пятнами, с двойным иглообразным шипом — хвостокол-арнак с серебристой спиной, шиповатый скат с колючим хвостом и другие громадные скаты, широкие мантии которых длиною в два метра развеваются среди волн, аодоны, совершенно лишенные зубов, из хрящевых рыб, близкие к акулам; кузовки-дромадеры, у которых горб оканчивается загнутым шипом длиной в полтора фута, ошибни, настоящие мурены с серебристым хвостовым плавником, голубоватой спиной и коричневыми грудными плавниками, окаймленными серым кантиком; фиатолы, виды строматеев, исчерченные узкими золотистыми полосками и украшенные тремя цветами Франции; горамисы длиною в сорок сантиметров, великолепные толстоголовки, примечательные семью поперечными полосками отменного черного цвета, с плавниками голубого и желтого цветов, с золотой и серебряной чешуей, центроподы, султанки с желтыми плавниками и хохолком, зеленобрюшки, губаны, спинороги, колбни и тысячи других рыб, которые уже встречались нам во время плавания.

Девятого февраля «Наутилус» шел в самой широкой части Красного моря, между Суакином на западном берегу и Кунфуда на восточном, находящихся на расстоянии ста девяноста миль друг от друга.

В полдень того же дня после установления координат капитан вышел на палубу, где в то время я находился. Я решил воспользоваться случаем и выведать у капитана Немо, хотя бы приблизительно, каковы его дальнейшие намерения. Увидев меня, он сразу же подошел ко мне, любезно предложил сигару и сказал:

— Ну-с, господин профессор, как вам понравилось Красное море? Удалось ли вам наблюдать чудеса, скрытые в его водах? Рыб, зоофитов, цветники из губок и коралловые леса?

— Ну, конечно, капитан Немо! — отвечал я. — И «Наутилус» чудесно приспособлен для подобных наблюдений. Какое умное судно!

— Да, сударь, умное судно! Отважное и неуязвимое! Оно не страшится ни бурь, свирепствующих в Красном море, ни его течений, ни его подводных рифов.

— В самом деле, — сказал я, — Красное море считается одним из самых опасных, и, если не ошибаюсь, в древние времена оно пользовалось дурной славой.

— Дурной, господин Аронакс! Греческие и латинские историки отзываются о нем весьма нелестно, Страбон говорит, что во время пассатных ветров и в период дождей оно особенно неприятно. Арабский историк Эдризи, описывая Кользумский залив, подразумевает под этим вымышленным названием Красное море. По его словам, корабли во множестве погибали на его песчаных отмелях и ни один капитан не решался плавать по нему ночью. Он говорит, что на Красном море бушуют страшные ураганы, оно усеяно негостеприимными островами и «не представляет собою ничего хорошего». Ни на поверхности, ни в глубинах. Такого же мнения о Красном море Арриан, Агатархит и Артемидор, историки древней Греции.

— Видно, что эти историки не плавали на борту «Наутилуса»! — отвечал я.

— Само собою! — улыбаясь, сказал капитан. — Впрочем, в области судостроения наши современники ушли недалеко от древних. Несколько веков понадобилось, чтобы открыть механическую силу пара! Кто знает, появится ли даже через сто лет второй «Наутилус»! Прогресс движется медленно, господин Аронакс!

— Совершенно верно, — отвечал я, — ваше судно опережает свою эпоху на целый век, если не на целые века! Как жаль, что такое открытие умрет вместе с изобретателем!

Капитан Немо ничего не ответил. После нескольких минут молчания он сказал:

— Мы говорили, как помнится, о том, какого нелестного мнения были историки древнего мира о Красном море?

— А вы находите, что их опасения были преувеличены? — спросил я.

— И да и нет, господин Аронакс, — отвечал мне капитан, по-видимому, в совершенстве изучивший «свое Красное море». — То, что не представляет опасности для современного судна, хорошо оснащенного, солидно построенного, вольного избирать тот или иной путь благодаря паровым двигателям, было чревато всякого рода опасностями для судов древних мореплавателей. Надобно вообразить себе этих первых мореходцев, пускавшихся в плавание на утлых дощатых барках, скрепленных пальмовыми вервиями, проконопаченных древесной смолой и смазанных жиром дельфина! У них не было никаких приборов для определения курса корабля, они плавали по воле ветров и течений малоисследованных морских пространств! В этих условиях кораблекрушения были, и не могли не быть, обычным явлением. Но в наши дни пароходы, которые курсируют между Суэцким перешейком и морями Южного полушария, не имеют причины опасаться гневливости Красного моря, несмотря на противные муссоны. Капитаны и пассажиры не приносят уже перед отплытием искупительных жертв и по возвращении, увешанные гирляндами цветов, с золотыми повязками на голове, не спешат в храмы благодарить богов за благополучное окончание путешествия!

— Верно, — сказал я. — И мне кажется, что пар убил чувство благодарности в сердцах моряков. Вы, по-видимому, основательно изучили это море, капитан! Не скажете ли вы, почему его называют Красным?

— По этому поводу, господин Аронакс, существует много различных толкований. Угодно вам знать мнение одного летописца четырнадцатого века?

— Прошу вас!

— Старый фантазер уверяет, что название «Красное» было дано морю после перехода израильтян, когда преследовавший их фараон погиб в его водах, сомкнувшихся по словам Моисея:

И в знак, что чудо совершилось,
В багрец все море претворилось,
И ныне, чудо поминая,
То море Красным называют.

— Толкование поэта! — отвечал я. — Но в данном случае, капитан Немо, на слова поэтов я не полагаюсь.

— Видите ли, господин Аронакс, по моему мнению, название «Красное море» является переводом еврейского слова «Edom». И древние дали такое наименование этому морю благодаря особой окраске его вод.

— Однако я не вижу какой-либо особой окраски, — сказал я. — Воды, как и во всех морях, прозрачны и не имеют красноватого оттенка.

— Совершенно верно! Но, войдя в глубину залива, вы заметите одно странное явление. Однажды мне случилось видеть в бухте Тор, как вода стала такой красной, точно передо мной было озеро крови.

— Чем же объясняется такое явление? Присутствием микроскопических красящих водорослей?

— Именно! Это результат выделения микроскопических растений, известных под названием триходесмий. Чтобы покрыть пространство в один квадратный миллиметр, потребуется сорок тысяч таких организмов. Вам тоже доведется, может быть, наблюдать это явление, когда мы войдем в бухту Тор.

— Стало быть, капитан Немо, вы не впервые плаваете по Красному морю на борту «Наутилуса»?

— Не впервые, сударь!

— Вы упомянули о переходе израильтян через Красное море и о катастрофе, постигшей египтян. Позвольте вас спросить, капитан, вы не полюбопытствовали исследовать под водами место этого замечательного исторического события?

— Нет, господин профессор, и по вполне понятной причине.

— А именно?

— То самое место, где Моисей якобы прошел со своим народом, так обмелело, что верблюды проходят по нему, едва замочив ноги. Вы понимаете, что для моего «Наутилуса» тут слишком мелководно.

— А это место? — спросил я.

— Находится немного повыше Суэца, в рукаве, который в те времена, когда Красное море простиралось до Горьких Озер, представлял собою глубокий лиман. Будь то легенда или истинное событие, но, по преданию, именно тут прошли израильтяне, следуя в Обетованную землю, и войско фараона погибло на этом самом месте. Я думаю, что при археологических раскопках нашлось бы множество египетского оружия и прочих инструментов.

— Надеюсь, что археологи рано или поздно предпримут такие раскопки. Дайте только открыть Суэцкий канал, и вы увидите, какие тут понастроятся города! Ну, а для такого судна, как «Наутилус», такой канал совершенно бесполезен!

— Несомненно! — сказал капитан Немо. — Но канал полезен для всего мира. Древние хорошо понимали, как важно для торговых сношений установить сообщение между Красным и Средиземным морями. Но они не догадались прорыть Суэцкий перешеек, а избрали более длинный путь, соединив Нил с Красным морем. Весьма вероятно, что работы по прорытию канала были начаты, если верить преданиям, при фараоне Сезострисе. Но достоверно известно, что уже в шестьсот пятнадцатом году до нашей эры фараон Нехо (Necos) предпринял работы по проведению канала, несущего воды Нила в Красное море через ту часть египетской низменности, которая обращена к Аравии. При сооружении канала исходили из того расчета, что суда могли бы пройти от Нила до Красного моря в четыре дня, а ширина его была бы такова, что две триремы могли бы рядом плыть по нему. Строительство канала продолжалось при Дарий, сыне Гистаспа, и закончилось, надо полагать, при Птоломее Втором. Страбон видел суда, проходившие по каналу; но недостаточная глубина канала, начиная от Бубаста и до самого Красного моря, ограничивала срок навигации весенними месяцами, связанными с разлитием Нила. Канал служил торговой артерией до века Антонинов. Потом канал пришел в упадок, обмелел и стал несудоходным. По повелению Халифа Омара он был восстановлен; и, наконец, в семьсот шестьдесят первом или в семьсот шестьдесят втором году был окончательно засыпан Халифом Аль-Манзором с целью прекратить подвоз продовольствия для войск восставшего против него Мохаммеда-бен-Абдуллаха. Генерал Бонапарт во время своего египетского похода напал на следы этого канала в пустыне возле Суэца и, застигнутый приливом, едва не погиб тут, в нескольких часах пути до Гаджерота! И на том же самом месте, где Моисей раскинулся лагерем тому три тысячи триста лет назад!

— Ну, что ж, капитан! То, что не удалось сделать древним, а именно, соединить между собою два моря и тем самым сократить на девять тысяч километров путь из Кадикса в Индию, сделает Лессепс. Может статься, он обратит африканский материк в огромный остров!

— Да, господин Аронакс, вы имеете право гордиться своим соотечественником! Этот человек делает честь нации, и даже в большей степени, чем самые прославленные капитаны! Он начал, как и многие, с треволнений и неудач, но все же восторжествовал, ибо у него гениальная воля! Грустно думать, что творение, которое могло быть достоянием международным и гордостью целого государства, создано энергией одного человека! Честь и слава Лессепсу!

— Честь и слава великому гражданину! — сказал я, удивленный выспренностью тона капитана Немо.

— К сожалению, — продолжал капитан, — я не могу показать вам Суэцкий канал, но послезавтра, когда мы войдем в Средиземное море, вы увидите длинную линию дамб у Порт-Саида.

— В Средиземное море? — вскричал я.

— Да, господин профессор! Вас это удивляет?

— Меня удивляет, что мы через день будем там!

— Ах, вот оно что!

— Да, капитан, я удивлен! Хотя, плавая на борту «Наутилуса», пора бы перестать удивляться чему бы то ни было!

— Но все же, что именно вас так удивило?

— Какую же скорость должен развить «Наутилус», чтобы в один день перенести нас в Средиземное море, обойдя африканский материк и обогнув мыс Доброй Надежды!

— Кто вам сказал, господин профессор, что мы обойдем Африку и станем огибать мыс Доброй Надежды?

— Помилуйте, если «Наутилус» не поплывет по суше и не пронесется по воздуху над Суэцким перешейком…

— Или под ним, господин Аронакс!

— Под перешейком?

— Разумеется, — спокойно отвечал капитан Немо. — Природа давно уже соорудила под этой полоской земли то, что люди сооружают теперь на ее поверхности.

— Как! Неужто есть подземный проход?

— Да, подземный проход, названный мною Аравийским туннелем. Он начинается под Суэцем и доходит по Пелузиума.

— Но ведь Суэцкий перешеек образовался из наносных песков?

— До известной степени! Но на глубине пятидесяти метров уже начинается неколебимый гранитный слой.

— И вы случайно обнаружили подземный проход? — спросил я, все более и более удивляясь.

— И случайно и обдуманно, господин профессор! И помог тут не столько случай, сколько пытливость ума.

— Слушаю вас, капитан, и не верю своим ушам.

— Ах, сударь! Aures habent et non audient [18] — это свойственно всем временам. Подземный проход не только существует, но и служит водным путем! Не однажды я уже пользовался им. Иначе я не решился бы сейчас войти в замкнутое Красное море.

— Быть может, я буду нескромен, спросив вас, как вы обнаружили этот туннель?

— Сударь, — отвечал капитан Немо, — какие тайны могут быть между людьми, связанными навсегда!

Я сделал вид, что не понял намека, и ожидал, что скажет капитан Немо.

— Господин профессор, — начал он, — пытливость натуралиста навела меня на мысль, что под Суэцким перешейком должен существовать проход, никому не известный. Я заметил, что в Красном море и в Средиземном встречаются совершенно одинаковые виды рыб, как то: ошибень, губан радужный, долгопер. Установив этот факт, я задал себе вопрос, нет ли сообщения между этими морями? Ежели оно существовало, то ввиду более высокого уровня воды в Красном море подземное течение непременно должно было брать свой исток оттуда, а не из Средиземного моря. Чтобы проверить себя, я выловил в большом количестве разных рыб в водах окрест Суэца. Я надел каждой рыбке по медному кольцу на хвост и пустил их в воду. Спустя несколько месяцев у берегов Сирии в сети попались рыбы с моими опознавательными

---

[18] Имеют уши — и не услышат (лат.)

кольцами. Подземное сообщение между двумя морями было доказано. Я пустился в поиски прохода, отыскал его, рискнул ввести в него свое судно. И через короткое время вы, господин профессор, переправитесь через мой Аравийский туннель![19]

[19] Существование подземного прохода между Средиземным и Красным морями — фантастический вымысел.

5. Аравийский туннель

В тот же день я передал Конселю и Неду Ленду ту часть нашей беседы с капитаном Немо, которая должна была их интересовать. Когда я сказал, что через два дня мы будем в водах Средиземного моря, Консель захлопал в ладоши, а канадец пожал плечами.

— Подводный туннель! — воскликнул он. — Сообщение между морями! Слыхано ли это?

— Друг Нед, — отвечал Консель, — а вы когда-нибудь слышали о «Наутилусе»? Нет! Однако он существует. Итак, не пожимайте плечами понапрасну и не отвергайте существование вещей под предлогом, что вы о них не слыхали.

— Поживем, увидим! — возразил Нед Ленд, покачав головой. — Впрочем, чего лучше, если проход, о котором толкует капитан, и впрямь существует! И хвала небу, если ему удастся переправить нас в Средиземное море!

В тот же вечер, под 21°30′ северной широты, «Наутилус», всплыв на поверхность моря, шел в виду аравийских берегов. Вдали виднелся город Джидда, важный торговый пункт таких стран, как Египет, Сирия, Турция и Индия. Я довольно ясно различал очертания домов, корабли, пришвартованные вдоль набережных, и те, которые из-за своего водоизмещения вынуждены были бросить якорь на рейде. Солнце, клонившееся к закату, бросало последние лучи на городские здания, слепившие своей белизной. За городом виднелись деревянные или тростниковые хижины бедуинов, ведущих оседлый образ жизни.

Вскоре вечерние тени окутали город, и «Наутилус» быстро стал погружаться в слегка фосфоресцирующие воды.

На другой день, 10 февраля, показались встречные суда. «Наутилус» опять пошел под воду. Но в полдень, к моменту определения координат, море было пустынно, и судно вновь всплыло на уровень своей ватерлинии.

Я вышел на палубу вместе с Недом и Конселем. На востоке, в мглистом тумане, едва вырисовывалась линия берега.

Опершись о дно шлюпки, мы беседовали на разные темы, как вдруг Нед Ленд, указывая рукой на какую-то точку в море, сказал:

— Вы ничего не видите, господин профессор?

— Ровно ничего, Нед! — отвечал я. — Но вы же знаете, я не хвалюсь зоркостью глаз.

— Смотрите хорошенько, — сказал Нед. — Вон там, впереди нас, по штирборту, почти вровень с прожектором! Неужто не видите?

— В самом деле, — сказал я, пристально вглядевшись, — на воде как будто движется какое-то темное длинное тело.

— Второй «Наутилус»! — сказал Консель.

— Ну, нет! — возразил канадец. — Если не ошибаюсь, это какое-то морское животное.

— Неужели в Красном море водятся киты? — спросил Консель.

— Да, друг мой, — отвечал я. — Киты тут изредка попадаются.

— Только это не кит, — заметил Нед Ленд, не сводивший глаз с темной массы. — Киты — мои старые знакомцы, я узнаю их издали!

— Запасемся терпением, — сказал Консель. — «Наутилус» идет в ту сторону, и мы скоро узнаем, что это за штука!

Действительно, мы скоро были на расстоянии одной мили от заинтриговавшего нас предмета. Темная глыба напоминала вершину подводной скалы, выступившую из вод в открытом море! Но все же что это такое? Я не мог еще этого определить.

— Ба! Да оно плывет! Ныряет! — воскликнул Нед Ленд. — Тысяча чертей! Что это за животное? Хвост у него не раздвоен, как у китов или кашалотов, а плавники похожи на обрубки конечностей.

— Но в таком случае... — начал было я.

— Фу-ты! — кричит канадец. — Оно поворачивается на спину. Ба! Да у него сосцы на груди!

— Э, э! Да это ж сирена! — кричит Консель. — Настоящая сирена! Не в обиду будь сказано господину профессору.

«Сирена»! Слово это навело меня на правильный путь. Я понял, что мы встретили животное из отряда сиреновых, которое легенда превратила в фантастическое морское существо — полуженщину, полурыбу.

— Нет, — сказал я Конселю, — это не сирена, а другое любопытное животное, которое еще изредка попадается в Красном море. Это дюгонь.

— Из отряда сиреневых, класса млекопитающих, высшего класса позвоночных животных, — отрапортовал Консель.

Объяснение Конселя не вызвало возражений.

Однако Нед Ленд был начеку. У него глаза разгорелись при виде животного. Рука канадца готовилась метнуть гарпун. Короче говоря, наш Гарпунер выжидал момента броситься в море и сразиться с животным в его родной стихии!

— О, — сказал он голосом, дрожавшим от волнения, — мне еще не доводилось бить «таких»!

Весь человек сказался в этом слове.

В эту минуту капитан Немо показался на палубе. Он сразу же заметил дюгоня, понял волнение канадца и обратился прямо к нему:

— Ежели бы при вас был гарпун, он жег бы вам руку, не так ли?

— Верно, сударь!

— И вы не отказались бы вернуться на денек к своей профессии китолова и внести это китообразное в перечень ваших трофеев?

— Не отказался бы!

— Ну, что ж, попытайте счастье!

— Благодарю вас, сударь! — ответил Нед Ленд, сверкнув глазами.

— Только смотрите, — продолжал капитан, — не промахнитесь! Это в ваших интересах.

— Неужели дюгонь такое опасное животное? — спросил я, не обращая внимания на канадца, который выразительно пожал плечами.

— В некоторых случаях, — отвечал капитан. — Бывает, что животное бросается на китоловов и опрокидывает их суденышко. Но не мистеру Ленду бояться дюгоня. У него верный глаз и твердая рука. Я особенно рекомендовал бы ему не упускать дюгоня, потому что его мясо считается тонким блюдом, а мистер Ленд не прочь полакомиться.

— А-а! — сказал канадец, — так оно еще позволяет себе роскошь иметь вкусное мясо?

— Да, мистер Ленд! Мясо дюгоня не отличишь от говяжьего, и оно чрезвычайно ценится. В Меланезии его подают только к княжескому столу. Но за этим превосходным животным охотятся столь хищнически, что дюгонь, как и ламантин, встречается все реже и реже.

— А что, если случайно этот дюгонь последний в своем роде? — серьезно спросил Консель. — Не следует ли его поберечь в интересах науки?

— Все может быть, — отвечал канадец, — но в интересах кулинарии следует за ним поохотиться.

— Итак, за дело, мистер Ленд! — сказал капитан Немо.

Тем временем семь человек из команды «Наутилуса», как всегда безмолвных и невозмутимых, взошли на палубу. Один из них держал в руке гарпун, привязанный к веревке, вроде тех, какими пользуются китобои. Шлюпку сняли с привязей, вынули из гнезда, спустили на воду. Шестеро гребцов сели за весла, седьмой стал за руль. Нед, Консель и я поместились на корме.

— А вы, капитан? — спросил я.

— Я не поеду, сударь. Желаю счастливо поохотиться!

Шлюпка отчалила. Гребцы дружно взялись за весла, и мы понеслись навстречу дюгоню, плававшему в двух милях от «Наутилуса».

Приблизившись к дюгоню на несколько кабельтовых, шлюпка пошла медленнее, и весла бесшумно опускались в спокойные воды. Нед Ленд с гарпуном в руке стал на носу. Как известно, к китобойному гарпуну привязываются длиннейшие веревки, которые легко разматываются, когда раненое животное уходит в воду. Но тут веревка была не длиннее десяти маховых саженей, и другой конец ее был привязан к пустому бочонку, который должен был указывать, в каком месте под водою находится дюгонь.

Я привстал и внимательно разглядывал противника нашего канадца. Дюгонь, или, как его называют, индийский морж, имеет большое сходство с ламантином. Его продолговатое тело оканчивается чрезвычайно длинным хвостом, а боковые плавники настоящими пальцами. Все отличие от ламантина состояло в том, что его верхняя челюсть была снабжена двумя длинными и острыми зубами, образующими по обе стороны пасти расходящиеся клыки.

Дюгонь, за которым Нед Ленд охотился, был колоссальных размеров — не менее семи метров в длину. Животное не двигалось с места. Казалось, дюгонь уснул на поверхности воды.

Шлюпка бесшумно подошла сажени на три к животному. Я вскочил на ноги. Нед Ленд, откинувшись несколько назад и занеся руку, метнул гарпун.

Послышался свист, и дюгонь исчез под водою. Видимо, удар гарпуна, пущенного с большой силой, пришелся по воде.

— Тысячи чертей! — вскричал взбешенный канадец. — Я промахнулся!

— Полноте, — сказал я, — животное ранено, вот следы крови на воде! Но оно увлекло с собою и ваш снаряд.

— Гарпун! Мой гарпун! — кричал Нед Ленд.

Матросы снова взмахнули веслами, и рулевой повел шлюпку в направлении бочонка, который мирно покачивался на волнах. Выловив гарпун, мы стали выслеживать животное.

Дюгонь всплывал время от времени на поверхность моря, чтобы подышать. Ранение, видимо, не обессилило животное, потому что плыло оно с удивительной быстротой. Шлюпка, при взмахах весел в сильных руках, неслась по следам животного. Иной раз мы почти нагоняли его, и канадец уже заносил свой гарпун, но дюгонь всякий раз уходил под воду — недосягаемый для гарпунщика.

Можно себе представить, как гневался и бушевал нетерпеливый Нед Ленд! Он проклинал несчастное животное в самых крепких выражениях, существующих в английском языке. А я был раздосадован, что дюгонь разрушает все наши хитроумные планы.

Мы выслеживали дюгоня в течение целого часа, и я уже начинал склоняться к мысли, что животное неуловимо, как вдруг бедняге вздумалось отомстить своим преследователям. Животное оборотилось в нашу сторону и ринулось прямо на шлюпку.

Маневр животного не ускользнул от канадца.

— Внимание! — крикнул он.

Рулевой произнес несколько слов на своем загадочном наречии, очевидно приказывая матросам быть настороже.

Дюгонь, подплыв футов на двадцать от шлюпки, втянул воздух своими широкими ноздрями, находившимися не в нижней, а в верхней части рыла. Передохнув, он снова бросился к шлюпке.

Мы не успели увернуться от удара, шлюпка накренилась и изрядно зачерпнула воды, которую пришлось вычерпывать. Но благодаря ловкости рулевого удар пришелся наискось, а не в лоб, и мы не опрокинулись. Нед Ленд, взобравшись на форштевень, осыпал ударами гарпуна гигантское животное, которое, вонзив клыки в планшир, поднимало шлюпку над водой, как лев поднимает в воздух козленка.

Мы повалились друг на друга. Не знаю, чем кончилось бы это происшествие, если б взбешенный канадец не нанес, наконец, животному удара в самое сердце.

Послышался скрежет зубов о железную обшивку шлюпки, и дюгонь скрылся под водой, увлекая за собой наш гарпун! Но вскоре бочонок всплыл на поверхность воды, а через короткое время показалась туша животного, опрокинутая на спину. Мы зацепили багром тушу дюгоня, взяли ее на буксир и направились к «Наутилусу».

Пришлось пустить в ход самые крепкие тали, чтобы поднять дюгоня на палубу судна. Туша животного весила пять тысяч килограммов. Разделка туши производилась под наблюдением канадца, который вникал во все подробности этой операции. В тот же день стюард подал мне к столу блюдо, искусно приготовленное из мякоти дюгоня судовым поваром. Мясо дюгоня показалось мне вкуснее телятины и, пожалуй, не уступало говяжьему.

На следующий день, 11 февраля, кладовая «Наутилуса» обогатилась еще одной превосходной дичью. Стая морских ласточек опустилась на палубу «Наутилуса».

Это были нильские крачки, или чеграва, вид sterna nilotca. Они водятся только в Египте. У них черный клюв, серая голова, белые крапинки вокруг глаз, спинка, крылышки и хвост сероватые, брюшко и горло белые, лапки красные. Мы еще поймали несколько дюжин нильских уток. Нильские крачки чрезвычайно вкусная птица. Шея у них и верхняя часть головы белая с черными пятнышками.

«Наутилус» шел средним ходом. Он, так сказать, прогуливался! Я заметил, что по мере приближения к Суэцу вода в Красном море становилась менее соленой.

Около пяти часов вечера мы завидели на севере мыс Рас-Мухаммед. Мыс этот образует оконечность Каменистой Аравии, лежащей между заливом Суэца и заливом Акабы.

«Наутилус» через пролив Губаль вошел в Суэцкий залив. Я хорошо видел высокую вершину мыса Рас-Мухаммед, господствующую над двумя заливами. То была гора Ореб, библейский Синай, на вершине которого Моисей встретился лицом к лицу с богом.

В шесть часов «Наутилус», то погружаясь, то всплывая на поверхность, прошел в виду города Тор, лежащего в глубине бухты, воды которой, как уже наблюдал капитан Немо, имели красноватый оттенок. Наступила ночь. Глубокая тишина нарушалась лишь криком пеликана, или какой-нибудь другой ночной птицы, шумом прибоя, разбивавшегося о прибрежные утесы, либо отдаленными гудками пароходов, тревоживших воды залива неугомонным хлопаньем лопастей своего винта.

От восьми до девяти часов «Наутилус» шел в нескольких метрах под водою. По моим расчетам, мы находились неподалеку от Суэцкого перешейка. Сквозь окна салона я видел основания прибрежных скал, ярко освещенные нашим прожектором. Мне казалось, что пролив постепенно суживается.

В четверть десятого судно всплыло на поверхность. Я поспешил на палубу. Я сгорал от нетерпения войти скорее в туннель капитана Немо. Мне не сиделось на месте, и я жадно вдыхал свежий ночной воздух.

Вскоре на расстоянии мили от нас блеснул огонек, ослабленный ночным туманом.

— Плавучий маяк, — сказал кто-то позади меня.

Обернувшись, я увидел капитана.

— Суэцкий плавучий маяк, — продолжал он. — Мы скоро подойдем к входу в туннель.

— Пожалуй, не так просто войти в него? — спросил я.

— Разумеется, сударь. Поэтому я вменил себе в обязанность находиться в рубке штурмана и лично управлять судном. А теперь, господин Аронакс, не угодно ли спуститься вниз. «Наутилус» погрузится под воду и всплывет на поверхность лишь после того, как мы минуем Аравийский туннель.

Я последовал за капитаном Немо. Ставни задвинулись, резервуары наполнились водой, и судно ушло на десять метров под уровень моря.

Я хотел было войти в свою каюту, но капитан остановил меня.

— Господин профессор, — сказал он, — не хотите ли побыть со мною в штурвальной рубке?

— Я не смел вас просить об этом, — отвечал я.

— Ну, что ж, пойдемте! Вы увидите оттуда все, что можно увидеть во время подводного и вместе с тем подземного плавания.

Капитан Немо подвел меня к среднему трапу. Поднявшись на несколько ступеней, он отворил боковую дверь, и мы оказались в верхнем коридоре, в конце которого помещалась рубка, находившаяся, как было сказано, на носу судна.

Рубка на «Наутилусе» представляла собою квадрат, стороны которого равнялись шести футам, и несколько напоминала рубки на пароходах, ходивших по Миссисипи и Гудзону. Посредине ее помещался штурвал, соединенный штуртросами с рулем управления, проходившими до самой кормы судна. Четыре иллюминатора с черепитчатыми стеклами позволяли рулевому наблюдать во всех направлениях.

В рубке было темно; но скоро глаза освоились с темнотой, и я различил фигуру штурмана, державшего обе руки на штурвале. Море ярко освещалось прожектором, находившимся позади рубки, в другом конце палубы.

— Ну, а теперь, — сказал капитан Немо, — поищем вход в туннель.

Электрические провода соединяли рубку с машинным отделением, и капитан мог одновременно управлять направлением и скоростью хода «Наутилуса». Он нажал металлическую кнопку, и в ту же минуту винт уменьшил число оборотов.

Я молча глядел на отвесную гранитную стену — неколебимое подножие песчаного берегового массива. Мы шли в течение часа вдоль этой стены, тянувшейся несколько метров. Капитан Немо не сводил глаз с компаса, висевшего на двух концентрических кругах. По знаку капитана рулевой поворачивал штурвал, поминутно меняя направление судна.

Я поместился возле иллюминатора бакборта и любовался великолепным зодчеством кораллов, зоофитов, водорослей и ракообразных, протягивавших свои огромные лапы из всех расселин в скалах.

Четверть одиннадцатого капитан Немо стал у руля. Широкая галерея, темная и глубокая, зияла перед нами. «Наутилус» смело вошел под ее мрачные своды. Непривычный шум послышался по ту сторону борта. То бурлили воды Красного моря, стремившиеся по склону туннеля в Средиземное море. Судно, увлекаемое стремниной, неслось как стрела, несмотря на все усилия судовой машины затормозить скорость хода, сообщив винту обратное вращение.

Огненные блики, борозды, зигзаги — световые эффекты электрического прожектора — исчерчивали стены узкого прохода, вдоль которого мы устремлялись с бешеной скоростью. Сердце отчаянно колотилось, и я невольно приложил руку к груди.

В десять часов и тридцать пять минут капитан Немо передал штурвал рулевому и, обращаясь ко мне, сказал:

— Средиземное море!

«Наутилус», увлекаемый течением, прошел под Суэцким перешейком менее чем в двадцать минут.

6. Греческий архипелаг

На следующий день, 12 февраля, чуть забрезжил рассвет, «Наутилус» всплыл на поверхность воды. Я бросился на палубу. В трех милях от нас, на южной стороне горизонта, смутно вырисовывался силуэт древнего Пелузиума. Подземный поток перенес нас с одного моря в другое. Спуск по пологому руслу потока был легок, но разве можно было вернуться обратно тем же путем, с таким крутым подъемом и против течения?

Около семи часов утра Нед Ленд и Консель тоже вышли на палубу. Неразлучные друзья спокойно проспали всю ночь, совсем не интересуясь подвигами «Наутилуса».

— Ну-с, господин натуралист, — обратился ко мне канадец шутливым тоном, — а где же Средиземное море?

— Мы плывем по нему, друг Нед.

— Э-э! — сказал Консель. — Значит, нынешней ночью...

— Нынешней ночью мы в несколько минут прошли через непроходимый перешеек.

— Я этому не верю, — отвечал канадец.

— И напрасно, мистер Ленд! — возразил я. — Низменный берег, что виднеется на юге, египетский берег!

— Рассказывайте, сударь! — возразил упрямый канадец.

— Ежели сударь говорит, — сказал Консель, — надо ему верить.

— Послушайте, Нед, — сказал я, — капитан оказал мне честь, показав свой туннель. Я был вместе с ним в штурвальной рубке. Он сам вел «Наутилус» через этот узкий проход.

— Слышишь, Нед? — сказал Консель.

— У вас отличное зрение, Нед, — прибавил я, — и вы легко различите выступающий далеко в море мол гавани Порт-Саида.

Канадец стал пристально вглядываться.

— Да, — сказал он, — вы правы, господин профессор, и ваш капитан — мастер своего дела. Мы в Средиземном море. Ну, стало быть, потолкуем, если угодно, о наших делишках, но так, чтобы никто не мог нас подслушать.

Я хорошо видел, куда клонит канадец. «Но все же, — подумал я, — лучше поговорить с ним, если ему так хочется»; и мы, все трое, сели возле прожектора, где нас не так захлестывало волной.

— Ну-с, слушаем вас, Нед, — сказал я. — Что скажете?

— А вот что я скажу, — отвечал канадец. — Мы в Европе. И прежде чем капитану Немо придет фантазия погрузиться на дно полярных морей или плыть обратно в Океанию, надо удирать с «Наутилуса»!

Признаюсь, что дискуссии с канадцем на эту тему меня смущали. Я никоим образом не желал стеснять моих спутников в их действиях, но у меня не было ни малейшего желания расставаться с капитаном Немо. Благодаря ему, благодаря его судну я пополнял каждодневно свои познания в области океанографии, я заново писал свою книгу, посвященную тайнам морских глубин, в самом лоне водной стихии. Представится ли еще случай наблюдать чудеса, скрытые в океане? Конечно, нет! И я не мог свыкнуться с мыслью, что нужно покинуть «Наутилус», не завершив цикла наших океанологических исследований.

— Друг Нед, — сказал я, — отвечайте мне откровенно. Неужели вы скучаете на борту «Наутилуса»? Сожалеете, что судьба бросила вас в руки капитана Немо?

Канадец ответил не сразу. Потом, скрестив руки на груди, он заговорил.

— Откровенно говоря, — сказал он, — я не сожалею, что мне довелось совершить подводное путешествие. Я буду вспоминать о нем с удовольствием, но для этого надо, чтобы оно кончилось. Вот мое мнение.

— Оно кончится, Нед.

— Где и когда?

— Где? Не знаю. Когда? Не могу сказать, но думаю, что плавание наше окончится, когда все моря откроют нам свои тайны. Всему на свете приходит конец!

— Я согласен с господином профессором, — сказал Консель. — И может статься, что, объездив все моря земного шара, капитан Немо отпустит нас, всех троих, на волю!

— Отпустит! — вскричал канадец. — Вышвырнет, вы хотите сказать?

— Постойте, постойте, мистер Ленд! — возразил я. — Капитана нам нечего бояться, но я все же не согласен с Конселем. Мы нечаянно овладели тайной капитана Немо, и я не думаю, что он позволит, чтобы мы разнесли по свету весть о его «Наутилусе».

— На что же вы надеетесь? — спросил канадец.

— Надеюсь, что в будущем обстоятельства сложатся благоприятнее, и мы ими воспользуемся. Нынче ли, через шесть ли месяцев — не все ли это равно?

— Неужели! — насмешливо произнес Нед Ленд. — А скажите, пожалуйста, господин натуралист, где мы будем через шесть месяцев?

— Может быть, здесь же, а может быть, в Китае. Вы же знаете, «Наутилус» — быстроходное судно. Он проносится по океанам, как ласточка в воздухе или курьерский поезд на материке! Он не боится заплывать в европейские моря. Кто поручится, не пойдет ли он близ побережий Франции, Англии или Америки, где условия для побега будут еще благоприятнее?

— Господин Аронакс, — отвечал канадец, — ваши доводы грешат против здравого смысла. Вы говорите в будущем времени: «Мы будем там! Мы будем тут!» А я говорю в настоящем времени: «Мы тут, и надо этим воспользоваться!»

Логика Неда Ленда выбивала меня с моих позиций, и я чувствовал себя побежденным. Доводы в пользу моего предложения были исчерпаны.

— Сударь, — продолжал Нед Ленд, — допустим невозможное: капитан Немо нынче же предложит вам покинуть «Наутилус». Воспользуетесь вы его предложением?

— Не знаю, — отвечал я.

— А если он скажет, что вторично такого предложения он не сделает? Как вы к этому отнесетесь?

Я промолчал.

— А что скажет Консель?

— Друг Консель, — спокойно отвечал тот, — друг Консель ничего не скажет. Ему совершенно безразлично, как разрешится этот вопрос. Он холост, как и его хозяин, как и его приятель. Ни жена, ни родители, ни дети, никто не ждет его на родине. Он служит у господина профессора, и думает и говорит, как господин профессор. К величайшему сожалению, на него нечего рассчитывать, чтобы получить большинство при голосовании этого вопроса. Тут две стороны: господин профессор и Нед Ленд. Все этим сказано! Друг Консель весь внимание! Он готов приступить к подсчету шаров.

Я невольно улыбнулся, слушая комическую речь Конселя. В глубине души канадец, конечно, был доволен, что избавился от лишнего противника.

— Итак, сударь, — сказал Нед Ленд, — раз Консель не участвует в споре, решать вопрос придется нам с вами. Я все сказал. Вы меня выслушали. А теперь что вы скажете?

Приходилось принять решение, увертки мне претили.

— Друг Нед, — сказал я. — Вот мой ответ. Вы правы, и мои доводы менее вески, нежели ваши. Капитан Немо по своей воле не отпустит нас, на это нечего надеяться. Из чувства самосохранения он не выпустит нас на свободу. Но из того же чувства самосохранения нам придется при первом удобном случае покинуть борт «Наутилуса».

— Мудро сказано, господин Аронакс!

— Но еще одно замечание, — сказал я. — Нужно выждать момент действительно благоприятный. Нужно, чтобы наша попытка увенчалась успехом. В случае провала мы пропали! Капитан Немо этого никогда не простит нам.

— Все это так, — отвечал канадец. — Но ваше замечание одинаково относится к любой попытке бежать с судна, будь то через два года или через два дня. Стало быть, вопрос стоит так: будет удобный случай, надо им воспользоваться!

— Согласен. А теперь скажите-ка, Нед, что вы называете удобным случаем?

— Ну, предположим, выдастся темная ночь, судно идет поблизости от европейских берегов… Вот вам и удобный случай!

— И вы попытаетесь спастись вплавь?

— Конечно, попытаюсь, если судно будет идти по поверхности моря, в виду берега. А если же судно погрузится под воду…

— Ну-с, а в таком случае?

— В таком случае попытаюсь захватить шлюпку. Я знаю, как с ней обращаться. Проберемся внутрь шлюпки и, отвинтив затворы, всплывем на поверхность. Штурман из своей рубки на носу судна не заметит нашего бегства.

— Ну, что ж, Нед Ленд! Ловите удобный случай! Но не забывайте, что неудача нас погубит.

— Не забуду, сударь.

— А теперь, Нед, хотите выслушать мое мнение насчет ваших планов?

— Охотно, господин Аронакс.

— Я думаю, — не говорю «надеюсь», — что такого удобного случая не представится.

— Почему?

— Потому что капитан Немо трезво смотрит на вещи и, конечно, будет стеречь нас, особенно вблизи европейских берегов.

— Я держусь одного мнения с господином профессором, — сказал Консель.

— Поживем, увидим! — отвечал Нед Ленд, тряхнув головой, как настоящий сорванец.

— А теперь, Нед Ленд, — прибавил я, — на этом окончим нашу беседу. Ни слова более! В тот день, когда вы вздумаете бежать, вы нас предупредите, и мы последуем за вами. Я вполне полагаюсь на вас.

Так окончился наш разговор, который должен был иметь такие серьезные последствия. Скажу кстати, что, к великому огорчению канадца, события, по-видимому, подтверждали мои предположения. Не доверял ли нам капитан Немо, плавая в европейских морях, или же он избегал встречи с судами всех наций, во множестве бороздивших Средиземное море? Не знаю. Но мы шли большей частью под водой и на далеком расстоянии от берегов. Порою «Наутилус» всплывал на поверхность настолько, что из воды выступала штурвальная рубка, но чаще судно погружалось на глубины, весьма значительные в здешних водах. Так, между Греческим архипелагом и Малой Азией, погружаясь на глубину двух тысяч метров, мы не достигали дна.

О том, что мы прошли мимо острова Карпатос, из группы островов Южные Спорады, я узнал от капитана Немо, который, указав какую-то точку на карте, произнес стих Виргилия:

Est in Carpathio Neptuni gurgite vates
Coeruleus Proteus...[20]

То был легендарный остров, владения Протея, древнего пастуха Нептуновых стад, нынешний остров Скарпанто, лежащий между Родосом и Критом. Я видел лишь через окно в салоне его гранитное подножие.

---

[20] *Есть у Нептуна в глуби Карпатосских вод прорицатель, Это лазурный Протей...*
(Виргилий, «Георгики», кн. IV)

На следующий день, 14 февраля, я решил посвятить несколько часов изучению рыб Греческого архипелага. Но в тот день по каким-то причинам герметические ставни в салоне не раздвигались. Установив по карте координаты, я увидел, что мы идем в направлении Кании, к древнему острову Криту. В те дни, когда я уходил в плавание на борту «Авраама Линкольна», пришло известие, что население этого острова восстало против турецкого ига. Но чем кончилось восстание, я не знал; и, конечно, не капитан Немо, порвавший все связи с землей, мог дать мне эти сведения.

Вечером, встретившись с капитаном Немо в салоне, я не стал касаться этой темы. Кстати, мне показалось, что капитан в мрачном настроении и чем-то озабочен. Вопреки обыкновению он приказал раздвинуть ставни обоих окон и, переходя от одного окна к другому, пристально всматривался в водную ширь. Что это означало? Я не стал гадать и занялся изучением рыб, проносившихся мимо окон.

Тут были бычки-афизы, упоминаемые Аристотелем и известные в просторечии под названием морских вьюнов, которые встречаются обычно в соленых водах близ дельты Нила. Среди них извивались фосфоресцирующие пагры из семейства морских карасей; египтяне причисляли этих рыб к священным животным, и появление их в водах Нила отмечалось религиозными церемониями, ибо оно предвещало разлив реки, а стало быть, и хороший урожай. Я заметил также хейлин, костистых рыб, с прозрачной чешуей, синеватого цвета, в красных пятнах; они большие любители морских водорослей, что придает их мясу нежность и приятный вкус. Потому-то хейлины были излюбленным блюдом гурманов древнего Рима; внутренности их, приправленные молоками мурен, мозгом павлинов и языками фламинго, составляли дивное блюдо, приводившее в восхищение Вителлия.

Еще один обитатель здешних вод привлек мое внимание и воскресил в памяти легенды древнего Рима. Это рыба-прилипало, которая путешествует, присосавшись к брюху акул. По преданию, эта рыбка, вцепившись в подводную часть судна, останавливала корабли; и, говорят, одна из них приковала к месту трирему Антония и тем самым помогла Августу одержать победу. От чего только не зависят судьбы народов! Мимо окон проплыли прелестные антиасы из семейства морских карасей, священные рыбы древних греков, которые приписывали им способность изгонять морских чудовищ из тех водоемов, где они водились; антиас — по-гречески означает *цветок;* и рыбки вполне оправдывают это название игрою красок, богатством оттенков, включающих всю гамму красного цвета, начиная от бледно-розового до рубинового, и серебряными отблесками на их грудных плавниках. Не отводя глаз, любовался я чудесами морских глубин, как вдруг новое явление потрясло меня.

В водах показался человек, водолаз, с кожаной сумкой у пояса. То не было безжизненное тело, преданное на волю волн. То был живой человек, который плыл, рассекая воду взмахами сильных рук. Он то всплывал на поверхность, чтобы перевести дыхание, то снова нырял в воду.

Я оборотился к капитану Немо и взволнованным голосом крикнул:

— Человек тонет! Надо спасти его! Спасти во что бы то ни стало!

Капитан Немо бросился к окну.

Человек подплыл и, прильнув лицом к стеклу, глядел на нас.

К моему глубокому удивлению, капитан Немо сделал ему знак рукой. Водолаз ответил утвердительным кивком головы и, всплыв на поверхность, не появлялся больше.

— Не волнуйтесь! — сказал капитан Немо. — Это Николя с мыса Матапан, по прозвищу «Рыба». Он известен на всех островах Киклады. Отличный пловец! Вода — это его стихия. Он больше живет в воде, чем на суше! Вечно в плаванье! С одного острова он переплывает на другой, и так до самого Крита!

— Вы знаете его, капитан?

— А почему бы мне его не знать, господин Аронакс?

С этими словами капитан Немо подошел к шкафу, стоявшему по левой стороне окна. Возле шкафа находился окованный железом сундук с медной пластинкой на крышке, на которой был выгравирован девиз «Наутилуса»: «Mobllis in mobile».

Пренебрегая моим присутствием, капитан Немо открыл шкаф, представлявший собою сейф, наполненный слитками.

То были слитки золота. Откуда тут взялся этот драгоценный металл? И на такую баснословную сумму! Откуда капитан Немо брал столько золота? И что он собирался с ним делать?

Я слова не обронил и смотрел во все глаза.

Капитан Немо вынимал из шкафа слиток за слитком и аккуратно укладывал их в сундук, пока тот не наполнился доверху. По-моему, тут было более тысячи килограммов золота; короче говоря, около пяти миллионов франков.

Он тщательно запер сундук, написал на крышке адрес на новогреческом языке, как мне показалось.

Затем капитан Немо нажал кнопку электрического звонка, проведенного в кубрик команды. Пришли четыре матроса и не без труда вынесли сундук из салона. Я слыхал, как они волочили его на талях по железным ступеням трапа.

Тут капитан Немо оборотился ко мне.

— Что вы сказали, господин профессор? — спросил он.

— Я ничего не говорил, капитан, — отвечал я.

— В таком случае позвольте пожелать вам покойной ночи, сударь!

Сказав это, капитан Немо вышел из салона.

Вернувшись в каюту, я напрасно пытался уснуть. Я был крайне заинтригован поведением капитана. Какая связь была между появлением водолаза и сундуком, набитым золотом? Вскоре по легкой боковой и килевой качке я понял, что «Наутилус» всплыл из глубинных слоев на поверхность вод.

Послышался топот ног на палубе. Стало быть, отвинчивают шлюпку и спускают ее на воду! Шлюпка слегка толкнулась о корпус «Наутилуса», и все стихло.

Прошло два часа. Шум и топот ног на палубе возобновился. Но вот шлюпку подняли на борт, водворили в гнездо, и «Наутилус» снова пошел под воду.

Итак, золото было доставлено по адресу. Но в какие края на континенте? Кто был корреспондентом капитана Немо?

На другой день я поделился с Конселем и канадцем впечатлениями минувшей ночи. Они удивились не менее моего.

— Откуда у него такие золотые запасы? — спросил Нед Ленд.

Что можно было ответить? Позавтракав, я пошел в салон и сел за работу. До пяти часов я приводил в порядок свои записи. Вдруг мне стало жарко, я сбросил с плеч свою виссоновую куртку. В чем дело? Мы находились далеко от тропиков, «Наутилус» шел в глубинных слоях, где не ощущалось повышения температуры. Я посмотрел на манометр: мы шли в шестидесяти футах под уровнем моря; на таких глубинах повышение атмосферного давления не оказывает никакого действия.

Я работал, а жара становилась все нестерпимее.

«Не пожар ли на судне?» — подумал я.

Я хотел уже выйти из салона, как на пороге появился капитан Немо. Он подошел к термометру, посмотрел на ртуть и оборотился в мою сторону.

— Сорок два градуса! — сказал он.

— И это чувствительно, капитан, — отвечал я. — Если температура будет повышаться, мы заживо сваримся.

— О господин профессор, температура не повысится, если мы того не пожелаем!

— В вашей власти управлять колебаниями температуры?

— Помилуйте! Но я могу уйти от очага, повышающего температуру.

— Стало быть, такова температура внешней среды?

— Разумеется! Мы плывем в кипящей воде.

— Не может быть! — вскричал я.

— Посмотрите!

Створы раздвинулись, и я увидел белые гребни бурунов вокруг «Наутилуса». Клубы сернистого пара стлались по воде, клокотавшей как в котле. Притронувшись к стеклу, я быстро отдернул руку, так оно было горячо.

— Где мы? — спросил я.

— Близ острова Санторин, господин профессор, — отвечал капитан. — В проливе, который отделяет Неа-Каменни от Палеа-Каменни. Я хотел показать вам подводное извержение вулкана. Явление любопытное!

— Я думал, — сказал я, — что процесс формирования новых островов уже завершился.

— В областях вулканического происхождения процесс формирования никогда не завершается, — отвечал капитан Немо. — Внутренний огонь земли извечно действует в недрах земного шара. По свидетельству Кассиодора и Плиния, еще в девятнадцатом году нашей эры на том самом месте, где недавно образовались эти острова, появился остров Божественная Тейя. Потом остров скрылся под водой, чтобы снова возникнуть в шестьдесят девятом году и снова исчезнуть в морских пучинах. С той поры вулканическая деятельность приостановилась. Но третьего февраля — шел уже тысяча восемьсот шестьдесят шестой год! — новый остров, наименованный островом Георгия, возник среди клубов пара близ Неа-Каменни, а шестого числа того же месяца он слился с Неа-Каменни. Ровно через неделю, тринадцатого февраля, появился остров Афроэсса, образовав между собою и Неа-Каменни пролив шириною в десять метров. Как сейчас помню, каким образом все это произошло. Я был как раз в здешних морях. Я проследил вулканические явления во всех их фазах! Остров Афроэсса, округлой формы, имел в поперечном сечении около трехсот футов и возвышался над уровнем моря на тридцать футов. Он состоял из смеси черной стекловидной лавы и обломков полевого шпата. Но вот десятого марта появился еще островок, немного поменьше, названный Рэка. Острова эти слились с Неа-Каменни и ныне составляют одно целое.

— А где же пролив?

— Вот он, — отвечал капитан Немо, показывая мне карту Греческого архипелага. — Видите, я уже нанес на карту новые острова.

— Со временем пролив может исчезнуть?

— Весьма вероятно, господин Аронакс, ибо в тысяча восемьсот шестьдесят шестом году, как раз напротив порта святого Николая, на Палеа-Каменни появилось восемь островков вулканического происхождения. Можно ожидать, что в ближайшее время Неа и Палеа образуют одно целое. Ежели в Тихом океане рифообразующие кораллы создают материки, то в здешних морях ту же роль играют вулканические извержения. Поглядите, сударь, поглядите-ка, какая кипучая деятельность наблюдается в морских глубинах!

Я подошел к окну. «Наутилус» стоял на месте. Жара была нестерпимая. Вода из белой стала красной от присутствия железистых солей. Несмотря на герметические рамы, в салон проникал удушливый запах серы, и по ту сторону окон вспыхивали порою языки пламени, столь яркого, что меркнул свет прожектора.

Я обливался потом, не хватало воздуха, казалось, вот-вот сварюсь!

— Немыслимо оставаться дольше в этом кипящем котле! — сказал я капитану.

— Да, это было бы неосторожно! — ответил невозмутимый капитан.

Он отдал приказание, «Наутилус» лег на другой галс и вышел из этого пекла, где дальнейшее пребывание становилось небезопасным.

Четверть часа позже мы вздохнули полной грудью, всплыв на поверхность вод.

«Ежели бы Нед Ленд, — подумал я, — избрал для побега здешние воды, живыми мы не вышли бы из этого огненного моря!»

На другой день, 16 февраля, мы покинули этот бассейн, где, между Родосом и Александрией, встречаются впадины глубиною чуть ли не в три тысячи метров. И «Наутилус», обогнув мыс Матапан, вышел в открытое море, оставив позади себя Греческий архипелаг.

7. В сорок восемь часов через Средиземное море

Средиземное море, лазурное море, «Великое море» иудеев, море греков, «mare nostrum» [21] римлян, с побережьями, утопавшими в зелени апельсинных рощ, алоэ, кактусов, морских сосен, овеянное чистым морским воздухом, напоенным благоуханием миртов, в окружении высоких гор, но подверженное вулканическим извержениям, оно поистине является полем битвы, где Нептун и Плутон извечно оспаривают власть над миром. Тут, на этих берегах, в этих водах, говорит Мишле, в этом климате, лучшем на земле, человек черпает новые силы.

Но как бы прекрасно ни было Средиземное море, я мог лишь окинуть беглым, взглядом этот водный бассейн, поверхность которого занимает два миллиона квадратных километров. Я не мог даже обратиться с расспросами к капитану Немо, потому что этот удивительный человек ни разу не показался за все время нашего молниеносного прохождения через Средиземное море. Думаю, что «Наутилус» прошел под водами этого моря около шестисот лье, покрыв это пространство в двое суток. Мы отошли от берегов Греции 16 февраля, а 18 февраля, с восходом солнца, миновали Гибралтарский пролив.

Я понимал, что капитану Немо не по душе Средиземное море, со всех сторон окруженное той землей, от которой он бежал. Слишком много воспоминаний, если не сожалений, будили в нем его лазурные воды, его легкие ветры. Тут не было той свободы в выборе пути, той полной независимости, какую он обретал в океанских просторах. Как и «Наутилусу», ему было тесно в пространстве, замкнутом между берегами Африки и Европы, столь сближенными под этими широтами.

Мы шли со скоростью двадцати пяти миль в час.

---

[21] Наше море (лат.)

Не приходится говорить, что Нед Ленд, к великому огорчению, должен был отказаться от своего намерения нынче же бежать с судна. При скорости «Наутилуса» от двенадцати до тринадцати метров в секунду нельзя было воспользоваться шлюпкой. В таких условиях бежать было так же безрассудно, как выскочить на ходу из вагона курьерского поезда. Кстати сказать, «Наутилус» всплывал на поверхность только ночью, чтобы запастись свежим воздухом, а остальное время шел, следуя показаниям компаса и лага.

Итак, Средиземное море промелькнуло передо мной, как проносится пейзаж перед глазами пассажира курьерского поезда. Короче говоря, мне открывались далекие горизонты, а все остальное, более близкое, ускользало из поля зрения. Все же нам с Конселем удалось наблюдать некоторых средиземноморских рыб, сильные плавники которых позволяли им плыть короткое время вровень с «Наутилусом». Мы проводили многие часы в салоне, сидя у окна. И наши беглые заметки позволяют мне сделать краткий обзор ихтиофауны Средиземного моря.

Рыбы, во множестве населяющие Средиземное море, в большинстве своем ускользнули от моего внимания, иных я видел лишь мельком, но все же некоторых мне удалось наблюдать достаточно. Поэтому позвольте мне, описывая их, придерживаться совершенно фантастической классификации, которая все же вернее всего воспроизведет всю непосредственность моих впечатлений.

В глубинных водах, в полосе яркого света, падавшего от прожектора, извивались миноги в метр длиной, которые водятся почти во всех морях обоих полушарий. Длиннорылые скаты до пяти футов в ширину, белобрюхие, с пятнами на пепельно-серой спине, расстилались по воде словно платки, унесенные течением. Прочие скаты проносились с такой быстротой, что я не мог заключить, оправдывают ли они свое название морских орлов, которое им дали древние греки, или же они заслуживают прозвищ — крысы, жабы, летучие мыши, — которые им присвоили нынешние рыбаки. Собачьи акулы длиною в двенадцать футов, особенно опасные для водолазов, состязались в скорости со скатами.

Морские лисицы, не менее восьми футов в длину, известные тонкостью обоняния, проносились словно синеватые тени. Дорады из семейства морских карасей, достигавшие в длину тридцати сантиметров, щеголяли своим серебристо-лазоревым одеянием с поперечными полосками, отчетливо выступавшими на темном фоне плавников. Рыба эта с золотистыми бровями над глазницами посвящена древними Венере. Этот драгоценный вид морских карасей не брезгует ни солеными, ни пресными водами. Он населяет реки, озера, океаны, осваивается во всех климатах, выносит любую температуру. Вид этот восходит к прежним геологическим периодам земли и поныне сохраняет свою первозданную красоту.

Великолепные осетры длиною в девять-десять метров проносились вслед им, ударяя могучими хвостами в хрустальные стекла, и мы любовались их голубоватой спиной в коричневых пятнышках; осетры схожи с акулами, но уступают им в силе и встречаются во всех морях; весною они вступают в борьбу с течением Волги, Дуная, По, Рейна, Луары и Одера; они питаются сельдью, семгой, треской [22] , несмотря на то, что осетры принадлежат к классу хрящевых рыб, мясо их очень нежное; их едят в свежем виде, вялеными, маринованными и копчеными; некогда осетры подавались с большой торжественностью к столу Лукулла. Но из всех обитателей Средиземного моря лучше всего мне довелось познакомиться, — в то время как «Наутилус» всплывал на поверхность, — с представителями шестьдесят третьего рода костистых рыб. Это были тунцы, у которых спина иссиня-черного цвета, брюхо покрыто серебристой чешуей, а спинные плавники отливают золотом. Говорят, что тунцы сопутствуют судам, укрываясь в их прохладной тени от палящих лучей тропического солнца; и они не опровергали молву, сопровождая наше судно, как некогда сопровождали корабли Лаперуза. В течение многих часов соревновались они в скорости с

[22] Осетры питаются моллюсками, червями и не достигают таких размеров, как указывает Жюль Верн.

«Наутилусом». Я не мог вдоволь наглядеться на этих животных, как нельзя лучше приспособленных для быстрого передвижения: у них маленькая голова, гладкое и веретенообразное тело, у иных оно достигает трех метров в длину; у них необыкновенно сильные грудные плавники, а хвостовой плавник раздвоен вилообразно. Тунцы плыли треугольником, как некоторые перелетные птицы, которым они не уступают в быстроте, что дало основание древним говорить, якобы этим рыбам хорошо известны правила геометрии и стратегии. Однако ничто не спасает их от сетей провансальцев, которые ценят тунца не менее, чем ценили его жители древней Пропонтиды и Рима, и драгоценные животные тысячами погибают в сетях марсельцев.

Попробую назвать тех рыб Средиземного моря, которых нам с Конселем посчастливилось наблюдать более основательно: мимо нас проплывали голубоватые электрические угри[23]; извивались змееобразные мурены в три-четыре метра длиною, раскрашенные в зеленые, голубые и желтые цвета; а там шли мерланы длиною в три фута, печень которых считается изысканным блюдом; лентовидные цеполы, напоминавшие стебли водорослей; проносились триглы, — которым поэты дали прелестное название «рыба-лира», а моряки — прозвище морской петух, — несколько напоминавшие видом своего рыльца лиру древнего Гомера; а дальше — триглы-ласточки плыли с быстротой птиц, чему они и обязаны своим названием; красноголовые морские судаки показывали свой спинной плавник, разукрашенный нитевидными придатками; а там шла сельдь-железница, испещренная черными, серыми, коричневыми, голубыми, желтыми, зелеными пятнами, чувствительная к серебряному звону колокольчиков; блистательные камбалы-тюрбо, настоящие морские фазаны ромбоидальной формы, с желтыми плавниками, сплошь в коричневых точках, верхняя часть боков у них окрашена в коричневые и желтые тона, что придает им вид мрамора. Наконец,

[23] Электрические угри обитают только в пресных водах Южной Америки.

проплыли стаи прелестных барбулек, этих райских птиц океана. Римляне платили по десять тысяч сестерций за одну такую рыбу! Им доставляло удовольствие наблюдать, как, умирая, рыба постепенно теряла свою окраску горной киновари и становилась мертвенно бледной.

И если мне не удалось наблюдать ската-мирале, спинорогов, скалозубов, морских коньков, морских оскалов, морских собачек, султанок, губанов, летучек, анчоусов, морских карасей, камбаловых большеглазых спаров, морскую иглу — словом, всех главных представителей, населяющих Атлантический океан и Средиземное море, то причиной тому головокружительная скорость хода, которую развил «Наутилус», проходя по водам самого продуктивного водоема в мире.

Что касается морских млекопитающих, то, когда мы шли в виду Адриатического моря, нам встретились два или три кашалота из семейства кашалотовых, с одним спинным плавником; несколько дельфинов, характерных для Средиземного моря, — у них передняя часть головы разлинована тонкими светлыми полосками; я видел мельком не менее двенадцати тюленей-белобочек длиной в три метра, с белым животом и черной шерстью, прозванных монахами и, верно, напоминавших доминиканцев.

Консель успел разглядеть черепаху с панцирем шириной в шесть футов, вдоль которого выступали три гребня, или ребра. Я пожалел, что не удалось увидеть это пресмыкающееся, которое, по словам Конселя, видимо, представляло собою редкий вид черепахи. Я же заметил лишь несколько черепах-какуанов с удлиненным спинным щитом.

Что касается зоофитов, я мог полюбоваться всего лишь несколько минут изумительной оранжевой галеолярией, прилипшей к оконному стеклу правого борта, — сифонофорой, снабженной ветвистыми щупальцами, веточки которой переплетались в столь тонком узоре, что никакой паук не мог бы сплести подобного кружева. К сожалению, я не мог выловить этот замечательный экземпляр. Вероятно, мне вовсе не удалось бы увидеть зоофитов в Средиземном море, если б «Наутилус» вечером шестнадцатого числа вдруг не умерил скорость хода. И вот при каких обстоятельствах.

Мы шли между Сицилией и берегом Туниса. В этом узком пространстве, между мысом Бон и Мессинским проливом, морское дно неожиданно поднимается на большую высоту. Образуется настоящий горный хребет, едва прикрытый водным слоем, в толщу метров семнадцать, между тем как по обеим сторонам этой возвышенности дно опускается до ста семидесяти метров под уровнем моря. Поэтому «Наутилус» вынужден был маневрировать, чтобы не натолкнуться на этот подводный барьер.

Я указал Конселю на карте Средиземного моря то место, где проходит гряда подводных рифов.

— С позволения господина профессора, — сказал Консель, — это ж настоящий перешеек, соединяющий Европу с Африкой!

— Да, друг мой, — отвечал я, — исследования Смита показали, что некогда эти материки соединялись между мысом Бон и мысом Фарина узкой полоской земли.

— Охотно верю, — сказал Консель.

— Думаю, — продолжал я, — что подобный барьер некогда существовал между Гибралтаром и Суэтой, и в геологическую эпоху он совершенно замыкал собою вход в Средиземное море.

— Э, э! — сказал Консель. — А что, ежели этот перешеек во время вулканического извержения опять поднимется на поверхность вод?

— Навряд ли, Консель!

— Пусть господин профессор позволит мне закончить мою мысль. Я хочу сказать, что, случись нечто подобное, господин Лессепс огорчился бы. Сколько труда стоит ему его затея прорыть перешеек!

— Согласен с тобою, Консель. Но, повторяю, в наше время нечто подобное случиться не может. Сила внутреннего огня Земли постепенно ослабевает. Вулканы, столь многочисленные в первые дни мироздания, мало-помалу угасают. Внутренний жар уменьшается, температура глубинных слоев земной коры из века в век понижается в ущерб нашей планете, ибо теплота — источник жизни!

— А солнце...

— Солнца недостаточно, Консель! Может ли оно вернуть теплоту охладевшему телу?

— Не думаю...

— Итак, друг мой, когда-нибудь и наша планета превратится в охладевшее тело. Станет необитаемой, как необитаема Луна, давно уже утратившая свою жизненную теплоту.

— И произойдет это через сколько же веков? — спросил Консель.

— Через сотни тысячелетий, друг мой!

— Э, э! — отвечал Консель. — Времени достаточно, чтобы закончить наше подводное путешествие! Вот только бы Нед Ленд не испортил дела!

И Консель, успокоенный моим сообщением, принялся за свои научные занятия, пользуясь тем, что рельеф дна вынуждал наше судно идти средним ходом.

Там, на скалах вулканического происхождения, распустился целый цветник живой флоры: губки, голотурии, прозрачные, как стекло, ктенофоры-цидиппы с красноватыми щупальцами и слегка фосфоресцирующие, ктенофоры-бероэ, известные под названием морских огурчиков, отливающие всеми цветами солнечного спектра, способные передвигаться морские лилии-коматулы, достигающие высоты до одного метра и окрашивающие воды в пурпур. Необыкновенной красоты морские лилии-эвриалии с древовидно-ветвящимися лучами, павонии на длинных стеблях, множество различных видов съедобных морских ежей и зеленых актиний с коричневым диском, скрытым под густой шевелюрой оливковых щупалец.

Внимание Конселя было обращено главным образом на моллюсков и членистоногих. И, хотя номенклатура их несколько суховата, я не хочу обижать моего спутника, не упомянув результаты его собственных наблюдений.

Из представителей моллюсков он упоминает многочисленных двустворчатых моллюсков-спондилов — «ослиное копыто», громоздящихся один на другого, треугольных донаций, трезубчатых стеклушек с прозрачными раковинами, оранжевых голых моллюсков-плевробранхий, яйцевидок, испещренных или усеянных зеленоватыми точками, аплизий, известных также под названием морских зайцев, скоблюшек; упомянуты и мясистые ацеры, характерные для Средиземного моря, морское ушко-галиотис, раковина которого производит драгоценный перламутр, морские гребешки, аномии, которых в Лангедоке, говорят, предпочитают устрицам, столь излюбленные марсельцами кловисы, несколько двустворчаток, в изобилии водящихся у берегов Северной Америки и составляющих предмет широкого потребления в Нью-Йорке, морские гребешки с раковинами различной расцветки, морские финики-литодомусы, забившиеся в свои норы, вкусом напоминающие перец, венерикардии рубчатые, у которых раковина снабжена выпуклой верхушкой и выступающими ребрами, цинтии, покрытые алыми бугорками, карпиарии с загнутыми концами раковины, похожие на гондолы, венценосные феролы, атланты с улитковидной раковиной, серые фетиды в своей бахромчатой мантии с белыми пятнами, голожаберники-эолисы, похожие на маленьких слизняков, каволины, ползающие на спине, аурикулы, рыжеватые скалярии, литорины, жантуры, камнеточцы-петриколы, кабашоны, пандоры и т. д.

Что касается членистых, Консель в своих записках совершенно правильно подразделил их на шесть классов, из которых три класса включают в себя и морских животных: ракообразных, усоногих и кольчатых червей[24].

Класс ракообразных подразделяется на девять отрядов. Первый отряд включает в себя десятиногих, голова и грудь которых слита в головогрудь, прикрытую общим панцирем и несущую пять пар ног.

Консель, следуя нашему учителю Мильн-Эдвардсу, разделяет десятиногих на три подотряда: короткохвостых, длиннохвостых и среднехвостых. Названия эти звучат несколько дико, но они точны и понятны. Между короткохвостыми Консель упоминает своеобразных крабов, лоб которых вооружен двумя расходящимися шипами, крабов-инахусов, которые — не знаю почему — были символом мудрости у древних греков, разные виды крабов-ламбров, видимо случайно попавших на эту подводную скалу, потому что они обычно живут на больших глубинах.

— Ксанто, пилумны, каляппы, — замечает Консель, — зубчатые корнеты, эбалии, стыдливые крабы и прочие.

Консель упоминает обыкновенных лангустов — мясо их самок высоко ценится, — раков-медведей, гебий и все прочие виды съедобных ракообразных. Но он ничего не говорит о семействе астацид, к которому принадлежат омары, потому что лангусты — единственные «омары» Средиземного моря[25]. Наконец, среди среднехвостых он заметил обыкновенных дроцин, спрятавшихся в пеструю раковину, которую они обживают, гомоль с шишковатым лбом, раков-отшельников, порцеллан и проч.

На этом окончились научные труды Конселя. Ему не достало времени пополнить класс ракообразных изучением ротоногих бокоплавов, равноногих, листоногих, усоногих, ракушковых, или остракод, и некоторых других низших ракообразных. И чтобы закончить список морских членистых, он почел необходимым

---

[24] В настоящее время усоногих (Cirripedia) включают в ракообразных, а кольчатых червей рассматривают как самостоятельную группу.

[25] В настоящее время лангусты и омары относятся к разным семействам, а омары известны и из Средиземного моря.

упомянуть также класс кольчатых червей, в который входят различные свободноживущие и сидящие в трубках кольчецы.

Но «Наутилус», миновав горный хребет Ливийского пролива и войдя в глубокие воды, пошел, как обычно, большим ходом. И не стало больше моллюсков, зоофитов и членистоногих! Лишь крупные рыбы, как смутные тени, проносились мимо окон.

В ночь с 16 на 17 февраля мы вошли во второй бассейн Средиземного моря, наибольшая глубина которого достигает трех тысяч метров. «Наутилус», повинуясь рулю глубины, оказался в самых глубинных слоях моря.

Там, в пучинах вод, взамен чудес природы развернулись перед моими глазами сцены волнующие и страшные. Мы шли в той части Средиземного моря, где произошло столько морских катастроф! Сколько кораблей потерпело тут кораблекрушений, сколько судов бесследно исчезло между берегами Алжира и Прованса! В сравнении с обширным водным бассейном Тихого океана Средиземное море всего лишь озеро, но озеро капризное, воды его обманчивы. Нынче оно милостиво ласкает хрупкую тартану, которая плывет между двойной лазурной гладью вод и небес; а завтра, разъяренное, вздыбленное штормом, оно короткими и частыми ударами своих валов разносит в щепы самые большие корабли.

Сколько остовов разбитых кораблей, поверженных на дно моря, видел я во время этой стремительной прогулки в глубинных водных слоях! Якоря, пушки, ядра, железная оковка, лопасти винта, части машин, разбитые цилиндры, котлы без дна — останки кораблей, покоящиеся в этих водах, — одни уже покрытые отложениями кораллов, другие только ржавчиной.

Все эти потерпевшие крушение корабли погибли при столкновении или разбились о подводные скалы. Одни пошли ко дну совершенно отвесно, с уцелевшими мачтами и такелажем, как бы окостеневшими в соленой морской воде. Казалось, они стояли на якоре в открытом рейде, ожидая сигнала к отплытию. И когда «Наутилус», проходя мимо, заливал их светом своего прожектора, чудилось, что вот-вот на флагштоке взовьется флаг и корабли дадут приветственный салют! Но безмолвие и смерть царили в этой области бедствий!

Я заметил, что по мере приближения «Наутилуса» к Гибралтарскому проливу все чаще встречались печальные останки, погребенные в водах Средиземного моря. Чем более сближаются берега Африки и Европы, тем чаще происходят в этом узком пространстве столкновения судов. Я видел тут множество железных остовов, корпусов, фантастических развалин пароходов; одни лежали на боку, другие стояли прямо, точно какие-то чудовищные животные. Я видел судно с пробоиной в боку, с изогнутой трубой, с одними ступицами вместо колес; руль отделился от ахтерштевня и болтался на железной цепи, задний планшир был изъеден морскими солями… Страшная картина! Сколько жизней погибло при этом кораблекрушении! Сколько жертв унесли волны! Спасся ли хоть один матрос, который мог бы рассказать об этом несчастном случае, или море по ею пору хранит в себе страшную тайну? Не знаю почему, но у меня мелькнула мысль, не «Атлас» ли это, бесследно исчезнувший с людьми и грузом тому лет двадцать? Какое страшное повествование получилось бы, если бы вскрыть тайны глубин Средиземного моря, этого необозримого кладбища, где погребено столько богатств, где столько жизней нашло себе вечный покой!

Но равнодушный ко всему «Наутилус» стремил свой бег среди руин. 18 февраля около трех часов утра мы были у входа в Гибралтарский пролив.

Тут существуют два течения: течение верхнее, издавна известное, несущее океанские воды в бассейн Средиземного моря, и нижнее течение, встречное, существование которого ныне доказано наукой. И в самом деле, уровень воды в Средиземном море, непрерывно пополняемый водами Атлантического океана и реками, впадающими в него, должен был бы из года в год повышаться, ибо одних испарений недостаточно, чтобы держать его в равновесии. Естественно, приходилось допустить существование нижнего течения, которое через Гибралтарский пролив несет избыток вод Средиземного моря в бассейн Атлантического океана.

Так оно и оказалось. «Наутилус» воспользовался этим попутным течением и быстро прошел через узкий пролив. На секунду мелькнули развалины храма Геркулеса, опустившегося, по словам Плиния и Авиценны, на самое дно вместе с островом, на котором он стоял; а несколько минут позже мы скользили уже по волнам Атлантического океана.

8. Бухта Виго

Атлантический океан! Необозримая, огромная водная равнина, раскинувшаяся на двадцать пять миллионов квадратных миль! Вдоль она простирается на девять тысяч миль, вширь — в среднем на две тысячи семьсот миль! Море, столь значительное, но почти не изведанное в древности, за исключением разве карфагенян, этих голландцев древнего мира, объездивших во время своих торговых плаваний западные берега Европы и Африки! Океан, побережья которого с их излучинами охватывают огромный периметр! Водоем, в который несут свои воды величайшие в мире реки: св. Лаврентия, Миссисипи, Амазонка, Ла-Плата, Ориноко, Нигера, Сенегал, Эльба, Луара, Рейн, орошающие страны самые цивилизованные и самые дикие! Величественная водная гладь! Из конца в конец бороздят эти воды корабли всех стран, под флагами всех наций мира, и охраняют их два грозных стража, внушавшие страх мореплавателям — мыс Горн и мыс Бурь![26]

«Наутилус» рассекал своим водорезом воды Атлантики, пройдя в три с половиною месяца около десяти тысяч лье! Образно говоря, он прошел расстояние большее, нежели длина пути вокруг земного шара, если объехать его по экватору! Куда мы держим путь? Что сулит нам будущее?

Миновав Гибралтарский пролив, «Наутилус» взял курс в открытое море. Он снова всплыл на поверхность вод, и наши каждодневные прогулки по палубе возобновились.

Я сейчас же пошел наверх освежиться; вслед за мной вышли Нед Ленд и Консель. В двенадцати милях от нас рисовался неясно мыс св. Винцента, образующий юго-западную оконечность Пиренейского полуострова. Задул довольно крепкий южный ветер. Море бурно и неприветливо. Начиналась боковая качка. «Наутилус» шел, переваливаясь с волны на волну. Палубу захлестывало водой,

[26] Мыс Доброй Надежды.

обдавая нас солеными брызгами и пеной. Мы поспешили спуститься в трюм, успев все же подышать свежим воздухом.

Я пошел в свою каюту. Консель направился к себе; но канадец, чем-то озабоченный, последовал за мной. Наш сверхскоростной рейс через Средиземное море нарушил все планы Неда Ленда, и он не скрывал своего огорчения.

Как только дверь каюты затворилась за нами, он сел и молча посмотрел на меня.

— Друг Нед, — сказал я, — понимаю вас! Но вы ни в чем не можете себя упрекнуть. «Наутилус» развил такую бешеную скорость, что думать о побеге было бы безумием!

Нед Ленд молчал. Его плотно сжатые губы, нахмуренные брови говорили, что он одержим одной-единственной мыслью.

— Послушайте, Нед, — продолжал я, — отчаиваться еще рано. Мы идем вдоль берегов Португалии, вблизи Франции и Англии, где легко найти убежище. Вот если бы «Наутилус» по выходе из Гибралтарского пролива взял курс на юг, направляясь в пустынные воды, не омывающие берега материков, я разделял бы вашу тревогу. Но мы знаем, что капитан Немо не избегает европейских морей. А раз так, я не сомневаюсь, что через несколько дней условия сложатся более благоприятно, и тогда…

Еще пристальнее посмотрел на меня Нед Ленд и, разжав, наконец, губы, сказал:

— Нынче же вечером.

Я вскочил на ноги. Признаюсь, подобное предложение явилось для меня неожиданным. Я хотел ответить канадцу, но не находил слов.

— Мы условились ждать удобного случая, — продолжал Нед Ленд. — Случай представляется. Сегодня вечером мы будем в нескольких милях от испанского берега. Ночь темная. Ветер с моря. Вы дали слово, господин Аронакс, я рассчитываю на вас.

Я молчал. Канадец поднялся и подошел ко мне.

— Сегодня в девять часов! — сказал он. — Консель предупрежден. Капитан запрется к тому времени в своей каюте и, верно, ляжет спать. Люди из команды, матросы, механики не увидят нас. Мы с Конселем проберемся к среднему трапу. Вы, господин Аронакс, побудьте в библиотеке, в двух шагах от нас, покуда я не дам сигнала. Весла, мачта и парус в шлюпке. Я снес туда кое-что из провизии. Достал и английский ключ, чтобы отвинтить гайки болтов, на которых прикреплена шлюпка. Все готово! Итак, до вечера!

— Море неспокойно, — сказал я.

— Согласен с вами, — отвечал канадец, — но придется рискнуть. Дело стоит того! Впрочем, шлюпка надежна и отмахать несколько миль при попутном ветре не составит труда! Как знать, не окажемся ли мы поутру за сто лье от европейских берегов? Если все пойдет благополучно, то между десятью и одиннадцатью часами вечера мы уже высадимся где-нибудь на берегу… или же нас не будет в живых. Итак, до вечера!

С этими словами канадец вышел, оставив меня в состоянии полной растерянности. Я льстил себя надеждой, что удобный случай представится не так скоро и у меня достанет времени обдумать и обсудить положение вещей. Но мой упрямый спутник отказывал мне во времени. И что я мог сказать ему? Нед Ленд был тысячу раз прав! Представлялся случай, он пользовался им. Мог ли я нарушить данное слово и ради личных побуждений брать на себя ответственность за судьбу моих спутников? Разве не может капитан завтра же выйти в открытое море, далеко от всякой земли?

В эту минуту довольно сильный свист дал мне понять, что резервуары наполняются водой и «Наутилус» погружается под воды Атлантического океана.

Я не выходил из каюты. Мне не хотелось встречаться с капитаном из боязни выказать при нем свое волнение. Так провел я томительный день, колеблясь между желанием вырваться на свободу и сожалением, что предстоит расстаться с этим чудесным «Наутилусом», не завершив исследования морских глубин!

Покинуть океан, — «мою Атлантику», как я любил его называть, — не заглянув в его сокровенные глубины, не вырвав у него его тайны, которую открыли мне Индийский и Тихий океаны! Роман выпадал из моих рук, едва я успел прочесть первый том, страница обрывалась в самом интересном месте! Как мучительно тянулись часы! То мне грезилось, что я уже в безопасности, ступаю ногою по твердой земле, рядом со своими спутниками; то вопреки рассудку мною овладевало желание, чтобы какое-либо непредвиденное обстоятельство помешало выполнению замысла Неда Ленда.

Два раза я выходил в салон. Я хотел проверить по компасу. Хотел знать, действительно ли «Наутилус» держал курс близ берегов Португалии, или же удалялся от них. Но нет! Мы попрежнему бороздили португальские воды. Курс судна лежал на север, вдоль берегов Португалии. Приходилось покориться необходимости и готовиться к побегу. Багаж мой был невелик: одни записки.

Ну, а капитан Немо? Как он отнесется к нашему поступку? Какое беспокойство, какой вред может ему причинить наш побег? И как он поступит с нами, если наша попытка окончится неудачей? Разве он давал мне малейший повод к недовольству? Напротив! Он оказал нам самое радушное гостеприимство. Он не может мое бегство с судна приписать неблагодарности. И я не давал ему никаких обещаний. Он знал, что мы связаны с ним не обещаниями, а силою обстоятельств. Но именно его постоянные заявления, что Наша судьба навеки связана с его судьбою, и извиняли наши попытки порвать с ним.

Я не видел капитана со времени нашего посещения острова Санторин. Сведет ли нас случай накануне побега? Я и желал встречи и страшился ее. Я прислушивался, не раздадутся ли его шаги в каюте, смежной с моей. Ни малейшего шума не улавливало мое ухо. В каюте, видимо, никого не было.

Тут мне пришла мысль: да и вообще на борту ли таинственный капитан? С той ночи, когда шлюпка отвалила от борта «Наутилуса», выполняя какое-то секретное поручение, я несколько изменил свой взгляд на капитана Немо. Я понял, что, несмотря на все декларации, он все же сохранил какую-то связь с Землей. И верно ли, что он никогда не отлучается с «Наутилуса»? Разве не бывало, что он не показывался целыми неделями? Что он делал в это время? Я воображал, что он страдает припадками мизантропии! А на самом деле не выполнял ли он какую-либо тайную миссию, недоступную моему пониманию?

Мысли эти и тысячи других не давали мне покоя. Необычность положения открывала широкое поле для всяких догадок. Мною владела мучительная тревога. Часы ожидания казались вечностью. День тянулся чересчур медленно.

Обед, по обыкновению, подали в каюту. Я едва прикоснулся к пище. Встал из-за стола в семь часов. Сто двадцать минут, — я считал каждую минуту, — отделяли меня от момента, когда я должен буду последовать за Недом Лендом. Мое волнение все возрастало. Пульс бился учащенно. Я не мог сидеть на месте. Шагал взад и вперед по каюте, надеясь в движении рассеять тревожные думы. Мысль, что я могу погибнуть, менее всего меня беспокоила; но при мысли, что наш план будет открыт прежде, чем мы успеем бежать с судна, при мысли, что мне придется предстать перед капитаном Немо, взбешенным или, еще хуже, огорченным моим вероломным поступком, сердце у меня замирало.

Мне захотелось в последний раз заглянуть в салон. Узким коридором прошел я в этот музей, где провел столько приятных и полезных часов. Я глядел на это собрание сокровищ, как смотрит человек на родные места, которые он завтра должен навсегда покинуть. Я говорил последнее «прости» всем этим произведениям искусства, всем этим чудесным экспонатам природы! Мне захотелось окинуть последним взглядом воды Атлантики, но ставни были наглухо закрыты, и их железная завеса скрывала от моих глаз океан, который мне не удалось изучить.

Прохаживаясь по салону, я подошел к потайной двери в стене, ведущей в каюту капитана. К моему глубокому удивлению, дверь была полуотворена. Я невольно отступил на шаг. Будь капитан

Немо у себя, он заметил бы меня. Но все было тихо. Я подошел поближе. Каюта была пуста. Толкнув дверь, я огляделся по сторонам и вошел внутрь. Все та же суровая обстановка жилища отшельника.

Несколько офортов на стенах — в тот раз я их не заметил — бросились мне в глаза. То были портреты — портреты видных исторических лиц, посвятивших себя служению высокой идее гуманизма: Костюшко, герой, боровшийся за освобождение Польши, павший с криком: «Конец Польше!»; Боцарис — этот Леонид современной Греции; О'Коннель — борец за независимость Ирландии; Вашингтон — основатель Северо-Американского союза; Манин — итальянский патриот; Линкольн, погибший от пули рабовладельца; и, наконец, мученик, боровшийся за освобождение негров от рабства и вздернутый на виселице, — Джон Броун: страшный рисунок в карандаше, сделанный рукою Виктора Гюго!

Какая связь могла быть между капитаном Немо и этими героями? Не приоткроют ли их портреты тайну его жизни? Не был ли он защитником угнетенных народов, освободителем порабощенных племен? Не участвовал ли он в политических и социальных потрясениях последнего времени? Не был ли он одним из героев братоубийственной войны между Северными и Южными штатами Америки, войны прискорбной и памятной?

Часы пробили восемь. При первом же ударе мои мечтания прервались. Я вздрогнул, как если бы какое-то недремлющее око проникло в тайну моих грез, и бросился вон из каюты капитана.

В салоне я кинул последний взгляд на компас. Стрелка указывала на север. Лаг показывал умеренную скорость, манометр — глубину около шестидесяти футов. Обстоятельства складывались благоприятно для осуществления замысла Неда Ленда.

Я вернулся к себе. Надел теплую одежду: морские сапоги, бобровую шапку, куртку из биссуса, подбитую тюленьей кожей. Я был готов. Я ждал. Только дрожание судна при вращении винта нарушало глубокую тишину, царившую на борту. Я прислушивался, напрягал слух. Не раздастся ли среди этого безмолвия крик, который даст мне знать, что Нед Ленд пойман? Смертельная тревога обуяла меня. Напрасно старался я обрести самообладание. В девять часов без нескольких минут я приложил ухо к двери капитана. Полнейшая тишина. Я вышел из каюты, вернулся в салон, погруженный в мрак и по-прежнему пустой.

Отворил дверь в библиотеку. Тот же полумрак и та же пустота. Я сел у двери, выходившей к среднему трапу, и стал ожидать сигнала Неда Ленда.

В эту минуту сотрясение корпуса судна значительно уменьшилось и затем совсем прекратилось. Что означает такое изменение хода «Наутилуса»? Благоприятствует ли его остановка планам канадца, или вредит им? Кто знает?

Вдруг я почувствовал легкий толчок. Я понял, что «Наутилус» опустился на самое дно океана. Тревога моя возросла. Канадец не подавал сигнала. Меня подмывало бежать к Неду Ленду и просить его отложить побег до другого раза. Нынче наше плавание, — я чувствовал это, — проходит не в обычных условиях...

Но распахнулась дверь салона, и на пороге появился капитан Немо. Увидев меня, он обратился ко мне без всяких предисловий.

— А-а! Господин профессор, — сказал он любезным тоном. — А я вас искал! Вам знакома история Испании?

Если бы он спросил меня, знакома ли мне история Франции, в моем состоянии крайнего смущения и тревоги я не мог бы ему на это ответить.

— Ну-те? — продолжал капитан. — Вы слышали мой вопрос? Вам знакома история Испании?

— Очень плохо, — отвечал я.

— Ох, уж эти ученые! — сказал капитан. — Он не знает! А раз так, — прибавил он, — садитесь-ка, и я расскажу вам любопытный эпизод из истории Испании.

Капитан растянулся на диване, а я машинально сел подле него. Стоял полумрак.

— Слушайте внимательно, господин профессор, — сказал он. — Случай для вас небезынтересен, в нем вы найдете ответ на вопрос, который вы, несомненно, еще не решили.

— Слушаю, капитан, — сказал я, не понимая, к чему ведет речь мой собеседник. И мысленно я спрашивал себя: не относится ли этот случай к задуманному нами побегу?

— Господин профессор, — продолжал капитан Немо, — если позволите, мы обратимся к прошлому. Шел тысяча семьсот второй год Как вы, наверное, помните, в то время французский король Людовик Четырнадцатый, возомнив, что по одному мановению его руки Пиренеи провалятся сквозь землю, посадил на испанский престол своего внука, герцога Анжуйского. Незадачливый принц, воцарившись под именем Филиппа Пятого, вынужден был вступить в борьбу с сильными внешними врагами.

Надо сказать, что годом раньше царствующие дома Голландии, Австрии и Англии заключили в Гааге союз, поставивший своей целью лишить Филиппа Пятого испанской короны и возложить ее на голову некоего эрцгерцога, которого они заранее наименовали Карлом Третьим.

Испания принуждена была бороться против этой коалиции. Но у нее почти не было ни армии, ни флота. Впрочем, она пользовалась неограниченными средствами, но при условии, что ее галионы, нагруженные американским золотом и серебром, могли бы беспрепятственно входить в испанские порты.

Как раз в конце тысяча семьсот второго года ожидался богатый транспорт, который шел под эскортом французской эскадры в составе двадцати трех кораблей под командованием адмирала Шато-Рено. Конвоирование испанских судов объяснялось присутствием в водах Атлантического океана объединенного флота коалиции.

Транспорт ожидался в Кадиксе, но адмирал, узнав, что в кадикских водах крейсируют английские суда, решил войти в какой-нибудь французский порт.

Командиры испанских кораблей воспротивились приказу адмирала. Они потребовали, чтобы транспорт обязательно ввели в испанский порт, и если не в Кадикс, то хотя бы в бухту Виго, на северо-западном берегу Испании, которая еще не была блокирована союзниками.

Адмирал Шато-Рено по малодушию подчинился требованию испанцев, и галионы вошли в бухту Виго.

К несчастью, гавань Виго представляла собою открытый рейд, непригодный для обороны. Надо было торопиться с выгрузкой до прихода союзных кораблей. Времени было достаточно. Но тут по самому пустейшему поводу возникла распря.

— Вы внимательно следите за ходом событий? — спросил меня капитан Немо.

— Я весь внимание, — отвечал я, не соображая еще, по какому случаю давали мне этот урок истории.

— Итак, продолжаю, — заговорил снова капитан. — Что же произошло? Кадикские купцы пользовались, видите ли, привилегией принимать все грузы, прибывавшие из Вест-Индии. Стало быть, разгрузка галионов с золотом в порту Виго была нарушением их привилегии. Они обратились с жалобой в Мадрид. И слабовольный Филипп Пятый приказал оставить транспорт под секвестром до выхода из кадикских вод вражеского флота.

А пока суд да дело, двадцать второго октября тысяча семьсот второго года английские корабли вошли в бухту Виго. Адмирал Шато-Рено, несмотря на превосходящие силы противника, оказал героическое сопротивление. Но как только он понял, что вверенные ему богатства попадут в руки врага, он поджег и затопил галионы, которые пошли ко дну со всеми несметными сокровищами, находившимися на борту.

Капитан Немо умолк. Признаться, я все еще не понимал, чем могла заинтересовать меня эта история.

— Ну, а далее?

— Далее! — сказал капитан Немо. — Мы находимся в бухте Виго, и вы, господин Аронакс, буде на то ваша воля, можете ознакомиться с тайной здешних вод.

Он поднялся с дивана и пригласил меня следовать за собою. Я уже взял себя в руки. Пришлось повиноваться. В салоне было темно, но сквозь хрустальные стекла поблескивали океанские воды. Я подошел к окну.

Вокруг «Наутилуса» — в радиусе полумили — воды, казалось, были пронизаны электрическим светом. Ясно было видно чистое песчаное дно. Там, между почерневшими останками кораблей, сновали матросы из экипажа, одетые в скафандры. Они раскапывали занесенные илом, полусгнившие бочонки, искалеченные ящики. Из этих ящиков и бочонков сыпались слитки золота и серебра, целые каскады пиастров и драгоценных камней. Песчаное дно было буквально усыпано этими сокровищами. Взвалив на плечи драгоценную кладь, матросы шли к судну, складывали там свой груз и опять направлялись разгружать этот неисчерпаемый источник золота и серебра.

И я понял. Тут 22 октября 1702 года было поле военных действий. Тут были затоплены галионы с золотом для испанского короля. Отсюда, смотря по надобности, черпал капитан Немо миллионы, пополняя золотые запасы «Наутилуса». Он, только он, владел этим богатством. Он был прямым и единственным наследником сокровищ, отнятых у инков, побежденных Фердинандом Кортесом!

— Ведомо ли вам, господин профессор, — спросил капитан улыбаясь, — что воды хранят в своих глубинах такое богатство?

— Мне было известно, — отвечал я, — что в морской воде содержится в растворенном виде два миллиона тонн серебра.

— Верно! Но, чтобы выделить серебро из воды, потребовались бы большие и неоправданные расходы. А тут я собираю то, что утрачено людьми. И не только тут, в бухте Виго, но и в тысяче других мест, где случались кораблекрушения; места эти нанесены на мою карту морского дна. Вы воочию видите, что я владею миллионами, не так ли?

— Совершенно верно, капитан. Но позвольте заметить, что в эксплуатации бухты Виго вы лишь опередили одно акционерное общество.

— Ах, вот как!

— Да, акционерное общество, получившее от испанского правительства право производить работы по розыску потонувших галионов. Акционеры уповают на богатые доходы, ибо погибшие сокровища оцениваются в пятьсот миллионов!

— Пятьсот миллионов! — вскричал капитан Немо. — Они тут были, но их более нет!

— А раз так, — сказал я, — было бы актом милосердия предупредить этих самых акционеров об этом прискорбном обстоятельстве! Впрочем, еще неизвестно, как бы отнеслись они к такому сообщению. Игрок жалеет обычно не о проигрыше, а о крушении надежд на выигрыш. Я же жалею больше всего те тысячи бедняков, которым эти богатства при правильном распределении облегчили бы условия жизни. А теперь они для них потеряны!

Едва сказав это, я почувствовал, что слова мои задели за живое капитана Немо.

— Потеряны! — воскликнул он, воодушевляясь. — Стало быть, вы считаете, сударь, что богатства потеряны, раз они попали в мои руки? Неужто же я собираю для себя это золото? Кто вам сказал, что оно не пойдет на доброе дело? Неужто я не знаю, что на земле существуют обездоленные люди, угнетенные народы? Несчастные, нуждающиеся в помощи жертвы, вопиющие об отмщении! Неужто вы не понимаете, что...

Капитан Немо не окончил фразы. Кто знает, не сожалел ли он, что сказал лишнее? Но я и так все понял. Каковы бы ни были причины, побудившие его искать независимости в глубинах морей, все же он оставался человеком! Его сердце отзывалось на человеческие страдания, и он широкой рукой оказывал помощь угнетенным!

И тут я понял, кому предназначались миллионы, отправленные капитаном Немо в тот памятный день, когда «Наутилус» вошел в воды охваченного восстанием острова Крит!

9. Исчезнувший материк

На следующий день утром, 19 февраля, ко мне в каюту зашел канадец. Я ожидал этого посещения. Вид у него был чрезвычайно расстроенный.

— Ну-с, сударь? — сказал он.

— Ну-с, Нед! — отвечал я. — Обстоятельства сложились против нас!

— Эх! Надо же было этому окаянному капитану остановить судно именно в тот час, когда мы готовились бежать!

— Ну, что ж, Нед! Ему нужно было побывать у своего банкира.

— Банкира?

— Вернее, в банке! Я под этим разумею океан, где богатства капитана находятся в большей сохранности, нежели в любом государственном банке.

И я рассказал канадцу, что произошло минувшей ночью, втайне надеясь навести его на мысль никогда не покидать капитана; но мой рассказ вызвал у Неда Ленда лишь горькое сожаление, что ему не пришлось принять участие в прогулке на поле битвы при Виго.

— Однако, — сказал он, — не все еще потеряно! Промахнулся гарпуном, так сказать! Второй раз будем бить без промаха. Нынешним вечером можно попытаться…

— Куда ложится курсом «Наутилус»? — спросил я.

— Не могу знать, — отвечал Нед.

— Ну, что ж! В полдень мы это узнаем.

Канадец отправился к Конселю. А я, одевшись, вышел в салон. Показание компаса было неутешительно. Курс «Наутилуса» лежал на юго-юго-запад. Мы обернулись спиной к Европе.

Я с нетерпением ожидал момента, когда координаты местности будут обозначены на карте. Около половины двенадцатого резервуары опорожнились, и наше судно всплыло на поверхность океана. Я бросился на палубу. Нед Ленд опередил меня.

Ни признака земли в виду. Ничего, кроме необозримой водной пустыни. Лишь несколько парусов на горизонте. Несколько парусных судов, видимо, выжидавших попутного ветра, чтобы обогнуть мыс Доброй Надежды, прижимает к мысу Сан-Рок. Небо было обложено тучами. Все предвещало бурю.

Нед был взбешен. Он напрягал зрение, пытаясь проникнуть взглядом сквозь туман, застилавший горизонт. Он еще не терял надежды, что за этой туманной завесой лежит желанная земля.

В полдень проглянуло солнце. Помощник капитана, воспользовавшись этим моментом, определил его высоту. На море начинался шквал, мы снова пошли под воду, и люк был закрыт.

Часом позже, взглянув на карту, я увидел, что мы находимся под $16^\circ 17'$ долготы и $33^\circ 22'$ широты, в ста пятидесяти лье от ближайшего берега. О побеге нечего было и думать. Можете представить гнев канадца, когда я сообщил ему координаты местности.

Я со своей стороны особенно не сокрушался. Точно тяжкий груз свалился с моих плеч, и я мог с относительным спокойствием приняться за свои обычные занятия.

Вечером, около одиннадцати часов, ко мне совершенно неожиданно зашел капитан Немо. Он очень любезно осведомился, не утомила ли меня прошедшая бессонная ночь. Я отвечал отрицательно.

— В таком случае, господин Аронакс, я предложу вам принять участие в одной любопытной экскурсии.

— Весьма тронут, капитан.

— Вы опускались в морские глубины днем, при солнечном свете. Не желаете ли посмотреть морское дно в темную ночь?

— С большой охотой!

— Предупреждаю вас, что прогулка будет утомительной. Идти придется далеко. Взбираться на гору. Дороги здесь не совсем исправны.

— Все это только возбуждает мое любопытство, капитан. Я готов сопутствовать вам.

— Пойдемте же, господин профессор! Надобно надеть скафандр.

Войдя в гардеробную, я не встретил там ни моих спутников, ни матросов из экипажа. Никто из них, видимо, не примет участия в ночной экскурсии. Капитан Немо, против обыкновения, не предложил мне взять с собой Неда или Конселя.

Через несколько минут мы были готовы. На спину нам прицепили резервуары с большим запасом воздуха, но электрическими фонарями нас не снабдили. Я обратил на это внимание капитана.

— Они нам не понадобятся, — отвечал он.

Мне показалось, что я плохо расслышал, но вторично спросить уже не мог, потому что голова капитана скрылась под металлическим шлемом. И я вслед за ним надел на голову этот медный шар; в руку мне вложили палку с железным наконечником; и спустя несколько минут мы, после обычных церемоний, ступили на дно Атлантического океана на глубине трехсот метров.

Приближалась полночь. Глубокий мрак царил в морских глубинах, но капитан Немо указал на красноватое пятно в двух милях от «Наутилуса», похожее на отдаленное зарево. Огонь? Из какого источника он исходил? И как мог огонь гореть в жидкой среде? Я не находил объяснений. Но как бы то ни было, мерцающий светоч облегчал нам путь; светил он, правда, неярко, но я скоро освоился с этим красноватым полусветом! И тут я понял, что в этих условиях аппараты Румкорфа действительно были бы бесполезны.

Я шел рядом с капитаном Немо навстречу путеводному огоньку. Дно, ровное вначале, незаметно возвышалось. Мы шли большими шагами, опираясь на палки; но все же мы подвигались медленно, потому что ноги увязали в сплошном месиве водорослей и мелких камней.

Мы шли, а над головой слышался мелкий частый стук. Шум усиливался, словно там, над нами, выбивали барабанную дробь. Вскоре я понял причину этого шума. Над океаном шел дождь. Я невольно подумал, что дождь может промочить меня до костей! В воде промокнуть от дождя! Но тут же расхохотался. Какая нелепая мысль! Надо сказать, под скафандром вовсе не чувствуешь, что находишься в воде, и замечаешь только, что окружающая среда несколько плотнее воздуха.

Шли мы около получаса. Дно становилось каменистым. Медузы, микроскопические ракообразные, морские перья излучали слабый фосфоресцирующий свет. Я мельком видел груды камней, покрытых целыми миллионами животных, похожих на цветы, и космами водорослей. Ноги скользили по вязкому ковру из морских растений, и, не будь у меня палки, я не раз упал бы. Оборачиваясь, я все еще видел свет от прожектора «Наутилуса», начинавший бледнеть по мере того, как мы удалялись от судна.

Нагромождение камней на океанском дне, о чем я только что говорил, все же носило на себе следы упорядоченности, не объяснимой для меня. Мое внимание привлекали гигантские борозды, терявшиеся в мраке. Наблюдались и другие странные явления. Но я не допускал и мысли о подобной возможности. Мне казалось, что под свинцовыми подошвами моих сапог хрустят иссохшие кости. Не идем ли мы полем, усеянным костями? Я хотел обратиться с вопросом к капитану, но условный язык знаков, которым он обменивался с товарищами во время подводных экскурсий, мне был неведом!

Между тем красноватый свет, служивший нам путеводителем, становился все ярче; словно зарево отдаленного пожара освещало горизонт. Огонь среди водной стихии в высшей степени возбуждал во мне любопытство. Не объяснялось ли это свечение действием электрической энергии? Не был ли я очевидцем явления природы, еще неизвестного нашим ученым? И не рукою ли человека —

мелькнула у меня мысль — поддерживается этот подводный очаг? Не встречу ли я в глубинных слоях океана друзей и единомышленников капитана Немо, живущих своеобразной жизнью, как и он? Не увижу ли я тут целую колонию изгнанников, презревших земные условности, которые искали и обрели независимость в глубинах океана? Безумные и праздные, мысли буквально преследовали меня.

И в том состоянии крайнего возбуждения, в котором я находился, оказавшись в стране чудес, мне представлялось вполне естественным встретить в морских глубинах один из тех подводных городов, о которых мечтал капитан Немо!

Наш путь освещался все ярче и ярче. Беловатое сияние исходило из-за вершины горы, вздымавшейся на восемьсот футов над уровнем дна. Но это сияние было лишь отражением световых лучей, преломленных в слоях воды. Самый очаг, источник этого необъяснимого сияния, находился по ту сторону горы.

По лабиринту каменных глыб, загромоздивших дно Атлантического океана, капитан Немо шагал уверенно. Он хорошо знал этот мрачный путь! Видимо, он так часто проходил тут, что не боялся заблудиться. Я шел за ним вполне спокойно. Он представлялся мне каким-то гением морей! Я любовался его высокой фигурой, которая вырисовывалась черным силуэтом на фоне зарева.

Был час ночи. Мы подошли уже к подошве горы. Но, чтобы подняться по ее крутизне, приходилось взбираться по неисхоженным тропам среди густой лесной чащи.

Да! Тут была чаща мертвых, лишенных листвы и жизненных соков деревьев, окаменевших под действием солей в воде. И среди этой ископаемой чаши и там и тут вздымали свои вершины гигантские сосны. То был лес, обратившийся в каменный уголь, но уголь, еще не слежавшийся пластами! Лес, еще тянувшийся вверх, цепляясь корнями за размытый грунт. И его окаменевшие ветви, точно вырезанные из черной бумаги, четко вырисовывались на фоне вод. Вообразите себе Гарц, леса на склонах гор, оказавшиеся на дне морском! Горные тропы заросли водорослями и в том числе фукусами, между которыми копошился целый мир ракообразных животных. Я шел, взбираясь на скалы, шагая через поваленные стволы деревьев, разрывая морские лианы, образовавшие живую изгородь среди омертвелых древесных остовов, вспугивая рыб, порхавших с ветки на ветку, словно птицы. Увлекшись, я не чувствовал усталости. Я шел вслед за своим неутомимым вожатым.

Какое зрелище! Какими словами описать его? Какими красками изобразить подводные деревья и скалы, с их основаниями, погруженными в мрак, с их вершинами, окрашенными в пурпур заревом отдаленных огней, отраженных в водах? Мы взбирались на утесы, которые вслед за нами обрушивались с глухим гулом лавины. А по правую и по левую сторону тропы зияли мрачные галереи, в которых терялся взгляд. И вдруг перед нами открывались широкие лужайки, казалось, расчищенные рукою человека, невольно наводя на мысль, что вот-вот навстречу нам выйдет какой-нибудь обитатель этих подводных стран!

Капитан Немо все шел вперед. Я не хотел отставать и бодро шагал вслед за ним. Палка оказывала мне большую помощь. Один неверный шаг, и тебе грозила гибель на этих узких тропах, проложенных у края пропасти! Но я шагал уверенно, не чувствуя головокружения. Я перепрыгивал через расщелины, глубина которых — случись это на ледниковых вершинах земных гор — вынудила бы меня отступить. Не глядя под ноги, я смело переходил по хрупким остовам деревьев через бездонные пропасти, любуясь дикой красой здешних мест. Там величественные скалы, стоявшие в наклон на своих источенных основаниях, казалось, опровергали законы равновесия. Из расселин скал пробивались древесные стволы, как из фонтана бьют струн воды под сильным давлением. А тут башни, воздвигнутые природой и срезанные под таким углом, который нарушал законы тяготения, нерушимые на земле!

Я и сам чувствовал влияние плотности водной среды, когда в своем тяжелом скафандре, в медном шлеме и сапогах на металлической подошве взбирался на отвесные скалы с легкостью серны!

Я хорошо понимаю, что мое описание этой подводной экскурсии должно показаться сплошной фантастикой! Но я повествую о явлениях, на поверхностный взгляд невероятных, но, однако, существующих в действительности. Нет! Мне это не пригрезилось! Все это я видел своими глазами, все это я пережил!

Прошло два часа, как мы покинули «Наутилус». Мы уже миновали лесную полосу, и в ста футах над нами вздымалась остроконечная горная вершина, тень от которой падала на ярко освещенный склон по ту сторону горы. Редкие кустарники, видневшиеся и там и тут, казалось, окаменели в судорожной гримасе. Рыбы стаями поднимались из-под наших ног, как вспугнутые птицы из высоких трав. Скалистый массив был изрыт непроходимыми трещинами, глубокими пещерами, зияющими пропастями, из глубин которых доносились какие-то грозные шумы! Кровь приливала к сердцу, когда наш путь вдруг преграждали чудовищное щупальце или страшная клешня, которая с шумом втягивалась в тень расселин! Тысячи светящихся точек поблескивали в темноте. То были глаза исполинских ракообразных животных, укрывавшихся в своих логовищах, морских раков-гигантов, шевеливших клешнями, издававшими звук железа, — словно в старину воины, вооруженные алебардами, — крабов-титанов, стоявших на своих лапах, точно пушки на лафетах с наведенным дулом, и страшных осьминогов, щупальца которых извивались, как клубок змей!

Чудовищный, неведомый мир! К какому отряду относятся эти беспозвоночные, которым скалы служили как бы вторым верхним панцирем? Как могла природа найти секрет их растительного существования? Сколько веков населяют они глубинные слои океана?

Но подолгу останавливаться я не мог. Капитан Немо, привыкший к этим страшным гадам, не обращал на них внимания. Мы дошли до плоскогорья, где меня ожидали новые нечаянности.

Живописные развалины, изобличавшие творение рук человеческих, а не творчество природы, представились моему изумленному взору. В этом бесформенном нагромождении камня, под пестрым ковром живописных животных-цветов, под покровом ламинарий и фукусов, заступивших место плюща, угадывались архитектурные пропорции зданий, дворцов, храмов.

История потопов на земном шаре включила ли в свой синодик этот потонувший материк? Какой зодчий высек эти скалы и камни наподобие друидического памятника доисторических времен? Где я находился? Куда увлекла меня фантазия капитана Немо?

Я должен был это знать. Окликнуть капитана я не мог. Я схватил его за руку. Но он, отрицательно покачав головой, указал на вершину горы, как бы говоря: «Иди! Иди вперед! Все выше!»

Собрав последние силы, я пошел за капитаном; к через несколько минут мы вскарабкались на горный пик, метров на десять взметнувшийся над скалистым массивом.

Я оглянулся. С той стороны, откуда мы пришли, высота склона была не более семисот или восьмисот футов от уровня дна. Но по другую сторону гора была вдвое выше, поднимаясь отвесно над уровнем глубокой впадины в этой части Атлантического океана. Перед моими глазами расстилалось необозримое ярко освещенное пространство. Гора, на которой мы стояли, была вулканом. Футах в пятидесяти от горной вершины, среди настоящего ливня камней и шлака, из широкого жерла кратера изливались потоки лавы, низвергавшиеся по склонам вулкана огненными каскадами в лоно вод. Вулкан, как чудовищный факел, освещал, куда хватает глаз, равнину, лежавшую у его подножия.

Я сказал, что подводный вулкан извергал расплавленную лаву, но не пламень. Для пламени необходим воздух, насыщенный кислородом, и огонь в жидкой среде не горит. Но потоки раскаленной добела лавы при соприкосновении с водой образуют водяные пары. Образовавшиеся пары быстро рассеивались, а потоки огненной лавы растекались до самой подошвы горы, подобно потокам лавы при извержении Везувия, изливающимся на Торре дель Греко.

И тут перед моими глазами возник мертвый город: развалины зданий с обвалившимися крышами, обрушившимися стенами; руины храмов с осевшими арками, с колоннами, поверженными на землю, но не утратившими солидных пропорций тосканской архитектуры; вдали — гигантские остовы водопровода; у подножия вулкана, занесенные илом, останки Акрополя, предвосхитившего Парфенон; а далее — следы набережной, все приметы приморского порта, служившего убежищем для торговых судов и военных трирем; а еще дальше — длинные ряды рухнувших зданий, пустынные провалы бывших улиц, — новая Помпея, скрытая под водами! И она возникала передо мною волею капитана Немо!

Где я? Где? Я хотел знать это, хотел спросить об этом, хотя бы пришлось сбросить с головы защитный шлем!

Но капитан Немо уже подходил ко мне и знаком остановил мою руку. Затем, подняв кусок мелового камня, он начертал на черной базальтовой стене одно лишь слово: *АТЛАНТИДА*.

Словно молния пронзила мысль! Атлантида! Древняя Меропида Теопомпа! Атлантида Платона! Материк, существование которого оспаривали Ориген, Порфирий, Ямблих, д'Анвиль, Мальтбрен, Гумбольдт, относя историю его исчезновения в область легенд! Но его существование признавали Посидоний, Плиний, Аммиан Марцеллин, Тертуллиан, Энгель, Шерер, Турнефор, Бюффон, д'Аверзак. Атлантида лежала перед моими глазами со всеми свидетельствами постигшей ее катастрофы! Так вот он, этот исчезнувший материк, о котором известно было лишь то, что он находился вне Европы, вне Азии, вне Ливии, по ту сторону Геркулесовых столбов, и что жило там могущественное племя атлантов, с которыми древние греки вели свои первые войны!

Летописцем, запечатлевшим своим пером великие деяния того времени, был Платон. Диалог между Тимеем и Критием был написан под вдохновенным влиянием Солона, поэта и законодателя.

Однажды Солон беседовал с некими учеными старцами из Саиса — города, насчитывавшего уже тогда около восьми столетий своего существования, о чем свидетельствовали летописи, высеченные на стенах храма. Один из старцев рассказал историю города, древнее Саиса на тысячу лет. Этим первым афинским городом, существовавшим уже девятьсот столетий, овладели атланты и частично его разрушили. Эти атланты, говорил он, обитали на материке, который был больше Африки и Азии, взятых вместе, и занимал пространство, лежащее между 12° и 40° северной широты. Власть атлантов распространялась даже на Египет. Они хотели подчинить себе и Грецию, но должны были отступить перед мужественным сопротивлением эллинов. Прошли века. Потопы, землетрясения обрушились на нашу планету. И достаточно было одной ночи и одного дня, чтобы была стерта с лица земли Атлантида. Только вершины ее самых высоких гор — Мадейры, острова Азорские, острова Канарские, остров Зеленого Мыса — видны и поныне!

Все это я вспомнил, прочтя надпись капитана Немо. Так вот куда привела меня непостижимая судьба! Я стоял на вершине горы исчезнувшего материка! Прикасался к камням зданий, современных геологическим эпохам! Ступал по земле, по которой ходили современники первого человека! Под моими ногами хрустели кости ископаемых, живших в баснословные времена под сенью дерев, ныне обратившихся в камень!

Ах, почему у меня не было достаточно времени! Я бы спустился по крутому откосу горы, прошел бы весь этот легендарный материк, некогда соединявший, несомненно, Африку с Америкой! Посетил бы города допотопных времен, там, может статься, я набрел бы на воинственный Махимос, на религиозный Эусебес, где обитали гиганты, жившие целыми столетиями и своей могучей рукой ворочавшие эти глыбы, противостоящие и поныне разрушительному действию воды! Как знать, не настанет ли день и силою какого-нибудь процесса внутри Земли не поднимется ли этот погребенный под водою материк на поверхность океана? Разве в этой части океана не обнаружено множество подводных вулканов и разве многие суда, плавая в этих неспокойных водах, не ощущали сильных толчков, сотрясавших их корпус? На одних слышен был глухой гул, говоривший о разгуле разбушевавшихся стихий; на других удавалось собрать вулканический пепел, выброшенный на поверхность вод. Вплоть до экватора вся эта часть нашей планеты подвержена действию плутонических сил. И кто знает, в какую-нибудь отдаленную эпоху, в процессе вулканических извержений при новообразованиях из наслоений лавы, не покажутся ли снова на поверхности Атлантического океана вершины подводных огнедышащих гор?

В то время как я предавался мечтаниям, в то время как я старался запечатлеть в памяти все подробности этого грандиозного пейзажа, капитан Немо, облокотясь о замшелую стену, застыл в немом восторге. Думал ли он об этих исчезнувших поколениях? Искал ли тут разгадку человеческих судеб? И не за тем ли явился сюда этот странный человек, чтобы почерпнуть новые силы в историческом прошлом, пожить жизнью гигантов? Чего бы я не дал, чтобы узнать его мысли, понять их и разделить с ним!

Мы провели тут целый час, созерцая раскинувшуюся у наших ног равнину при блеске раскаленной лавы порою ослепительной яркости! От внутриземного клокотания расплавленных пород дрожь пробегала по поверхности горы. Глухой гул вулкана, отчетливо передававшийся через воду, звучал величественно!

В эту минуту луна проглянула сквозь водную толщу и бросила свои бледные лучи на потонувший материк. То был только отблеск лунного света, но впечатление создалось незабываемое! Капитан выпрямился, окинул последним взглядом равнину, затем подал мне знак следовать за ним.

Мы быстро сошли с горы. Миновав ископаемый лес, я увидел вдали прожектор «Наутилуса», светившийся как звезда. Капитан шел на этот свет. И мы взошли на борт судна в то самое время, когда первые лучи восходящего солнца коснулись поверхности океана!

10. Подводные каменноугольные копи

На следующий день, 20 февраля, я встал очень поздно. Ночная усталость дала себя знать, и я проспал до одиннадцати часов. Быстро оделся. Поспешил узнать курс «Наутилуса». Приборы показывали, что судно по-прежнему идет на юг, со скоростью двадцати миль в час, на глубине ста метров под уровнем моря.

Пришел Консель. Я рассказал ему о нашей ночной экскурсии. Створы в салоне были раздвинуты, и он успел увидеть мельком часть потонувшего материка.

«Наутилус» шел на глубине десяти метров над уровнем дна. Он проносился над Атлантидой, как воздушный шар, гонимый ветром, проносится над земными лугами. Пожалуй, правильнее было бы сказать, что мы неслись со скоростью экспресса. Первым планом проходили перед нашими глазами скалы фантастического вида, деревья, перешедшие из растительного царства в ископаемое, окаменелые силуэты которых искажались набегавшими волнами. Груды камней, скрытые под ковром асцидий и морских анемонов, ощетинившиеся зарослями водорослей, стоящими вертикально, чудовищно исковерканные наплывы застывшей лавы — все свидетельствовало о разрушительной силе плутонических извержений.

Причудливые пейзажи возникали, попадая в фокус нашего прожектора, а я тем временем рассказывал Конселю об атлантах, фантастическая история которых вдохновила Бальи посвятить им столько прелестных страниц. Я рассказывал ему о том, какие войны вел этот героический народ. Я толковал об Атлантиде как человек, не сомневавшийся в ее существовании. Консель слушал меня рассеянно; его равнодушное отношение к столь волнующему историческому событию вскоре объяснилось.

Внимание его привлекли рыбы, во множестве плававшие вокруг судна. А Консель при виде рыб, по обыкновению, погружался в дебри классификации и уносился за пределы действительности. Поэтому мне оставалось только следовать его примеру и заняться вместе с ним ихтиологическими изысканиями.

Впрочем, рыбы в Атлантическом океане не слишком резко отличались от рыб, встречавшихся нам в других морях. Тут были гигантские скаты длиною в пять метров, обладающие большой мускульной силой, позволявшей им подниматься над поверхностью воды; различные виды акул, и между ними акула обыкновенная, или мокой аспидно-синего цвета, длиной в пятнадцать футов, с острыми трехгранной формы зубами, которая благодаря своей окраске почти не отличима в морских водах; коричневые морские караси; акулы-людоеды, с шероховатой, бугристой кожей, с цилиндрическим телом; осетры, похожие на своих сородичей в Средиземном море; морские иглы-трубачи длиною в полтора метра, светло-бурого цвета, с маленькими серыми плавниками, лишенные зубов и языка. Они извивались в воде, как змейки.

Между костистыми рыбами внимание Конселя привлекала черноватая меч-рыба длиною в три метра, с острым мечом на верхней челюсти; из ярко окрашенных рыб его заинтересовала рыба, известная во времена Аристотеля под названием морского дракона; шипы ее спинного плавника жестки и колючи, уколы их болезненны и опасны, потому что слизь, окружающая шипы, обладает ядовитыми свойствами; корифена, или золотая макрель, глянцевито-голубого цвета, с золотой каймой; прелестные дорады, или золотые рыбки; луна-рыба, похожая на серебряный диск, с чудным отливом в лазурь, — при солнечном свете рыбки поблескивали в воде, как серебряные монеты; наконец, саблянка, — с вытянутым и сжатым с боков телом, длиною в восемь метров, у которой грудные и спинные плавники серповидной формы, а большой хвостовой — шесть футов длиною, в виде полумесяца, — хищное животное, скорее травоядное, нежели рыбоядное; ее самцы повинуются малейшему знаку своих самок, как хорошо вышколенные мужья.

Но, наблюдая различных представителей морской фауны, я в то же время любовался равнинами Атлантиды. Порой из-за удивительной неровности морского дна «Наутилус» замедлял ход и скользил с увертливостью китообразного в узких проходах между холмами. Случалось, этот лабиринт так запутывался, что становился непроходимым; тогда подводный корабль, как аэростат, взмывал на большую высоту и, миновав препятствие, снова стремил свой бег в нескольких метрах над уровнем дна. Увлекательное, восхитительное плавание! Оно напоминало полет на воздушном шаре, с тою лишь разницей, что «Наутилус» слепо повиновался руке штурмана.

Около четырех часов вечера характер дна, покрытого густым слоем ила, смешанного с окаменевшими ветвями деревьев, начал видоизменяться.

Оно становилось более каменистым, как бы усеянным конгломератами, базальтовым туфом, натеками лавы и сернистыми обсидианами. Я подумал, что мы вступаем, видимо, в гористую полосу, которая заступит место нескончаемой равнины. И в самом деле, в то время как «Наутилус» делал свои эволюции, я заметил, что горизонт на юге прегражден высоким горным кряжем, по-видимому совершенно непроходимым. Вершина его, очевидно, выступала над уровнем океана. Гранитная стена являлась, видимо, подножием материка или по меньшей мере острова, — будь то один из островов Зеленого Мыса или Канарских. Координаты местности не были нанесены на карту, — как знать, не умышленно ли? — и я не имел представления, где именно мы находимся. Но, как мне казалось, эта гранитная стена представляла собою оконечность Атлантиды, лишь малую часть которой нам довелось обозреть.

Я не прерывал своих наблюдений и ночью. Консель ушел к себе. Я остался один в салоне. Замедлив бег, «Наутилус» вольтижировал над массивными взбросами вулканического происхождения, загромождавшими океанское дно. Порою, точно готовясь сесть, он шел, прижавшись к его серым массивам, едва различимым в густой мгле, — и вдруг взмывал на поверхность океана!

В эти короткие мгновения сквозь кристальные воды поверхностных слоев я мельком видел пять или шесть зодиакальных звезд, что блестят в хвосте Ориона.

Долгие часы мог бы я любоваться торжественной красотой моря и неба! Но ставни задвинулись. В этот момент «Наутилус» как раз подходил к высокой гранитной стене. Как преодолеет он гранитную преграду? Я не мог себе этого представить. Поневоле пришлось возвращаться в каюту. Судно стояло на месте. Я заснул с твердым намерением проснуться пораньше.

Но, когда утром я вышел в салон, было уже восемь часов. Я взглянул на манометр. Он показывал, что «Наутилус» всплыл на поверхность вод. Слышались шаги на палубе. Однако боковой качки, неизбежной при плавании на море, не ощущалось.

Я направился к люку. Люк был открыт. Я выглянул наружу, но вместо дневного света меня окутал глубокий мрак. Где мы? Не ошибся ли я? Неужто еще стоит ночь? Нет! Ни одной звезды на небе! И ночью не бывает такой непроглядной тьмы.

Я растерялся. Чей-то голос окликнул меня:

— Это вы, господин профессор?

— А-а! Капитан Немо! — сказал я. — Где мы находимся?

— Под землей, господин профессор.

— Под землей! — вскричал я. — Но «Наутилус» идет?

— Идет по-прежнему.

— Ничего не понимаю.

— Потерпите несколько минут. Включат прожектор, и, если вы предпочитаете ясность ситуации, вы будете довольны.

Я вышел на палубу и стал ждать. Мрак был так глубок, что я даже не видел капитана Немо. Однако, взглянув вверх, я заметил над самой моей головой полоску слабого света, вернее, проблеск света, проникавший через кругообразное отверстие. Но тут включили прожектор, и его ослепительное сияние поглотило мерцающий лучик.

Я закрыл на минуту глаза, ослепленные электрическим освещением. Затем стал осматриваться кругом. «Наутилус» стоял, покачиваясь возле высокого берега, напоминавшего набережную. Море превратилось в озеро, заключенное в кольцо каменных стен. Диаметр озера равнялся двум милям, иначе говоря, шести милям в окружности. Уровень воды в озере, — как и показывал манометр, — не мог разниться с уровнем воды в океане, ибо между озером и океаном, несомненно, имелось сообщение.

Высокие наклонные стены постепенно смыкались на высоте пятисот или шестисот метров, образуя как бы огромную перевернутую воронку. Воронка оканчивалась круглым отверстием, через которое и проникал рассеянный дневной свет.

Прежде чем внимательно исследовать внутреннее расположение огромной пещеры и доискиваться, было ли это делом рук человеческих, или работой природы, я подошел к капитану Немо.

— Где же все-таки мы находимся? — спросил я.

— В недрах потухшего вулкана, — отвечал капитан, — вулкана, залитого морем вследствие какого-нибудь тектонического сотрясения. В то время как вы спали, господин профессор, «Наутилус» проник в эту лагуну через естественный канал, прорытый в десяти метрах под уровнем океана. Тут его гавань! Гавань надежная, удобная, скрытая от всех глаз, защищенная от ветров всех румбов! Укажите мне на берегах ваших материков или островов хоть один рейд, который мог так же надежно укрыть судно от бушевания урагана!

— Совершенно верно, — отвечал я, — здесь вы в безопасности, капитан Немо! Что может грозить вам в недрах вулкана? Но в его вершине я заметил какое-то отверстие?

— Да, это кратер! Кратер, некогда извергавший лаву, серные пары и пламень. Теперь же он снабжает нас чистым воздухом.

— Но какая же это огнедышащая гора?

— Здешние воды усеяны островами вулканического происхождения, и таких гор тут множество. Для моряков — это простой риф, для нас — огромная пещера. Я случайно открыл ее, и этот случай оказал мне большую услугу.

— А нельзя ли спуститься сюда через жерло вулкана?

— Ни спуститься, ни подняться нельзя! Футов на сто от основания горы еще можно вскарабкаться, но выше — стены уклоняются от отвесной линии, образуя купол свода, и становятся неприступными.

— Я вижу, капитан, что природа оказывает вам услугу везде и всегда. Вы в полной безопасности на этом озере!. И никто не нарушит покоя здешних вод. Но на что вам эта гавань? «Наутилус» не нуждается в гавани.

— Не нуждается, господин профессор! Но он нуждается в электричестве, чтобы двигаться, в батареях, чтобы производить электрическую энергию, в натрии, чтобы питать эти батареи, в угле, чтобы получать натрий, в каменноугольных копях, чтобы добывать уголь. Еще в геологические эпохи море поглотило целые леса, которые уже минерализовались и, превратившись в каменный уголь, служат мне неисчерпаемым источником топлива.

— Стало быть, ваши матросы, капитан, исполняют обязанности углекопов?

— Точно так. Эти копи находятся под водой, как и угольные шахты Ньюкасла. В скафандрах, с киркою и заступом в руках, матросы с «Наутилуса» добывают здесь уголь, избавляя меня от нужды в наземных рудниках. Когда я сжигаю это горючее, чтобы получить натрий, дым, выбиваясь из кратера, придает горе вид действующего вулкана.

— И мы увидим ваших матросов в работе?

— Нет! По крайней мере на этот раз. Я спешу завершить наше подводное кругосветное плавание. Поэтому я ограничусь тем, что возьму хранящийся тут запас каменного угля. Как только мы его погрузим, то есть ровно через день, мы пойдем дальше. И если вы хотите осмотреть эту пещеру и обойти лагуну, воспользуйтесь сегодняшним днем, господин Аронакс.

Я поблагодарил капитана и пошел за своими спутниками, которые еще не выходили из каюты. Я пригласил их пройтись со мною, не сказав, где мы находимся.

Мы вышли на палубу. Консель, который ничему не удивлялся, нашел совершенно естественным, что, заснув под водою, проснулся под землей. Нед Ленд думал только о том, не имеет ли эта пещера нескольких выходов.

После завтрака, около десяти часов, мы сошли на берег.

— Вот мы и опять на земле, — сказал Консель.

— Я не могу сказать, что нахожусь «на земле», мы скорее под землею.

Между подошвою горы и водами озера открывался песчаный берег, который в самом широком месте имел не более пятисот футов. По этой узкой ровной полоске можно было обойти вокруг озера. Но у подошвы гранитных стен пещеры лежали в живописном беспорядке изверженные вулканические глыбы и огромные куски пемзы. Расплавленная подземным огнем и затем застывшая масса загоралась тысячью огней, едва свет прожектора касался ее как бы отполированной поверхности. Слюдяная пыль, поднятая нашими ногами, разлеталась облаком искр.

За полоской наносной земли вокруг озера дно пещеры заметно возвышалось. Вскоре мы дошли до уступов, тянувшихся вдоль стены, постепенно уходя ввысь наподобие лестницы, и позволявших с большими предосторожностями подниматься среди груды конгломератов, ничем не сцементированных между собою. Наши ноги скользили по стекловидным трахитам, состоявшим из кристаллов полевого шпата и кварца.

Вулканическое происхождение этой гигантской пещеры подтверждалось на каждом шагу. Я обратил на это внимание своих спутников.

— Представляете себе, — сказал я, — что происходило в этой воронке, когда тут клокотала кипящая лава и уровень этой раскаленной добела жидкости поднимался до самого устья кратера, как металл, расплавленный в доменной печи?

— Отлично представляю, — отвечал Консель. — Но не скажет ли господин профессор, почему плавильщик остановил свою работу и как случилось, что в горниле вулкана образовалось мирное озеро?

— Вероятнее всего, Консель, в процессе тектонических сотрясений в склоне горы образовалась трещина, именно та самая, через которую «Наутилус» прошел в эту пещеру. Воды Атлантического океана устремились внутрь горы. Завязалась лютая борьба между двумя стихиями, борьба, окончившаяся победой Нептуна. Но много веков прошло с того времени, и затопленный вулкан превратился в тихий грот.

— Вот и отлично, — заметил Нед Ленд, — объяснено правильно! Только жаль, что трещина, о которой говорил господин профессор, образовалась не над уровнем моря.

— Помилуй, друг Нед! — возразил Консель. — Будь эта трещина в горе, возвышавшейся над уровнем моря, «Наутилусу» не было бы в ней нужды!

— А я прибавлю, мистер Ленд, что тогда воды не вступили бы внутрь горы и вулкан остался бы вулканом! Ваши сожаления напрасны!

Подъем в гору продолжался. Уступы становились все круче и уже. Глубокие трещины пресекали порою наш путь; через них надо было перескакивать. Приходилось обходить обвалившиеся скалы. Взбираться на четвереньках, ползать, лежа на животе! Но благодаря ловкости Конселя и мускульной силе канадца мы преодолели все препятствия.

На высоте приблизительно тридцати метров характер почвы изменился, но от этого дорога не стала удобнее для ходьбы. За конгломератами и трахитами следовали черные базальты; тут они расстилались ровной поверхностью, шероховатой от застывших пузырей лавы; там вздымались правильными призмами, в виде колоннады, которая поддерживала заплечья громадного свода, являя собой дивный образец архитектурного искусства природы. Между базальтами змеились застывшие лавовые потоки, с вкрапленными в них полосками битуминозных сланцев и местами широкими наплывами серы. Рассеянный дневной свет, поступавший под эти мрачные своды сквозь жерло кратера, слабо освещал изверженные породы, навеки погребенные в недрах угасшего вулкана.

Однако наше восхождение вскоре было прервано непредвиденным препятствием. На высоте примерно двухсот пятидесяти футов стены, уклоняясь от отвесной линии, переходили в свод, и нам, стало быть, оставалось ограничиться прогулкой вокруг озера. Растительное царство вступало тут в борьбу с царством ископаемых. Несколько кустов и даже редкие деревца росли в выемках камней. Я узнал молочайник, выделявший едкий сок. Гелиотропы, вовсе не оправдывавшие своего названия, потому что солнечные лучи никогда не ласкали их, печально клонили свои головки, бесцветные и без аромата. И там и тут чахлые златоцветы робко выглядывали из-за жалкого алоэ. Но между лавовых потоков цвели фиалки, еще сохранившие свое нежное благоухание. Признаюсь, я с наслаждением вдыхал их аромат. Запах — душа цветка, а морские цветковые растения и великолепные водоросли не имеют запаха!

Мы подходили к группе мощных драцен, раздвигавших своими могучими корнями расселины скал, как вдруг Нед Ленд вскричал:

— Глядите-ка, господин профессор, улей!

— Улей? — спросил я с недоверием.

— Улей! Улсй! — повторил канадец. — И вокруг него жужжат пчелы.

Я подошел и должен был поверить очевидности; Там, в расселине, в дуплс драцсны, приютился настоящий пчелиный улей; оттуда слышалось жужжание целого роя трудолюбивых пчел, продукция которых высоко ценится на Канарских островах.

Естественно, канадец пожелал запастись медом, в чем я ему не препятствовал. Охапка сухих листьев, смешанных с серой, вспыхнула от искр его огнива. И Нед начал выкуривать пчел. Жужжание вскоре прекратилось, улей опустел, и мы достали несколько литров душистого меда. Нед Ленд до краев наполнил им свою сумку.

— Прибавив мед в тесто хлебного дерева, — сказал он, — я угощу вас превкусным пирогом.

— Ей-ей! — сказал Консель. — Это будет просто пряник!

— Пряник так пряник, — сказал я, — а все же пойдемте-ка дальше!

При некоторых поворотах тропинки, по которой мы шли, перед нами развертывалось озеро во всю свою ширь. Прожектор «Наутилуса» освещал его тихие воды, не знавшие ни бриза, ни бурь. «Наутилус» стоял не шелохнувшись. На палубе и на берегу суетились люди, отбрасывая темные тени на освещенные скалы.

Итак, мы обходили верхнюю гряду скалистых уступов, на которую опирался свод. И тут я увидел, что не одни пчелы представляли животное царство в ведрах вулкана. Хищные птицы парили и кружились над нами или с шумом вылетали из гнезд, свитых в неприступных утесах. Это были белогрудые ястребы и крикливая пустельга. По скатам удирали со всей скоростью своих длинных ног вспугнутые нами великолепные жирные дрофы. Предоставлю судить, какая алчность обуяла канадца при виде этой вкусной дичи и как он жалел, что при нем нет ружья! Он попробовал заменить свинец камнями, и после многих неудачных попыток ему удалось сбить великолепную дрофу. Скажу без преувеличения: он раз двадцать рисковал жизнью, пока не поймал раненую птицу! И все же дрофа оказалась в его походной сумке, в соседстве с сотами.

Гранитная гряда становилась непроходимой, и вскоре нам пришлось спуститься на берег. Над нами зияло жерло кратера, казавшееся отверстием грандиозного колодца. Сквозь него я видел кусочек неба. Облака, гонимые западным ветром, застилали порою своей туманной дымкой жерло кратера. Это означало, что облака несутся на небольшой высоте, ибо вершина вулкана вздымалась всего на восемьсот футов над уровнем океана.

Через полчаса после последнего охотничьего подвига канадца мы снова вышли на подземный берег. Флора была тут представлена широкими лужайками мелкого зонтичного растения, известного также под названием камнеломка, или морского укропа, служащего отличной приправой к пище. Зеленым ковром укропа был покрыт весь берег, и Консель собрал несколько пучков этого растения. Что касается фауны, представителями ее являлись тысячи ракообразных всех видов: омары, крабы-отшельники, креветки, мизиды, сенокосцы, галатеи и множество раковин: ужовок, багрянок и блюдечек.

Мы открыли здесь чудесный грот и с наслаждением растянулись на мелком песке. Огонь отполировал гранитные стены и осыпал их искрящейся слюдяной пылью. Нед Ленд испытывал стены и на стук и на ощупь, пытаясь определить их толщу. Глядя на него, я не мог скрыть улыбки. Разговор зашел, по обыкновению, о побеге. И я на этот раз счел возможным без особого риска обнадежить Неда Ленда, сказав ему, что капитан Немо повернул на юг затем только, чтобы пополнить запасы угля. «И я надеюсь, что он вернется к берегам Европы и Америки, — сказал я. — Вот тут-то и представится случай бежать с „Наутилуса"!»

Мы провели уже час в этом прелестном гроте. Беседа, оживленная вначале, почти замерла. Сонливость овладевала нами. Спешить было некуда, и я не стал бороться с дремотой. Мне снилось, — а мы не вольны в снах! — что я веду растительный образ жизни моллюска. Мне пригрезилось, что этот грот не грот, а моя двустворчатая раковина…

Меня разбудил голос Конселя.

— Скорей! Скорей! — кричал он.

— Что случилось? — спросил я, приподнимаясь.

— Вода! Вода прибывает!..

Я вскочил на ноги. Море врывалось в грот, как прорвавший препятствие поток; и так как мы не были моллюсками, приходилось спасаться.

В несколько минут взобравшись на вершину грота, мы избегли опасности утонуть.

— Что тут происходит? — спросил Консель. — Какое-нибудь новое явление природы?

— Нет, друзья мои! — отвечал я. — Это прилив, обыкновенный прилив, который чуть не настиг нас, как героев Вальтера Скотта! Уровень воды в океане повысился в час прилива, и, в силу закона равновесия жидкостей в сообщающихся сосудах, поднялся уровень воды и в озере. Мы отделались ножной ванной. А теперь бегом к «Наутилусу»!

Через три четверти часа, прогулявшись вокруг озера, мы вернулись на борт. Команда уже заканчивала погрузку, и «Наутилус» мог с минуты на минуту тронуться в путь.

Однако капитан Немо не отдавал приказа к отплытию. Не хотел ли он дождаться ночи и выйти незамеченным из этого подводного канала? Может быть.

Утром «Наутилус» уже шел открытым морем, вдали от всяких признаков земли, в нескольких метрах под уровнем воды Атлантического океана.

11. Саргассово море

Надежда на возвращение к европейским берегам рушилась. Капитан Немо держал курс на юг. Куда он вел свой корабль? Я не смел давать воли воображению.

В тот же день «Наутилус» пересекал своеобразный район Атлантического океана. Всем известно, что существует теплое течение Гольфстрим. От берегов Флориды оно направляется к Шпицбергену. Около сорок четвертого градуса северной широты Гольфстрим распадается на две ветви. Главное течение направляется к северо-востоку вдоль берегов Ирландии и Норвегии, вторая ветвь идет на юг к Азорским островам. Дойдя до африканских берегов, южное течение описывает вытянутую дугу и возвращается к Антильским островам.

Ветвь эта, — скорее кольцо, нежели ветвь, — омывает своими теплыми водами те спокойные, лишенные постоянного внутреннего течения воды Атлантического океана, которые носят название Саргассова моря. Саргассово море — поистине озеро в открытом океане! Площадь его такова, что требуется три года, чтобы теплое течение Гольфстрим совершило свой кругооборот по его окружности.

Под Саргассовым морем, собственно говоря, находятся глубины, поглотившие Атлантиду. Участники научных экспедиций, встречавшие тут целые плавающие острова водорослей, долго держались того мнения, что это прибрежные заросли затонувшего материка, всплывшие на поверхность моря. Но вероятнее всего, что саргассовые водоросли приносятся в Саргассово море с побережий Европы и Америки течением Гольфстрим. Вот эти-то плавающие водоросли, помимо других признаков, и навели Колумба на мысль о существовании Нового Света. Когда корабли отважного исследователя вошли в Саргассово море, то, к великому огорчению команды, бурые космы плавающих водорослей настолько затрудняли движение судов, что плавание в этих водах затянулось на целые три недели!

Таково было море, по которому шел «Наутилус». Настоящие луга! Сплошной покров из водорослей-саргассумов скрывал собою голубые воды Саргассова моря. Покров столь плотный, что форштевень судна с трудом рассекал его. И капитан Немо, опасаясь за целость винта, держался на глубине нескольких метров под поверхностью вод.

Саргассово море получило свое название от испанского слова «sargazo», что означает «фукус». Громадное скопление этих водорослей образует настоящий растительный риф.

Чем же объясняется такое скопление морских растений в этой тихой заводи Атлантического океана? Ответ на это дает Мори, автор «Физической географии земного шара».

«Объяснение подобного явления, — говорит он, — можно получить путем самого простого опыта. Если в сосуд с водой опустить кусочки пробки или какие-либо плавающие тела и сообщить воде в сосуде круговое движение, то увидим, что разрозненные кусочки пробки соединятся в центре сосуда, иначе говоря, в самом спокойном месте. Вообразите, что сосуд — Атлантический океан, круговое течение — Гольфстрим, а центр, где соединяются плавающие тела, — Саргассово море».

Я разделяю мнение Мори. Мне довелось наблюдать подобное явление в условиях среды, недоступной обычно для судов. Над нами, среди бурых водорослей, плыли стволы деревьев, поваленные бурей в Андах или на Скалистых горах и принесенные в эти воды течением Амазонки или Миссисипи, обломки кораблекрушений, сломанные кили, части оснастки, обшивные доски, настолько отягченные раковинами, что они не могли всплыть на поверхность океана. Время подтвердит и другое утверждение Мори, а именно, что все эти предметы и вещества, скопляющиеся в продолжение веков, минерализуются от действия морской воды и образуют неистощимые залежи каменного угля. Драгоценный запас топлива, который предусмотрительная природа готовит к тому времени, когда люди исчерпают каменноугольные копи материков.

Среди этого хаоса водорослей виднелись звездчатые, нежно-розовые прелестные альционии, актинии, раскинувшие длинные кудри своих щупалец, медузы, зеленые, красные, голубые, и между ними корнерот Кювье, голубоватый зонтик которого окаймлен фиолетовыми фестонами.

Весь день 22 февраля мы провели под водами Саргассова моря, где рыбы, большие охотницы до морских растений и ракообразных, находят обильную пищу. На другой день океан утратил свое своеобразие.

С того времени в течение девятнадцати дней, с 23 февраля по 12 марта, «Наутилус», держась середины Атлантического океана, уносил нас на юг со скоростью ста лье в сутки. Видимо, капитан Немо осуществлял кругосветное подводное плавание по намеченному маршруту, и я не сомневался, что, обогнув мыс Горн, он вернется в южные воды Тихого океана.

Опасения Неда Ленда были основательны. В этих открытых морях, где редко встречались острова, нечего было и думать о побеге. Воля капитана Немо была законом на борту «Наутилуса». Приходилось покориться своей участи. Но если действовать против капитана Немо силой или хитростью бесполезно, то нельзя ли войти с ним в переговоры? Не согласится ли он, по окончании нашего подводного путешествия, вернуть нам свободу под клятвенное обещание не выдавать его тайны? Мы выполнили бы этот долг чести. Но как начать столь щекотливый разговор с капитаном? И как он отнесется к моим вольнолюбивым притязаниям? Не заявлял ли он неоднократно и весьма решительно, что мы прикованы навсегда к борту «Наутилуса» во имя сохранения в тайне его существования? Не принял ли он мое молчание в течение четырех месяцев за согласие с его ультиматумом? Поднять этот вопрос теперь — не значило ли возбудить в нем подозрительность, что могло только повредить осуществлению нашего замысла? Взвесив и обдумав все соображения, я поделился ими с Конселем, который был озадачен не менее меня. Хотя я не склонен впадать в отчаяние, но, рассуждая здраво, понимал, что шансы когда-либо вернуться в человеческое общество падали с каждым днем, и особенно теперь, когда капитан Немо очертя голову несся в тропические зоны Атлантического океана!

В течение девятнадцати дней нашего плавания, о чем я уже говорил выше, ничего примечательного не произошло. Капитан редко показывался. Он много работал. В библиотеке мне часто попадались на глаза книги, преимущественно по естественной истории, оставленные им раскрытыми на какой-нибудь странице. Моя книга «Тайны морских глубин» была испещрена пометками на полях, опровергавшими порою мои теории и гипотезы. Но капитан довольствовался беглыми критическими замечаниями на полях книги, не вступая со мной в словопрения. Порою до меня доносились меланхолические мелодии, исполняемые с большим чувством. Капитан играл на органе, но только глубокой ночью, когда мрак окутывал воды и «Наутилус» дремал в пустыне океана.

Все эти дни мы плыли по поверхности океана. Море было пустынно. Лишь изредка покажется парусник с грузом для Индии, направлявшийся к мысу Доброй Надежды. Однажды за нами погналось китобойное судно, видимо принявшее «Наутилус» за ценного гигантского кита. Но капитан Немо, не желая, чтобы моряки тратили попусту время и труд, прекратил бесполезное занятие китобоев, уйдя под воду. Этот случай, казалось, живо заинтересовал Неда Ленда. Не ошибусь, сказав, что канадец сожалел, что китобои не пронзили насквозь своим гарпуном наше китообразное судно!

Рыбы в здешних водах мало чем отличались от тех, которых мы видели под другими широтами. Нам встретились представители одного из трех подродов страшного рода хрящевых рыб — акул, в котором насчитывается не менее тридцати двух видов: полосатые акулы длиною в пять метров, с плоской головой, гораздо шире тела, с закругленным хвостовым плавником, у которых на спине семь черных продольных полос; серые акулы пепельных оттенков, с семью жаберными щелями и с одним спинным плавником почти на самой середине тела.

Плавали близ судна и акулы — морские собаки, самые прожорливые рыбы. Рыболовы рассказывают, что будто бы в брюхе одной такой акулы была найдена голова буйвола и чуть ли не целый теленок; у другой — два тунца и матрос в полной амуниции; у третьей — солдат с саблей; нашлась и такая, что проглотила всадника с лошадью! Впрочем, все эти россказни отнюдь не заслуживают веры! А препарировать этих негодниц мне не довелось: ни одна из них не попалась в сети «Наутилуса».

Целые стада изящных и шаловливых дельфинов неотступно следовали за судном, забавляя нас своими играми. Они держались сообществами в пять-шесть особей, как волки в лесу! Кстати сказать, в прожорливости дельфины не уступают акулам, если верить одному копенгагенскому профессору, который будто бы вынул из желудка дельфина тринадцать морских свиней и пятнадцать тюленей! Впрочем, ему попалась касатка, смелое, хищное и прожорливое животное, достигающее в длину более двадцати четырех футов. Дельфины из семейства зубатых китов насчитывают десять родов, и рыбы, замеченные мною, принадлежали к длинноносым дельфинам, у которых сравнительно небольшая голова удлинена в виде клювообразного, резко отделенного от лба рыла. Длина тела, сверху черного, снизу бело-розового в редких пятнышках, достигала трех метров.

Назову также умбрицу, рыбу из семейства горбылей, отряда колючеперых. Некоторые авторы, — скорее поэты, нежели натуралисты, — утверждают, что эти рыбы наделены музыкальным органом и дают концерты не в пример лучше целого ансамбля певцов. Не смею спорить, но с сожалением замечу, что нам эти умбрицы не изволили петь серенады!

Упомяну в заключение, что Консель классифицировал множество летающих рыб. Курьезно было наблюдать, с какой ловкостью за ними охотились дельфины. Как бы высоко ни взлетали рыбки, как бы длинна ни была траектория их полета, — пусть даже над «Наутилусом», — всюду бедняжки попадали в разверстую пасть дельфина! Это были или летучки, или другие рыбы со светящимся ртом. Когда ночью, взлетев и очертив в воздухе светящуюся кривую, рыбки опять погружаются в воду, они напоминают падающие звезды.

До 13 марта наше плавание не ознаменовалось чем-либо примечательным. Весь день 13 марта ушел на промеры глубины. Занятия эти вызывали во мне живой интерес.

Мы прошли около тринадцати тысяч лье с момента нашего выхода в открытые моря Тихого океана. В данное время мы находились под 45°37′ южной широты и 37°53′ западной долготы. Именно в этих местах зонд, опущенный капитаном «Герольда» Дэнхэмом на глубину четырнадцати тысяч метров, не достиг дна. Тут же лейтенант Паркер с американского фрегата «Конгресс» не мог достать морского дна даже на глубине пятнадцати тысяч ста сорока метров.

Капитан Немо решил, опустившись на предельную глубину, установить точные промеры впадины, имевшейся в этой части Атлантического океана. Я приготовился записывать результаты испытания. Ставни в салоне открыли, и «Наутилус» стал готовиться к погружению на самое ложе Атлантического океана.

Вероятно, никакой балласт не был бы способен увеличить вес судна настолько, чтобы оно могло погрузиться на такие большие глубины. Не говоря уже о том, что для возвращения на поверхность океана понадобилось бы тут же, на самом дне, выкачивать воду из резервуаров; но для подобной операции, при огромном внешнем давлении, даже насосы «Наутилуса» при всей их мощности оказались бы бессильными.

Капитан Немо решил погрузиться на дно океана, пользуясь отлогими диагоналями боковых плоскостей. Рулям глубины был придан наклон под углом в сорок пять градусов в отношении ватерлинии «Наутилуса». Вертикальный гребной винт вращался с предельной скоростью, и его четыре лопасти сильными взмахами врезались в воду.

Корпус «Наутилуса» вздрогнул, как натянутая струна, и начал плавно погружаться в воду. Мы с капитаном стояли в салоне и следили за быстрым движением стрелки манометра. Вскоре мы миновали среду обитания большинства рыб.

Фауна меняется с увеличением глубины океана. Некоторые рыбы водятся только в поверхностных водах морей и рек, другие, менее многочисленные, обитают в самой толще вод. Именно тут мы попадаем в среду удивительных животных, как то: гексанхи из отряда акуловых, вид акулы, с шестью жаберными щелями, рыбы-телескопы с огромными глазами, покрытые панцирем рыбы-кузовки, с серыми брюшными и черными грудными плавниками, с нагрудником из бледно-розовых костяных пластинок, и, наконец, рыбы-долгохвосты, живущие на глубине тысячи двухсот метров, где давление равняется ста двадцати атмосферам.

Я спросил капитана, не случалось ли ему встречать рыб в глубоководной зоне океана.

— Рыб? — отвечал капитан Немо. — Очень редко. Но какого мнения держится на этот счет современная наука?

— Видите ли, капитан, установлено, что нижние горизонты материкового плато лежат за пределами зоны водорослей. Фауна этой зоны приобретает характерный глубоководный облик. На глубинах, где существует еще животная жизнь, растительная жизнь отмирает. Установлено, что устрицы существуют на глубине двух тысяч метров под уровнем моря и что Мак Клинток, герой полярных морей, однажды выловил морскую звезду на глубине двух тысяч пятисот метров! Установлено, что экипаж фрегата «Бульдог» английского Королевского флота на глубине двух тысяч шестисот двадцати саженей, то есть на глубине более чем одного лье, также выловил морскую звезду. Ну, а вы, капитан Немо, пожалуй, скажете, что мы ничего не знаем?

— Нет, господин профессор, — отвечал капитан, — я не позволю себе такой неучтивости. Но скажите, пожалуйста, чем вы объясняете, что живые существа могут жить в таких глубинах?

— Объясняется это двумя причинами, — отвечал я. — Прежде всего тем, что вертикальные и горизонтальные течения, перенося из одних мест океана в другие массы вод, имеющих определенную соленость и температуру, способствуют распространению организмов. Взять хотя бы морские лилии и морские звезды, которые ведут донное существование.

— Совершенно справедливо, — сказал капитан.

— А затем количество растворенного в воде кислорода, необходимого для жизни организмов в море, не только не падает в глубинных слоях океана, но, напротив, возрастает; а высокое давление водной толщи лишь способствует его сжатию.

— А-а! И это известно! — сказал капитан несколько удивленно. — Ну, что ж, господин профессор, истина остается истиной для всех! Позвольте лишь прибавить, что в плавательном пузыре рыб, выловленных в поверхностных водах океана, содержится больше азота, нежели кислорода; тогда как и у рыб, пойманных в глубинных водах, больше кислорода, нежели азота. Это наблюдение подтверждает ваши выводы. Ну-с, займемся-ка и мы наблюдением!

Я посмотрел на манометр. Стрелка указывала глубину в шесть тысяч метров. Наше погружение продолжалось уже целый час. «Наутилус» плавно опускался в воды все глубже и глубже. Воды, скудные жизнью, поражали своей неописуемой прозрачностью. Часом позже мы были уже на глубине тринадцати тысяч метров под уровнем моря, — около трех с четвертью лье, — а близость морского дна все еще не давала о себе знать.

Однако на глубине четырнадцати тысяч метров я увидел среди кристально-прозрачных вод темные силуэты горных вершин. Возможно, горы были столь же высокие, как Гималаи или Монблан, даже более высокие, — ведь глубина бездны была неизмерима!

«Наутилус» скользил в бездонные глубины, несмотря на огромное давление внешней среды. Я чувствовал, как скрипят скрепы железной обшивки судна, как изгибаются распоры, как дрожат переборки, как стекла в окнах салона, казалось, прогибаются внутрь под давлением воды. Если бы наше судно не обладало сопротивляемостью стали, как говорил его командир, его бы, конечно, расплющило!

В то время как судно скользило по своей диагонали, едва не касаясь выступов скал, затерянных среди океанских вод, мне довелось увидеть несколько известковых трубок, представителей двух, наиболее известных родов полихет-трубкожилов: спиробрисов и серпул, а также несколько образцов морских звезд — астериас.

Но вскоре и эти представители животного мира исчезли, и на глубине более трех лье «Наутилус» переступил за пределы водной среды, заселенной живыми организмами, подобно воздушному шару, поднявшемуся выше биосферы. А мы были уже на глубине шестнадцати тысяч метров — четырех лье — под уровнем океана, и обшивка «Наутилуса» испытывала давление в тысячу шестьсот килограммов на каждый квадратный сантиметр своей поверхности!

— Вот так коллизия! — вскричал я. — Очутиться в таких глубинах, куда не проникал ни один человек! Посмотрите, капитан, посмотрите-ка! Какие величественные скалы, какие пещеры, не оказавшие приюта ни одному живому существу! Вот последний край материковых массивов земного шара! За его пределами кончается жизнь! Зачем мы должны, побывав в этих неизведанных зонах, унести с собой лишь одни воспоминания?

— А вы хотели бы, — спросил меня капитан Немо, — унести отсюда нечто более существенное, нежели воспоминания?

— Как прикажете понимать ваши слова, капитан?

— Я хочу сказать, что ничего нет проще, как увековечить на снимке этот подводный пейзаж?

Не успел я выразить своего удивления, как капитан Немо уже распорядился, чтобы принесли фотографический аппарат. Створы в салоне были широко раздвинуты, и водная среда, освещенная электричеством, представляла собою прекрасный объект. Ни светотени, ни малейшего мерцания! Этот искусственный свет создавал лучшие условия, нежели солнце, для нашей съемки подводного пейзажа. «Наутилус», покорный воле своего винта и положению наклонных плоскостей, застыл на месте. Мы навели объектив аппарата на облюбованный нами пейзаж океанского дна и через несколько секунд получили великолепный негатив.

Я сохранил этот снимок. Тут видны первозданные скалы, никогда не озарявшиеся дневным светилом, гранитные устои коры земного шара, глубокие пещеры, выдолбленные в каменистом массиве, бесподобный по четкости рисунка очерк горных вершин, точно вышедший из-под кисти фламандского живописца. А там, на заднем плане, волнообразная линия гор завершала чарующий пейзаж! Как живописать этот ансамбль гладких, черных, словно отполированных скал, без прозелени мха, без единого цветного пятна! Скал, таких непричастных этой водной стихии и так гордо попирающих своими подножиями песчаное дно, облитое электрическим светом!

Между тем, сделав снимок, капитан Немо сказал:

— Ну, а теперь пора и подниматься, господин профессор! Не следует злоупотреблять нашими возможностями и слишком долго подвергать корпус «Наутилуса» столь сильному давлению.

— Поднимемся, капитан! — отвечал я.

— Держитесь крепче!

Не успел я вникнуть в смысл предостережения капитана, как меня свалило с ног.

По приказу капитана винт пришел в бездействие, рули глубины были поставлены вертикально, и «Наутилус» взвился, как воздушный шар. Он рассекал толщу вод с глухим свистом. Все исчезло в этом бешеном взлете. В четыре минуты преодолев целые четыре лье — расстояние между ложем и поверхностью океана — и вынырнув из воды подобно летучей рыбе, он вновь опустился на океанские воды, взметнув в высоту фонтан брызг!

12. Кашалоты и киты

В ночь с 13 на 14 марта «Наутилус» снова взял курс на юг. Я думал, что на широте мыса Горн, обогнув мыс, он войдет в воды Тихого океана и этим закончит свое кругосветное плавание. Однако мы направлялись в сторону Австралии. Куда держал он путь? К Южному полюсу? Ну, это просто безумие! Я начинаю склоняться к мысли, что поступки капитана вполне оправдывают опасения Неда Ленда.

В последнее время канадец не посвящал меня в свои планы. Он стал сдержаннее, молчаливее. Я видел, как тяготило его наше пленение. Я чувствовал, что с каждым днем он становился все раздражительнее. При встрече с капитаном у него глаза загорались мрачным огнем, и можно было опасаться, что вспыльчивый канадец позволит себе какую-нибудь дерзкую выходку.

В тот день, 14 марта, Консель и Нед Ленд в неурочное время пришли ко мне в каюту. Я поинтересовался, что их привело ко мне.

— Хочу вас кое о чем спросить, сударь, — отвечал канадец.

— Пожалуйста, Нед.

— Как вы думаете, много ли людей на борту «Наутилуса»?

— Не могу сказать, мой друг.

— По-моему, — продолжал Нед Ленд, — для управления таким судном, как «Наутилус», не требуется большого экипажа.

— Совершенно верно, — отвечал я, — для управления таким судном, оснащенным электрическими навигационными приборами, достаточно десяти человек.

— Так-с! — сказал канадец. — А почему же тут их больше?

— Почему? — спросил я и пристально посмотрел на Неда Ленда.

Догадаться, к чему он ведет речь, было нетрудно.

— Потому что, — сказал я, — если мои догадки правильны и я верно понял, в чем смысл жизни капитана Немо, то «Наутилус», стало быть, не просто корабль! Это подводное судно служит убежищем для тех, кто, как и сам командир судна, порвал всякие связи с Землей.

— Все может быть, — сказал Консель. — Но в конце концов «Наутилус» вмещает ограниченное число людей! Не может ли господин профессор определить, какое максимальное количество людей вмещает судно?

— Определить количество людей на судне? Каким же образом, Консель?

— Простым расчетом. Водоизмещение судна известно господину профессору, а следовательно, и кубатура полезного воздуха. Зная, с другой стороны, сколько кислорода потребно для дыхания человека, и, приняв во внимание, что «Наутилус» каждые двадцать четыре часа возобновляет…

Консель не окончил фразы, но я отлично видел, куда он клонит.

— Я пенял тебя, — сказал я. — Высчитать нетрудно, но едва ли расчет будет верный.

— Неважно! — сказал Нед Ленд. — Пускай будет хоть примерный!

— Извольте, — ответил я. — Каждый человек расходует в час количество кислорода, содержащееся в ста литрах воздуха, короче говоря, расходует в течение двадцати четырех часов количество кислорода, содержащееся в двух тысячах четырехстах литрах. Стало быть, надо разделить водоизмещение судна на две тысячи четыреста…

— Так точно, — сказал Консель.

— А так как водоизмещение «Наутилуса» равно полутора тысячам тонн, а в каждой тонне тысяча литров воздуха, каковая цифра, деленная на две тысячи четыреста…

Я взялся за карандаш.

— …дает шестьсот двадцать пять. Иначе говоря, «Наутилус» содержит количество воздуха, достаточное для шестисот двадцати пяти человек в течение двадцати четырех часов.

— Шестисот двадцати пяти, — повторил Нед.

— Но, уверяю вас, — прибавил я, — что мы, все вместе взятые, пассажиры, матросы, офицеры, не составим и десятой части этой цифры.

— И того чересчур много для трех человек, — пробормотал Консель.

— Итак, бедный мой Нед, могу вам только посоветовать запастись терпением.

— И не только терпением, — заметил Консель, — но и покорностью.

Консель нашел нужное слово.

— Впрочем, — прибавил он, — не может же капитан Немо все время идти на юг. Когда-нибудь и остановится! Встретятся на пути ледовые поля, вот и придется возвращаться в моря более цивилизованные! И тогда, Нед Ленд, наступит время снова попытать счастья.

Канадец покачал головой, провел рукой по лбу и вышел, не обронив ни слова.

— С позволения господина профессора, — сказал тогда Консель, — поделюсь с ним моими наблюдениями. Бедняга Нед вбил себе в голову всякую всячину. Все вспоминает прошлое. Все мы так! Что прошло, то стало милым! Сердце свое он надрывает этими самыми воспоминаниями. Надо понять его! Что ему делать на борту «Наутилуса»? Нечего! Он не ученый, как господин профессор. Чудеса подводного мира не радуют его, как они радуют нас. Он всем готов пожертвовать, лишь бы вечерком посидеть в таверне, там, у себя на родине!

В самом деле, однообразие жизни на борту судна, видимо, тяготило канадца, привыкшего к жизни деятельной и вольной. Происшествия, которые могли бы его интересовать, редко случались. Впрочем, в тот день одно событие напомнило китобою счастливые времена.

Около одиннадцати часов утра «Наутилус», всплыв на поверхность океана, оказался среди целого стада китов. Встреча с китами не удивила меня: я знал, что эти млекопитающие, за которыми охотятся целые китобойные флотилии, спасаясь от своих преследователей, перемещаются в воды Атлантики и в прилегающие к ним части океана.

Киты играли важную роль и оказали немалые услуги в эпоху великих открытий. Это они, увлекая за собой басков, а затем астурийцев, англичан и голландцев, приучили их пренебрегать опасностями дальних плаваний и смело бороздить океаны во всех направлениях. Старинные легенды полны описаниями подвигов этих китообразных, которые заводили китобоев чуть ли не до Северного полюса — не доставало до него всего каких-нибудь семи лье! Пусть это будет вымысел, но в нем предвосхищено будущее! Весьма вероятно, что, охотясь за китами в арктических и антарктических морях, люди откроют полюсы обоих полушарий!

Мы сидели на палубе. Море было спокойное. Октябрь месяц под этими широтами дарил нас прекрасными осенними днями. Канадец первый, — он не мог ошибиться, — заметил кита на восточной стороне горизонта. Присмотревшись внимательно, можно-было различить, милях в пяти от «Наутилуса», какую-то черную массу, то всплывавшую на поверхность, то исчезавшую под водой.

— Эх! — вскричал Нед. — Будь я на борту китобоя, отвел бы я душу! Кит здоровенный! Глядите-ка, какой он столб воды выбрасывает, тысяча чертей! И зачем только я прикован к этой железной посудине!

— Неужели, Нед, — сказал я, — в вас еще живы замашки китобоя?

— А какой же китобой, сударь, забудет свое прежнее ремесло? Что может заменить охоту на китов? Она горячит кровь!

— Вам не доводилось охотиться на китов в здешних морях?

— Не доводилось, сударь. Я плавал в северных морях, доходил до Берингова пролива, до Девисова пролива.

— Значит, с китами Южного полушария вы еще не знакомы. Да и немудрено! Вы до сих пор били северных китов; южные киты не переходят теплых вод экватора.

— Вы не шутите, господин профессор? — недоверчиво сказал канадец.

— Говорю то, что есть.

— А вот, кстати! Послушайте-ка, что я вам расскажу: в шестьдесят пятом году — этому будет два с половиной года — я подцепил близ Гренландии кита, у которого в боку торчал гарпун с клеймом китобойного судна из Берингова пролива! Спрашивается, как могло случиться, что животное, раненное у западных берегов Америки, было убито у восточных берегов, если оно, обогнув мыс Горн или мыс Доброй Надежды, не перешло через экватор?

— Я держусь одного мнения с Недом, — сказал Консель. — Жду, что нам ответит господин профессор.

— Господин профессор ответит вам, друзья мои, что различные виды китов живут в различных морях и никогда их не покидают. И если какой-нибудь кит из Берингова пролива пожаловал в Девисов пролив, стало быть, между морями существует проход либо у берегов Америки, либо у берегов Азии.

— И я должен вам верить? — спросил канадец, прищурив глаз.

— Надо верить господину профессору, — сказал Консель.

— Выходит так, — возразил канадец — раз я не охотился в здешних водах, значит и здешних китов не знаю, а?

— Выходит так, Нед.

— Тем резоннее завести с ними знакомство, — заметил Консель.

— Глядите! Глядите-ка! — взволнованным голосом крикнул канадец. — Кит подходит! Эх, ты! Идет прямехонько на нас. Дразнится, бестия! Чует, что у меня руки пусты!

Нед топнул ногой. Рука сжалась в кулак, потрясая воображаемым гарпуном.

— А что, здешние киты такие же крупные, как в северных областях океана?

— Почти такие же, Нед.

— А я, надо вам сказать, сударь, видывал здоровенных китов, в сто футов длиной! Мне даже случалось слышать, будто киты у Алеутских островов бывают длиннее ста пятидесяти футов.

— Ну, это уж явное преувеличение! — ответил я. — Эти животные не настоящие киты, у них имеются спинные плавники, и они, как и кашалоты, меньше настоящих китов.

— Эй-эй! — закричал канадец, глаз не отводивший от океана. — Подходит! Идет в кильватере «Наутилуса»!

И, возвращаясь к прерванному разговору, он сказал:

— Вы говорите, что кашалоты мелкие рыбы? А рассказывают, будто встречаются гигантские кашалоты. Это животные умные. Они, говорят, маскируются водорослями, фукусами и прочими морскими растениями. Их принимают за островки. К ним причаливают, высаживаются, разводят огонь…

— Строят дома, — сказал Консель.

— Ах ты шутник! — ответил Нед Ленд. — Ну, а в один прекрасный день животное уходит под воду и все его население — фьють! — вместе с ним в морские пучины…

— Как в путешествиях Синдбада Морехода, — смеясь, заметил я. — Ах, мистер Ленд, вы, кажется, любите необыкновенные истории! Вот каковы ваши кашалоты! Надеюсь, вы сами не верите этим небылицам!

— Господин натуралист, — серьезно отвечал канадец. — Когда дело касается китов, надо всему верить! Эй-эй! Глядите-ка, глядите! Вот так плывет! Вот так ныряет! Говорят, эти животные успевают за пятнадцать дней обойти вокруг света!

— Не стану спорить.

— А вы знаете, господин Аронакс, что в самом начале сотворения мира киты еще проворнее плавали?.

— А-а!.. В самом деле, Нед? Почему же это?

— Потому что в то время хвост у них был поперечный, как у рыб; так вот, стало быть, хвост у них был сплющен и стоял вертикально, они и помахивали им слева направо и справа налево! Но создатель, увидев, что рыбки-то чересчур прытки, взял да и свернул им хвост! Так с той поры и хлопают они хвостом по воде сверху вниз! Ну, прыткости у них и поубавилось!

— Все это так, Нед, — сказал я, — и я должен вам верить?

— Необязательно, — отвечал Нед Ленд. — Во всяком случае не больше, как если бы я сказал, что существуют киты длиною в триста футов и весом, в сто тысяч фунтов.

— Что говорить, многовато! — сказал я. — Но надо признаться, что некоторые китообразные достигают значительных размеров. Одного жира, говорят, вытапливают из них до ста двадцати тонн!

— Что до этого, я своими глазами видел, — сказал канадец.

— Охотно верю, Нед! Так же, как верю в то, что иные киты величиной равны ста слонам. Судите сами, какое любопытное зрелище: такая туша, взявшая большой ход!

— Правда ли, — спросил Консель, — что кит может потопить корабль?

— Корабль? Сомневаюсь! — отвечал я. — Впрочем, рассказывают, что в тысяча восемьсот двадцатом году в этих самых южных морях кит бросился на «Эссекс» и начал толкать его задом наперед со скоростью четырех метров в секунду. Судно зачерпнуло кормой и затонуло почти в ту же минуту!

Нед лукаво посмотрел на меня.

— А вот однажды кит так хватил по мне хвостом, — сказал он, — то есть не по мне, а по моей шлюпке, — что нас с товарищами подбросило в воздух этак метров на шесть! Что говорить, против кита господина профессора мой просто китенок!

— А что, киты подолгу живут? — спросил Консель.

— По тысяче лет, — отвечал канадец, не задумываясь.

— Откуда вы это знаете, Нед?

— Говорят так.

— А почему так говорят?

— Потому что знают.

— Нет, Нед! Не знают, а только предполагают. А свои предположения строят на том основании, что в первый период развития китобойного промысла, тому лет четыреста, порода китов была значительно крупнее нынешней. Отсюда сделали довольно логический вывод, что нынешние киты находятся еще в стадии роста. Поэтому Бюффон и сказал, что эти китообразные могут и должны жить по тысяче лет. Вы поняли?

Нед Ленд не слышал меня. Впрочем, он и не слушал. Кит подходил все ближе и ближе. Нед пожирал его глазами.

— Эге-ге! Кит, и не один! Десять, двадцать, да их тут целое стадо! И приходится сидеть сложа руки. Связан я и по рукам и по ногам!

— Послушайте, друг Нед, — сказал Консель, — отчего вы не попросите у капитана Немо разрешения поохотиться?..

Консель еще не окончил фразы, а канадец уже кинулся к трапу и исчез в люке.

Через несколько минут он возвратился вместе с капитаном.

Некоторое время капитан Немо смотрел на китов, резвившихся в миле от «Наутилуса».

— Южные киты, — сказал он. — Богатая пожива для целой флотилии китобоев!

— А не разрешите ли, капитан, — спросил канадец, — поохотиться на них? Ведь иначе рука отвыкнет метать гарпун!

— Зачем напрасно истреблять животных? — ответил капитан Немо. — Китовый жир нам не нужен.

— Однако, капитан, — возразил канадец, — в Красном море вы разрешили нам охотиться на тюленя!

— Это иное дело! Экипаж тогда нуждался в свежем мясе. Тут же будет убийство ради убийства. Человек часто присваивает себе это право, я это знаю! Но я не признаю подобного варварского времяпровождения. Хищнически истребляя южного кита, простодушное, безвредное, доброе животное, ваши товарищи по ремеслу, Нед Ленд, творят дело, достойное порицания. Выбив китов в Баффиновом заливе, они скоро совершенно истребят весь класс этих полезных животных. Оставьте-ка в покое несчастных китов! И без вас у них много своих врагов: кашалоты, меч-рыба, пила-рыба!

Можно себе представить, с какой физиономией канадец выслушивал нравоучения капитана Немо! Читать нотации охотнику — стало быть, даром тратить слова. Нед Ленд во все глаза глядел на капитана, не понимая, видимо, что тот хочет сказать. Все же капитан был прав. Варварское истребление этого вида животных приведет к тому, что скоро не останется ни одного кита в океане.

Нед Ленд просвистал свое «Янки-Дудль»[27], заложил руки в карманы и повернулся к нам спиной.

Между тем капитан Немо, наблюдая за стадом китов, говорил мне:

— Я был прав, сказавши, что у кита и помимо человека довольно врагов в своей среде. Вот сейчас, на наших глазах, этому стаду китов придется иметь дело с сильным противником. Вы замечаете, господин Аронакс, в восьми милях под ветром движутся черные точки?

— Замечаю, капитан.

— Это кашалоты, страшные животные! Я встречал целые стада кашалотов, от двухсот до трехсот особей! Вот этих-то кашалотов, хищных, вредных животных, следует истреблять.

При последних словах капитана канадец живо обернулся.

---

[27] Североамериканская патриотическая песенка, сложенная во времена борьбы за освобождение от господства Англии.

— Что ж, время еще не упущено, капитан, — сказал я, — и даже в интересах китов…

— Зачем подвергать себя опасности, господин профессор? «Наутилус» и сам рассеет кашалотов. Его стальной таран не уступит, полагаю, гарпуну Неда Ленда.

Канадец без стеснения пожал плечами, как бы говоря: «Бить кашалотов судовым тараном! Слыханное ли это дело?»

— Погодите, господин Аронакс, — сказал капитан Немо. — Мы вам покажем охоту, какой вы еще не видывали. Никакой жалости к этим кровожадным китообразным! У них только и есть, что пасть да зубы!

Пасть да зубы! Лучше нельзя было описать большеголового кашалота гигантских размеров, до двадцати пяти метров в длину! Громадная голова китообразного занимала около трети всего его тела. В отличие от беззубых китов, у которых верхняя челюсть вместо зубов усажена роговыми пластинками, так называемым «китовым усом», у кашалота, из подотряда зубастых китов, в нижней челюсти имеется двадцать пять крупных заостренных зубов, длиной в двадцать сантиметров и весом по два фунта каждый. В углублениях костей гигантского черепа находится объемистая полость, разделенная на две камеры перегородкой и наполненная драгоценной маслянистой массой, так называемым спермацетом, в количестве до трехсот — четырехсот килограммов. Кашалот, неуклюжее животное, — скорее головастик, нежели рыба, как заметил Фредоль. Он сложен нескладно, левая сторона тела непропорциональна в отношении правой; видит он только правым глазом; словом, вышел «кривым на левый бок», говоря фигурально.

Тем временем чудовищное стадо приближалось. Кашалоты уже завидели китов и готовились к бою. Можно было заранее сказать, что победа останется на стороне кашалотов, и не только потому, что кашалоты лучше приспособлены для борьбы, чем их беззубые противники, но и потому, что кашалоты могут дольше китов оставаться под водою, не переводя, так сказать, дыхания.

Время было спешить на помощь китам. «Наутилус» ушел под воду. Консель, Нед и я уселись возле окон в салоне. Капитан Немо прошел в штурвальную рубку и сам стал у руля, чтобы лично управлять своим судном, превратившимся в орудие истребления. Вскоре вращение винта ускорилось, и судно взяло большой ход.

Кашалоты уже вступили в бой с китами, когда на поле брани вышел «Наутилус». В расчеты капитана входило врезаться в стадо большеголовых. Кашалоты сначала не очень встревожились при виде чудища, вмешавшегося в их схватку с китами. Но вскоре они почувствовали силу его ударов.

Ну, и была же битва! Даже Нед Ленд пришел в восторг и хлопал в ладоши. «Наутилус» в руках капитана превратился в грозный гарпун. Он врубался в эти мясистые туши и рассекал их пополам, оставляя за собой два окровавленных куска мяса. Страшные удары хвостом по его обшивке были ему не чувствительны. Толчки мощных туш — ему нипочем! Уничтожив одного кашалота, он устремлялся к другому, поворачивался с галса на галс, чтобы не упустить жертвы, давал то передний, то задний ход, погружался, покорный воле штурмана, в глубины, когда животное уходило под воду, всплывал вслед за ним на поверхность океана, шел в лобовую атаку или наносил удар с фланга, нападал с фронта, с тыла, рубил, резал своим страшным бивнем!

Какая шла резня! Какой шум стоял над океанскими водами! Какой пронзительный свист, какое предсмертное хрипение вырывалось из глоток обезумевших животных! Взбаламученные ударами могучих хвостов, спокойные океанские воды бурлили, как в котле!

Целый час шло это гомерическое побоище, где большеголовым не было пощады. Несколько раз, объединившись в отряды из десяти — двенадцати особей, кашалоты переходили в наступление, пытаясь раздавить судно своими тушами. Разверстые зубастые пасти, страшные глаза животных, метавшихся по ту сторону окон, приводили Неда Ленда в ярость. Он осыпал большеголовых проклятиями, грозил им кулаком. Кашалоты впивались зубами в железную обшивку подводного корабля, как собаки впиваются в горло затравленного кабана. Но «Наутилус», волею кормчего, то увлекал их за собою в глубины, то извлекал на поверхность вод, невзирая на огромную тяжесть и могучие тиски животных.

Наконец, стадо кашалотов рассеялось. Волнение на море улеглось. Мы всплыли на поверхность океана, открыли люк и поднялись на палубу.

Море было покрыто обезображенными трупами. Разрыв снаряда не мог бы так искромсать, растерзать, выпотрошить эти мясистые туши. Мы плыли среди гигантских тел с голубоватой спиной, белым брюхом, с вывороченными внутренностями. Несколько перепуганных кашалотов обратились в бегство. Вода на несколько миль в окружности окрасилась в пурпур, и «Наутилус» шел по морю крови.

Капитан Немо подошел к нам.

— Ну-с, мистер Ленд? — сказал он.

— Ну-с, господин капитан, — отвечал канадец, энтузиазм которого уже успел остыть, — действительно, зрелище страшное. Но я охотник, а не мясник, а это настоящая бойня.

— Не бойня, а истребление вредных животных, — возразил капитан. — И «Наутилус» не нож мясника.

— А по-моему, гарпун лучше, — сказал канадец.

— У каждого свое оружие, — ответил капитан, пристально глядя на Неда Ленда.

Я испугался, как бы канадец в раздражении не наговорил капитану дерзостей, грозивших плачевными последствиями. Но его гнев укротился при виде кита, к которому в этот момент подходил «Наутилус».

Животное не успело увернуться от зубастых кашалотов. Я сразу же узнал южного кита с совершенно черной, как бы вдавленной головой. Анатомически он отличается от обыкновенного кита и от нордкапского тем, что его семь шейных позвонков срастаются и что у него двумя ребрами больше, чем у северных его сородичей.

Несчастное животное лежало на боку; все брюхо у него было в ранах. Кит был мертв. На конце его изуродованного плавника повис детеныш, которого ему не удалось спасти. Изо рта погибшего животного, между пластинками китового уса, ручейком текла вода.

Капитан Немо причалил к трупу животного. Двое матросов взобрались на бок убитого животного, и я, к своему удивлению, увидел, что они выцеживают молоко из его млечных желез, которого там скопилось около двух-трех тонн!

Капитан предложил мне чашку теплого молока. Я не мог скрыть своего отвращения к этому напитку. Но он уверил меня, что молоко отличное и по вкусу ничем не отличается от коровьего.

Я попробовал и нашел, что молоко действительно отличное. Итак, мы обогатили наши продуктовые запасы полезным приобретением! Масло и сыр внесут Приятное разнообразие в наше повседневное меню.

С того дня я стал с тревогой замечать, что Нед Ленд в отношении капитана Немо проявляет явную враждебность, и я решил зорко следить за каждым шагом канадца.

13. Сплошные льды

«Наутилус» неуклонно шел на юг. Он стремил свой бег по пути пятидесятого меридиана. Неужели он рвался к полюсу? Какой вздор! Любые попытки проникнуть к этой точке земного шара терпели неудачу. 13 марта в антарктических зонах соответствует 13 сентября в северных областях, когда начинается период равноденствия.

Четырнадцатого марта под 55° широты показались плавающие льды, свинцового оттенка глыбы, футов двадцать — двадцать пять высотою, образовавшие заторы, о которые с шумом разбивались волны. «Наутилус» шел по поверхности океана. Нед Ленд плавал в арктических морях, и айсберги ему были не в диковинку. Мы же с Конселем любовались ими впервые.

По небосводу, с южной стороны горизонта, тянулась ослепительной белизны полоса. Английские китобои называют ее «iceblink»[28]. Как бы густы ни были облака, они не могут затмить ее сияния. Сияние это — отражение ледяного поля.

И в самом деле, скоро показались более мощные скопления льдов. Блеск их то усиливался, то ослабевал, застилаемый густым туманом. Иные льдины были изборождены зелеными прожилками, как бы начерченными сернокислой медью. Другие, как драгоценный аметист, светились насквозь. Одни загорались всеми огнями, отражая солнечные лучи тысячами граней своих кристаллов. Иные представляли собою целые каменоломни зернистого известкового шпата, которого достало бы на возведение мраморного города!

Чем дальше мы шли на юг, тем чаще встречались плавающие ледяные поля, тем мощнее становились ледяные горы. Арктические птицы гнездились на них тысячами. Глупыши и буревестники оглушали нас своим криком. Иные, принимая наше судно за кита,

[28] Отблеск полярных льдов (англ.).

садились на него отдыхать и усердно долбили железную обшивку его корпуса, звеневшую под их клювом.

Во время нашего плавания среди льдов капитан Немо часто выходил на палубу. Он пристально вглядывался в бескрайнюю ледовую пустыню. Порою его взгляд загорался. Что думал он в такие минуты? Не чувствовал ли он себя властелином этих антарктических вод, этой области сплошных льдов, недоступной человеку? Может быть. Но он хранил молчание. Он часами стоял, отдавшись своим думам, пока инстинкт мореходца не одерживал верх над созерцателем. Тогда он сам становился к штурвалу и, искусно маневрируя, избегал столкновения с ледовыми торосами и айсбергами, достигавшими иногда нескольких миль в длину при высоте надводной части в семьдесят — восемьдесят метров. Часто сплошная стена льдов, казалось, преграждала путь. Под 60° широты чистая вода исчезла. Но капитан Немо скоро открывал какую-нибудь узкую щель между льдами и смело входил в нее, зная хорошо, что вслед за судном льды сразу же сомкнутся.

Так, управляемый искусной рукой кормчего, «Наутилус» преодолевал льды, точная классификация которых в зависимости от формы и размеров восхищала Конселя: айсберги, или ледяные горы, ледяные поля, дрейфующие льды, пак, или разбитые поля, круглые или удлиненные.

Температура воздуха была довольно низкая. Термометр показывал два-три градуса ниже нуля. Но у нас были теплые медвежьи дохи, куртки из тюленьей шкуры, отлично защищавшие от холода. «Наутилус» отапливался электрическими приборами, которые поддерживали в помещении ровную температуру, независимо от температуры воздуха. К тому же, стоило судну погрузиться на несколько метров под уровень моря, как мы попадали в сносные температурные условия.

Будь мы под этими широтами два месяца назад, круглые сутки тут стоял бы день; но полярная ночь уже вступала в свои права, отнимая у дня три-четыре часа и готовясь на шесть месяцев отбросить свою тень на эти околополюсные области.

Пятнадцатого марта мы прошли на широте Южных Шетландских и Южных Оркнейских островов. Капитан Немо рассказал мне, что некогда в этом водоеме водились во множестве тюлени; но английские и американские китобои хищнически перебили взрослых самцов и самок, истребив дочиста тюленей в этих некогда полных жизни водах, где ныне царит могильная тишина.

Шестнадцатого марта к восьми часам вечера «Наутилус», следуя вдоль пятьдесят пятого меридиана, пересек Южный полярный круг. Льды наступали на него со всех сторон, суживая линию горизонта. Однако капитан Немо неуклонно шел на юг.

— Куда он идет? — спрашивал я.

— Куда глаза глядят, — отвечал Консель. — Расшибет себе лоб, остановится.

— Ну, я за это не поручусь! — сказал я.

И, говоря откровенно, чреватая опасностями экспедиция приходилась мне по душе. Не умею выразить всю степень моего восхищения величавой красотой полярных стран! Льды принимали величественные формы. Возникали архитектурные ансамбли восточных городов с минаретами и мечетями. Не успело воображение воспринять этот рисунок, а он уже распадается, и на его месте встает город в развалинах зданий! Видения меняют окраску: под косыми лучами уходящего солнца все одевается в пурпур и золото; и вдруг серая пелена тумана застилает горизонт, и все пропало в снежной буре! Внезапно, со всех сторон, начинается адский грохот, обвалы, столкновение льдин — и декорация менялась, как пейзаж в диораме! Если в тот момент, когда нарушалось равновесие льдов и морских пучин, «Наутилус» оказывался под водой, грохот обвалов передавался жидкой средой с ужасающим нарастанием и падение ледяных гор вызывало опасные водовороты в самых глубинных слоях океана. Тогда «Наутилус» швыряло с волны на волну, и он нырял носом, как парусное судно, застигнутое бурей на море.

Часто, запертые во льдах, мы не видели выхода; но, руководимый своим замечательным инстинктом, капитан Немо по самым легким признакам открывал спасительные трещины во льдах. Тонкие струйки синеватой воды, бороздившие ледяные поля, указывали ему путь. И он никогда не ошибался в выборе дороги. Несомненно, ему уже доводилось плавать во льдах антарктических морей!

Однако 16 марта нас все же затерло льдами. Это еще не была полоса вечной мерзлоты, а всего лишь обширные ледовые поля, сцементированные морозом. Но препятствие не остановило капитана Немо, и он со всего разгона врезался в ледовое поле. Стальной корпус «Наутилуса», врезался в эту массу ломкого льда, и льдины с треском раскалывались на части. Он действовал, как в старину таран, но пущенный с неимоверной силой. Осколки льда, взметнувшись ввысь, градом падали вокруг нас. Силой своего натиска наше судно прокладывало себе дорогу. Увлеченное инерцией разбега, оно порою взлетало на льдину и продавливало ее своей тяжестью. А иной раз, врезавшись под лед, раскалывало его движением боковой качки, и мы шли дальше по образовавшейся в ледовом поле широкой трещине.

В эти дни на море бушевали шквалы. Густой туман ложился на льды, и с одного конца палубы не видно было другого. Ветер резко менял направление. Снег, выпавший за ночь, одевал палубу ледяным покровом, который приходилось сбивать киркой. Вообще, как только температура воздуха опускалась до пяти градусов ниже нуля, все наружные части «Наутилуса» покрывались льдом. Парусное судно не могло бы маневрировать в таких условиях, потому что все блоки и тали обледенели бы. Только судно с электрическим двигателем, которое обходится без парусов и каменного угля, могло пуститься в плавание под такими широтами.

Барометр стоял очень низко. Показания компаса не внушали никакого доверия. Обезумевшая стрелка компаса растерянно металась, давая противоречивые указания по мере приближения к магнитному южному полюсу, который не совпадает с географическим полюсом Южного полушария.

В самом деле, по Ганстену, южный магнитный полюс находится под 70° широты и 130° долготы, а по наблюдениям Дюпере — под 135° долготы и 70°30′ широты. Приходилось вести контрольные наблюдения, перенося компасы в различные части судна, и брать средние показания. Но часто мы были вынуждены определять пройденный путь на основании показаний лага, далеко не точных, потому что в извилистых трещинах льдов судно постоянно меняло курс.

Наконец, 18 марта, после множества напрасных попыток пробить себе дорогу, «Наутилус» был окончательно затерт во льдах. Это были уже не торосы, не дрейфующие льды, не ледяные поля, а неколебимый сплошной барьер из ледяных гор.

— Сплошные льды, — сказал канадец.

Я понял, что Нед Ленд, как и все прежние мореходцы-полярники, считает ледяную преграду непреодолимой. Около полудня выглянуло солнце, и капитан Немо установил координаты местности. Оказалось, что мы находимся под 51°30′ долготы и 67°39′ южной широты. Итак, мы зашли уже вглубь Антарктики!

Ни признака свободного моря, ни малейшего намека на чистую воду не было и в помине! Перед «Наутилусом» расстилалась бескрайная торосистая равнина, хаотическое нагромождение льдов, огромные глыбы в виде параллелепипедов с вертикальными гранями — словом, поверхность реки в ледоход, но в гигантском масштабе. Тут и там ледяные обелиски, шпили утесов вздымались на высоту двухсот футов; а еще дальше крутые берега, окутанные легкой дымкой, как зеркало, отражали солнечные лучи, прорывавшиеся сквозь туман. Унылая природа, погруженная в суровое молчание, изредка нарушаемое хлопаньем крыльев буревестников или пуффинов! Все оледенело, даже звук.

«Наутилус» вынужден был остановить свой дерзновенный бег среди ледовых полей.

— Господин профессор, — сказал мне в тот день Нед Ленд. — Если ваш капитан пройдет и дальше…

— Ну и что ж?

— Он будет молодцом!

— Почему, Нед?

— Потому что никто еще не преодолевал сплошные льды. Он силен, ваш капитан. Но, тысяча чертей! Не сильнее же он природы! А там, где самой природой положен предел, волей-неволей надо остановиться.

— Верно, Нед Ленд! Но все же я хотел бы знать, что находится за этими льдами! Вот эта стена меня самого раздражает!

— Господин профессор прав, — сказал Консель. — Стены на то и созданы, чтобы портить нервы ученым. Стены всюду помеха!

— Э, э! — сказал канадец. — Всем известно, что находится там, за этими сплошными льдами.

— Что же именно? — спросил я.

— Лед, и только лед!

— Вы в этом уверены, Нед? — возразил я. — А я нет. Вот почему я хотел бы преодолеть эти льды.

— Послушайтесь меня, господин профессор, откажитесь-ка от этой затеи! — ответил канадец. — Мы дошли до сплошных льдов, и с нас хватит! Ни вы, ни ваш капитан Немо, ни его «Наутилус» дальше ни шага не ступят. Хотите вы или нет, но мы вернемся на север, то есть в страны, где живут порядочные люди.

Я должен был признать правоту Неда Ленда видном отношении: пока корабли не будут приспособлены к плаванию среди ледяных полей, им придется останавливаться у границы сплошных льдов.

И в самом деле, несмотря на все усилия, несмотря на отчаянные попытки расколоть льды, «Наутилус» был обречен на бездействие. В обычных условиях, если судно не может продолжать путь по маршруту, оно возвращается назад. Но тут возвращение было так же невозможно, как и продвижение вперед, ибо мы были затерты во льдах! И если бы нам пришлось стоять на месте, наше судно вмерзло бы в лед! Так оно и случилось около двух часов пополудни: разводье, в котором стоял «Наутилус», с невероятной быстротой стало затягиваться молодым льдом. Приходилось признаться, что поведение капитана Немо было верхом неосторожности.

Я находился в этот момент на палубе. (Капитан, наблюдавший некоторое время за образованием ледяного покрова, обратился ко мне:

— Ну-с, господин профессор, как вы находите наше положение?

— Я нахожу, что мы затерты во льдах, капитан.

— Затерты! Как прикажете вас понимать?

— Я хочу сказать, что мы не сможем двинуться ни вперед, ни назад, ни в какую бы то ни было сторону. Вот что означает слово «затерты», по крайней мере в цивилизованных странах.

— Стало быть, господин Аронакс, вы думаете, что «Наутилус» не в состоянии выбраться из льдов?

— Трудное дело, капитан! Время года позднее, и вряд ли можно рассчитывать на вскрытие льда.

— Ах, господин профессор, вы верны себе! — отвечал капитан Немо несколько иронически. — Вам всюду представляются преграды и препятствия! Я же заявляю, что «Наутилус» не только выйдет из ледяного затора, но и пойдет дальше!

— Дальше на юг? — спросил я, глядя на капитана.

— Да, сударь, к самому полюсу.

— К полюсу? — вскричал я, не сумев скрыть своего недоверия.

— Да, — хладнокровно ответил капитан, — к антарктическому полюсу, к той неизвестной точке, где скрещиваются все меридианы земного шара. Вы знаете, что я делаю с «Наутилусом» все, что хочу.

Да, я это знал! Я знал, что этот человек отважен до безрассудства! Но надеяться преодолеть препятствия, преграждающие путь к Южному полюсу, еще более неприступному, нежели Северный полюс, до которого напрасно пытались добраться самые дерзновенные мореплаватели, отважиться на столь безумное предприятие мог только безумец!

Мне пришла мысль спросить капитана Немо, уж не открыл ли он в самом деле этот пресловутый полюс, куда еще не ступала нога ни единого человеческого существа.

— Нет, сударь, — ответил он. — Мы сделаем вместе это открытие. То, что не удалось другим, удастся мне. Никогда еще мой «Наутилус» не заходил так далеко в южные моря; но, повторяю вам, он пойдет еще дальше.

— Хотел бы верить вам, капитан, — отвечал я с легкой иронией. — И я вам верю! Идемте вперед! Препятствий нет для нас! Расколем эти сплошные льды! Взорвем их! А если они не подадутся, дадим крылья «Наутилусу», и пусть он пронесется над льдами!

— Над льдами, господин профессор? — спокойно спросил капитан Немо. — Нет, не над льдами, а под льдами!

— Под льдами? — воскликнул я.

И вдруг я все понял. Мне стали ясны намерения капитана Немо. Чудесные свойства «Наутилуса» должны были сослужить службу и в этом фантастическом предприятии!

— Я вижу, что мы начинаем понимать друг друга, господин профессор, — сказал капитан, улыбнувшись. — Вы уже предвидите возможность, — а я говорю успех, — нашей попытки. То, что неисполнимо для обыкновенного судна, вполне осуществимо для «Наутилуса». Если у пояса обнаружится материк, «Наутилус» остановится. Но, ежели полюс омывается океаном, мы дойдем до самого полюса!

— Пожалуй, вы правы, — сказал я, увлекшись речами капитана. — Если поверхность океана скована льдами, то глубинные слои свободны, согласно мудрому закону, по которому наибольшая плотность морской воды соответствует температуре выше градуса замерзания. И, если не ошибаюсь, надводная часть льда относится к подводной, как один к четырем?

— Почти так, господин профессор! На каждый фут айсберга, выступающего над уровнем моря, приходятся три фута под уровнем моря. Поскольку эти ледяные горы не превышают ста метров в высоту, стало быть, толща их подводной части не более трехсот метров. А что такое триста метров для «Наутилуса»?

— Ровно ничего, сударь!

— «Наутилус» может опуститься в самые глубинные воды, где температура одинакова под всеми широтами; а там не страшны нам и тридцати — сорокаградусные морозы, сковывающие поверхностные воды.

— Верно, сударь, совершенно верно, — отвечал я, воодушевляясь.

— Единственная трудность в том, — продолжал капитан Немо, — что нам несколько дней придется пробыть под водой, не возобновляя запасов воздуха.

— Только-то? — возразил я. — Резервуары «Наутилуса» вместительны. Мы их наполним до отказа воздухом и, стало быть, не будем чувствовать недостатка в кислороде!

— Отлично придумано, господин Аронакс, — смеясь, сказал капитан. — Но я не хочу, чтобы вы обвинили меня в безрассудстве, а потому заранее скажу, чего нам следует опасаться.

— А именно?

— Только одного! Возможно, что море, — если море существует у Южного полюса, — сковано сплошными льдами, и тогда, пожалуй, нам не выбраться на поверхность!

— Неужели вы, капитан, запамятовали, каков таран у «Наутилуса»? Неужели нельзя пустить судно по диагонали прямо в ледяной потолок и пробить в нем отверстие?

— А-а! Да вы сегодня находчивы, господин профессор!

— И, наконец, — продолжал я, все более и более воодушевляясь, — почему бы нам не встретить на Южном полюсе свободное от льдов море? Полюсы вечной мерзлоты и географические полюсы не совпадают ни в Южном полушарии, ни в

Северном; и покуда не доказано обратное, позволительно допустить существование материка или же свободных от льдов морей в этих двух точках земного шара!

— Я держусь того же мнения, господин Аронакс, — отвечал капитан Немо. — Однако разрешите вам заметить, что, выдвинув столько возражений против моего проекта, теперь вы засыпаете меня доводами в его пользу.

Капитан Немо был прав. Я перещеголял его в смелости. Теперь я увлекал его к полюсу! Я даже превзошел его, оставил за собою... Но нет, жалкий глупец! Капитан Немо знал лучше тебя все за и против своего плана. И он подсмеивался, видя, как ты увлечен несбыточными мечтаниями!

Однако капитан Немо не терял времени. Он вызвал своего помощника. И они оживленно о чем-то заговорили на своем непонятном языке. И был ли помощник предупрежден заранее, или он нашел предложение исполнимым, но он не выказал ни малейшего удивления.

Но как ни хладнокровно встретил помощник предложение капитана, Консель еще более хладнокровно отнесся к известию о нашем намерении идти к Южному полюсу. «Как будет угодно господину профессору», — ответил он своей обычной фразой. И это было все, что он сказал. Что касается Неда Ленда, он так высоко вздернул плечи, что его голова ушла в них.

— Видите ли, сударь, — сказал он, — вы с вашим капитаном Немо внушаете мне жалость!

— Мы откроем полюс, мистер Ленд!

— Возможно, но обратно вы не воротитесь!

И Нед Ленд пошел к себе в каюту, «чтобы не натворить беды», как он сказал в заключение.

Тем временем начались приготовления к нашей смелой экспедиции. Мощные насосы «Наутилуса» нагнетали воздух в резервуары под высоким давлением, Около четырех часов капитан Немо объявил, что подъемная дверь в люке сейчас будет закрыта. Я кинул последний взгляд на сплошные льды, которые мы готовились преодолеть. Погода стояла ясная, воздух чист, хотя было довольно холодно — двенадцать градусов ниже нуля, но ветер утих, и мороз не был так чувствителен.

Десять человек из экипажа с кирками в руках поднялись на палубу и стали разбивать лед вокруг корпуса судна. Операция эта не составила большого труда, потому что молодой лед лежал тонким слоем. Когда все было кончено, мы вошли внутрь корабля. Резервуары, по обыкновению, были наполнены водой до ватерлинии. «Наутилус» начал погружаться.

Я вошел в салон вместе с Конселем. Через открытые окна мы могли видеть глубинные слои Антарктического океана. Ртуть в термометре поднималась. Стрелка манометра отклонялась вправо по циферблату.

На глубине трехсот метров, как и предвидел капитан Немо, мы оказались под волнистой нижней поверхностью сплошных льдов. Но «Наутилус» все еще продолжал погружаться. Мы достигли глубины восьмисот метров. Температура воды была уже не двенадцать градусов, как на поверхности моря, а всего одиннадцать градусов. Уже один градус был выигран! Само собою, что температура внутри «Наутилуса», обогреваемого электрическими приборами, была значительно выше. «Наутилус» маневрировал с необычайной точностью.

— Если угодно знать господину профессору, мы все-таки пройдем, — сказал мне Консель.

— Надеюсь, — отвечал я тоном глубочайшей уверенности.

На этой свободной от льда глубине «Наутилус» взял курс прямо к полюсу, не уклоняясь от пятьдесят второго меридиана. Оставалось пройти от 67°30′ до 90°, двадцать два с половиной градуса широты, иначе говоря, немного более пятисот лье. «Наутилус» шел в среднем со скоростью двадцати шести миль в час, то есть со скоростью курьерского поезда. Если судно не замедлит хода, мы через сорок часов подойдем к полюсу.

Часть ночи мы с Конселем провели в салоне. Новизна пейзажа приковала нас к окнам. Воды искрились при свете нашего прожектора. Но морские глубины были пустынны. Рыбы не населяли эти скованные ледяным покровом воды. Только в определенное время они появляются в этих зонах, направляясь из Антарктики в водоемы, свободные от льдов. Мы шли большим ходом. Но это чувствовалось лишь по дрожанию стального корпуса судна.

Около двух часов ночи я пошел к себе, поспать несколько часов. Консель поступил так же. Проходя по корабельным коридорам, я надеялся встретить капитана Немо, но он, очевидно, находился в штурвальной рубке.

На следующий день, 19 марта, я с пяти часов утра занял свой пост в салоне. Электрический лаг показывал, что «Наутилус» шел на умеренной скорости. Судно осторожно поднималось к поверхности океана, постепенно опоражнивая свои резервуары.

Сердце бешено колотилось. Удастся ли нам выйти на поверхность? Свободно ли от льдов море у полюса?

Но увы! Сильный толчок показал мне, что «Наутилус» натолкнулся на нижнюю поверхность толстого слоя сплошных льдов, судя по глухому удару при столкновении. В самом деле, мы «коснулись дна», говоря языком моряков, но в обратном смысле и на глубине тысячи футов! Стало быть, над нами лежал слой льда в две тысячи футов толщиной.

Итак, ледяной покров в этом месте был толще, чем там, где мы погрузились! Обстоятельство мало утешительное!

В тот день «Наутилус» несколько раз возобновлял попытки пробиться сквозь льды, но всякий раз ударялся о ледяной потолок. Бывало, что льды встречались на глубине девятисот метров, из чего следовало, что толща ледяного покрова равнялась тысяче двумстам метрам, считая и те триста метров, которые выступали над уровнем моря. Это уже втрое превышало высоту ледяной поверхности в момент нашего погружения в воду!

Я тщательно отмечал различные глубины залегания сплошных льдов и получил таким образом рельеф подводной части ледяного покрова.

Наступил вечер, а наше положение не изменилось. Толща льдов колебалась между четырьмя и пятью сотнями метров. Ледяной покров заметно, истончался. Но все же, какой еще толщи слой льда отделял нас от поверхности океана!

Было восемь часов вечера. По распорядку, установленному на борту, «Наутилус» должен был еще четыре часа назад возобновить запасы воздуха. Впрочем, я не ощущал острой потребности подышать свежим воздухом, хотя капитан Немо не прибегал до сих пор к помощи запасных резервуаров.

В ту ночь я спал тревожно. То меня одолевал страх, то вспыхивала надежда. Я вскакивал несколько раз с постели. «Наутилус» то и дело прощупывал ледяной потолок. Около трех часов утра приборы в салоне показали мне, что нижняя поверхность ледового поля лежит всего в пятидесяти метрах под уровнем моря. Сто пятьдесят футов отделяет нас от поверхности океана! Сплошные льды превращались в айсберги! Гирлянды подводных гор переходили в плоскогорья!

Я не сводил глаз с манометра. Судно всплывало, следуя по диагонали наклонной поверхности ледового поля, сверкавшего при свете нашего прожектора. Ледяной покров утончался и сверху и снизу. Он становился тоньше с каждой милей.

Наконец, в шесть часов утра того памятного дня, 19 марта, дверь салона отворилась. Вошел капитан Немо.

— Открытое море! — сказал он[29].

---

[29] Антарктический материк был открыт русскими мореплавателями Ф.Ф.Беллинсгаузеном и М.П.Лазаревым в плавании 1819–1821 гг.; однако еще много лет спустя наличие сплошного антарктического материка подвергалось сомнениям.

14. Южный полюс

Я бросился на палубу. Да! Открытое море! Только кое-где рассеяно несколько льдин и плавающих айсбергов; кругом необозримая водная ширь; тысячи птиц в воздухе и мириады рыб в водах, которые, смотря по свойствам дна, переходили из густого синего в зеленовато-оливковый цвет. Термометр показывал три градуса по Цельсию ниже нуля. Словно повеяло весной после пройденной нами полосы сплошных льдов, рисовавшихся профилем на северной стороне горизонта.

— Полюс? — с замиранием сердца спросил я капитана.

— Не знаю, — ответил он. — В полдень установлю координаты местности.

— Но проглянет ли солнце сквозь сплошной туман? — сказал я, глядя на серенькое небо.

— Пусть хоть на минуту покажется, и этого достаточно, — отвечал капитан.

В десяти милях к югу от «Наутилуса» виднелся одинокий остров, возвышавшийся метров на двести над уровнем моря. Лавируя, судно медленно приближалось к острову, возможно окруженному подводными рифами.

Часом позже мы подошли к острову. А два часа спустя уже его обогнули. Береговая линия острова в окружности равнялась четырем-пяти милям. Узкий пролив отделял остров от земли, может быть даже материка, о чем трудно было судить, ибо береговая полоса уходила за линию горизонта. Существование земли в этой зоне Южного полушария, казалось, подтверждало гипотезу Мори. Пытливый американский ученый заметил, что между Южным полюсом и шестидесятой параллелью море покрыто дрейфующими льдинами громадных размеров, чего не встречается на севере Атлантического океана. Из этого наблюдения он сделал вывод, что в зоне Южного полярного круга находится большая земля, поскольку сплошные льды образуются не в открытом море, а у побережий. По его вычислениям ледяной массив окружает Южный полюс широким кольцом, достигающим в диаметре четырех тысяч километров.

Опасаясь сесть на мель, «Наутилус» остановился в трех кабельтовых от берега, над которым в живописном нагромождении господствовали величественные утесы. Шлюпка была спущена на воду. Капитан, двое матросов с измерительными приборами, Консель и я сели в шлюпку. Было десять часов утра. Я сегодня не видел Неда Ленда. Канадец, видимо, стоял на своем, вопреки близости Южного полюса.

Несколько взмахов веслами, и мы пристали к песчаному берегу. Консель хотел было выскочить на землю; я остановил его.

— Сударь, — сказал я капитану Немо, — вам принадлежит честь первому ступить на эту землю.

— Да, сударь, — отвечал капитан, — я не колеблясь сойду на полярные земли, где ни одно человеческое существо не оставило следа своих ног!

Сказав это, он легко спрыгнул на берег. Я видел, что капитан был сильно взволнован. Взобравшись по отвесному ребру утеса, возвышавшегося на оконечности мыса, он остановился там, скрестив руки. Так и застыл он в этой позе, торжественный и сосредоточенный, словно вступая во владение этими южными областями. Так продолжалось минут пять. Затем он обратился ко мне:

— Пожалуйте, сударь!

Я тотчас же выпрыгнул из шлюпки, а следом за мной и Консель. Оба матроса остались в шлюпке.

Почва, куда хватало глаз, состояла из красноватого туфа, как бы посыпанная толченым кирпичом. Шлаки, наплывы лавы, куски пемзы выдавали ее вулканическое происхождение. В некоторых местах из земли выбивались легкие струйки дыма с сернистым запахом — свидетельство того, что действие подземного огня еще не прекратилось. Но, взобравшись на вершину утеса, я не приметил ни одного вулкана в радиусе нескольких миль. Однако известно, что в этой антарктической полосе Джеймс Росс обнаружил на сто шестьдесят седьмом меридиане, под 77°32′ широты, два действующих вулкана, Эребус и Террор.

Растительность на этом пустынном острове была представлена весьма скудно. Мхи и лишайники из вида Unsnea melanoxaniha лепились по черным скалам. Микроскопические растеньица, примитивные диатомеи, клеточки которых зажаты между двумя кремнеземовыми створками, длинные пурпуровые и алые водоросли, занесенные в эти зоны течением и выкинутые на берег прибоем, составляли всю флору этой области.

Берег был усыпан моллюсками, мелкими ракушками, морскими чашечками, гладкими буккардами в виде сердца и главным образом клионами, с продолговатым перепончатым телом и головой в виде двух округленных лопастей. Я видел мириады клионов северных длиною в три сантиметра, которых тысячами пожирают киты. Эти прелестные крылоногие, настоящие морские бабочки, оживляли воды, омывавшие берег.

Из других животных было несколько древовидных кораллов, из тех, которые, по словам Джеймса Росса, живут в морях Антарктики на глубине до тысячи метров; затем были видны восьмилучевые кораллы — альционарии, а также множество красновато-бурых астериасов, свойственных этому климатическому поясу, и других морских звезд, буквально вызвездивших землю.

Но где кипела жизнь, так это в воздухе! Тысячами порхали и летали птицы разных видов, оглушая нас своими криками. Тысячами сидели они на уступах скал, бесцеремонно оглядывая нас и безбоязненно разгуливая возле самых наших ног. Тут были пингвины, столь легкие и проворные на воде, где их порою принимали за макрель, и такие неуклюжие, тяжелые на суше. Скупые в движениях, но шумливые, собравшись целыми стаями, они оглашали воздух своим диким криком.

Среди птиц я заметил долгоперых куликов из семейства белых ржанок, величиною с голубя, белоснежных, с коротким коническим клювом и красным ободком вокруг глаз. Консель наловил этих птичек. Они очень вкусны, если их хорошо приготовить. В воздухе проносились альбатросы с широким, в четыре метра, размахом крыльев, прозванные по справедливости океанскими коршунами; гигантские глупыши и между ними зловещие буревестники (костоломы) с выгнутыми дугой крыльями, большие охотники до тюленей; кайский черно-белый буревестник, разновидность утки; наконец, целый выводок глупышей, белых с коричневой окраиной на крыльях, и синих птиц, которые водятся только на островах Антарктики.

— Эти глупыши такие жирные, — сказал я Конселю, — что жители Фарерских островов пользуются ими как светильниками, вставляя в убитую птицу фитиль.

— Еще бы немножко, — ответил Консель, — и получились бы отличные лампы! Впрочем, природа не настолько предусмотрительна, чтобы заранее снабдить их фитилем!

Отойдя еще полмили от берега, мы увидели, что вся земля изрыта гнездами, похожими на норки, — это были гнезда пингвинов, оттуда вылетало множество птиц. Позднее капитан Немо устроил на них охоту, и было поймано несколько сотен этих птиц с темным, но очень вкусным мясом. Крик пингвинов очень напоминает крик ослов. Пингвины величиною с гуся, с оперением аспидного цвета, с белой грудью и лимонного цвета ободком вокруг шеи. Они не искали спасения и падали замертво от удара камнем.

Туман не рассеивался; было уже одиннадцать часов, а солнце еще не показывалось. Это меня очень беспокоило. Какие же могли быть наблюдения, если нет солнца! А как же иначе установить, достигли ли мы полюса?

Я подошел к капитану Немо. Он стоял, облокотясь о выступ утеса, и глядел на небо. Казалось, он был взволнован и раздосадован. Но что тут поделаешь? Этот смелый и сильный человек не властен был повелевать солнцем, как он повелевал водной стихией!

Наступил полдень, а дневное светило еще не показывалось. Небосвод, затянутый густой пеленой тумана, не позволял определить высоту солнца. Скоро туман разрешился снегом.

— До завтра, — коротко сказал капитан; и мы возвратились на борт «Наутилуса» в снежную-бурю.

Во время нашего отсутствия были закинуты сети, и, вернувшись, я с интересом принялся изучать пойманных рыб. Антарктические моря служат местом массовой миграции рыб, спасающихся от бурь более низких широт. Я заметил несколько южных бычков длиною в один дециметр, белых в поперечную синюю полоску, с колючим шипом, массу морских игл, антарктических химер из подкласса хрящевых рыб, отряда цельноголовых, с вытянутым длиною в три фута телом, голой кожей серебристо-бурого цвета, с круглой головой, конусообразной, выступающей вперед мордой, с тремя спинными плавниками и длинной хвостовой нитью. Я попробовал их мясо, но оно показалось мне безвкусным, несмотря на уверения Конселя, что лучшего блюда не найти.

Снежная буря бушевала до самого утра. Невозможно было стоять на палубе. Из салона, где я записывал все перипетии нашей экспедиции к берегам Антарктиды, я слышал крики глупышей и альбатросов, резвившихся, несмотря на метель. «Наутилус», однако, не стоял на месте. Он продвинулся вдоль берега еще на десяток миль к югу. Царила полутьма; лишь слабая полоска света у края горизонта выдавала присутствие солнца.

На следующий день, 20 марта, метель утихла. Стало немного холоднее. Термометр показывал два градуса ниже нуля. Туман поднялся, и у меня появилась надежда, что сегодня нам удастся, наконец, установить координаты местности.

Капитан Немо еще не выходил на палубу, но шлюпка была в нашем распоряжении. И мы с Конселем переправились на берег. Почва и тут указывала на вулканическое происхождение. Повсюду следы лавы, шлаки, базальты. Но, как я ни глядел, обнаружить кратер мне не удалось. Тут, как и на острове, мириады птиц оживляли суровую природу полярного края. Но тут пернатые разделяли свою власть с целыми стадами морских млекопитающих, глядевших на нас своими кроткими глазами. Тут были всякие виды тюленей. Одни распластались на берегу, другие лежали на льдинах, прибитых к берегу прибоем. Те ныряли в воду, а эти выползали из воды. Их не пугало наше присутствие; видно было, что им не случалось иметь дело с человеком! Стада тюленей, по моему подсчету, хватило бы на сотни промысловых судов!

— Ей-ей! — сказал Консель. — Их счастье, что Нед Ленд не пошел с нами!

— Почему, Консель?

— Потому что этот ярый охотник всех бы их перебил.

— Ну, это сильно сказано! Хотя едва ли нам удалось бы помешать нашему другу канадцу загарпунить несколько великолепных представителей ластоногих. А это причинило бы неприятность капитану Немо; он не любит проливать напрасно кровь безобидных животных.

— Он прав.

— Безусловно прав, Консель. Но скажи-ка мне, ты, верно, успел уже классифицировать этих превосходных представителей морской фауны?

— Господину профессору известно, что я не больно силен на практике, — отвечал Консель. — Если бы господин профессор потрудился назвать мне этих животных…

— Это тюлени и моржи[30].

— Два рода из отряда ластоногих, — поспешил сказать мой ученый Консель, — типа позвоночных, класса млекопитающих.

— Браво, Консель! — отвечал я. — Но роды подразделяются на виды, и, если я не ошибаюсь, нам представляется случай наблюдать их. Пойдем!

[30] Моржи в Южном полушарии не обитают.

Было восемь часов утра. Оставалось еще четыре часа до полудня, короче говоря, до того желанного момента, когда устанавливались координаты. Пользуясь свободным временем, мы с Конселем решили прогуляться по берегу обширной бухты, глубоко врезавшейся в гранитные берега.

Все вокруг, берега, прибрежные льдины, вода были населены морскими млекопитающими. И я невольно искал глазами старого Протея, мифологического Пастуха Нептуновых стад! Больше всего тут было тюленей. Они располагались группами: самцы заботливо оберегали свое семейство, самки кормили детенышей, подростки резвились в отдалении. Тюлени с трудом передвигаются по земле короткими неуклюжими скачками, путем мускульных сокращений тела, причем они беспомощно хлопают своими плохо развитыми плавниками, которые у их сородича ламантина образуют настоящее предплечье. Должно сказать, что в воде, их родной стихии, эти животные с гибким позвоночником, узким тазом, гладкой короткой шерстью и перепончатой лапой плавают превосходно. На воде и выползая для отдыха на сушу, тюлени принимают грациозные позы. Недаром древние за кроткое выражение их прекрасных бархатистых глаз и милые позы, поэтизируя этих животных, превратили их в мифологических тритонов и сирен.

Я обратил внимание Конселя, как сильно развиты у этих смышленых животных мозговые полушария. Ни у одного млекопитающего, кроме человека, нет такого количества мозгового вещества. Поэтому-то тюлени хорошо поддаются дрессировке; они легко становятся ручными; и я согласен с теми натуралистами, которые считают, что, если их хорошенько выдрессировать, они могли бы принести значительную пользу в рыбной ловле и морской охоте, играя роль охотничьих собак.

Большинство тюленей спало на прибрежных камнях и на песке. Между обыкновенными тюленями без внешнего уха, — чем они отличаются от сивучей, у которых ухо выступает наружу, — я наблюдал некоторые разновидности стеноринхов длиною в три метра, с белой шерстью, головою бульдога с десятью зубами в каждой челюсти, причем в верхней и нижней челюсти имеется по четыре резца и по два больших клыка в форме лилии. Между тюленями попадались морские слоны, похожие на тюленей, с коротким и подвижным хоботом, гиганты своего рода, которые при объеме в двадцать футов достигают в длину десяти метров. При нашем появлении они даже не шевельнулись.

— А эти животные опасны? — спросил меня Консель.

— Нет, не опасны, если их не трогают, — отвечал я — Но когда тюлень защищает своего детеныша, он страшен. Бывает, что он разносит в щепы рыбачье судно.

— Животное вправе так поступать, — заметил Консель.

— Не спорю.

Мы прошли еще две мили. Но тут нам преградил путь скалистый мыс, защищавший бухту от южных ветров. Скалы отвесно выступали над морем, и пенистые волны прибоя разбивались об их подножие. По ту сторону мыса слышалось грозное мычание, как будто там паслось целое стадо жвачных животных.

— Ба! — сказал Консель. — Быки дают концерт!

— Ошибаешься! Концерт дают моржи.

— Дерутся?

— Дерутся или играют.

— С позволения господина профессора, надо бы на них взглянуть.

— Надо взглянуть, Консель!

И вот мы снова шагаем вдоль черных базальтовых скал, под грохот обвалов, по скользким обледенелым камням. Не один раз я падал и отбивал себе бока. Консель, более осторожный или более твердый на ногах, не спотыкался и, поднимая меня, приговаривал:

— Если бы господин профессор потрудился пошире расставлять ноги, ему легче было бы удерживать равновесие.

Взобравшись на гребень мыса, я увидел перед собой обширную снежную равнину, испещренную темными тушами моржей.

Животные играли. Мычание их было выражением радости, а не гнева.

Моржи очень схожи с тюленями формою тела и расположением конечностей. Но в их нижней челюсти недостает клыков и резцов, тогда как верхние клыки представляют собою два бивня, каждый длиною в восемьдесят сантиметров при тридцати трех сантиметрах в окружности, если считать у самого корня. Моржовый клык гораздо крепче слонового, кость меньше желтеет и поэтому высоко ценится. Из-за этих-то ценных клыков охотятся за моржами столь хищнически, что скоро истребят всех до единого. Охотники бьют без разбору и самок и детенышей, истребляя ежегодно более четырех тысяч моржей.

Проходя мимо этих любопытных животных, я мог свободно их разглядывать. Моржи безмятежно спали. Кожа у них толстая, морщинистая, шерсть рыжеватая, короткая и не очень густая. Иные из них были в четыре метра длиною. Здешние моржи спокойнее и смелее своих северных родичей и не выставляют дозорных для охраны своего лагеря.

Насмотревшись на моржей, я стал подумывать о возвращении на борт. Было одиннадцать часов. Если капитан Немо сочтет возможным приступить к установлению координат, я желал бы при этом присутствовать. Но у меня была слабая надежда, что солнце все же проглянет. Облака сплошь заволокли небо. Ревнивое светило не желало, казалось, обнаружить этот заветный уголок земного шара!

Все же я решил вернуться к «Наутилусу». Мы пошли по узкой тропе, огибавшей вершину береговой скалы. В половине двенадцатого мы дошли до того места, где высадились на берег. Я тотчас же увидал капитана Немо. Он стоял на базальтовой глыбе. Астрономические приборы находились подле него. Его взгляд был устремлен на северную сторону горизонта, где солнце описывало в это время свою удлиненную спираль.

Я молча встал рядом с капитаном. Наступил полдень, но солнце, как и накануне, не показалось.

Неудача преследовала нас. Установить координаты опять не удалось. Если и завтра в полдень солнце не выглянет, придется отказаться от попытки определить, где мы находимся.

Нынче 20 марта. Завтра, 21 марта, день равноденствия, и, если не принимать во внимание преломления лучей, солнце скроется за горизонтом и наступит долгая полярная ночь. Со времени сентябрьского равноденствия солнце, взошедшее над северным горизонтом, поднималось по небосводу удлиняющимися спиралями до 21 декабря. В этот период летнего солнцестояния в северных областях оно снова стало склоняться к горизонту и завтра, должно быть, пошлет нам свои последние лучи.

Я поделился своими опасениями с капитаном Немо.

— Вы правы, господин Аронакс, — сказал он. — Если завтра мне не удастся определить высоту солнца, то эту операцию придется отложить на шесть месяцев. Но если завтра в полдень солнце выглянет, мне будет особенно легко определить его высоту, потому что случай привел нас в эти моря накануне равноденствия!

— Ну и что же?

— Трудно определить с точностью высоту солнца, когда оно описывает удлиненную спираль. Показания приборов в таких случаях не всегда точны.

— Как же вы поступите завтра?

— Я воспользуюсь хронометром, — отвечал капитан Немо. — Ежели завтра, двадцать первого марта, в полдень солнечный диск, принимая во внимание преломление лучей, будет пересечен точно пополам линией горизонта, это будет означать, что мы находимся на самом Южном полюсе!

— Ах, вот как! — сказал я. — Но все же определение таким способом нельзя считать математически точным, потому что наступление равноденствия не совпадает с полднем.

— Без сомнения, сударь, но ошибка будет в какой-нибудь сотне метров. Но это не имеет для нас никакого значения. Итак, до завтра!

Капитан Немо вернулся на борт. Мы бродили до пяти часов по берегу, наблюдали, беседовали, классифицировали. Ничего любопытного нам не удалось найти, если не считать яйца пингвина, примечательного своей величиной. Любитель редкостей, не задумываясь, дал бы за него тысячу франков. Окрашенное в синий цвет, исчерченное какими-то похожими на иероглифы знаками, оно представляло собой забавную редкость. Я вручил яйцо Конселю, и тот благополучно доставил его, как драгоценную китайскую вазу, на борт «Наутилуса».

Я поместил это редкостное яйцо в одну из витрин музея. Затем мы поужинали с большим аппетитом. На ужин была подана тюленья печенка, по вкусу напоминавшая свежее свиное сало. Поужинав, я лег спать, не забыв, как индусы, призвать на себя милость лучезарного светила.

На следующий день, 21 марта, в пять часов утра я поднялся на палубу. Капитан Немо был уже там.

— Погода немного проясняется, — сказал он. — Надежда есть. После завтрака сойдем на берег. Выберем удобный пункт для наблюдений.

Когда все было условлено, я пошел к Неду Ленду. Мне хотелось взять его с собой. Несмотря на уговоры, упрямый канадец отказался. Я заметил, что его хандра и раздражительность увеличиваются день ото дня. Впрочем, при данной ситуации меня не очень огорчило его упрямство. На берегу было слишком много тюленей, и не следовало подвергать напрасному искушению нашего неисправимого рыболова!

Позавтракав, я поехал на берег. «Наутилус» за ночь прошел еще несколько миль. Он стоял теперь в открытом море, на расстоянии целой мили от берега, над которым господствовал горный пик, взметнувшийся в высоту четырехсот — пятисот метров. В шлюпке, кроме меня, находился капитан Немо, два человека из экипажа и несложные приборы: хронометр, зрительная труба и барометр.

В то время как мы плыли к берегу, нам встретилось множество китов, принадлежащих к трем основным видам, населяющим южные моря: обыкновенный, или гладкий кит англичан, лишенный спинного плавника, кит-горбач, со складчатым брюхом, с широкими, белесыми плавниками, напоминающими крылья, что, однако, не делает его пернатым, и финвал, коричневато-желтый, самый подвижной из китообразных. Это могучее животное слышно издалека, когда оно выбрасывает в высоту столбы воздуха и пара, напоминавшие клубы дыма. Целые стада млекопитающих резвились в спокойных водах, и я понял, что бассейн антарктического полюса служит убежищем китообразным, которых так безжалостно истребляют.

Я приметил также и длинные белесые цепочки сальп из оболочниковых и качавшихся на гребнях волн больших медуз.

В девять часов мы пристали к берегу. Небо прояснилось. Облака уносились на юг. Холодные воды сбросили с себя пелену тумана. Капитан Немо направился прямо к вершине горы, облюбованной им для своей обсерватории. Крутой подъем по острым обломкам лавы и пемзы, в атмосфере, пропитанной сернистыми испарениями из трещин в горах вулканического происхождения, был тягостен. И хотя капитан, казалось, отвык ходить по земле, он взбирался по самым отвесным скалам с ловкостью, которой позавидовал бы охотник за пиренейскими сернами. Я едва поспевал за ним.

Мы два часа взбирались на вершину горы по уступам скал из порфира и базальта. С той высоты, где мы стояли, взор обнимал открытое море по самую линию горизонта, резко обозначенную с северной стороны кромкой сплошных льдов. У наших ног расстилалась, ослепляя своей белизной, снежная равнина. А над нами сияла безоблачная лазурь небес! Как огненный шар, наполовину срезанный лезвием горизонта, на севере показался солнечный диск! Из водных глубин возникали сотни великолепных фонтанов. Вдали — «Наутилус», точно уснувший кит. А позади нас, к югу и востоку, — необозримая земля, хаотическое нагромождение скал и льдов!

Взобравшись на вершину горного пика, капитан Немо тщательно измерил с помощью барометра его высоту над уровнем моря, чтобы в дальнейшем на основании этих данных корректировать свои наблюдения.

Без четверти двенадцать солнце, которое мы видели лишь благодаря рефракции, выплыло из-за горизонта, как золотой диск, и бросило свои последние лучи на этот пустынный материк, на эти воды, которые не бороздило еще ни одно судно!

Капитан Немо, вооружившись зрительной трубой с зеркалом, исправляющим обман зрения при преломлении лучей, наблюдал светило, которое клонилось к горизонту, описывая по диагонали удлиненную дугу. Я держал хронометр. Сердце мое учащенно билось. Если момент, когда половина солнечного диска скроется за горизонтом, совпадет с полднем, значит мы на самом полюсе!

— Полдень! — воскликнул я.

— Южный полюс! — торжественно сказал капитан Немо, передавая мне зрительную трубу. Я взглянул: солнечный диск наполовину был срезан горизонтом.

Последние лучи солнца золотили вершину утеса, а ночные тени уже ложились на его склоны.

В эту минуту капитан Немо, положив руку на мое плечо, сказал:

— В тысяча шестисотом году голландец Герик, увлекаемый течениями и бурями, достиг шестьдесят четвертого градуса южной широты и открыл Южно-Шетландские острова. В тысяча семьсот семьдесят третьем году, семнадцатого января, знаменитый капитан Кук, следуя по тридцать восьмому меридиану, достиг шестьдесят седьмого градуса тридцать седьмой минуты широты, и в тысяча семьсот семьдесят четвертом году, тридцатого января, на сто девятом меридиане он достиг семьдесят первого градуса пятнадцатой минуты широты. В тысяча восемьсот девятнадцатом году русский исследователь Беллинсгаузен находился на шестьдесят девятой параллели, а в тысяча восемьсот двадцать первом году — на шестьдесят шестой под сто одиннадцатым градусом западной долготы. В тысяча восемьсот двадцатом году англичанин Брансфилд дошел до шестьдесят пятого градуса. В том же году американец Морел, рассказы которого, впрочем, подлежат сомнению, поднимаясь по сорок второму меридиану, открыл свободное от льдов море под семидесятым градусом четырнадцатой минутой широты. В тысяча восемьсот двадцать пятом году англичанин Поуэл из-за льдов не мог пройти далее шестьдесят второго градуса. В том же году простой охотник за тюленями, англичанин Уэдл, поднялся до семьдесят второго градуса четырнадцатой минуты широты по тридцать пятому меридиану и до семьдесят четвертого градуса пятнадцатой минуты широты по тридцать шестому. В тысяча восемьсот двадцать девятом году англичанин Форстер, командир «Шантеклера», открыл антарктический материк под шестьдесят третьим градусом двадцать шестой минутой широты и под шестьдесят шестым градусом двадцать шестой минутой долготы. Первого февраля тысяча восемьсот тридцать первого года англичанин Биско открыл землю Эндерби под шестьдесят восьмым градусом пятидесятой минутой широты, пятого февраля тысяча восемьсот тридцать второго года землю Аделаиды под шестьдесят седьмым градусом широты и двадцать первого февраля землю Грэхем под шестьдесят четвертым градусом сорок пятой минутой широты. В тысяча восемьсот тридцать восьмом году француз Дюмон д'Юрвиль, задержанный сплошными льдами под шестьдесят вторым градусом пятьдесят седьмой минутой широты, открыл землю Людовика-Филиппа; два года спустя, двадцать первого января, тот же Дюмон д'Юрвиль под шестьдесят шестым градусом тридцатой минутой открыл остров Адели, а через восемь дней под шестьдесят четвертым градусом сороковой минутой — берег Кларанс. В тысяча восемьсот тридцать восьмом году англичанин Уилкс дошел до шестьдесят девятой параллели на сотом меридиане. В тысяча восемьсот тридцать девятом году англичанин Беллени открыл землю Сабрина на границе полярного круга. Наконец, в тысяча восемьсот сорок втором году англичанин Джеймс Росс двенадцатого января, плавая на кораблях «Эребус» и «Террор», открыл землю Виктории, под семьдесят шестым градусом пятьдесят шестой минутой широты и сто семьдесят первым градусом седьмой минутой долготы; двадцать третьего числа того же месяца он дошел до семьдесят четвертой параллели, самой дальней точки, до которой до тех пор доходили; двадцать седьмого числа он находился под семьдесят шестым градусом восьмой минутой; двадцать восьмого числа — под семьдесят седьмым градусом тридцать второй минутой; второго февраля — под семьдесят восьмым градусом четвертой минутой. В тысяча восемьсот сорок втором году он снова отправился в Антарктику, но не дошел далее семьдесят первого градуса широты. Я, капитан Немо, двадцать первого марта тысяча восемьсот шестьдесят восьмого года дошел до Южного полюса, под девяностым градусом южной широты, и вступил во владение этой частью земного шара, равной одной шестой всех известных материков.

— От чьего имени, капитан?

— От моего собственного!

И с этими словами он развернул черный флаг с вышитой на нем золотой буквой «N».

Затем, обращаясь к дневному светилу, бросавшему свой последний луч в морскую ширь, воскликнул:

— Прощай, солнце! Скройся, лучезарное светило! Уйди за пределы этих свободных вод, и пусть полярная ночь покроет мраком мои новые владения!

15. Случайная помеха или несчастный случай

На следующий день, 22 марта, в шесть часов утра начались приготовления к отплытию. Последние проблески сумерек тонули во мраке ночи. Мороз крепчал. Поразительно ярко блистали звезды. В зените неба сверкала полярная звезда Антарктики — чудесный Южный Крест.

Термометр показывал двенадцать градусов мороза, а ветер, становясь свежее, больно пощипывал лицо. На свободном пространстве вод все больше накапливались льдины. Море было готово затянуться льдом. Множество черноватых пятен, разбросанных по его поверхности, указывало на скорое образование свежего льда. Видимо, бассейн Южного полюса, в течение шести зимних месяцев скованный льдом, был в это время совершенно недоступен. Что было делать китам при наступлении зимы? Несомненно, они, ныряя под торосы, отправлялись искать более удобных мест. Что же касается тюленей и моржей, привыкших жить в самых суровых условиях, то они оставались здесь, на ледяных побережьях. Эти животные обладают природной способностью проделывать в ледяных полях отдушины и не давать им замерзать. Если им надо подышать, они плывут к своим отдушинам, и, когда птицы, гонимые холодом, улетают к северу, тюлени и моржи становятся единственными хозяевами на южно-полярном континенте.

Между тем резервуары наполнились водой; «Наутилус» стал медленно опускаться. Достигнув глубины в тысячу футов, он остановился. Винт заработал, и «Наутилус» со скоростью пятнадцати миль в час двинулся прямо на север. К вечеру он уже плыл под огромным ледяным панцирем торосов. Окна в салоне были закрыты ставнями из осторожности, так как судно могло натолкнуться на случайную плавучую льдину. Поэтому весь этот день я провел, переписывая начисто свои заметки. Мой ум весь отдался воспоминаниям о полюсе. Мы, наконец, достигли этой недоступной точки, достигли благополучно, без утомления, точно наш плавучий вагон гладко катился по железнодорожным рельсам. И вот начался наш обратный путь. Готовит ли он для меня столько же удивительных вещей? Я думаю, что так оно и будет, поскольку запас подводных чудес неисчерпаем! Пять с половиной месяцев тому назад случай забросил нас на «Наутилус»; мы проплыли четырнадцать тысяч лье, покрыв за это время расстояние длиннее земного экватора; и сколько случайных приключений, и страшных и любопытных, делали волшебным наше путешествие: охота в подводных лесах у Креспо, счастливое избавление в проливе Торреса, коралловая гробница, ловля жемчуга у Цейлона, Аравийский туннель, Санторинские огни, золотые запасы в бухте Виго, Атлантида, Южный полюс! Всю ночь эти воспоминания сменялись в моих грезах одно за другим и не давали покоя моему мозгу ни на одну минуту.

В три часа ночи я проснулся от какого-то страшного сотрясения. Я приподнялся на постели и стал прислушиваться, как вдруг меня отбросило на середину каюты. Ясно, что «Наутилус» на что-то натолкнулся и дал сильный крен. Опираясь руками на стенки проходов, я, наконец, добрался до салона, освещенного светящимся потолком. Вся мебель опрокинулась. По счастью, стеклянные шкафы, прочно прикрепленные своими основаниями к полу, остались на месте. Картины, висевшие по стенке правого борта, сместились по вертикальной линии и плотно прилегли к обоям, картины по стенке левого борта своими нижними краями отошли от обоев на целый фут. Следовательно, «Наутилус» лег на правый борт и в этом положении остался недвижим. Внутри корабля неясно слышались чьи-то голоса и шаги. Но капитан Немо не появлялся. В то мгновение, как я собирался выйти из гостиной, вошли Нед Ленд и Консель.

— Что случилось? — спросил я.

— А я хотел спросить об этом вас, — ответил Консель.

— Тысяча чертей! — воскликнул канадец. — Я-то знаю, что случилось! «Наутилус» на что-то натолкнулся и, судя по положению, в каком находится, едва ли выпутается из беды так легко, как выпутался в проливе Торреса.

— А всплыл ли он на поверхность моря? — спросил я.

— Нам это неизвестно, — ответил Консель.

— В этом нетрудно убедиться, — ответил я.

Я взглянул на манометр. К моему великому удивлению, он показывал глубину в триста шестьдесят метров.

— Что это значит? — воскликнул я.

— Надо спросить капитана Немо, — сказал Консель.

— А где его найти? — спросил Нед Ленд.

— Идемте со мной, — предложил я моим товарищам.

Мы вышли из салона. В библиотеке — никого. Я высказал предположение, что капитан Немо, вероятно, находится в кабине рулевого. Самое лучшее было подождать. Мы вернулись в салон. На все упреки и придирки канадца я молчал. Он имел полную свободу горячиться. Не отвечая канадцу, я предоставил ему изливать свое плохое настроение, сколько его душе угодно.

Так прошло минут двадцать; все это время мы старались уловить малейший звук внутри «Наутилуса», как вдруг вошел капитан Немо. По-видимому, он нас не замечал. Обычно бесстрастное его лицо на этот раз выражало определенную тревогу. Он молча взглянул на компас, на манометр, затем приложил палец к какой-то точке на карте полушарий в той его части, которая изображала Южный океан.

Я не хотел мешать ему. Но через несколько секунд, когда он обернулся ко мне, я воспользовался его же выражением, какое он употребил, когда мы находились в проливе Торреса, и спросил:

— Что это, капитан, — случайная помеха?

— Нет, на этот раз несчастный случай, — ответил он.

— Тяжелый?

— Возможно.

— Опасность непосредственная?

— Нет.

— «Наутилус» сел на мель?

— Да.

— И это произошло вследствие?..

— Каприза природы, а не по вине людей. В нашем маневрировании не сделано ни одной ошибки, но не в наших силах помешать действию закона равновесия. Можно идти наперекор людским законам, но нельзя противиться законам природы.

Странную минуту выбрал капитан Немо для философских размышлений. В конце концов его ответ не сказал мне ничего.

— Нельзя ли узнать, — спросил я, — какова причина несчастного случая?

— Огромная ледяная глыба, целая гора, перевернулась, — ответил капитан Немо. — Когда самое основание ледяных гор размывается более теплыми слоями воды или же разрушается последовательными ударами льдин друг об друга, то центр тяжести перемещается выше, в таком случае ледяная гора всей массой перевертывается вверх основанием. Вот это и случилось. Одна из таких ледяных глыб опрокинулась и ударила по «Наутилусу», который стоял на месте под водою. Затем она скользнула по его корпусу, с непреодолимой силой приподняла его, вытеснила кверху, в менее плотный слой воды, где «Наутилус» и лежит, накренившись набок.

— А разве нельзя освободить «Наутилус», выкачав воду из резервуаров, чтобы привести его в равновесие?

— Это и делается. Вы можете слышать, как действуют насосы. Взгляните на стрелку манометра. Она показывает, что «Наутилус» поднимается, но вместе с ним поднимается и ледяная глыба, а до тех пор, пока какое-нибудь препятствие не остановит ее движение вверх, наше положение останется таким же. И в самом деле, «Наутилус» все время имел крен на правый борт. Конечно, если бы ледяная глыба остановилась, то «Наутилус» принял бы нормальное положение. Но можно ли было ручаться за то, что мы сейчас не натолкнемся на верхний слой торосов и не будем сдавлены между двумя поверхностями ледяных массивов? Я задумался над возможными последствиями такого положения. Капитан Немо продолжал наблюдать за манометром. С того момента, как ледяная глыба обрушилась, «Наутилус» поднялся футов на сто пятьдесят, но сохранил все тот же угол наклона по отношению к линии перпендикуляра.

Вдруг почувствовалось легкое движение корпуса. Видимо, «Наутилус» начал мало-помалу выпрямляться. Предметы, висевшие на стенах салона, заметно стали принимать более нормальное положение, а плоскости стен приближаться к вертикали. Никто из нас не произнес ни слова.

С волнением в сердце мы видели, мы чувствовали, как выпрямлялся «Наутилус». Пол принимал все больше горизонтальное положение. Прошло десять минут.

— Наконец, мы стоим прямо! — воскликнул я.

— Да, — сказал капитан Немо, направляясь к двери салона.

— А всплывем ли мы на поверхность? — спросил я.

— Конечно, — ответил он. — Как только резервуары освободятся от воды, «Наутилус» поднимется на поверхность моря.

Капитан вышел, и вскоре я увидел, как по его приказанию подъем прекратился. И это было правильно: «Наутилус» мог бы скоро удариться о нижнюю часть торосов, поэтому было лучше держать его в слое воды между верхним и нижним льдом.

— Удачно выкрутились! — заметил Консель.

— Да. Нас могло раздавить между двумя ледяными глыбами или, по меньшей мере, затереть. В таком случае возобновить запас воздуха было бы невозможно, а тогда... Да, мы выкрутились удачно.

— Если это еще конец! — пробурчал Нед Ленд.

Я не хотел затевать бесполезный спор с канадцем и не ответил. В это время раздвинулись ставни и сквозь стекла окон ворвался наружный свет.

Как я и говорил, мы находились среди воды, но по обе стороны, всего в десяти метрах, вздымались ледяные стены. Сверху и снизу такая же стена. Наверху расстилалась гигантским потолком нижняя поверхность ледяных торосов; внизу перекувырнувшаяся глыба, проскальзывая вверх, нашла, наконец, в боковых стенках две точки опоры, которые и задержали ее в этом положении. «Наутилус» оказался заключенным в ледяном туннеле, шириной около двадцати метров и наполненном спокойною водой; он мог легко выйти из него, двинувшись вперед или назад, а затем, погрузившись на несколько сот метров глубже, найти свободный проход под ледяным полем. Светящийся потолок потух, но тем не менее салон весь сиял от окружающего сосредоточенного света. Благодаря способности отражать свет ледяные стены с огромной силой отбрасывали внутрь туннеля лучи от прожектора «Наутилуса». Я не в силах описать световые эффекты вольтовой дуги на этих прихотливо высеченных глыбах, где каждый угол, каждый гребень, каждая плоскость отбрасывали особый свет в зависимости от характера трещин, прорезывавших лед. Это был ослепительный рудник различных самоцветов, где сапфиры сливали свои синие лучи с зелеными лучами изумрудов. Опаловые тона невыразимой нежности ложились то там, то здесь среди пламенеющих точек, настоящих, огнем горевших бриллиантов такого блеска, что они слепили глаза. Сила света от прожектора возросла в сто раз, подобно свету лампы сквозь чечевицы стекол маяка.

— Какая красота! Какая красота! — воскликнул Консель.

— Да, — сказал я, — изумительное зрелище.

— Да, тысяча чертей! — ответил Нед Ленд. — Это превосходно! Я взбешен, что вынужден признаться в этом. Это невиданно. Но это зрелище может обойтись нам дорого. А уж если говорить все, как есть, так мы смотрим на такие вещи, какие бог воспретил людям видеть!

Нед был прав. Все было чересчур красиво. Вдруг Консель вскрикнул, и я невольно обернулся.

— Что такое? — спросил я.

— Закройте глаза! Не смотрите!

И, говоря это, Консель закрыл ладонями свои глаза.

— Но что с тобою, милый мальчик?

— Я перестал видеть, я ослеп!

Помимо моей воли я перенес взгляд на стеклянную поверхность окна и не мог вынести ее огненного блеска.

Я понял, что произошло. «Наутилус» двинулся вперед, развивая большую скорость. Все вокруг — поверхности и точки ледяных стен, до сих пор спокойно мерцавшие, превратились в полосы, сверкавшие как молния. Мириады ледяных бриллиантов сливались в огненное месиво. «Наутилус» благодаря силе своего винта несся в окружении молний!

Стеклянные окна в салоне закрылись, но мы стояли, прикрыв ладонями глаза, еще наполненные бликами концентрированного света, какие плавают перед сетчатой оболочкой глаза, чересчур сильно раздраженной лучами солнца. Требовалось некоторое время, чтобы вернуть глазам нарушенную способность видеть.

Наконец, мы опустили руки.

— Честное слово, я бы не поверил, — сказал Консель.

— А я и сейчас еще не верю! — отвечал канадец.

— Когда мы вернемся на Землю, избалованные зрелищем таких чудес природы, — продолжал Консель, — что мы будем думать о наших жалких континентах и ничтожных произведениях человеческих рук? Нет! Мир, обитаемый людьми, недостоин нас.

Такие речи в устах бесстрастного фламандца свидетельствовали о высокой степени нашего восторга. Но и тут канадец не преминул плеснуть на нас холодной водой.

— «Мир, обитаемый людьми»! — повторил он, качая головой. — Не беспокойтесь, Консель, в него мы не вернемся.

Пробило пять часов утра. В это мгновенье «Наутилус» ударился обо что-то носом. Я сообразил, что он натолкнулся на ледяную глыбу. Наверно, это был результат ошибки в маневрировании, вполне возможной, поскольку подводный туннель, загроможденный льдами, представлял собою нелегкий путь для плавания. Я подумал, что капитан Немо, изменяя направление, будет огибать такие препятствия, пользуясь извилинами туннеля. Во всяком случае, не мог же наш путь быть пересечен непреодолимой преградой. Тем не менее, вопреки моим суждениям, «Наутилус» дал задний ход.

— Неужели мы движемся назад? — спросил Консель.

— Да, — ответил я, — наверно, в этом направлении туннель не имеет выхода.

— Что же тогда делать?

— А тогда все будет очень просто. Мы вернемся обратно и выйдем через южный выход. Вот и все!

Говоря так, я постарался иметь вид человека, более уверенного в успехе, чем был на самом деле. Между тем «Наутилус» все ускорял обратный ход и, продолжая действовать контрвинтом, уносил нас назад с большою скоростью.

— Это уже задержка, — сказал Нед.

— На несколько часов раньше или позже, какое это имеет значение? — ответил я. — Лишь бы выйти!

Несколько минут я прохаживался из салона в библиотеку и обратно. Вскоре я сел на диван, взял книгу и начал механически пробегать глазами ее страницы.

Прошло четверть часа. Ко мне подошел Консель и спросил:

— Интересную книгу вы читаете?

— Очень интересную, — ответил я.

— Конечно. Ведь это книга господина профессора.

— Разве?

Действительно, в моих руках была книга «Тайны морских глубин». Я даже не подозревал об этом. Я закрыл книгу и снова принялся за свою прогулку. Нед и Консель встали, собираясь уходить.

— Подождите, — сказал я, желая удержать их. — Побудем вместе, пока не выберемся из этого тупика.

— Как вам будет угодно, — отвечал Консель.

Прошло уже несколько часов. Я часто поглядывал на приборы, висевшие на стене в салоне. Судя по манометру, «Наутилус» держался все время на глубине трехсот метров; компас неизменно указывал направление на юг, а лаг крутился со скоростью двадцати миль в час — скорость чрезмерная в таком узком пространстве. Но капитан Немо знал, что никакая поспешность не будет лишней, что теперь минуты имели значение веков.

В восемь часов двадцать пять минут произошло второе столкновение, на этот раз удар пришелся по корме. Я побледнел. Мои товарищи подошли ко мне. Я сжал руку Конселя. Мы переглянулись, задавая вопрос друг другу только взглядом, но более выразительно, чем если бы мы передали словами нашу мысль.

В эту минуту появился капитан. Я подошел к нему и спросил:

— Путь загорожен и на юг?

— Да. Ледяная глыба, перевернувшись, загородила последний выход.

— Мы заперты?

— Да.

16. Недостаток воздуха

Итак, вверху, внизу, со всех сторон «Наутилус» окружен непроницаемой стеною льда. Мы стали пленниками ледяных торосов! Канадец стукнул по столу своим громадным кулаком. Консель молчал, а я глядел на капитана. Лицо его стало по-прежнему бесстрастным. Он стоял, сложив руки на груди. Он что-то обдумывал. «Наутилус» не двигался.

Наконец, капитан заговорил.

— Господа, — произнес он, — в том положении, в каком находимся мы, бывает два рода смерти.

Этот непонятный человек имел вид профессора математики, доказывающего теорему своим ученикам.

— Первый — быть раздавленными. Второй — умереть от недостатка воздуха. О возможности умереть с голоду я не говорю, так как запасы продовольствия на «Наутилусе» наверняка переживут нас. Поэтому рассмотрим только две возможности — расплющиться или задохнуться.

— Что касается возможности задохнуться, — сказал я, — то этого бояться нет оснований, поскольку мы имеем воздушные резервуары, наполненные свежим воздухом.

— Верно, — ответил капитан, — но их хватит только на два дня. Уже тридцать шесть часов, как мы погружены в воду, воздух в «Наутилусе» становится тяжелым и требует возобновления. В течение двух суток запас свежего воздуха будет исчерпан.

— Так что же, капитан, давайте освободим себя раньше двух суток.

— Во всяком случае, будем пытаться это сделать, пробивая окружающую нас стену.

— В какую сторону?

— Это покажет зонд. Я посажу «Наутилус» на нижнюю стенку, а мои люди, одетые в скафандры, пробьют ледяной покров в наименее толстой его части.

— А нельзя ли раскрыть ставни в салоне?

— Теперь это безопасно. Мы не находимся в движении.

Капитан Немо вышел. Шипящие звуки дали нам знать, что в резервуары пустили воду. «Наутилус» стал тихо погружаться — до той глубины, на какую погрузился нижний ледяной пласт, — и осел на ледяное дно на глубине в триста пятьдесят метров.

— Друзья мои, — сказал я, — положение тяжелое, но я рассчитываю на ваше мужество и вашу энергию.

— Конечно, — ответил мне канадец, — сейчас не такое время, чтобы я стал надоедать вам своими жалобами или вопросами. Я готов сделать все для общего спасения.

— Отлично, Нед, — сказал я, протягивая канадцу руку.

— Добавлю еще вот что, — продолжал он, — я ловко владею и киркой и гарпуном, и если я могу быть полезным капитану, то я в его распоряжении.

Я проводил канадца в помещение, где люди из экипажа «Наутилуса» надевали на себя скафандры. Я сообщил капитану предложение канадца, и он его, конечно, принял. Канадец быстро облекся в подводный костюм и был готов одновременно со своими товарищами по работе. Каждый из них нес за спиною аппарат Рукейроля, снабженный резервуарами с большим запасом чистого воздуха. Это был значительный, но необходимый заем из воздушных запасов «Наутилуса». Что касается до ламп Румкорфа, то они были не нужны в этих водах, светящихся в лучах электрического света.

Как только Нед переоделся, я вернулся в салон, где ставни были уже открыты, и, став рядом с Конселем, начал рассматривать окружающие льды, на которых держался «Наутилус».

Через несколько минут мы увидели, как двенадцать человек экипажа вышли на лед и среди них — Нед, хорошо заметный своим высоким ростом. Их сопровождал капитан Немо.

Раньше, чем долбить стены, он распорядился прощупать их зондами и таким образом обеспечить нужное направление работ. Длинные зонды стали врезаться в боковые стены туннеля; но, пройдя пятнадцать метров, они застряли в толще другой стены. Направлять свои усилия против верхнего пласта являлось бесполезным, поскольку он представлял собой нагромождение торосов вышиной более четырехсот метров. Капитан Немо распорядился прозондировать нижний пласт. Оказалось, что здесь нас отделяло от воды только десять метров, составлявших толщу этого ледяного поля. Теперь работа сводилась лишь к тому, чтобы высечь в нем кусок, по своей площади равный площади «Наутилуса». Следовательно, для того чтобы мы могли опуститься ниже ледяного поля, необходимо было продолбить в нем соответственной величины отверстие, а для этого надо было вынуть около шести тысяч пятисот кубических метров льда.

Немедленно же приступили к этой работе и продолжали ее с неиссякаемой настойчивостью. Вместо того чтобы долбить лед вокруг самого «Наутилуса», что очень затруднило бы работу, капитан Немо распорядился наметить огромную круглую канаву, отступя на восемь метров от левого борта «Наутилуса». После этого все двенадцать человек одновременно стали буравить канаву в нескольких точках по ее окружности. В скором времени заработали кирки, мощно проникая в компактную массу льда и откалывая от нее большие глыбы. В силу меньшего удельного веса эти глыбы как бы взлетали под верхний свод туннеля, вследствие чего он начал утолщаться сверху настолько же, насколько становился тоньше снизу. Но это не имело значения, раз нижний слой делался в такой же мере тоньше.

После двух часов напряженной работы Нед измучился и вернулся в салон. Его вместе с товарищами по работе сменили свежие работники; к ним присоединились я и Консель. Нами руководил помощник капитана. Вода мне показалась особенно холодной, но вскоре я согрелся, работая киркой. Движения мои были вполне свободны, хотя производились при внешнем давлении в тридцать атмосфер. Проработав два часа и вернувшись в салон, чтобы перекусить и немного отдохнуть, я почувствовал большую разницу между потоком чистого воздуха, поступавшего ко мне в аппарат Рукейроля, и атмосферой в «Наутилусе», где уже накопился углекислый газ. В течение двух суток воздух не возобновлялся, и его животворные качества значительно понизились. А между тем за двенадцать часов работы мы сняли с намеченной поверхности пласт только в один метр толщиной, иначе говоря, около шестисот кубических метров льда. Допустим, что каждые двенадцать часов будет выполняться такая же работа, — тогда понадобится еще четыре дня и пять ночей, чтобы довести дело до желаемого конца.

— Четыре дня и пять ночей! — сказал я своим товарищам. — А запас воздуха в резервуарах только на два дня.

— Не считая того, — добавил Нед Ленд, — что, когда мы выйдем из этой проклятой тюрьмы, мы еще останемся в заключении под торосами без всякой связи с наружным воздухом.

Соображение правильное. Кто мог сказать заранее, сколько тогда понадобится времени для нашего освобождения? Не задохнемся ли мы раньше, чем «Наутилус» сможет вернуться на поверхность моря? Не суждено ли ему со всем его содержимым быть погребенным в этой ледяной могиле? Опасность казалась грозной. Но все смотрели прямо ей в глаза, и все решились исполнить долг свой до конца.

Как я и предполагал, за ночь удалось снять еще один метр со дна огромной выемки. Но когда на следующее утро, облекшись в свой скафандр и походив в этой плотной жидкости, имевшей температуру шесть-семь градусов ниже нуля[31], я заметил, что боковые стены начали постепенно сближаться. Слои воды, более отдаленные от выемки, начинали замерзать. При наличии этой

[31] Такой температуры в воде быть не может.

новой и непосредственной опасности что станется с нашими надеждами на спасение? Чем воспрепятствовать превращению жидкой среды в твердую, грозившую раздавить, как стеклышко, стенки «Наутилуса»?

Я уж не стал говорить об этой новой опасности своим товарищам. Зачем было испытывать людей и, может быть, лишить их той энергии, какую проявляли они в тяжкой работе для общего спасения? Но, вернувшись на борт, я тотчас сообщил капитану Немо об этом важном осложнении.

— Знаю, — ответил он своим спокойным тоном, который не менялся ни при каких стечениях обстоятельств, хотя бы самых страшных. — Да, это еще одна опасность, но я не вижу средства устранить ее. Единственная возможность для нашего спасения — это действовать быстрее. Нам надо дойти первыми. Вот и все.

Дойти первыми! Уж мне бы следовало привыкнуть к его манере разговора! За этот день я проработал несколько часов киркой с большим упорством. Эта работа поддерживала во мне бодрость. К тому же работать — это значило выходить из «Наутилуса», дышать чистым воздухом, взятым из резервуаров корабля и поступавшим ко мне через аппараты снаряжения; это значило расстаться с удушливой и вредной атмосферой в «Наутилусе».

К вечеру был вынут еще один метр с окружности всей выемки. Когда я возвратился на борт, я чуть не задохнулся от углекислого газа, которым был насыщен воздух в «Наутилусе». Ах, почему в нашем распоряжении нет химического средства поглотить этот тлетворный газ! В самом кислороде не было недостатка. Он находился, и в большом количестве, во всей окружающей нас воде, и, выделенный при помощи наших мощных батарей, он мог восстановить животворные свойства атмосферы в «Наутилусе». Я об этом думал, но напрасно, поскольку углекислый газ выделялся нашим собственным дыханием и заполнял собою весь корабль. Чтобы поглощать этот газ, надо было наполнять сосуды едким калием и беспрерывно их трясти. Но этого вещества не было на корабле, а заменить его нельзя ничем.

В этот вечер капитану Немо пришлось открыть краны из резервуаров и впустить несколько струй чистого воздуха внутрь «Наутилуса». Без этой меры мы, пожалуй, не проснулись бы совсем.

На следующий день, 26 марта, я вышел работать и принялся за пятый метр. Боковые стены и нижняя часть торосов стали заметно толще. Было очевидно, что они сойдутся раньше, чем «Наутилус» освободится. На одну минуту я впал в отчаяние. Кирка едва не выпала из моих рук. Какой имело смысл долбить лед, если мне суждено задохнуться или быть расплющенным этой водой, превращавшейся в камень, — подвергнуться казни, какой еще не выдумали даже самые жестокие дикари? Мне казалось, что я нахожусь в разверстой пасти какого-то чудовища, готового сжать свои страшные челюсти.

В эту минуту капитан Немо, работавший вместе с нами, прошел мимо меня. Я тронул его за руку и показал на стены нашей тюрьмы. Стена с правого борта отстояла не больше четырех метров от корпуса «Наутилуса».

Капитан понял меня и сделал мне знак последовать за ним. Мы вернулись на борт. Сняв свой скафандр, я вслед за капитаном прошел в салон.

— Господин Аронакс, — сказал он, — надо пойти на героическое средство, иначе эта вода, превращаясь в твердое тело, охватит нас как цемент.

— Да, но как быть? — ответил я.

— Ах, если бы мой «Наутилус» был так крепок, чтобы выдержать это давление и остаться целым!

— Что же тогда? — спросил я, не уловив мысли капитана.

— Разве вы не понимаете, что тогда бы оледенение воды нам только помогло? Разве вы не видите, что само превращение этой воды в лед разорвало бы ледяные поля, которые нас окружают, так же как оно рвет самые твердые породы камней? Разве вам непонятно, что оно станет средством нашего спасения, а не средством нашего уничтожения?

— Возможно, капитан. Но как бы ни была велика сила сопротивления «Наутилуса», он не выдержит такого чудовищного давления и расплющится в лист железа.

— Знаю. Следовательно, мы должны надеяться не ка помощь природы, а на нас самих. Надо воспрепятствовать замерзанию воды. Надо задержать этот процесс. Сближаются не только боковые стены, но спереди и сзади «Наутилуса» осталось не больше десяти футов воды. Оледенение захватывает нас со всех сторон.

— Сколько времени резервуары «Наутилуса» дадут возможность дышать здесь внутри?

Капитан взглянул прямо мне в лицо и сказал:

— Послезавтра резервуары будут пусты.

По всему телу у меня выступил холодный пот. А вместе с тем разве должен был удивить меня такой ответ? 22 марта «Наутилус» окунулся в свободные воды полюса. Сейчас у нас 26 марта. В течение пяти суток мы жили за счет запаса воздуха в резервуарах «Наутилуса». Тот запас годного воздуха, который еще остался, необходимо было сохранить для работников. Все эти обстоятельства запечатлелись во мне так ярко, что в ту минуту, как я записываю их, невольный ужас охватывает мою душу, и мне все кажется, что моим легким не хватает воздуха.

А между тем капитан Немо что-то обдумывал, молча и не двигаясь с места. Судя по выражению его лица, какая-то мысль мелькнула в его уме. Но, видимо, он ее отверг. Покачав головой, он сам себе ответил отрицательно. Наконец, одно слово вырвалось из его уст.

— Кипяток! — прошептал Немо.

— Кипяток? — воскликнул я.

— Да. Мы заключены в пространстве, сравнительно ограниченном. Если насосы «Наутилуса» будут все время выбрасывать струи горячей воды, разве температура окружающей нас среды не поднимется и не задержит процесс оледенения?

— Надо попробовать, — решительно ответил я.

— Давайте пробовать, господин профессор.

Наружный термометр показывал семь градусов ниже нуля. Капитан Немо провел меня в отделение камбуза, где действовали объемистые дистилляционные аппараты для добывания питьевой воды путем выпаривания. Их накачали водой, и все тепло от электрических батарей направилось в змеевики, погруженные в воду. Через несколько минут вода нагрелась до ста градусов. Ее переключили в насосы, а на ее место поступила свежая вода. Тепло от-электрических батарей было настолько велико, что холодная вода, прямо из моря, только пройдя сквозь аппараты, поступала в насосы уже в виде кипятка.

Через три часа после накачивания кипятка внешний термометр показывал шесть градусов ниже нуля. Получился выигрыш в один градус. Еще через два часа термометр показывал уже четыре.

— Мы победим, — сказал я капитану, после того как убедился в успехе принятых мер и сам дал несколько полезных советов.

— И я так думаю, — ответил капитан. — Нас не раздавит. Остается одна опасность — задохнуться.

За ночь температура воды поднялась до одного градуса ниже нуля. Накачивание горячей воды уже не могло поднять температуру выше. Но так как оледенение морской воды происходит при температуре минус два градуса, я, наконец, успокоился — угроза замерзания воды отпала.

На следующий день, 27 марта, были вынуты шесть метров льда. Осталось вырубить еще четыре метра. На это нужно еще сорок восемь часов работы. Следовательно, обновлять воздух в «Наутилусе» было невозможно. За этот день наше положение делалось все хуже.

Невыносимая тяжесть в теле угнетала меня. К трем часам вечера чувство тоски достигло предельной силы. От постоянной зевоты сводило челюсти. Легкие судорожно искали свежую струю, необходимую для нашего дыхания, а воздух все больше разрежался. Я чувствовал полное моральное оцепенение. В изнеможении я лег пластом, почти что без сознания.

Мой милый Консель, испытывая те же болезненные симптомы, страдая теми же страданиями, все же не покидал меня. Он брал меня за руку, подбадривал, и я расслышал, как он шептал себе:

— Ах, если бы я мог перестать дышать, чтобы оставить больше воздуха для господина профессора.

Слезы навертывались мне на глаза, когда я слышал этот шепот.

Но если положение нас всех, находящихся внутри корабля, стало невыносимым, зато с какою радостью, с какой поспешностью надевали мы скафандры, чтобы идти работать в наш черед. Бодро стучали кирки по ледяному пласту. Уставали плечи, обдирались руки, но что значила усталость, какое было дело нам до ссадин. Животворный воздух вливался в наши легкие! Мы дышали! Дышали! И все-таки ни один человек не продолжал своей работы под водой больше назначенного срока. Как только кончался срок работы, каждый передавал свой резервуар товарищам, чтобы влить в них жизнь. Капитан сам подавал этому пример и первый подчинялся суровой дисциплине. Бил урочный час, и капитан, отдав свой аппарат другому, возвращался в отравленную атмосферу корабля, всегда спокойный, никакой расслабленности, никаких жалоб.

За этот день обычная работа велась с особым напряжением. Со всей поверхности осталось вынуть лишь два метра. Только два метра отделяли нас от моря, свободного от льда. Но резервуары с воздухом были почти пусты. То немногое, что еще осталось, необходимо было сохранить для работавших людей. Ни одного атома для «Наутилуса»!

Когда я вернулся на борт, я уже совсем задыхался. Какая ночь! Я этого не в силах описать. Таких страданий описывать нельзя! На следующее утро стало предельно тяжело дышать. К головной боли присоединились одуряющие головокружения, от которых я был похож на пьяного. Мои товарищи испытывали те же самые страдания. Несколько человек из экипажа только хрипели.

Сегодня, на шестой день нашего пленения, капитан Немо, полагая, что кирки и ломы являются средством, слишком медленным, решил проломить ледяной пласт, еще отделявший нас от водяной поверхности моря, иным способом. Он неизменно сохранял и свое хладнокровие и свою энергию, нравственной силой он подавлял физические страдания. Он думал, комбинировал и действовал.

По его приказанию корабль приподняли с ледяного слоя, облегчив его и изменив этим центр его тяжести. Когда «Наутилус» всплыл, его подтянули канатами с таким расчетом, чтобы он стал точно над огромной выемкой, сделанной по очертанию его ватерлинии. Как только резервуары достаточно наполнились водой, «Наутилус» опустился и вклинился в прорубленную выемку. К этому моменту весь экипаж вошел в корабль и запер двойную дверь внешнего сообщения. «Наутилус» лежал на ледяном пласте толщиною в один метр, продырявленном во множестве мест зондами.

В то же время краны резервуаров были открыты до отказа, и в них хлынули сто кубических метров воды, увеличив вес «Наутилуса» на сто тысяч килограммов.

Мы ждали, слушали, даже забыв свои страдания. Делалась последняя ставка на спасение.

Несмотря на шум в голове, я вскоре услыхал какое-то потрескивание под корпусом «Наутилуса». Происходило смещение поверхности пласта. Наконец, лед треснул со странным шумом, похожим на разрыв листа бумаги, и «Наутилус» начал опускаться.

— Прошли! — шепнул мне на ухо Консель.

Я был не в силах отвечать; я только схватил его руку и непроизвольным, конвульсивным движением стал ее сжимать.

«Наутилус», под действием своей огромной тяжести, стал врезаться в воду, как ядро, иначе говоря, стал падать точно в пустоту. Сейчас же всю электрическую энергию переключили на насосы, чтобы выкачивать воду из резервуаров. Через несколько минут падение затормозилось. А вскоре манометр показал уже восходящее движение судна. Винт заработал с такой скоростью, что железный корпус весь дрожал вплоть до заклепок, и мы понеслись на север.

Но сколько же времени продлится наше плавание под торосами, пока мы не достигнем свободного пространства океана? Еще день? Но я до этого умру.

Полулежа на диване в библиотеке, я задыхался. Лицо мое сделалось лиловым, губы синими, наступало полное функциональное расстройство. Сознание времени исчезло. Мускулы потеряли способность сокращаться. Не могу сказать, сколько часов длилось такое состояние. Я только сознавал, что это начало агонии. Я понимал, что умираю…

Вдруг я пришел в себя. Несколько глотков чистого воздуха проникли в мои легкие. Неужели мы всплыли на поверхность моря? Неужели мы прошли торосы?

Нет! Это мои милые друзья, Нед и Консель, пожертвовали собой, чтобы спасти меня, отдав мне несколько молекул воздуха, оставшихся в одном из аппаратов! Вместо того чтобы вдохнуть в себя, они их сохранили для меня и, сами задыхаясь, вливали капля по капле в меня жизнь. Я хотел оттолкнуть аппарат, но они схватили меня за руки, и в течение нескольких минут я с наслаждением дышал.

Я перевел взгляд на часы; они показывали одиннадцать часов дня. Значит, наступило 28 марта. «Наутилус» шел со страшной скоростью сорока миль в час. Он точно ввинчивался в море.

Где же капитан Немо? Неужели он погиб? Неужели вместе с ним умерли и его товарищи?

Судя по показаниям манометра, мы находились всего в двадцати футах от поверхности. Простое ледяное поле нас отделяло от воздуха земли. Разве нельзя его пробить? Может быть! Во всяком случае, «Наутилус» намеревался это сделать, я это чувствовал; он принял наклонное положение, опустив корму и приподняв кверху бивень. Для этого достаточно было впустить воду определенным образом и тем нарушить обычную точку равновесия. Затем, сделав разгон всей мощью своего винта, он ринулся на ледяное поле снизу, подобно гигантскому тарану. Он стал долбить его мало-помалу, то отплывая, то вновь бросаясь на ледяное поле, которое все больше трескалось, и, наконец, последним броском «Наутилус» пробился на оледенелую поверхность моря и продавил ее своею тяжестью.

Стеклянные окна раскрылись, можно сказать — разверзлись, и волны морского воздуха стали вливаться в «Наутилус».

17. От мыса Горн до Амазонки

Как я очутился на палубе, я не знаю. Может быть, перенес меня туда канадец. Так или иначе, но я дышал. Я втягивал в себя животворящий воздух моря. Рядом со мной мои товарищи упивались его освежающими молекулами. Несчастным, долго голодавшим людям нельзя набрасываться на первую предложенную пищу. Нам же, наоборот, не надо было сдерживать себя, мы могли всей силой своих легких вдыхать атомы морского воздуха, а морской бриз сам собой вливал в нас этот сладостный пьянящий воздух.

— Ах, кислород, какое это благо! — говорил Консель. — Теперь, господин Аронакс, не бойтесь наслаждаться им. Здесь хватит его на всех.

Нед Ленд не произносил ни слова, а только раскрывал свой рот, но так, что даже акуле сделалось бы страшно. А какой у него могучий вдох! В легких канадца была такая «тяга», как в хорошо растопленной печи.

К нам быстро возвращались наши силы, и, когда я огляделся, я увидал, что на палубе были только мы. Никого из экипажа. Даже капитана Немо. Странные моряки «Наутилуса» удовлетворялись тем воздухом, который циркулировал внутри самого судна. Ни один не вышел насладиться вольным воздухом.

Первые произнесенные мной слова были словами благодарности двум моим товарищам. За долгие часы нашей агонии Консель и Нед поддерживали во мне жизнь. Никакой благодарностью нельзя было отплатить за их преданность.

— Ладно уж, господин профессор, не стоит и говорить об этом! — ответил мне Нед Ленд. — В чем же тут заслуга? Никакой. Это простая арифметика. Ваша жизнь дороже нашей. Стало быть, ее и надо сохранить.

— Неверно, Нед, — ответил я. — Нет никого выше человека доброго и благородной души, а вы — такой!

— Ладно! Ладно! — повторял смущенный канадец.

— И ты, мой милый Консель, ты тоже очень страдал.

— Да нет — не очень. Говоря правду, мне, конечно, не хватало немного воздуху, но, по-моему, я к этому был приспособлен. Кроме того, я видел, что господин профессор теряет сознание, а от этого у меня пропадало желание дышать. Как говорится, у меня в зобу спирало дыхание.

Консель, чувствуя, что запутался в общих рассуждениях, замолк.

— Друзья мои, — ответил я, глубоко тронутый, — теперь навеки мы связаны друг с другом, и по отношению ко мне вы имеете полное право…

— Которым я воспользуюсь, — прервал меня канадец.

— Эге! — произнес Консель.

— Да, — продолжал Нед Ленд, — правом взять вас с собой, когда я брошу этот дьявольский «Наутилус».

— В самом деле, — сказал Консель, — разве мы не идем в хорошую сторону.

— Да, — ответил я, — мы идем к солнцу, а здесь солнце — это север.

— Все так, — заметил канадец, — но вопрос в том, пойдем ли мы в Атлантический или в Тихий океан, иными словами, в море, часто посещаемое кораблями или безлюдное.

На это я не мог ответить, я сам побаивался, что капитан Немо поведет нас в тот великий океан, который омывает берега Америки и Азии. Этим он закончит свое подводное кругосветное плавание и вернется в те моря, где «Наутилус» будет находиться в полной независимости. А если мы вернемся в Тихий океан, далеко от обитаемой земли, что станется с планами Неда Ленда?.

Но в скором времени мы будем точно осведомлены в этом отношении. «Наутилус» шел большим ходом. Мы быстро пересекли южный полярный круг и держали курс на мыс Горн. 31 марта в семь часов вечера мы были на траверсе южной оконечности Америки.

К этому времени все наши прошлые страдания были забыты. Воспоминания о нашем заключении во льдах мало-помалу стушевались в нашей памяти. Мы думали только о будущем. Капитан Немо не появлялся ни на палубе, ни в салоне. Ежедневные отметки на карте полушария, которые делал помощник капитана, давали мне возможность точно следить за курсом «Наутилуса». И вечером того же дня выяснилось, к моему глубокому удовлетворению, что мы возвращаемся на север по Атлантическому океану.

Я сообщил канадцу и Конселю результат своих наблюдений.

— Хорошая новость, — заметил канадец, — но куда пойдет «Наутилус»?

— Этого, Нед, сказать я не могу.

— Уж не вздумает ли капитан после Южного полюса попасть на Северный, а потом вернуться в Тихий океан через пресловутый Северо-Западный проход?

— За него не поручишься, — ответил Консель.

— Ну и пусть его, — сказал канадец, — мы улепетнем от него раньше.

— Во всяком случае, — добавил Консель, — капитан Немо — человек, какой надо, и мы не пожалеем, что свели с ним знакомство.

— Особенно когда мы с ним расстанемся! — заметил Нед Ленд.

На следующий день, 1 апреля, за несколько минут до двенадцати часов, когда «Наутилус» всплыл на поверхность, мы заметили на западе берег. Это была Огненная Земля, прозванная так первыми мореплавателями, которые увидели на ней множество дымков, поднимавшихся над хижинами туземцев. Огненная Земля представляет собой скопление островов, раскинутых на пространстве тридцати лье в длину и двадцати четырех в ширину, между пятьдесят третьим и пятьдесят шестым градусом южной широты и шестьдесят седьмым градусом пятидесятой минутой и семьдесят седьмым градусом пятнадцатой минутой западной долготы. Берег мне показался низким, но вдали высились большие горы. По-моему, я даже различил среди них гору Сармиенто, достигающую высоты 2070 метров над уровнем моря, — это пирамидальная глыба из сланцевых пород, с очень острой вершиной, которая в зависимости от того, закрыта ли она облаками, или нет, предсказывает, как сообщил мне Нед Ленд, плохую или хорошую погоду.

— Отличный барометр, мой друг, — заметил я.

— Да, барометр природный, он не обманул меня ни разу, когда я плавал по Магелланову проливу.

В это время пик Сармиенто отчетливо вырисовался на фоне неба. Это предсказывало хорошую погоду, что и подтвердилось.

«Наутилус», погрузившись в воду, приблизился к берегу, но шел вдоль него только несколько миль.

Сквозь стекла окон в салоне я видел длинные, похожие на лианы стебли гигантских представителей фукусовых водорослей, несущих грушевидные пузыри и представленных несколькими видами в свободных водах Южного полюса; их клейкие гладкие стебли достигают трехсот метров в длину — это настоящие веревки толщиною в большой палец, очень крепкие; они нередко служат вместо причальных канатов для небольших судов. Другой вид травы, под названием вельпы, с листьями длиной в четыре фута, покрытыми коралловидными наростами, устилал морское дно. Он служил пищей и местом скоплений для мириад ракообразных, моллюсков, крабов, каракатиц. Среди них пиршествовали тюлени и морские выдры, соединяя на английский манер рыбу с зеленью.

По этим исключительно плодовитым глубинам «Наутилус» плыл с предельной скоростью. К вечеру он уже приближался к Фолклендским островам, и на следующее утро я уже мог видеть горные вершины этих островов. Глубина моря была тут незначительна. Я полагал, и не без оснований, что два главных острова, окруженные многочисленными островами, когда-то образовывали часть Магеллановой земли. Фолклендские острова были открыты, вероятно, Джоном Девисом, который назвал их Южными островами Девиса. Позднее Ричард Хаукинс назвал их Майдэн-Айланд — островами Девы Марии. В начале XVIII века французские рыбаки из Сен-Мало назвали их Малуинами, и, наконец, англичане, которым теперь принадлежат эти острова, дали им имя Фолкленд.

У их побережий наши сети захватили несколько интересных видов водорослей и среди них фукусов, корни которых были усеяны лучшими в мире ракушками. Дикие гуси и утки десятками слетались на побережье; они по заслугам заняли подобающее место в кухне «Наутилуса».

Что касается рыб, то я специально заинтересовался костистыми из группы бычков. В особенности меня привлек один вид бычка в двадцать сантиметров длиной, покрытый желтыми и беловатыми крапинами.

Я любовался многочисленными медузами и самыми красивыми из них — хризаорами, свойственными водам Фолклендских островов. Они имели форму то полусферического зонтика, совершенно гладкого с буро-красными полосками и обрамленного двенадцатью правильными фестонами, то форму корзинки, откуда изящно свешивались широкие листья и длинные красные веточки. Они плавали, гребя своими листовидными губными щупальцами и распуская по течению свою густую шевелюру из тонких краевых щупалец. Мне хотелось сохранить несколько образцов этих нежных зоофитов, которые, к сожалению, быстро разрушаются вне родной стихии.

Когда последние высоты Фолклендских островов скрылись за горизонтом, «Наутилус» ушел под воду на двадцать — двадцать пять метров и плыл вдоль берега Южной Америки. Капитан Немо не появлялся.

До 3 апреля мы еще плыли вдоль берегов Патагонии, то под водами океана, то на его поверхности. Наконец, «Наутилус» пересек широкий лиман, образованный устьем Ла-Платы, и 4 апреля оказался на траверсе Уругвая, но на пятьдесят миль от него в открытом море. Следуя причудливым извилинам берега Южной Америки, он все время держался направления на север. Таким образом, с того времени, когда мы вступили на борт «Наутилуса» в Японском море, мы покрыли расстояние в шестнадцать тысяч лье.

К одиннадцати часам утра мы пересекли тропик Козерога у тридцать седьмого меридиана и прошли в открытом море мимо мыса Фрио. К великому неудовольствию Неда Ленда, капитану Немо, видимо, не нравилось соседство этих обитаемых берегов Бразилии, и потому он шел с головокружительной быстротой. Ни одна рыба, ни одна из самых быстролетных птиц не могли следовать за нами, и все, что было любопытного в этой части океана, ускользнуло от нас.

Такой быстрый ход держался несколько дней, и вечером 9 апреля мы увидели самую восточную точку Южной Америки, какую представляет собой мыс Сент-Рок. Но «Наутилус» опять ушел в другую сторону и направился в самые глубины подводной долины, образовавшейся между этим мысом и горной цепью Сьерра Леоне на африканском берегу. На широте Антильских островов эта долина расходится в разные стороны; к северу долина заканчивается огромной впадиной в девять тысяч метров глубиной. Геологический срез в этом месте океана до малых Антильских островов представляет собой отвесную скалу в шесть километров вышиной, а на широте островов Зеленого Мыса высится другая, не менее почтенная стена, и здесь, в морских глубинах, меж этих двух скалистых стен, затонул целый материк — Атлантида. На дне огромной морской долины вздымается несколько гор, придающих живописный вид ее подводным глубинам. Я говорю об этом, руководясь главным образом картами в библиотеке «Наутилуса», которые вычерчены, видимо, рукою капитана Немо и основаны на его личных наблюдениях.

В течение двух дней мы бороздили эти пустынные глубины, пользуясь нашей системой наклонных плоскостей, благодаря которым «Наутилус» мог держать курс по длинным диагоналям на любую высоту. Но 11 апреля судно вдруг поднялось прямо вверх, и мы увидели побережье огромной лагуны, образованной впадением Амазонки, которая изливает в море такое количество воды, что море опресняется на пространстве многих миль.

Мы пересекли экватор. В двадцати милях к западу от нас осталась французская Гвиана, где мы легко могли бы найти себе убежище. Но бушевал ветер, и яростные волны не дали бы достичь ее на утлой лодке. Нед Ленд это понимал и не заговаривал о бегстве. Я, с своей стороны, ни одним словом не намекнул на его планы, опасаясь вызвать какую-нибудь попытку, которая заведомо была обречена на неудачу.

Я вполне вознаградил себя за эту задержку интересной научной работой. Последние два дня, 11 и 12 апреля, «Наутилус» не погружался, и его шлюпка привозила чудесный улов всяких зоофитов, рыб и рептилий. Некоторые зоофиты были выловлены шлюпочным канатом. Большей частью это были красивые фикталины одного из семейства актиний, и среди других видов — phyctalis protexta, свойственная только этой части океана; она имеет вид коротенького цилиндрика, украшенного продольными линиями и красными точечками, а сверху увенчанного чудесным букетиком из щупалец. Что касается улова моллюсков, то он состоял из видов, которые я уже наблюдал, — турителлы, оливы, порфиры с правильно перекрещивающимися линиями и с рыжими крапинками, ярко выступающими на телесном фоне; фантастические птероцеры, похожие на окаменелых скорпионов; прозрачные хиалы, аргонавты и превосходные для еды каракатицы, а также несколько видов кальмаров, которых древние натуралисты причисляли к летающим рыбам и которые служат главной насадкой при ловле трески.

Среди рыб, обитающих у этих берегов, я отметил несколько различных видов, которых я еще не имел случая наблюдать. В подклассе хрящевых: угревидные миноги-прикка длиною пятнадцать дюймов, с зеленоватой головой, фиолетовыми плавниками, серо-голубой спиной, серебристо-бурым брюхом, усеянным яркими крапинами, и с золотистой радужиной вокруг глаз — животное очень интересное, вероятно занесенное в море течением Амазонки, так как, вообще говоря, живет в пресных водах; затем бугорчатые скаты с острой мордой и длинным гибким хвостом, который вооружен длинным зазубренным шипом; затем маленькие акулы в метр длиной, покрытые серой и беловатой кожей, — у них зубы расположены в несколько рядов и загнуты внутрь; затем рыба — летучая мышь, похожая на красноватый равнобедренный треугольник, в полметра длиной, у которых грудные плавники в виде мясистых лопастей, что делает их похожими на летучих мышей, но их называют и морскими единорогами по той причине, что у них около ноздрей есть роговой нарост; наконец, несколько видов балистов-спинорогов, бока которых, покрытые мелкими точечками, сверкали ярким золотистым цветом, и, наконец, каприски светло-лилового цвета с переливчатыми оттенками, как на груди у голубя.

Свое несколько сухое, но точное описание я закончу рядом костистых рыб, каких я наблюдал: пассаны из рода аптеронотов, имеющие тупую морду снежно-белого цвета, черное тело красивого оттенка и длинный очень подвижной мясистый хвост; одонтагнаты — колючие сардины в тридцать сантиметров длиной, отливающие ярким серебристым блеском; скомбры-гары с двумя анальными плавниками; контронаты-негры черноватой окраски, которых ловят при свете факелов, это рыбы длиной до двух метров, с белым жирным, но плотным мясом, — жаренные в свежем виде они имеют вкус угрей, а сушеные — вкус копченой семги; затем — светло-красные губаны, одетые чешуей только у основания спинных и анальных плавников; хризоптеры, у которых золотистая и серебристая окраска переходит в цвета рубина и топаза; золотохвостые морские караси с очень нежным мясом, обладающие способностью испускать фосфорический свет, что и выдает их присутствие в воде; оранжевые спары-пробы с тонким языком; горбыли с золотистыми хвостами; черноватые рыбы-хирурги, суринамские четырехглазые рыбы-анаблепсы и прочие.

Впрочем, выражение «прочие» не может удержать меня от упоминания еще одной рыбы, которую будет долго помнить Консель, и не без причины.

В один из наших неводов попал очень плоский скат такой формы, что если ему обрубить хвост, то получится правильный диск; вес — двадцать килограммов, окраска — снизу белая, сверху красноватая с большими круглыми темно-синими пятнами в черном ободке, кожа — гладкая, задняя часть оканчивается двулопастным плавником. Когда его положили на палубу, он бился, стараясь судорожными движениями тела перевернуться, и благодаря этим усилиям он чуть было не соскользнул в море, но Консель, дороживший добытой им рыбой, бросился к нему и, прежде чем я успел удержать его, схватил ската обеими руками. В то же мгновенье Консель, наполовину парализованный, упал вверх ногами, крикнув мне:

— Профессор! Профессор! Помогите! — Впервые бедный юноша назвал меня просто — профессор.

Мы с канадцем его подняли и растерли руками, а когда этот неисправимый классификатор пришел в себя, то дрожащим голосом забормотал:

— Класс — хрящевых, отряд — хрящеперых, с неподвижными жабрами, подотряд — акулообразных, семейство — скатов, род — электрический скат.

— Да, мой друг, это электрический скат, он-то и причинил тебе большую неприятность.

— О господин профессор, можете мне поверить, я отомщу этому животному.

— Каким образом?

— Я его съем.

Он так и сделал в тот же вечер, но только в порядке наказания, потому что, говоря откровенно, мясо было твердо, как подошва.

Бедняга Консель пострадал от самого опасного вида скатов — «куманы». В таком хорошем проводнике, как вода, это своеобразное животное поражает рыб на расстоянии нескольких метров, — такова сила разряда его электрических органов, из коих два основных имеют площадь не менее двадцати семи квадратных футов.

На следующий день, 12 апреля, «Наутилус» подошел к Нидерландской Гвиане, недалеко от устья реки Марони. Здесь находилось несколько групп ламантинов. Ламантины, как дюгони и стеллерова корова, — тоже морские коровы и принадлежат к отряду сирен. Эти красивые мирные и безобидные животные, длиной шесть-семь метров, достигают веса до четырех тысяч килограммов. Я сообщил Неду Ленду и Конселю, что прозорливая природа отвела этим животным важную роль. Так же, как тюленям, им приходится пастись на подводных морских лугах, и таким образом они уничтожают скопления трав, которые заносят устья тропических рек.

— А знаете ли вы, — добавил я, — что происходит с той поры, как человек почти уничтожил эти полезные виды животных? Теперь скопления трав гниют и заражают воздух, а зараженный воздух вызывает желтую лихорадку, которая является бичом этой удивительной страны. Ядовитая гниющая растительность накопилась в этих морских водах жаркого пояса, и лихорадка гуляет беспрепятственно от устья Рио де ла Плата до Флоридского пролива.

Если верить Тусснелю, этот бич еще ничто сравнительно с тем бедствием, какое постигнет наших потомков, когда человек истребит всех тюленей и китов; тогда морские воды будут захвачены полчищами кальмаров, медуз, спрутов и станут огромными очагами всяких инфекций, потому что не будет тех обладателей «объемистых желудков, которым повелел сам бог бороздить поверхность моря».

Тем не менее экипаж «Наутилуса», хотя и не относился с пренебрежением к этой теории, все же добыл штук шесть морских коров. Для кухни было действительно необходимо запастись свежим мясом, к тому же превосходным, гораздо лучше говядины и телятины. Эта охота не представляла интереса. Морские коровы давали убивать себя, не защищаясь. Несколько тысяч килограммов их мяса, предназначенного для сушки, попали в склады «Наутилуса». Здешние морские воды обладали таким количеством всякой «дичины», что в тот же день своеобразная по своему способу ловля еще больше пополнила запасы «Наутилуса». Шлюпка захватила в свои сети некоторое количество рыб, у которых голова заканчивается овальной пластинкой с мясистыми краями. Это были рыбы-прилипалы из третьего семейства мягкоперых. Их овальный диск состоит из подвижных поперечных хрящевых пластинок, а рыба обладает способностью образовывать между ними пустоту, что позволяет ей присасываться к предметам наподобие кровососной банки.

Ремора, которую я наблюдал в Средиземном море, принадлежит к тому же роду. Но та, о которой идет речь теперь, — это особая рыба-прилипало, свойственная лишь здешним водам. Наши моряки, вылавливая этих рыб, тут же опускали их в чан с морской водой.

Когда лов закончился, «Наутилус» подошел ближе к берегу. Здесь несколько морских черепах предавались сну, плавая на поверхности воды. Захватить такую интересную рептилию трудно, — их будит малейший шум, а крепкий панцирь противостоит даже гарпуну. Но при помощи рыб-прилипал можно ловить этих черепах с полным успехом. Действительно, прилипало представляет собой как бы живой крючок, который осчастливил бы простоватого рыбака.

Моряки «Наутилуса» привязали к хвосту этих рыб колечко, достаточно широкое, чтобы не стеснять их движений, а к колечку — длинную веревку, зачалив другой ее конец за борт лодки.

Выброшенные в море, рыбы-прилипалы сейчас же приступили к своей «охоте», подплыли к черепахам и присосались к их панцирям, причем цепкость этих рыб настолько велика, что они скорее разорвутся, чем отпустят свою добычу. Затем их подтянули к борту, а вместе с ними и тех черепах, к которым они присосались.

Таким способом поймали нескольких какуан длиною в целый метр и весом в двести килограммов. Их щит, покрытый крупными роговыми пластинами, тонкими, прозрачными, бурого цвета, с белыми и желтыми крапинами, представляет большую ценность. Вдобавок морские черепахи ценны и с съедобной точки зрения, так же как и обычные черепахи, очень тонкие на вкус.

Этой ловлей закончилось наше пребывание у берегов в районе Амазонки, и той же ночью «Наутилус» вышел в открытое море.

18. Спруты

В течение нескольких дней «Наутилус» неизменно отдалялся от американских берегов. Он явно не хотел заплывать в воды Мексиканского залива или Антильских островов. Но и без этого под его килем было вполне достаточно воды, так как средняя глубина моря в этих местах имеет тысячу восемьсот метров. Но здешние воды, усеянные островами и посещаемые пароходами, не нравились капитану Немо.

Шестнадцатого апреля мы познакомились с Гваделупой и Мартиникой, но на расстоянии около тридцати миль. Их высокие горные пики я увидал лишь на одну минуту. Канадец, который рассчитывал привести в исполнение свое намерение в Мексиканском заливе, либо достигнув земли, либо подплыв к одному из многочисленных судов, совершавших каботажные рейсы между островами, был весьма расстроен. Наше бегство могло вполне осуществиться, если бы Неду Ленду удалось завладеть лодкой потихоньку от капитана Немо. Но теперь в открытом океане нечего было об этом и думать.

Канадец, Консель и я имели по этому поводу достаточно долгий разговор. Уже полгода мы были пленниками на «Наутилусе». За это время мы прошли семнадцать тысяч лье, и, как говорил канадец, конца нашему плаванию не предвидится. Он кончил тем, что потребовал от меня в последний раз спросить капитана Немо, уж не намерен ли он нас держать у себя до бесконечности?

Подобный шаг был мне не по душе. На мой взгляд, он не мог достичь цели. От командира «Наутилуса» ждать было нечего, а все зависело от нас самих. К тому же с некоторого времени капитан Немо становился все более мрачным, отчужденным и необщительным. Он явно избегал меня. Бывало, он с удовольствием давал мне объяснения о разных подводных чудесах; теперь он оставлял меня работать в одиночестве и перестал бывать в салоне.

Какая произошла в нем перемена? Что стало этому причиной? Я не мог упрекнуть себя ни в чем. Может быть, его тяготило наше присутствие на «Наутилусе»? А вместе с тем у меня не было надежды на то, чтобы человек такого склада мог нам вернуть свободу.

Вот почему я и просил канадца дать мне время все обдумать, прежде чем перейти к действию. В случае если бы мое выступление не имело никакого результата, оно могло возбудить подозрение у капитана, ухудшить наше положение и повредить планам самого канадца. Добавлю еще то, что ссылаться в этом вопросе на здоровье я уже никак не мог. Если исключить жестокое испытание в торосах Южного полюса, то мы, Консель, Нед и я, никогда еще не чувствовали себя так хорошо. Здоровая пища, благодатный воздух, упорядоченная жизнь, ровная температура исключали возможность заболевания, и я хорошо понимал все преимущества подобного образа жизни для человека, отбросившего без всяких сожалений воспоминания о Земле, в особенности для такого, как капитан Немо, который находится здесь у себя дома, плывет, куда ему угодно, и своими таинственными для других, но хорошо ему известными путями стремится к своей цели. Но мы не рвали связей с человечеством. Говоря о себе, я не хотел бы уносить с собой в могилу мои работы, такие любопытные и новые. Как раз теперь я имел право написать настоящую книгу о море, и я хочу, чтобы эта книга лучше раньше, чем позже, вышла в свет.

Вот хотя бы здесь, в водах Антильских островов, всего в десяти метрах от поверхности, сколько интересных произведений природы я мог отметить, глядя сквозь открытые окна в салоне!

Среди других зоофитов были и сифонофоры-физалии, известные под названием «военных португальских корабликов», вроде продолговатых пузырей с перламутровым отливом, которые плавают, подставив ветру свои мембраны и распустив по воде синие щупальца, похожие на шелковые нити; чарующие взор медузы, которые при прикосновении испускают едкую жидкость, обжигающую, как крапива; среди кольчатых червей-аннелид длиной до полутора метров, снабженных розовым хоботом и Тысячью семьюстами двигательных органов, параподий, которые извиваются в воде и светятся всеми цветами радуги. В разряде рыб — малабарские скаты, огромные представители хрящевых рыб длиной до десяти футов и весом до шестисот фунтов, с треугольными грудными плавниками, горбатой спиной и с глазами, укрепленными в задней части головы.

Тут были и американские балисты, которым природа отпустила только черную и белую краску, и длинноперые бычки, продолговатые, мясистые, с желтыми плавниками и с выдающейся челюстью, макрели в сто шестьдесят сантиметров, с короткими, острыми зубами, покрытые мелкой чешуей и принадлежащие к альбакорам, барбули полосатые, от головы до хвоста опоясанные золотыми полосками, носились стайками, быстро шевеля сверкающими плавниками. Эти ювелирные произведения природы были когда-то посвящены Диане и особенно ценились римскими богачами, державшимися поговорки: «Лови их, но не ешь!» Золотистые помаканты, украшенные изумрудными полосками, одетые в шелк и бархат, проходили перед нашими глазами, как богатые синьоры на картинах Веронезе; шпорцовые спары убегали от нас, быстро работая грудными плавниками; клюпонодоны, величиной в пятнадцать дюймов, окутывали себя фосфоресцирующим светом; кефали хлестали по воде толстыми мясистыми хвостами; красные корегонусы как будто косили волны отточенными грудными плавниками, а серебристые силены (из ставрид), достойные своего названия, поднимались над гладкой поверхностью воды, сияя беловатым светом, как маленькие луны.

Сколько еще новых, чудесных видов я мог бы увидеть, если бы «Наутилус» не стал уходить в глубинные слои! Пользуясь системой своих наклонных плоскостей, он постепенно опустился на глубину двух-трех тысяч метров. Здесь животная жизнь оказалась представленной только анкринами, морскими звездами, прелестными пентакринами с головой медузы, с маленькой чашечкой на прямом стебле; троки, кровавые кенотты и фиссурелы — большой вид береговых моллюсков.

Двадцатого апреля мы поднялись на тысячу пятьсот метров. Наиболее близкой к нам землей оказался Лукайский архипелаг — группа островов, разбросанных по поверхности океана, как кучки мостового камня. А в глубине вод высились подводные большие скалы, представляя собой отвесные стены из размытых глыб, лежавших высокими слоями, между которыми образовались такие углубления, что электрические лучи «Наутилуса» не достигали до их дна. Сами скалы были устланы густой растительностью — гигантскими ламинариями, бесконечно длинными фукусами: подлинные шпалеры из водолюбов, достойных титанического мира.

Рассуждая об этих колоссальных растениях, мы, Нед, Консель и я, естественно, перешли к гигантским морским животным. Одни из них, очевидно, предназначались на съедение другим. Но среди этих длинных волокон я заметил лишь несколько членистых представителей животных из группы короткохвостых, длиннолапых ламбр, лиловатых крабов и клиосов, свойственных морским водам Антильских островов.

Было около одиннадцати часов дня, когда Нед Ленд обратил мое внимание на то, что среди огромных водорослей шевелилось, видимо, какое-то жуткое животное.

— Да, — сказал я, — здесь много пещер, удобных для спрутов, и я нисколько не удивлюсь, если увижу здесь этих чудищ.

— Какие же это чудища, — удивился Консель, — простые кальмары из отряда головоногих?

— Нет, — ответил я, — это большие спруты. Но наш друг Ленд, видимо, ошибся, я ничего не замечаю.

— Жаль, — заметил Консель. — Хотелось бы мне встретиться лицом к лицу с одним из этих спрутов, о которых рассказывают, будто они способны утащить в морскую бездну целый корабль. Этих животных зовут у нас: крак…

— «Крак» и капут! — иронически ответил канадец.

— Кракены, — закончил слово Консель, не обращая внимания на шутку своего товарища.

— Никогда я не поверю, — сказал Нед Ленд, — что подобные животные существуют на свете.

— Почему же нет? — спросил Консель. — Мы же поверили в нарвала господина профессора.

— И ошиблись.

— Конечно, но возможно, что многие в него верят до сих пор.

— Вообще говоря, это правдоподобно, — ответил я Конселю, — но я лично решил поверить в существование таких чудовищ только тогда, когда их вскрою собственной рукой.

— Значит, сам господин профессор не верит в существование гигантских спрутов? — спросил меня Консель.

— А кой черт в них поверит? — воскликнул Нед.

— Многие, друг мой Нед.

— Только не рыбаки! Ученые — возможно!

— Простите, Нед. И рыбаки и ученые!

— Но я-то уж, — заговорил Консель с самым серьезным видом, — своими собственными глазами видел, как один головоногий своими щупальцами утащил под воду большое судно.

— И вы сами это видели? — спросил канадец.

— Да, Нед.

— Собственными глазами?

— Собственными глазами.

— Где же, будьте любезны?

— В Сен-Мало, — невозмутимо отвечал Консель.

— В гавани? — насмешливо спросил канадец.

— Нет, в церкви, — ответил Консель.

— В церкви! — воскликнул Нед.

— Да, друг мой Нед. Такой спрут был изображен там на стене.

— Здорово! — воскликнул Нед, заливаясь хохотом. — Господин Консель строит из меня дурака.

— Нет, формально он прав, — сказал я. — Я слышал об этой картине, но сюжет ее взят из легенды, а вы знаете, чего стоят легенды из области естественной истории! В особенности же, когда дело касается чудовищ, воображению нет пределов. Не только верили, что спруты могут потопить корабль, но известный Олаф Великий рассказывает о спруте величиной в целую милю, походившем не на животное, а на остров. Рассказывают даже такой случай: однажды епископ Нидросский вздумал отслужить обедню на одной громадной скале; когда обедня кончилась, скала поплыла, а потом нырнула в море; оказалось, что это не скала, а спрут.

— И это все? — спросил канадец.

— Нет, — ответил я. — Другой епископ, Понтоппидам Бергенский, тоже рассказывает о спруте, на котором мог бы производить учение целый эскадрон кавалерии.

— Здоровы были врать эти древние епископы! — заметил Нед Ленд.

— Наконец, античные натуралисты упоминают чудовища такой величины, что у них пасть — целый залив, а сами они не могли бы пройти в Гибралтарский пролив.

— И слава богу! — заметил канадец.

— Но что есть истинного во всех этих рассказах? — спросил Консель.

— Ничего, — ответил я, — ничего, кроме того, что они переходят границы правдоподобия и превращаются в миф или легенду. Тем не менее для игры воображения рассказчиков нужно какое-нибудь основание или предлог. Нельзя отрицать того, что среди спрутов и кальмаров есть виды очень больших размеров, но, конечно, меньше, чем китообразные. Наши рыбаки нередко видят спрутов длиной более метра восьмидесяти сантиметров. В музее Триеста и Монпелье хранятся скелеты спрутов величиной в два метра. К тому же по расчетам натуралистов такое животное, длиной даже только в шесть футов, должно иметь щупальца в двадцать семь метров длиной. А этого уже достаточно, чтобы оно стало страшным.

— А ловятся ли такие в наше время? — спросил канадец.

— Если и не ловятся, то моряки видят их часто. Один из моих друзей, капитан Поль Бос из Гавра, не один раз уверял меня, что видел в Индийском океане этих чудовищ огромного размера. Но самый поразительный случай, не допускающий сомнений в существовании гигантских спрутов, произошел несколько лет тому назад, в тысяча восемьсот шестьдесят первом году.

— Что это за случай? — спросил Нед Ленд.

— А вот какой. В тысяча восемьсот шестьдесят первом году к северо-западу от Тенерифа, приблизительно на той же широте, на какой находимся сейчас и мы, экипаж разведочного судна «Алектон» заметил чудовищного кальмара, плывшего на их пути. Командир Буге подплыл к животному и атаковал его гарпунами и ружейными выстрелами, но безуспешно, так как и гарпуны и пули проникали сквозь мягкое тело кальмара, как сквозь студенистую массу. После нескольких бесплодных попыток экипаж накинул мертвую петлю на тело этого моллюска. Петля скользнула по телу до хвостовых плавников и тут захлестнулась. Тогда пробовали подтянуть чудовище на борт, но его вес был так велик, что веревка перетерла хвост, и кальмар, лишившись этого украшения, ушел в воду.

— Наконец, хоть один факт, — сказал Нед Ленд.

— Факт бесспорный, мой дорогой Нед, настолько, что было предложено назвать этот вид спрута «кальмар Буге».

— А какова его длина? — спросил канадец.

— Не шесть ли метров приблизительно? — спросил Консель, стоя у окна и снова приглядываясь к углублениям в скале.

— Совершенно правильно, — ответил я.

— А не было ли, — продолжал Консель, — на голове его восьми щупалец, которые ворошились на воде, словно змеиный выводок.

— Верно.

— А не было ли у него посередине головы глаз, притом больших размеров?

— Да, Консель.

— А его челюсти не имели ли большого сходства с клювом попугая? Только это клюв огромный?

— Вполне точно, Консель.

— Так вот, если угодно господину профессору, — спокойно ответил Консель, — не есть ли вон тот кальмар — кальмар Буге или по крайней мере его брат?

Я посмотрел на Конселя, а Нед Ленд бросился к окну.

— Жуткая скотина! — крикнул Нед.

Я тоже взглянул в окно и невольно отшатнулся. На моих глазах двигалось страшное чудовище, достойное играть роль в животном эпосе.

Это был кальмар колоссальных размеров длиною в восемь метров. Он плыл задом наперед, с громадной скоростью прямо на «Наутилус», глядя на нас серо-зелеными неподвижными глазами. Восемь рук, или, вернее, ног, посаженных на голове, что и дало этим животным название головоногих, были вдвое длиннее тела и все время извивались, как волосы у фурий. Отчетливо виднелись двести пятьдесят присосков, расположенных на внутренней стороне щупалец в виде полукруглых капсул. Временами присоски касались оконных стекол, пустели и присасывались к ним. Челюсти чудовища, в виде рогового клюва такой же формы, как у попугая, все время открывались и закрывались. Язык из рогового вещества, тоже снабженный острыми зубами в несколько рядов, содрогался, высовываясь из этого страшного рта. Какая фантазия природы! Дать птичий клюв моллюску! Веретенообразное тело, раздутое посередине, представляло собой мясистую массу весом в двадцать — двадцать пять тысяч килограммов. Непостоянная окраска, менявшаяся с необычайной быстротой в зависимости от степени раздражения животного, переходила из серо-свинцового оттенка в красно-бурый.

Что раздражало так моллюска? Несомненно, присутствие «Наутилуса», более огромного, чем он, а также то, что ни его щупальца-присоски, ни челюсти не могли ничего поделать. И все-таки какое это чудище — подобный спрут! Какую мощь вложил творец в его движения, какую жизненную силу, дав ему трехкамерное сердце!

Только неожиданный случай свел меня с таким кальмаром, и я не хотел упустить возможности старательно изучить этого представителя головоногих. Я превозмог ужас, вызванный его видом, взял карандаш и начал зарисовывать.

— Может быть, это тот же, что попался «Актеону»? — сказал Консель.

— Нет, — отвечал канадец, — этот целый, а тот потерял хвост.

— Это не довод, — возразил я. — Щупальца и хвост у этих животных способны к восстановлению, а за семь лет кальмар Буге успел, конечно, нажить себе и новый хвост.

— Ну, коль не тот, так вот из этих! — ответил Нед.

В самом деле, у правого окна появились еще кальмары. Я насчитал их семь. Они сопровождали «Наутилус». Я слышал, как лязгали их клювы по железной обшивке судна. Мы были удовлетворены сполна.

Я продолжал свою работу. Чудовища с такой точностью держались нашего курса, что казались неподвижными, я мог бы рисовать их в уменьшенном виде прямо на оконном стекле. К тому же мы шли умеренной скоростью.

Вдруг «Наутилус» остановился, и весь его остов содрогнулся.

— Неужели мы на что-нибудь наткнулись? — спросил я.

— Во всяком случае, мы уже выпутались, — ответил канадец, — потому что мы стоим в чистой воде.

«Наутилус» стоял действительно в чистой воде, но на одном месте. Лопасти его винта не работали. Прошла минута. В салон вошел капитан Немо и с ним его помощник.

Я не видел его уже несколько дней. Он показался мне мрачным. Не разговаривая с нами, а может быть, не видя нас, он подошел к окну, посмотрел на спрутов и сказал несколько слов своему помощнику. Помощник вышел. Сейчас же створы задвинулись. Потолок засветился.

Я подошел к капитану.

— Интересная коллекция спрутов, — сказал я развязным тоном любителя, глядящего сквозь хрустальное стекло аквариума.

— Да, господин натуралист, — ответил он, — и сейчас мы будем биться с ними врукопашную.

Я растерянно поглядел на капитана. Я думал, что я его не понял.

— Врукопашную? — повторил я вопросительно.

— Да. Винт остановился. Полагаю, что роговые челюсти одного из кальмаров завязли в его лопастях. Это обстоятельство мешает нам идти.

— Что же вы собираетесь делать?

— Подняться на поверхность и перебить всю эту мерзость.

— Это трудно.

— Верно. Электрические пули недействительны против мягкой массы их тела, где они не находят достаточного сопротивления, чтобы разорваться. Но мы их атакуем топорами.

— И гарпуном, капитан, — добавил канадец, — если вы не отказываетесь от моей помощи.

— Согласен, мистер Ленд.

— Мы тоже вам поможем, — сказал я, и вместе с капитаном мы прошли к центральной лестнице.

Там уже стояли человек двенадцать с абордажными топорами в руках, готовые для нападения. Канадец схватил гарпун, а мы с

Конселем — топоры. К этому времени «Наутилус» уже выплыл на поверхность. Один из моряков начал отвинчивать гайки. Едва они отвинтились, крышка люка поднялась с необычайной силой, видимо притянутая присосками какого-нибудь спрута. Тотчас же длинное щупальце скользнуло, как змея, в отверстие трапа, а еще двадцать извивались сверху. Капитан Немо одним ударом топора отсек страшное щупальце, и оно упало на лестницу, извиваясь по ее ступенькам.

Пока мы протискивались на палубу, два других щупальца прорезали воздух, обрушились на моряка, стоявшего впереди капитана Немо, и подняли его в воздух с непреоборимой силой.

Капитан вскрикнул и бросился наружу. Мы кинулись за ним.

Какое зрелище! Схваченный щупальцами и прилипший к их присоскам, бедняга болтался в воздухе по прихоти огромного хобота. Он задыхался и хрипел, крича: «Помогите! Помогите!» Эти слова, произнесенные на французском языке, меня ошеломили. На борту был мой соотечественник, а может быть, и не один! Этот раздирающий душу крик я буду слышать всю мою жизнь!

Бедняга погибал. Кто мог бы его вырвать из этого мощного объятия? Но капитан Немо набросился на спрута и отрубил ему другое щупальце. Его помощник яростно дрался с другими чудищами, которые вспользали на боковые стены «Наутилуса». Экипаж боролся с ними, пустив в ход топоры. Канадец, Консель и я всаживали наше оружие в мясистую массу спрутов. Сильный запах мускуса наполнил воздух. Все было ужасно!

Одну минуту мне казалось, что бедняга, обвитый хоботом, будет освобожден от могучего действия присосков. Из восьми щупальцев было отрублено уже семь. Одно, оставшссся, сщс взвивалось в воздухе, потрясая своей жертвой, как перышком. Но в то мгновение, когда капитан Немо и его помощник накинулись на спрута, он выбросил струю черноватой жидкости из особого мешка у анального отверстия. Мы сразу все ослепли. Когда же черное облако рассеялось, то кальмар исчез, а вместе с ним и мой несчастный соотечественник!

С какой яростью накинулись мы на чудовищ! Все были вне себя! Десять или двенадцать спрутов захватили палубу и боковые стены «Наутилуса». Мы оказались среди обрубков змей, извивавшихся в потоках крови и черной жидкости. Казалось, эти липкие щупальца вновь нарождались, подобно головам гидры, Нед Ленд метил своим гарпуном в серо-зеленые глаза чудовищ и каждым ударом выкалывал по глазу. Случилось, однако, так, что мой храбрый товарищ не успел увернуться, и щупальца одного чудовища сбили его с ног.

Не знаю, как не разорвалось у меня сердце от волнения! Страшный клюв уже раскрылся над канадцем. Я кинулся на помощь. Но капитан Немо обогнал меня. Его топор скрылся в огромной пасти спрута; чудом спасенный канадец вскочил на ноги и вонзил весь свой гарпун до трехкамерного сердца спрута.

— Я был обязан отплатить! — сказал канадцу капитан Немо. Вместо ответа Нед Ленд только поклонился.

Бой длился четверть часа. Побежденные чудовища, убитые и искалеченные, наконец, уступили поле битвы и скрылись под водой.

Капитан Немо, залитый кровью, стоял недвижно у прожектора, глядя на море, поглотившее его товарища, и крупные слезы текли у него из глаз.

19. Гольфстрим

Никто из нас не мог забыть ужасное событие 20 апреля. Я описал его, переживая еще сильное волнение. Свой рассказ я перечитал сам, а затем прочел его Конселю и канадцу. Они нашли, что в передаче самого факта рассказ точен, но недостаточно эффектен. Для описания такой картины надо иметь перо знаменитого нашего поэта, автора «Тружеников моря».

Я говорил, что капитан Немо плакал, смотря на море. Горе его было безгранично. Со времени нашего пребывания на «Наутилусе» погибал уже второй его товарищ. И какая смерть! Раздавленный, задушенный, исковерканный страшными щупальцами, измолотый железными челюстями, этот друг не будет покоиться среди своих товарищей в мирных водах коралловой гробницы!

Что касается меня, мое сердце разрывалось от крика отчаяния, вылетевшего в разгаре этой битвы из уст того бедняги. Несчастный француз, забыв воспринятый диалект, снова обрел язык родной земли и своей матери для последнего, напрасного призыва! Итак, в числе товарищей капитана Немо, преданных ему душой и телом, так же, как он, бежавших от общения с людьми, находился мой соотечественник! Один ли представлял он Францию в этом таинственном сообществе, видимо, состоявшем из людей различных наций?

Вот одна из неразрешимых проблем, все время возникавших в моем уме!

Капитан Немо вернулся к себе. Некоторое время я больше не видал его. Но какую грусть, отчаяние, нерешительность он должен бы испытывать наедине с самим собой, если судить по поведению судна, где капитан Немо был душой, ибо его душевное состояние сказывалось и на корабле. «Наутилус» то шел вперед, то возвращался, он перестал держаться определенного направления, плавал по воле волн, точно труп. Винт был очищен, но почти бездействовал. Капитан Немо вел судно по наитию. Он был не в силах расстаться с местом последнего сражения, с морем, что поглотило его друга!

Так протекли десять дней. Наконец, 1 мая «Наутилус» решительно взял прежний курс на север, пройдя в виду Лукайских островов у Багамского пролива. Мы плыли по течению самой большой морской реки со своими собственными берегами, рыбами и температурой. Я говорю о Гольфстриме.

Это настоящая река, но течет она среди Атлантического океана. Вода в ней тоже соленая и даже солонее окружающего моря. Средняя глубина ее три тысячи футов, а средняя ширина — шестьдесят миль. В некоторых местах скорость течения достигает четырех километров в час. Неизменность объема ее воды значительнее, чем у всех рек земного шара.

Подлинный источник Гольфстрима, исследованного командиром Мори, или, если хотите, его исходная точка, находится в Гасконском заливе. Там его воды, сначала еще слабо нагретые и светлые, начинают принимать особый свой характер. Оттуда это течение идет на юг, вдоль берегов экваториальной Африки, где солнечные лучи жаркой зоны прогревают его воды, затем пересекает Атлантический океан, достигает мыса Сент-Рок на бразильском берегу, здесь разветвляется, и часть его направляется к Антильским островам, где снова прогревается. И вот тут, как будто предназначенный самой природой установить равновесие температур, Гольфстрим, смешав тропические воды с северными, начинает выполнять роль уравнителя температур: раскаленное солнцем Мексиканского залива, течение Гольфстрим поднимается на север к североамериканским берегам Ньюфаундленда. Здесь под действием холодного течения из пролива Девиса оно отклоняется к востоку, опять течет сквозь океан вдоль одного из больших кругов земного шара по локсодромической линии и у сорок третьего меридиана разделяется на два рукава, причем один, под действием северо-западного пассата, возвращается к Гасконскому заливу и к Азорским островам, другой же, обогрев берега Ирландии и

Норвегии, доходит до Шпицбергена, где его температура, упав до четырех градусов, все же достаточна, чтобы образовать море, свободное от льдов.

По этой-то океанической реке и плыл «Наутилус». При выходе из пролива Багама, шириной четырнадцать лье и глубиной триста пятьдесят метров, Гольфстрим течет со скоростью восьми километров в час. Скорость течения все больше падает по мере его продвижения на север, и было бы желательно, чтобы и впредь сохранялась такая равномерность, ибо, если скорость и направление Гольфстрима когда-нибудь изменятся, как это уже предполагали, климат европейских стран может подвергнуться такого рода потрясениям, последствия которых даже нельзя предвидеть.

Около полудня я находился на палубе и рассказывал Конселю об особенности Гольфстрима. Кончив объяснения, я предложил ему опустить руки в воду. Консель исполнил мое желание и был крайне удивлен, не ощутив ни тепла, ни холода.

— Происходит это оттого, — объяснил я, — что температура Гольфстрима при его выходе из Мексиканского залива мало отличается от температуры нашей крови. Гольфстрим — это огромный калорифер, который дает возможность западноевропейским берегам щеголять вечнозеленою растительностью. Если верить вычислениям Мори, то полное использование тепла Гольфстрима дало бы количество калорий, вполне достаточное, чтобы превратить массы чугуна в расплавленную реку, величиною с Миссури или Амазонку, и все время поддерживать ее текучесть.

Скорость течения Гольфстрима достигала в это время двух метров двадцати пяти сантиметров в секунду. Течение это настолько отличается от окружающего моря, что его уплотненные воды выступают над поверхностью океана, и таким образом воды теплые и воды холодные имеют разный уровень. Воды Гольфстрима, богатые солями, ярко-синего цвета и ясно выделяются среди зеленых волн океана. Линия их водораздела проходит настолько четко, что, когда «Наутилус» на широте Каролинских островов врезался своим бивнем в воды Гольфстрима, его винт в эту минуту еще рассекал воды океана.

Сила течения увлекает с собой целый мир живых существ. Обычные и для Средиземного моря аргонавты плавают здесь целыми стаями. Среди хрящевых наиболее замечательны здесь скаты с очень развитым хвостом, который составляет треть всей длины ската и по своей форме представляет большой ромб длиною в двадцать пять футов, затем мелкие акулы величиною в метр, с большой головой, с коротким округлым рылом и с острыми зубами в несколько рядов, а их тело покрыто как бы чешуей.

Среди костистых рыб отмечу свойственных только этим водам губанов-перепелок; затем идут синагриды с радужной оболочкой, сверкающей огнем; горбыли-сциены, обладающие способностью издавать писк, длиною в метр, с широкой пастью, усаженной мелкими зубами; центроноты-негры, которых я уже упоминал; голубые корифены с золотистыми и серебристыми отливами; перроке, настоящие радуги, своей окраской способные поспорить с наиболее красивыми тропическими птицами; морские собачки с треугольной головой; камбалы-ромбы, синеватые бесчешуйные рыбы; батрахоиды с желтой продольной и поперечной полосой в виде русского Т; кругом кишели маленькие бычки, усеянные коричневыми крапинами; затем идут диптеродоны с желтым хвостом и серебристой головой; тут же и представители лососевых — стройные мугиломоры с их нежным блеском, которых Ласепед посвятил своей милой подруге жизни, и, наконец, — красивая рыба, американский рыцарь, украшенный всеми орденами и лентами, часто встречающийся у берегов североамериканского материка, чей народ так мало ценит и ордена и ленты.

Скажу еще об одном явлении в Гольфстриме, а именно о фосфорическом свете воды, соперничавшем, особенно во время частых гроз, со светом нашего прожектора.

Восьмого мая мы находились еще на траверсе мыса Гаттераса, на широте Северной Каролины. Здесь ширина Гольфстрима достигала семидесяти пяти миль, а глубина — двухсот десяти метров. «Наутилус» плыл куда глаза глядят. На корабле не существовало никакой охраны. Надо сознаться, что бегство при таких обстоятельствах могло удаться. Населенные берега являлись очень удобным убежищем. Море все время бороздили пароходы, обслуживавшие рейсы между Нью-Йорком или Бостоном и Мексиканским заливом, днем и ночью между различными точками американского берега сновали шхуны каботажного плавания. Была надежда, что они нас подберут. Все это было благоприятным обстоятельством, несмотря на тридцать миль, отделявших «Наутилус» от берегов Соединенных Штатов.

Но другое обстоятельство, очень досадное, совершенно исключало планы канадца. Погода стояла очень плохая. Мы приближались к берегам, где бури очень часты, к родине циклонов и смерчей, рождаемых самим Гольфстримом. Пускаться на утлой лодке в разгулявшееся море значило идти на верную гибель. Сам Нед Ленд соглашался с этим. Он грыз удила, чувствуя жестокую тоску по родине, а единственным лекарством было бегство.

— Господин профессор, — сказал он в тот же день, — пора кончать с этим делом. Я хочу действовать в открытую. Ваш Немо уходит от земли и взял курс на север. Заявляю вам, что с меня хватит Южного полюса и к Северному я с ним не пойду.

— Как быть, Нед, раз бегство сейчас неосуществимо?

— Я стою на своем, надо поговорить с капитаном. Вы не захотели с ним говорить, когда мы были в водах вашей родины. Теперь мы в водах моей родины. У меня одна дума — через несколько дней «Наутилус» поровняется с Новой Шотландией, где около Ньюфаундленда есть большая бухта, а в эту бухту впадает река Святого Лаврентия, а река Святого Лаврентия — это моя река, на ней — родной мой город Квебек, и вот стоит мне подумать об этом, как вся кровь приливает у меня к лицу, а волосы шевелятся на голове. Знаете, господин профессор, я уж лучше брошусь в море! А здесь я не останусь! Тут я задохнусь.

Ясно, что канадец дошел до предела своего терпения. Его богатырская натура не могла приноровиться к такому долгому лишению свободы. Он изменялся в лице день ото дня. С каждым днем он становился все мрачнее. Я чувствовал, как он страдал, потому что тоска по родине захватывала и меня. Уже семь месяцев мы ничего не знали о земле. Вдобавок и отчужденность капитана Немо, и перемена его настроения, в особенности после сражения со спрутами, и его безмолвие — все это мне показало вещи в другом виде. Восторженность первых дней пропала. Надо было быть таким фламандцем, как Консель, чтобы мириться с подобным положением в среде, предназначенной для китообразных и других обитателей морских глубин.

Поистине, если бы этот юноша имел не легкие, а жабры, из него получилась бы вполне благовоспитанная рыба.

— Ну, так как же, господин профессор? — спросил Нед Ленд, не получив от меня ответа.

— Итак, Нед, вы хотите, чтобы я спросил у капитана Немо, каковы его намерения относительно нас?

— Да.

— И несмотря на то, что он уже дал их понять?

— Да, я хочу установить это в последний раз. Если желаете, можете говорить только обо мне, от моего имени.

— Но я встречаюсь с ним редко. Меня он даже избегает.

— Это еще причина, чтобы пойти к нему.

— Я поговорю с ним, Нед.

— Когда? — настойчиво спросил канадец.

— Когда встречу.

— Господин Аронакс, вы, что же, хотите, чтобы я сам пошел к нему?

— Нет, предоставьте это мне. Завтра...

— Сегодня, — сказал Нед Ленд.

— Хорошо. Я повидаюсь с ним сегодня, — ответил я канадцу, чувствуя, что если вступится он в это дело сам, то все испортит.

Я остался один. Раз вопрос был поставлен, я решил покончить с ним немедленно. Я предпочитаю решенное дело делу, еще ждущему решения.

Я вернулся к себе в комнату. Оттуда я услыхал шаги в комнате капитана Немо. Нельзя было упускать случая с ним встретиться. Я постучал к нему в дверь. Ответа не было. Я снова постучал и повернул дверную ручку. Дверь отворилась. Я вошел. В комнате находился один капитан Немо. Склонившись над столом, он не слыхал, как я вошел. Решившись не уходить, пока не переговорю с ним, я подошел к столу. Он резко вскинул голову, нахмурил брови и сказал достаточно суровым тоном:

— Это вы! Что вам угодно?

— Поговорить с вами, капитан.

— Но я занят, у меня работа. Я предоставил вам полную свободу быть одному, неужели я не могу пользоваться тем же?

Прием казался мало ободряющим. Но я решил выслушать все, чтобы сказать все.

— Капитан, — холодно заговорил я, — я должен договорить с вами о таком деле, которое нельзя было отложить.

— Какое? — спросил он иронически. — Вы сделали открытие, неудавшееся мне? Море раскрыло перед вами новые тайны?

Мы были далеки от согласия. Но прежде чем я успел ответить, капитан Немо показал мне на раскрытую перед ним рукопись и внушительно сказал:

— Вот, господин Аронакс, рукопись, переведенная на несколько языков. Она содержит краткую сводку моих работ по изучению моря, и, коли это будет угодно богу, она не погибнет вместе со мной. Эта рукопись с добавлением истории моей жизни будет заключена в нетонущий аппарат. Тот, кто останется в живых последним на «Наутилусе», бросит аппарат в море, и он поплывет по воле волн.

Имя этого человека! Его автобиография! Значит, когда-нибудь его тайна разъяснится? Но в данную минуту его сообщение являлось для меня только средством, чтобы подойти к интересующему меня делу.

— Капитан, — ответил я, — я не могу одобрить самой идеи ваших действий. Недопустимо, чтобы плоды ваших научных изысканий могли погибнуть. Но избранное вами средство мне кажется слишком примитивным. Кто знает, куда загонят ветры этот аппарат, в какие руки попадет он? Разве не могли придумать что-нибудь вернее? Разве вы сами или кто-нибудь из ваших?..

— Нет, — резко прервал меня капитан.

— Но тогда я, да и мои товарищи готовы взять вашу рукопись на хранение, и если вы вернете нам свободу…

— Свободу? — спросил капитан Немо, встав с места.

— Да, как раз по этому вопросу я и хотел поговорить с вами. Уже семь месяцев, как мы находимся на вашем корабле, и вот сегодня я спрашиваю вас, от имени моих товарищей и собственного, намерены ли вы удержать нас навсегда?

— Господин Аронакс, — сказал капитан Немо, — сегодня я вам отвечу то же, что ответил семь месяцев тому назад: «Кто вошел в „Наутилус“, тот из него не выйдет».

— Значит, вы обращаете нас в рабство?

— Называйте это, как хотите.

— Но раб повсюду сохраняет за собой право возвратить себе свободу! И ради этой цели для него все средства хороши!

— А кто же отрицает за вами это право? Разве когда-нибудь мне приходила мысль связывать вас клятвой?

И, скрестив руки на груди, капитан смотрел на меня.

— Капитан, — обратился я к нему, — ни у вас, ни у меня нет охоты возвращаться к этому вопросу. Но уж раз мы его затронули, давайте доведем его до конца. Повторяю вам, что дело идет не только обо мне. Для меня научная работа — это моральная поддержка, одухотворение, могущественное отвлечение и страсть, способные заставить меня забыть все. Так же, как вы, я могу жить никем не знаемый, в тени, с хрупкой надеждой передать потомству результат своих исследований посредством гипотетического аппарата, доверенного случайной воле ветров и волн. Одним словом, лишь я способен и любоваться вами и без неудовольствия следовать за вами, играя роль, в некоторых отношениях для меня понятную; но в вашей жизни есть и другая сторона, а она мне представляется в окружении сложных обстоятельств и тайн, к которым непричастны мы, я и мои товарищи. И даже в таких случаях, когда бы наше сердце и болело за вас, тронутое вашими скорбями или взволнованное проявлениями вашего талантливого ума и мужества, нам все-таки пришлось бы затаивать в себе малейшее свидетельство той симпатии, какая возникает в нас при виде чего-нибудь красивого и доброго, независимо от того, исходит ли оно от друга или от врага. И вот это сознание нашей полной непричастности всему, что вас касается, делает наше положение неприемлемым, невозможным, даже для меня, а уж в особенности для такого человека, как Нед Ленд. Каждый человек, только потому, что он человек, достоин того, чтобы о нем подумать. Задавались ли вы вопросом, на что способна любовь к свободе и ненависть к рабству, какие планы мести могут они внушить таким натурам, как наш канадец, что может он замыслить и попытаться сделать?..

Я умолк. Капитан Немо встал с места.

— До того, что может замыслить и пытаться сделать Нед Ленд, мне нет дела! Не я искал его! Не для своего удовольствия я держу его на корабле. Что касается до вас, господин Аронакс, то вы принадлежите к числу тех людей, которые способны понимать все, даже и молчание. Больше отвечать мне нечего. Пусть первый разговор ваш на эту тему будет и последним, так как второй раз я вам могу и не ответить.

Я вышел. С этого дня наше положение стало очень напряженным. Я доложил о разговоре моим товарищам.

— Теперь по крайности мы знаем, — сказал Нед, — что ждать нам от этого человека нечего. «Наутилус» подходит к Лонг-Айленду. Какая бы погода ни была, мы убежим.

Однако небо становилось все грознее. Появились предвестники урагана. Воздух принимал молочно-белый оттенок. Перистые облака на горизонте сменялись кучевыми. Ниже их быстро бежали темные тучи. Море начинало вздыматься большими длинными валами. Исчезли птицы, кроме буревестников. Барометр заметно падал, указывая сильное скопление водяных паров в воздухе. Смесь в штормовом приборе разлагалась под действием электричества, насыщенного в атмосфере. Близилась борьба стихий.

Буря разразилась 18 мая, как раз в то время, когда «Наутилус» поровнялся с Лонг-Айлендом, в нескольких милях от морских каналов Нью-Йорка. Я имею возможность описать эту борьбу стихий благодаря тому, что капитану Немо, по какому-то необъяснимому капризу, захотелось померяться с бурей на поверхности моря.

Дул юго-западный ветер, сначала очень свежий, то есть со скоростью пятнадцати метров в секунду, затем к трем часам дня скорость его достигла двадцати пяти метров в секунду. Словом, начинался шторм.

Непоколебимо выдерживая порывы бушующего ветра, капитан Немо стоял на палубе. Он привязал себя в поясе к палубе, чтобы его не смыли чудовищные волны. Взобравшись на палубу и привязав себя, я любовался то бурей, то этим, ни с кем не сравнимым человеком, который принял бой с неистовой стихией.

Большие клочья облаков неслись над самым морем, мешаясь с его бушующими волнами; я уже не видел тех мелких промежуточных валов, какие образуются в провалах между высокими валами, ничего, кроме длинных черных волн, таких компактных, что даже их гребни не дробились. Высота их все прибывала. Они сталкивались друг с другом. «Наутилус» то ложился на бок, то вставал дыбом, то жутко кувыркался в килевой качке.

К пяти часам разразился ливень, но он не успокоил ни силы ветра, ни бушеванья моря. Ураган несся со скоростью сорока пяти метров в секунду, или сорока лье в час. Достигая такой силы, он рушит дома, уносит в вихре кровельные черепицы, рвет железные решетки и сдвигает с места двадцатичетырехфунтовые орудия. И тем не менее даже в условиях такого урагана «Наутилус» оправдывал слова одного ученого инженера: «Нет такого хорошо сконструированного судна, которое не могло бы противостоять морю». «Наутилус» не был скалой, которую могли бы разрушить волны; он был стальным веретеном, послушным, подвижным, без мачт и без оснастки и потому с безнаказанною дерзостью противостоял их ярости.

Я внимательно наблюдал за огромными валами. Они доходили до пятнадцати метров высоты и ста пятидесяти — ста семидесяти метров длины, а быстрота их распространения, равная половине скорости ветра, достигала пятнадцати метров в секунду. Чем глубже было море, тем выше становились волны. И тут я понял особую роль волн, которые захватывают воздух и нагнетают его в морскую глубину, внося в нее источник жизни в виде кислорода. Исключительная, но уже вычисленная сила их давления может доходить до трех тысяч килограммов на квадратный фут, когда они обрушиваются на какую-нибудь поверхность. У Гебридских островов морские волны такой же силы сдвинули с места камень весом в восемьдесят четыре тысячи фунтов. А во время бури 23 декабря 1864 года такие же валы, разрушив в Японии часть города Иедо, устремились на восток со скоростью семисот километров в час и в тот же самый день разбились о берега Северной Америки.

К ночи буря разгулялась еще больше. Так же, как во время циклона 1860 года у островов Согласия, барометр упал до 710 миллиметров. В сумерках я заметил на горизонте корабль, который еле боролся с бурей. Он дрейфовал под слабым паром, чтобы только держаться на волнах. Вероятно, это был пароход, курсирующий на линии Нью-Йорк — Ливерпуль или Гавр. Скоро он скрылся в темноте.

В десять часов вечера небо пылало. Все вокруг было пронизано молниями. Я был не в состоянии переносить этот блеск, а капитан Немо глядел широко раскрытыми глазами, точно вбирая в себя самую душу бури. Грохот разбивающихся волн, вой ветра, раскаты грома создавали невообразимую какофонию. Ветер переносился с одной точки горизонта на другую; вырвавшись с востока, циклон, обойдя север, запад, юг, возвращался снова на восток, в разрез ходу циркулирующих бурь на Южном полушарии.

Ну и Гольфстрим! Он оправдал свое название — короля бурь! Он был создатель всех этих страшных циклонов, вследствие разницы температур его течений и слоев воздуха, лежащих над его поверхностью.

К водяному ливню присоединился ливень молний. Водяные капли превращались в светящиеся эгретки. Можно было подумать, что капитан Немо искал достойной себя смерти и хотел, чтобы его убила молния. Среди ужасной килевой качки «Наутилус» нередко вздымал кверху стальной бивень, как острие громоотвода, и несколько раз я видел, как из него летели искры.

Выбившись из сил, совсем разбитый, я налег на крышку люка, открыл ее и сошел в салон. В это время буря достигла предела своей силы. Внутри «Наутилуса» нельзя было держаться на ногах.

Около полуночи вернулся и капитан Немо. Я слышал, как мало-помалу наполнялись резервуары, и «Наутилус» тихо опустился ниже поверхности воды. Сквозь открытые окна я видел больших испуганных рыб, плывших, как призраки, в воде, светящейся от вспышек молний.

«Наутилус» продолжал опускаться. Я предполагал, что на глубине пятнадцати метров он найдет затишье. Нет, — слишком сильно разбушевались верхние слои. Надо было искать спокойствия еще ниже и опуститься в недра моря на пятьдесят метров.

Какой царил здесь мир, покой, какая тишь! Кто мог бы здесь сказать, что там наверху неистовствует грозный ураган.

20. На 47°24' широты и 17°28' долготы

Силой бури нас отбросило к востоку. Исчезла всякая надежда бежать на берега штата Нью-Йорк или реки св. Лаврентия. Бедняга Нед с отчаяния уединился, как капитан Немо, но я и Консель не расставались.

Я уже сказал, что «Наутилус» уклонился на восток. Надо было сказать точнее — на северо-восток. В течение нескольких дней, то поднимаясь на поверхность, то опускаясь в глубину, «Наутилус» блуждал по океану среди туманов, которых так боятся мореплаватели. Главной причиной этих туманов является таяние льдов, которое поддерживает большую влажность в воздухе. Сколько здесь погибало кораблей, когда они, блуждая в прибрежных водах, напрасно старались увидать неясные огни на берегу! Сколько бедствий причинял этот непроницаемый туман! Сколько столкновений с подводными камнями, когда шум ветра заглушал буруны. Сколько столкновений кораблей, несмотря на их сигнальные огни, на предупредительные свистки и тревожный звон колоколов!

Вот почему дно здешних морей имеет вид поля сражений, где полегли все побежденные океаном: одни суда уже затянутые тиной, давнишние, другие новые, недавние, еще блестевшие железными частями и медными килями при свете прожектора «Наутилуса». Сколько из них погибло со всем экипажем, с толпами эмигрантов в таких местах, отмеченных статистикой, как мыс Рас, пролив Белиля, бухта св. Лаврентия! А сколько жертв занесено в этот синодик по линиям морских сообщений — пароходов Монреальской компании и Королевской почты: «Сольвейг», «Изида», «Параматта», «Венгерец», «Канадец», «Англосакс», «Гумбольдт», «Соединенные Штаты», — все эти суда затонули; «Артик», «Лионец» — потоплены при столкновении; «Президент», «Пасифик», «Город Глазго» — погибли по неведомым причинам; и вот среди таких мрачных останков плыл «Наутилус», как будто делая смотр мертвецам.

Пятнадцатого мая мы оказались у южной оконечности Ньюфаундлендской мели. Она образовалась от морских наносов, целого скопища органических остатков, занесенных и с экватора Гольфстримом и с Северного полюса холодным противотечением, проходящим у североамериканских берегов. Тут же скопились и валуны ледникового периода, затащенные ледяными торосами. Тут же образовались огромные кладбища рыб, зоофитов и моллюсков, которые здесь погибали в несметном количестве.

Глубина моря около Ньюфаундлендской мели незначительна — всего несколько сот саженей. Но к югу от нее дно моря сразу обрывается глубокой впадиной в три тысячи метров глубиной. Гольфстрим здесь расширяется. Воды его растекаются в целое море, но зато его скорость и температура падают.

Среди рыб, испуганных приходом «Наутилуса», назову: пинагора длиною в один метр, с черноватой спиной и желтым брюхом, дающего своим соплеменникам плохой пример супружеской верности; затем большие хюпернаки, род изумрудных мурен, отличного вкуса; большеглазые карраки с головой, похожей на собачью; живородящие бленнинды, похожие на змей; колбневые бульроты, или черные пескари, величиною в двадцать сантиметров; длиннохвостые макрурусы с серебристым блеском, быстроходные рыбы, заплывающие далеко из северных морей.

В сети попалась одна рыба, дерзкая, смелая, очень мускулистая, вооруженная колючками на голове и шипами на плавниках, настоящий скорпион длиной в два-три метра, заклятый враг бленнинд, тресковых и лососевых, — это бычок северных морей, с пупырчатым телом бурого цвета и с красными плавниками. Матросы с «Наутилуса» не без труда завладели этим животным, которое благодаря особым жаберным крышкам предохраняет свои дыхательные органы от сушащего действия воздуха и может жить некоторое время вне воды.

Заношу еще для памяти — боскиены, маленькие рыбки, которые подолгу сопровождают корабли в северных морях; оксиринхи, присущие северной части Атлантического океана.

Перехожу к тресковым рыбам, главным образом к треске, которую мне удалось поймать в этих обетованных водах на плодородной Ньюфаундлендской мели.

Можно сказать, что этот вид трески здесь, на склонах морского дна, — рыба горная, так как Ньюфаундленд не что иное, как подводная гора. Когда «Наутилус» прокладывал себе дорогу сквозь густые фаланги этих рыб, Консель не удержался от следующего замечания:

— Так это и есть треска! А я думал, что треска такая же плоская, как лиманды и камбала-соль.

— Наивный! — воскликнул я. — Треска бывает плоской только в рыбном магазине, где она лежит выпотрошенная и распластанная. Но в воде, живая, она такой же веретенообразной формы, как султанка, и своей формой хорошо приспособлена для длительного плавания.

— Охотно верю, — отвечал Консель. — Их целая туча! Они кишат, как муравейник.

— Эх, друг мой, их было бы гораздо больше, если бы не их враги. Знаешь ли ты, сколько яиц только в одной самке?

— Ну, на хороший конец — пятьсот тысяч, — сказал Консель.

— Одиннадцать миллионов, мой дружок.

— Одиннадцать миллионов! Вот чему я не могу поверить, разве что сосчитаю сам.

— Посчитай, Консель. Но поверь мне на слово, так будет скорее. Французы, англичане, американцы, норвежцы, датчане ловят треску тысячами, потребляют ее в количестве невероятном и скоро истребили бы ее во всех морях, не будь треска так плодовита. Только в одной Америке и Англии пять тысяч кораблей и семьдесят пять тысяч их экипажа заняты ловлею трески. В среднем каждый корабль добывает сорок тысяч рыб, а в общем — двадцать пять миллионов рыб. Столько же добывается и у берегов Норвегии.

— Хорошо, полагаюсь на господина профессора, а сам считать не буду, — отвечал Консель.

— Что?

— Одиннадцать миллионов яиц, но позволю себе одно замечание.

— Какое?

— Если бы из всех яиц выходили мальки, то для прокормления Англии, Америки и Норвегии достаточно было бы четырех самок трески.

Пока мы плыли у дна Ньюфаундлендской мели, я хорошо разглядел длинные снасти для ловли трески, на каждой снасти двести крючков, а каждая рыбачья лодка ставит такие снасти дюжинами. Снасть опускается вглубь посредством маленького якорька, а верхний конец ее удерживается на поверхности леской, прикрепленной к пробковому поплавку. «Наутилусу» приходилось очень умело маневрировать в этой подводной сетке из снастей.

Впрочем, «Наутилус» недолго пробыл в этих часто посещаемых прибрежных водах. Он поднялся до сорок второго градуса северной широты. Это — широта Сен-Жана на Ньюфаундленде и Хэртс-Контента, где находится другой конец трансатлантического кабеля.

Вместо того чтобы продолжать свой путь на север, «Наутилус» направился к востоку, как будто собирался идти вдоль телеграфного плато, на котором лежит этот кабель и где рельеф дна благодаря неоднократному зондированию определен с большою точностью.

Семнадцатого мая милях в пятистах от Хэртс-Контента, на глубине двух тысяч восьмисот метров, я увидал лежащий на грунте кабель. Консель принял его за гигантскую морскую змею и, следуя своему методу, собирался ее классифицировать. Но я рассеял его заблуждение и, чтобы вознаградить его за огорчение, подробно рассказал ему историю о прокладке кабеля.

Первый кабель был установлен в течение 1857 и 1858 годов; но после передачи около четырехсот телеграмм кабель перестал действовать. В 1863 году инженеры сконструировали новый кабель, длиной три тысячи четыреста километров и весом четыре тысячи пятьсот тонн, погруженный на корабль «Грэт-Истерн». Это предприятие тоже провалилось.

Двадцать пятого мая «Наутилус» погрузился на три тысячи восемьсот тридцать метров и оказался как раз в том месте, где кабель порвался и разорил предпринимателей. Это произошло в шестистах тридцати восьми милях от Ирландии. В два часа дня там заметили, что сообщение с Европой вдруг прекратилось. Электрики решили сначала разрезать кабель, а уж потом выловить его; к одиннадцати часам вечера они вытащили поврежденную часть кабеля, сделали новое соединение и срастили его с основным кабелем, после этого кабель опять погрузили в море. Но спустя несколько дней кабель опять порвался где-то в океане, а достать его из глубины Атлантического океана было невозможно.

Однако американцы не потеряли присутствия духа.

Смелый Кирус Фильд, главный зачинатель предприятия, рисковавший потерять все состояние, предложил новую подписку. Она немедленно была покрыта. Изготовили новый кабель, создав для него лучшие условия. Пучок проводников в резиновой изоляционной оболочке покрыли предохранительной текстильной покрышкой и заключили в металлическую арматуру. 13 июля 1866 года «Грэт-Истерн» вновь вышел в море.

Прокладка кабеля шла благополучно. Однако дело не обошлось без происшествия. Разматывая кабель, электрики несколько раз находили в кабеле недавно забитые гвозди, очевидно с целью повредить его сердцевину. Капитан Андерсон собрал инженеров и офицеров корабля для обсуждения этого вредительства. Собрание вывесило объявление: если кого-нибудь на корабле застанут за этим делом, то виновный будет брошен за борт без всякого суда. С тех пор вредительские попытки прекратились.

Двадцать третьего июля «Грэт-Истерн» находился не далее восьмисот километров от Ньюфаундленда, когда была получена телеграмма из Ирландии о перемирии, заключенном между Пруссией и Австрией после битвы под Садовой. А 27 июля «Грэт-Истерн» увидел сквозь туман гавань Хэртс-Контента. Предприятие окончилось вполне удачно, и в первой телеграмме молодая Америка передала старой Европе мудрые, но редко доходящие до сознания слова: «Слава в вышних богу, и на земле мир, в человеках благоволение».

Я, разумеется, не ожидал увидеть электрический кабель в том состоянии, в каком он вышел с завода. Он имел вид длинной змеи, облепленной осколками раковин, усаженной фораминиферами и обросшей каменистой коркой, которая предохраняла его от сверлящих моллюсков. Кабель лежал спокойно, вне воздействия волнений моря и под давлением, благоприятным для передачи электрической искры, пробегавшей от Европы до Америки в тридцать две сотых секунды. Время действия этого кабеля бесконечно, так как по наблюдениям электриков резиновая оболочка становится лучше от пребывания в морской воде.

Вдобавок кабель, лежа на удачно выбранном плато, нигде не опускается на такую глубину, где мог бы лопнуть. «Наутилус» доходил до самого глубокого места его залегания на глубине четырех тысяч четырехсот тридцати одного метра, и даже здесь кабель не обнаруживал никаких признаков напряжения. Затем мы подошли к месту, где произошел несчастный случай в 1863 году. В этом месте дно океана представляло собой глубокую долину шириной в сто двадцать километров, и если бы в нее поставили Монблан, то все-таки его вершина не выступила бы на поверхность моря. С востока долина заперта отвесной стеною в две тысячи метров вышиной. Мы подошли к ней 28 мая и находились всего в ста пятидесяти километрах от Ирландии.

Уж не намеревался ли капитан Немо подняться выше и высадиться на Британских островах? Нет. К моему большому удивлению, он вновь пошел на юг и вернулся в европейские воды. Когда мы обходили Изумрудный остров, я на одно мгновенье увидал мыс Клир и маяк Фастонет, который светит тысячам кораблей, выходящим из Глазго или Ливерпуля.

Очень важный вопрос возник в моем уме. Решится ли «Наутилус» войти в Ла-Манш?

Нед Ленд, вновь появившийся на людях с того времени, как мы шли вблизи земли, все время спрашивал меня об этом. Что я мог ему ответить? Капитан Немо не показывался нам на глаза. Он уже дал канадцу возможность взглянуть на берега Америки, не покажет ли он мне берега Франции?

Между тем «Наутилус» продолжал идти на юг. 30 мая он прошел в виду Ландсэнда и островов Силли, оставшихся у нас справа. Если он намеревался войти в Ла-Манш, ему следовало взять курс прямо на восток. Он этого не сделал.

В течение всего дня 31 мая «Наутилус» описал в море несколько кругов, что меня очень заинтриговало. Казалось, что он разыскивает какое-то определенное место, которое было нелегко найти. В полдень капитан Немо сам встал за управление. Мне он не сказал ни слова. Вид у него был мрачный, как никогда. Что могло так огорчить его? Может быть, близость европейских берегов или же всплывали в нем воспоминания о брошенной им родине? Что чувствовал он в это время? Угрызения совести или сожаление? Эти мысли долго вертелись у меня в уме, и в то же время было какое-то предчувствие, что случайно в самом близком будущем эта тайна капитана обнаружится.

На следующий день «Наутилус» маневрировал все теми же кругами. Ясно, что он искал в этой части океана какой-то нужный ему пункт. Так же, как накануне, капитан Немо вышел определить высоту солнца. Море было спокойно, небо чисто. На линии горизонта вырисовывалось большое паровое судно. На корме не развивалось никакого флага, и я не мог определить его национальность. За несколько минут до прохождения солнца через меридиан капитан Немо взял секстан и с исключительным вниманием стал наблюдать показания его. Полное спокойствие моря облегчало наблюдение. Не подвергаясь ни боковой, ни килевой качке, «Наутилус» стоял недвижно.

В это время я тоже находился на палубе. Закончив свое определение, капитан произнес:

— Здесь!

И он сошел в люк. Заметил ли он, что появившееся судно изменило направление и как будто шло на сближение с нами? Этого я не могу сказать.

Я вернулся в салон. Створы задвинулись, я услыхал шипение воды, наполнявшей резервуары. «Наутилус» стал погружаться по вертикальной линии. Спустя несколько минут «Наутилус» остановился на глубине восьмисот тридцати трех метров и лег на дно.

Светящийся потолок в салоне погас, окна опять раскрылись, и я сквозь хрусталь стекол увидел море, ярко освещенное лучами прожектора в радиусе полумили. Я поглядел направо, но увидал лишь массу спокойных вод.

С левого борта виднелась на дне моря какая-то большая вздутость, сразу обратившая на себя мое внимание. Можно было подумать, что это какие-то развалины, окутанные слоем беловатых раковин, как снежным покровом. Внимательно приглядываясь к этой массе, мне казалось, что она имеет форму корабля без мачт, затонувшего носом вниз. Это грустное событие, видимо, совершилось давно. Если эти останки кораблекрушения успели покрыться таким слоем отложений извести, они должны были уже много лет лежать на дне.

Что это за корабль? Почему «Наутилус» приплыл навестить его могилу? Не вследствие ли кораблекрушения затонуло это судно?

Я не знал, что думать, как вдруг рядом со мной заговорил капитан Немо и с расстановкой, не спеша поведал следующее:

— Когда-то корабль этот носил имя «Марселец». Он был спущен в тысяча семьсот шестьдесят втором году и нес на себе семьдесят четыре пушки. Тринадцатого августа тысяча семьсот семьдесят восьмого года он смело вступил в бой с «Престоном». Четвертого июля тысяча семьсот семьдесят девятого года он вместе с эскадрой адмирала Эстэна способствовал взятию Гренады. Пятого сентября тысяча семьсот восемьдесят первого года он принимал участие в битве графа де Грасс в бухте Чезапик. В тысяча семьсот девяносто четвертом году французская республика переменила ему имя. Шестнадцатого апреля того же года он присоединился в Бресте к эскадре Вилларэ-Жуайоз, имевшей назначение охранять транспорт пшеницы, который шел из Америки под командованием адмирала Ван Стабеля. Одиннадцатого и двенадцатого прериаля второго года эта эскадра встретилась с английским флотом. Сегодня тринадцатое прериаля, первое июня тысяча восемьсот шестьдесят восьмого года. Семьдесят четыре года тому назад ровно, день в день, на этом самом месте, сорок седьмом градусе двадцать четвертой минуте северной широты и семнадцатом градусе двадцать восьмой минуте долготы, упомянутый корабль вступил в героический бой с английским флотом, а когда все три его мачты были сбиты, трюм наполнила вода и треть экипажа вышла из боя, он предпочел потопить себя вместе с тремястами пятьюдесятью шестью своими моряками, и, прибив к корме свой флаг, команда с криком: «Да здравствует республика» — вместе с кораблем исчезла в волнах.

— «Мститель»! — воскликнул я.

— Да, «Мститель»! Какое прекрасное имя, — прошептал капитан Немо и задумчиво скрестил руки на груди.

21. Гекатомба

Эта неожиданная сцена, эта манера говорить, эта историческая справка о корабле-патриоте, начатая холодным тоном, затем волнение, с каким этот своеобразный человек произносил последние слова, наконец самое название «Мститель», сказанное в подчеркнутом, ясном для меня значении, — все это глубоко запало в мою душу. Я не сводил глаз с капитана. А он, простирая руки к морю, смотрел горящим взором на достославные останки корабля. Может быть, мне и не суждено узнать, кто этот человек, откуда он пришел, куда идет, но я все яснее видел, как самый человек в нем выступал из-за ученого. Нет, не пошлая мизантропия загнала капитана Немо с его товарищами в железный корпус «Наутилуса», но ненависть, столь колоссальная и возвышенная, что само время не могло ее смягчить.

Но эта ненависть, была ли она действенной, искала ли она возможностей для мести? Будущее мне это показало очень скоро.

Между тем «Наутилус» стал тихо подниматься к морской поверхности; смутные формы «Мстителя» все больше и больше уходили с моих глаз. Наконец, легкая качка показала, что мы уже вышли на чистый воздух.

В это время послышался глухой звук пушечного выстрела. Я взглянул на капитана. Капитан даже не пошевелился.

— Капитан? — вопросительно окликнул я его.

Он не ответил.

Я ушел и поднялся на палубу. Канадец и Консель меня уже опередили.

— Откуда этот выстрел? — спросил я.

Взглянув по направлению к замеченному кораблю, я увидал, что он стал приближаться и усилил пары. Нас разделяли шесть миль пространства.

— Пушка, — ответил мне канадец.

— Что это за судно, Нед?

— Судя по оснастке, по низким мачтам, бьюсь об заклад, что корабль военный, — отвечал канадец. — Пусть он идет на нас и, коли нужно, потопит этот проклятый «Наутилус».

— Друг мой Нед, — сказал Консель, — а что он может сделать «Наутилусу»? Разве он может атаковать его в воде? Расстрелять на дне моря?

— Скажите, Нед, — спросил я, — можете вы определить национальность корабля?

Канадец нахмурил брови, сощурил глаза и несколько минут всей силой своей зоркости вглядывался в корабль.

— Нет, господин профессор, не могу. Флаг не поднят. Могу только сказать наверно, что корабль военный, потому что на конце его главной мачты полощется длинный вымпел.

Мы уже четверть часа наблюдали за кораблем, который шел на нас. Я не мог допустить, чтобы он разглядел «Наутилус» на таком расстоянии, а еще менее, чтобы он понял, с какой морской машиной имеет дело.

Вскоре канадец сообщил мне, что это военный корабль, с тараном и о двух блиндированных палубах. Густой черный дым валил из его двух труб. Убранные паруса сливались с линиями рей. На гафеле никакого флага. Расстояние не позволяло определить цвет вымпела, который вился тонкой ленточкой.

Он быстро шел вперед. Если капитан Немо даст ему подойти близко, то нам представится возможность на спасение.

— Господин профессор, — сказал Нед Ленд, — если корабль подойдет к нам на милю, я брошусь в море и предлагаю вам сделать то же.

Я не ответил на предложение канадца и продолжал разглядывать корабль, выраставший прямо на глазах. Будь он английский, французский, американский или русский, он, несомненно, подберет нас, если мы доплывем до его борта.

— Господин профессор, соблаговолите припомнить, — сказал канадец, — что мы лично имеем некоторый навык в плавании, и если господин профессор согласится последовать за своим другом Недом, то он может возложить на меня обязанность своего буксира.

Только я хотел ему ответить, как белый дымок пыхнул с передней части корабля. Через несколько секунд морская вода, взбаламученная падением тяжелого тела, обрызгала корму «Наутилуса». Чуть позже раскат выстрела донесся до моих ушей.

— Как? Они по нас стреляют! — воскликнул я.

— Молодцы! — пробормотал канадец.

— Значит, они не принимают нас за потерпевших кораблекрушение и уцепившихся за какой-то обломок судна!

— Не в обиду будет сказано господину... Здорово! — буркнул канадец, стряхивая с себя воду, брызнувшую на него от второго ядра. — Не в обиду будет сказано господину профессору, но они признали вашего нарвала и палят по нарвалу.

— Но ведь они должны видеть, что имеют дело с людьми! — воскликнул я.

— Может быть, поэтому-то и палят! — ответил Нед Ленд, поглядывая на меня.

Меня сразу осенило. Теперь они, конечно, знали, как относиться к существованию этого якобы чудовища. Еще тогда, при абордаже, когда канадец хватил нарвала гарпуном, капитан Фарагут, конечно, понял, что нарвал не что иное, как подводная лодка, гораздо более опасная, чем сверхъестественный представитель китообразных.

Наверно, это было так, и несомненно, что теперь по всем морям гонялись за этой страшной машиной разрушения.

И в самом деле, страшное орудие, если капитан Немо, как можно было и подозревать, предназначал «Наутилус» для мести! Разве той ночью в Индийском океане, когда он запер нас в глухую камеру, он не совершил нападения на какой-то корабль? А тот человек, похороненный в коралловой гробнице, не стал ли жертвою удара, нанесенного «Наутилусом» кораблю? Да, да, наверно, это было так. Одна частица таинственной жизни капитана Немо прояснилась. И хотя бы его личность была не установлена, объединившиеся нации теперь гонялись не за каким-то химерическим животным, а за человеком, который обрекал их своей непримиримой ненависти!

Все это страшное прошлое предстало вновь моим глазам. Вместо друзей на этом военном корабле, который шел на нас, мы, может быть, найдем только безжалостных врагов.

Между тем ядра падали все чаще вокруг нас. Некоторые, ударяясь о воду, делали рикошет и отлетали на большое расстояние. Но ни одно ядро не попало в «Наутилус».

Бронированный корабль был от нас не далее трех миль. Несмотря на сильный обстрел, капитан Немо не появлялся на палубе. А между тем стоило одному коническому ядру ударить прямо в корпус «Наутилуса», и оно стало бы роковым для его существования.

В это время канадец мне сказал:

— Господин профессор, нам надо сделать все, чтобы выпутаться из этого дрянного положения. Давайте сигнализировать! Тысяча чертей! Может быть, там поймут, что мы-то порядочные люди!

И Нед Ленд вынул носовой платок, чтобы махать им в воздухе. Но едва он развернул его, как был сбит с ног железною рукою и, несмотря на свою огромную силу, упал на мостик.

— Негодяй! — крикнул капитан. — Ты хочешь, чтобы я всадил в тебя бивень «Наутилуса» раньше, чем он ударит в этот корабль!

Страшно было слушать капитана Немо, но еще страшнее был его вид. Лицо его стало белым от спазмы в сердце, которое, наверно, перестало биться на одно мгновенье. Его зрачки расширились невероятно. Он не говорил, а рычал. Наклонившись над канадцем, он тряс его за плечи.

Бросив канадца, он обернулся к кораблю, сыпавшему ядра вокруг «Наутилуса», и крикнул могучим голосом:

— Ага! Корабль проклятой власти! Ты знаешь, кто я такой! Мне не нужно расцветки твоего флага, чтобы знать, чей ты! Гляди! Я покажу тебе цвет моего флага!

И капитан Немо развернул черный флаг, такой же, какой он водрузил на Южном полюсе.

В эту минуту одно ядро ударило по касательной в корпус «Наутилуса», не повредив его, рикошетировало мимо капитана и зарылось в море.

Капитан Немо только пожал плечами. Потом, обращаясь ко мне, отрывисто сказал:

— Сходите вниз, и вы и ваши товарищи!

— Капитан, — воскликнул я, — неужели вы атакуете этот корабль?

— Я потоплю его!

— Вы этого не сделаете!

— Сделаю, — холодно ответил капитан Немо. — Не советую вам судить меня. Рок дал вам возможность увидеть то, чего вы не должны бы видеть. На меня напали. Ответ будет ужасным. Сходите!

— Чей это корабль?

— А вы не знаете? Тем лучше! По крайней мере его национальность будет для вас тайной. Сходите!

Мне, канадцу и Конселю не оставалось ничего делать, как повиноваться. Пятнадцать моряков «Наутилуса» окружили капитана и с выражением непримиримой ненависти смотрели на корабль, все ближе подходивший к ним. Чувствовалось, что они все дышали единым веянием мести.

Я сходил по трапу в тот момент, когда еще одно ядро скользнуло по «Наутилусу», и я слышал, как крикнул капитан:

— Бей, сумасшедший корабль! Трать бесполезно свои ядра! Ты не уйдешь от бивня «Наутилуса»! Но ты погибнешь не в этом месте!

Я не хочу, чтобы твои останки мешались с останками героического «Мстителя»!

Я ушел к себе в каюту. Капитан и его помощник остались на палубе. Винт заработал. «Наутилус» быстро отдалился за пределы действия снарядов с борта корабля. Преследование все же продолжалось, но капитан Немо удовольствовался только тем, что стал держаться на определенном расстоянии.

Часам к четырем вечера, сгорая нетерпением и беспокойством, я вернулся к центральной лестнице. Крышка люка была открыта. Я осмелился подняться на палубу. Капитан прохаживался быстрым шагом, посматривая на корабль, оставшийся под ветром в пяти-шести милях расстояния. Капитан Немо кружил вокруг двухпалубного корабля, как хищное животное, и, вызывая на преследование, заманивал его в восточном направлении. Однако сам не нападал. Может быть, он еще колебался в своем решении.

Я хотел заступиться еще раз. Но едва я обратился к капитану Немо, как он принудил меня умолкнуть.

— Я сам право и суд! — сказал он. — Я угнетенный, а вон мой угнетатель! Он отнял у меня все, что я любил, лелеял, обожал: отечество, жену, детей, отца и мать! А все, что я ненавижу, там! Молчите!

Я посмотрел в последний раз на корабль, усиливший пары. Затем я сошел в салон к канадцу и Конселю.

— Бежим! — воскликнул я.

— Отлично! — сказал Нед. — Чей это корабль?

— Не знаю; но чей бы ни был, его потопят еще до ночи! Во всяком случае, лучше погибнуть вместе с ним, чем быть сообщниками в возмездии, когда не знаешь, справедливо ли оно.

— Я так же думаю, — ответил Нед. — Подождем ночи!

Настала ночь. Полная тишина царила на «Наутилусе». Компас показывал, что курс не изменился. Я слышал биение винта, быстрым ритмичным движением врезавшегося в воду. «Наутилус» плыл на поверхности моря, покачиваясь с боку на бок.

Мои товарищи и я решили бежать, как только военный корабль подойдет настолько близко, что нас могут услыхать или увидеть, благо луна, за три дня до полнолуния, светила полным светом. Очутившись на борту военного корабля, мы если и не сумеем предупредить грозящий ему удар, то сделаем по крайней мере все, что обстоятельства позволят предпринять. Несколько раз мне казалось, что «Наутилус» готовится к атаке. Нет, — он только давал противнику подойти поближе, а затем опять пускался в бегство.

Часть ночи прошла без всяких происшествий. Мы дожидались возможности бежать. Нед Ленд хотел теперь же бросаться в море. Я вынудил его повременить. По моим соображениям, «Наутилус» должен атаковать двухпалубный корабль на поверхности моря, а тогда наше бегство станет не только возможным, но и легким.

В три часа утра я, тревожась, поднялся на палубу. Капитан не сходил с нее все это время. Не сводя с корабля глаз, он стоял возле своего флага, и легкий ветер развевал черное полотнище над головою капитана. Казалось, его взгляд, необычайно напряженный, держал, тянул и влек за собой этот корабль вернее, чем буксир!

Луна переходила меридиан. На востоке показался Юпитер. В этом Мирном спокойствии природы небо и океан соперничали своею безмятежностью, морская гладь предоставляла ночным звездам смотреться в свою зеркальную поверхность — в самое прекрасное из всех зеркал, когда-либо отражавших их светлый образ.

И, когда я сравнивал этот глубокий покой стихий с тем чувством злобы, какое таилось в недрах неуловимого «Наутилуса», все существо мое содрогалось.

Военный корабль находился от нас в двух милях. Он приближался, все время держа курс по фосфорическому свету, который указывал ему местонахождение «Наутилуса». Я видел его сигнальные огни, красный и зеленый, и белый фонарь на большом штаге бизань-мачты. Расплывчатый отраженный свет давал возможность разглядеть его оснастку и определить, что огонь в топках доведен был до предела. Снопы искр и раскаленный шлак вылетали из его труб, рассыпаясь звездочками в темном пространстве.

Я пробыл на палубе до шести часов утра, но капитан Немо делал вид, что меня не замечает. Корабль шел в полутора милях от нас и при первых проблесках зари открыл обстрел. Наступало время, когда «Наутилус» нападет на своего противника, а я и мои товарищи навсегда расстанемся с этим человеком, которого я лично не решаюсь осуждать.

Я собирался сойти вниз, чтобы предупредить моих товарищей, а в это время на палубу взошел помощник капитана. Его сопровождали несколько моряков. Капитан Немо не видел или не хотел их видеть. Но они сами приняли необходимые меры, которые можно было бы назвать «изготовкой к бою». Их меры были очень просты. Балюстраду из железных прутьев вокруг палубы опустили вниз. Кабина с прожектором и рубка рулевого тоже вошла в корпус «Наутилуса» заподлицо. Теперь на поверхности длинной стальной сигары не осталось ни одной выпуклости, которая могла бы помешать ее маневру.

Я вернулся в салон. «Наутилус» продолжал держаться на поверхности. Проблески наступавшего дня проникли и в верхний слой воды. При определенных колебаниях волн стекла окон оживлялись красноватым отсветом восходящего солнца.

Наступал ужасный день 2 июня.

В пять часов лаг показал, что «Наутилус» убавил скорость. Я понял, что он подпускал к себе противника.

Выстрелы слышались гораздо отчетливее. Снаряды падали вокруг «Наутилуса» и с особым шипеньем врезались в воду.

— Друзья, — сказал я, — подадим друг другу руки, и да хранит нас бог!

Нед Ленд был решителен, Консель спокоен, я нервничал и еле сдерживал себя. Мы перешли в библиотеку. Но, отворяя дверь, выходившую к центральному трапу, я услыхал, как крышка люка резко опустилась.

Канадец кинулся к ступенькам, но я остановил его. Хорошо знакомое шипенье дало нам знать, что вода стала поступать в резервуары. Через несколько минут «Наутилус» опустился на несколько метров ниже поверхности воды. Я понял его маневр. Теперь нам было поздно действовать. «Наутилус» оставил мысль нанести удар двухпалубному кораблю в его непроницаемую броню, а собирался это сделать ниже ватерлинии — там, где его обшивка не защищена металлической броней.

Снова мы оказались в заключении и невольными свидетелями зловещей драмы, готовой разыграться. Впрочем, мы не успели задуматься над этим. Забравшись в мою каюту, мы только глядели друг на друга, не произнося ни слова. Мой мозг впал в полное оцепенение. Остановилась работа мысли. Я находился в том тягостном моральном состоянии, когда ждешь, что вот-вот произойдет страшный взрыв. Я ждал, прислушиваясь, и весь обратился в слух.

Между тем скорость движения «Наутилуса» заметно возросла. Так он делал разбег. Весь его корпус содрогался. И вдруг я вскрикнул: «Наутилус» нанес удар, но не такой сильный, как можно было ждать. Я ощутил пронизывающее движение стального бивня. Я слышал лязг и скрежет. «Наутилус» благодаря могучей силе своего стремления вперед прошел сквозь корпус корабля так же легко, как иголка парусного мастера сквозь парусину.

Я был не в силах удержаться. Вне себя я, как безумный, вылетел из комнаты и вбежал в салон. Там стоял капитан Немо. Молча, мрачно и непримиримо смотрел он в хрустальное окно правого борта.

Огромная масса тонула в океане, а вровень с нею погружался в бездну «Наутилус», чтобы не терять из виду ни одного момента этой агонии. В десяти метрах от меня я увидал развороченную корму, куда вливалась с грохотом вода, затем пушки и предохранительные переборки; по верхней палубе метались толпы черных призраков. Вода все поднималась. Несчастные карабкались на ванты, цеплялись за мачты, барахтались в воде. Это был человеческий муравейник, внезапно залитый водой!

Я был парализован, скован горем, волосы вставали дыбом, глаза выходили из орбит, дыхание спирало, ни голоса, ни вздоха и… все же я смотрел! Непреодолимая сила влекла меня к окнам.

Громадный корабль погружался медленно. «Наутилус» следовал за ним, следя за каждым его движением. Внезапно раздался взрыв. Сжатый воздух взорвал палубы, словно кто-то поджег пороховые погреба. Толчок воды был такой силы, что отбросило наше судно.

Теперь несчастный корабль стал быстро идти ко дну. Вот показались марсы, облепленные жертвами, реи, согнувшиеся от громоздящихся людей, и, наконец, вершина главной мачты. Темная масса скрылась под водой со всем своим экипажем мертвецов, захлестнутых ужасным водоворотом.

Я обернулся и поглядел на капитана Немо. Этот страшный судия, настоящий архангел мести, не отрывал глаз от тонущего корабля. Когда все кончилось, капитан Немо направился к своей каюте, отворил дверь и вошел к себе. Я провожал его глазами.

На стене против двери, над портретами его героев, я увидал портрет еще молодой женщины и двух детей. Капитан Немо несколько секунд смотрел на них, протянув к ним руки, затем упал на колени и горько зарыдал.

22. Последние слова капитана Немо

Жуткое зрелище кончилось, и створы закрылись; но свет в салоне не зажегся. Внутри подводного корабля царили безмолвие и мрак. «Наутилус» уходил от места скорби с невероятной быстротой, на глубине ста метров. Куда он шел? На юг или на север? Куда бежал этот человек, совершив свое ужасное, возмездие?

Я вернулся к себе в каюту, где молча сидели Консель и Нед. Я чувствовал отвращение к капитану Немо. Сколько бы он ни пострадал от других людей, он не имел права наказывать их так жестоко. Он превратил меня если не в сообщника, то в свидетеля деяний своей мести! Это уже слишком!

В одиннадцать часов дали свет. Я прошел в салон. В нем было пусто. Я посмотрел на инструменты. «Наутилус» несся к северу со скоростью двадцати пяти миль в час то на поверхности, то на тридцать футов ниже. По отметкам на карте я видел, что мы прошли мимо Ла-Манша и с невероятной скоростью идем по направлению к северным морям. Я еле успевал ловить глазами мелькавших перед окнами длинноносых акул, рыб-молотов, морских волков, частых посетителей этих вод, больших морских орлов, тучи морских коньков, похожих на шахматных коней, угрей, извивавшихся, как фейерверочные змейки, полчища крабов, плывших в наклонной плоскости, скрестив клешни на панцире, наконец стаи касаток, соперничавших с «Наутилусом» в быстроте. Но, конечно, о наблюдении, изучении, классификации не могло быть речи.

К вечеру мы прошли Атлантическим океаном двести миль. Смеркалось, и до восхода луны море окутал мрак. Ужасная сцена разгрома все время воскресала в моем воображении.

С этого дня кто мог сказать, куда нас увлечет «Наутилус» в этом бассейне Северной Атлантики? Все время шедший с непостижимой скоростью! Все время в полупотемках! Дойдет ли он до шпицбергенских кос, до круч Новой Земли? Пройдет ли по неведомым морям — по Белому и Карскому, по Обскому заливу, архипелагам Ляхова, вдоль неизвестных берегов Азиатского материка? Трудно сказать. Не знаю, сколько прошло времени. Время остановилось на судовых часах. Казалось, день и ночь шли не обычным чередом, а как в полярных странах. Я чувствовал себя во власти фантастического мира, где так свободно вращалось больное воображение Эдгара По. Каждую минуту я был готов увидеть мифического Гордона Пима, «эту туманную человеческую фигуру, гораздо большего объема, чем у любого обитателя земли, распростертого поперек водопада, который преграждает доступ к полюсу!»

Я предполагаю, — может быть, и ошибочно, — что отважный бег «Наутилуса» длился пятнадцать или двадцать дней, и неизвестно, сколько бы он продолжался, если бы не катастрофа, закончившая это путешествие. О капитане Немо не было ни слуху ни духу. О помощнике капитана — не больше. Ни один человек из экипажа не появлялся ни на одну секунду. Почти все время «Наутилус» держался под водой. Когда он поднимался на поверхность, чтобы обновить воздух, створы открывались и закрывались автоматически. Ни одной отметки на карте. Я не имел понятия, где мы находимся.

Добавлю, что канадец, утратив силы и терпение, не появлялся тоже. Конселю не удавалось выжать из него ни одного слова, и он боялся, как бы канадец в припадке безумия или под влиянием невыносимой тоски по родине не покончил самоубийством. Он следил за ним, не оставляя его ни на одну минуту.

Каждому понятно, что в таких условиях наше положение стало невыносимым.

Однажды утром, но какого числа сказать трудно, в первые часы дня я заснул, но сном болезненным, тяжелым. Когда я пробудился, я увидал Неда, который нагнулся надо мной и шепотом сказал:

— Бежим!

Я вскочил.

— Когда? — спросил я.

— В эту же ночь. Похоже на то, что «Наутилус» остался без присмотра. Можно сказать, что на судне все оцепенели. Вы будете готовы?

— Да. А где мы?

— В виду земли; сегодня я ее заметил сквозь туман, на расстоянии двадцати миль к востоку.

— Что это за земля?

— Не знаю, но, какая б ни была, мы там найдем пристанище.

— Да, Нед! Да, этой ночью мы бежим, хотя бы нам грозило утонуть в море.

— Море бурное, ветер крепкий; но сделать двадцать миль на легкой посудинке с «Наутилуса» меня нисколько не пугает. Я сумею незаметно перенести в шлюпку немного еды и несколько бутылок с водой.

— Я буду с вами, Нед.

— А если меня застанут, — добавил Нед, — я буду защищаться, пока меня не убьют.

— Мы умрем вместе, Нед.

Я решился на все. Канадец ушел. Я вышел на палубу, где с трудом мог удержаться на ногах, — так сильно били волны. Небо не предвещало ничего хорошего, но, раз в этом густом тумане была видна земля, надо бежать. Мы не могли терять ни дня, ни часа.

Я вернулся в салон, опасаясь и вместе с тем стремясь встретить капитана Немо, желая и не желая его видеть. Что я ему скажу? Смогу ли скрыть невольный ужас, какой внушал он мне? Нет! Лучше не встречаться лицом к лицу! Лучше забыть его! А все-таки!..

Как долго тянулся этот день, последний день, который я должен провести на «Наутилусе»! Я оставался один. Нед Ленд и Консель избегали говорить со мной, чтобы не выдавать себя

В шесть часов я сел обедать, хотя мне не хотелось есть. Но, несмотря на отвращение, я принуждал себя, чтобы не ослабеть. В половине седьмого Нед вошел ко мне в каюту. Он сказал:

— До нашего отплытия мы не увидимся. В десять часов луны еще не будет. Мы воспользуемся темнотой. Приходите в лодку. Консель и я будем вас ждать.

Канадец сейчас же вышел, не дав мне времени ответить.

Я захотел проверить курс «Наутилуса» и сошел в салон. Мы шли на северо-северо-восток с пугающею скоростью на глубине пятидесяти метров.

В последний раз я поглядел на чудеса природы, на великолепные произведения искусства, теснившиеся в этом музее, на эти бесподобные коллекции, обреченные когда-нибудь погибнуть на дне моря вместе с тем, кто их собрал. Мне хотелось запечатлеть их навсегда в моей памяти. Так я провел здесь целый час; залитый струями света, падающего с потолка, я все ходил и любовался сокровищами, сиявшими в своих витринах.

Затем я вернулся к себе в каюту. Там я надел непромокаемый морской костюм. Собрал свои записки и спрятал их на себе. Сильно билось сердце. Я не мог умерить его стук. Мое смущение, мое волнение не ускользнули бы, конечно, от капитана Немо.

Что делал он в эту минуту? Я подошел к двери его каюты. Там слышались шаги. Немо был у себя. Он не ложился спать. При каждом его движении мне все казалось, что он вот-вот появится передо мной и спросит: «Почему хотите вы бежать?» Я пугался малейшего звука. Воображение преувеличивало мои страхи. Это болезненное состояние настолько обострилось, что я не раз спросил себя: не лучше ли войти к капитану, стать перед ним и вызывающе взглянуть ему в лицо?

Сумасшедшая мысль! К счастью, я удержался и, возвратясь к себе, лег на койку, чтобы ослабить физическое возбуждение. Нервы успокоились, но мой разгоряченный мозг работал, — в нем быстро проносились воспоминания о жизни на борту «Наутилуса»; перед моим духовным взором промелькнуло все, что случилось после Моего исчезновения с «Авраама Линкольна», все происшествия, плохие и хорошие; я снова увидал: подводные охоты, пролив Торреса, берега Папуасии, мель, коралловую гробницу, Суэцкий канал, Санторинский остров, критского ловца, бухту Виго, Атлантиду, ледяной затор, Южный полюс, ледяную тюрьму, бой со спрутами, бурю в Гольфстриме, «Мстителя» и ужасное зрелище корабля, потопленного вместе с экипажем! Все эти события развертывались перед глазами, как движущаяся декорация на театральном заднем плане. И в этом своеобразном окружении фигура капитана возрастала непомерно. Его личность выделялась и получала сверхчеловеческие соотношения. Он становился не подобием меня, а властелином вод, гением морей!

Настала половина десятого. Зажмурив глаза, я сдавливал голову руками, чтобы не дать ей лопнуть. Мне не хотелось думать. Еще полчаса ожидания! Полчаса такого кошмара, что можно сойти с ума!

И в это время я услыхал смутные звуки аккордов на органе, печальную гармонию вроде заунывной песни, истинный плач души, готовой порвать земные связи. Я слушал всем существом своим, едва дыша и отдаваясь целиком тому же музыкальному восторгу, какой, бывало, увлекал и капитана Немо в нездешний мир.

Но вдруг я ужаснулся одной мысли. Капитан Немо вышел из своей каюты. Он был в салоне, а мне, чтобы бежать, надо пройти через салон. И там я встречусь с ним в последний раз, он меня увидит, а может быть, заговорит! Он может уничтожить меня одним жестом, приковать к борту одним словом!

Сейчас пробьет десять часов. Настало время выходить из каюты и присоединиться к моим друзьям. Не могло быть колебаний, хотя бы капитан Немо стоял передо мной. Я отворил дверь очень осторожно, и все-таки мне показалось, что она вращается на петлях с ужасным скрипом. Возможно, этот скрип был лишь игрой моего воображения!

Я начал двигаться ползком по темным проходам «Наутилуса», все время останавливаясь, чтобы сдержать сердцебиение. Я добрался до угловой двери салона и тихонько приотворил ее. Полный мрак царил в салоне. Слабо звучали органные аккорды. Капитан Немо сидел у органа. Он не видал меня. Мне кажется, он не заметил бы меня даже при полном свете, настолько он весь ушел в свое восторженное состояние.

Я пополз по мягкому ковру, стараясь ни на что не натыкаться, — малейший шум мог меня выдать. Понадобилось пять минут, чтобы добраться до главной двери, ведущей в библиотеку. Я уже собрался отворить ее, как вдруг глубокий вздох капитана Немо приковал меня на месте. Я понял, что он вставал. Мне даже удалось, хотя и смутно, разглядеть его, поскольку тонкий луч света из освещенной библиотеки проникал в салон. Капитан шел по направлению ко мне, молча, скрестив на груди руки, как-то скользя, а не шагая, точно призрак. Его стесненная грудь вздымалась от рыданий. И мне послышались его слова, последние, дошедшие до моего слуха:

— Боже всемогущий! Довольно! Довольно!

Что это? Голос совести, крик души этого человека?

В полном смятении я проскочил библиотеку, взобрался по центральному трапу и по верхнему проходу добрался до лодки. Я проник в нее сквозь отверстие, уже впустившее туда моих товарищей.

— Едем! Едем! — крикнул я.

— Сейчас! — ответил канадец.

Сначала мы закрыли отверстие, проделанное в стальной обшивке «Наутилуса», и закрепили его гайками при помощи английского ключа, которым запасся Нед Ленд. Таким же образом закрыли и отверстие для лодки, а затем канадец стал отвинчивать гайки, еле соединявшие нас с «Наутилусом».

Вдруг внутри послышался какой-то шум, чьи-то голоса быстро, коротко перекликались. Что там случилось? Неужели они заметили наш побег? Я почувствовал, как Нед Ленд дал мне в руки кинжал.

— Да, — прошептал я, — мы сумеем умереть!

Канадец приостановил свою работу. В это время до меня донеслось одно слово, повторенное раз двадцать, — слово страшное, и благодаря ему мне сразу стала ясной причина волнения, охватившего весь «Наутилус». Его экипажу было не до нас!

— Мальстрим! Мальстрим! — крикнул я.

Мальстрим! Могло ли в нашем и без того ужасном положении раздаться слово более ужасное, чем это? Значит, мы очутились в самых опасных водах Норвежского побережья. Неужели в эту пучину затянуло «Наутилус», и как раз в то время, когда наша лодка была уже готова отделиться от его железных стен? Давно известно, что здесь морские воды, зажатые в часы прилива между Лофотенами и островами Феро, превращаются в стремнину неодолимой силы. В ней образуется водоворот, из которого еще никогда ни один корабль не мог спастись. Со всех точек горизонта неслись чудовищные волны. Они-то и образуют эту бездну, справедливо названную «пуп Атлантического океана» — водоворот такой мощи, что втягивал в себя все плывущее на расстоянии пятнадцати километров. Его бездна засасывала не только корабли, но и китов и белых медведей полярных стран.

В этой бездне и оказался «Наутилус», попав туда невольно, а может быть, и волей капитана Немо. «Наутилус» кружился по спирали, радиус которой становился все короче. Само собою разумеется, что и наша лодка, еле прикрепленная к «Наутилусу», носилась с головокружительною быстротой. Я это чувствовал, испытывая такое же болезненное состояние, какое наступает после долгого вращения на одном месте. Нас обуял предельный ужас, кровь застывала в жилах, нервная реакция исчезла, все тело покрылось холодным потом, как при агонии! А какой шум стоял вокруг утлой нашей лодки! Какой рев, разносимый эхом на много миль! Какой грохот волн, разбивающихся об острые вершины подводных скал — там, где дробятся самые твердые тела, где бревна перемалываются и превращаются в мочало!

Какое положение! Нас трепало во все стороны! «Наутилус» боролся, как человеческое существо. Стальные мускулы его трещали. Временами он вздымался кверху, а вместе с ним и мы!

— Надо держаться и завинтить гайки! — сказал Нед. — Пока мы прикреплены к «Наутилусу», мы можем еще спастись!..

Не успел он договорить, как раздался треск; гайки отлетели, лодку вырвало из углубления и швырнуло, как камень из пращи, в водоворот!

Голова моя ударилась о железный каркас лодки с такой силой, что я потерял сознание.

23. Заключение

Вот и конец моему путешествию. Что произошло той ночью, каким образом выскочила наша лодка из страшного водоворота, как Нед Ленд, я и Консель спаслись из этой бездны? Я не могу сказать. Но когда вернулось ко мне сознание, я уже лежал в хижине у рыбака с Лофотенских островов. Оба мои товарища — целы и невредимы — сидели около меня и пожимали мои руки. Мы горячо расцеловались.

В то время мы не могли и думать о возвращении во Францию. Пассажирское сообщение между северной Норвегией и южной бывает редко. Приходилось ждать парохода, совершающего раз в два месяца рейс к Северному мысу. И вот, оставшись жить у милых, приютивших нас людей, я пересматриваю рассказ о наших приключениях. Он точен — ни один факт не пропущен, ни одна частность не раздута. Это — достоверная повесть о невероятной экспедиции в недрах морской стихии, еще не доступных человеку; но прогресс культуры их превратит когда-нибудь в свободные пути, открытые для всех!

Вопрос — поверят ли мне люди? В конце концов это неважно. Я твердо могу сказать одно, что теперь имею право говорить о тех морских глубинах, где, менее чем в десять месяцев, я проплыл двадцать тысяч лье и совершил кругосветное путешествие, которое открыло мне такое множество чудес — в Индийском и Тихом океане, в Красном и Средиземном море, в Атлантике и в южных и в северных морях!

Однако что же сталось с «Наутилусом»? Устоял ли он против могучих объятий Мальстрима? Жив ли капитан Немо? Продолжает ли он плавать в глубинах океана и вершить свои ужасные возмездия, или же его путь пресекся на последней гекатомбе? Донесут ли волны когда-нибудь до нас ту рукопись, где описана история его жизни? Узнаю ли я, наконец, его настоящее имя? Не выдаст ли исчезнувший корабль своей национальностью национальность самого капитана Немо?

Надеюсь. Надеюсь и на то, что его могучее сооружение победило море даже в самой страшной его бездне и «Наутилус» уцелел там, где погибало столько кораблей. Если это так и если капитан Немо все еще живет в просторе океана, как в своем избранном отечестве, пусть ненависть утихнет в этом ожесточенном сердце! Пусть созерцание такого множества чудес природы затушит огонь мести! Пусть в нем грозный судья уступит место мирному ученому, который будет продолжать свои исследования морских глубин.

Если судьба его причудлива, то и возвышенна. А разве я его не понял? Разве не жил я десять месяцев его сверхъестественною жизнью? Уже шесть тысяч лет тому назад Экклезиаст задал такой вопрос: «Кто мог когда-либо измерить глубины бездны?» Но дать ему ответ из всех людей имеют право только двое: капитан Немо и я.

1870 г.

ОГЛАВЛЕНИЕ

www.ingramcontent.com/pod-product-compliance
Lightning Source LLC
Chambersburg PA
CBHW060613310726
48982CB00003B/551

* 9 7 8 1 7 6 3 8 2 2 3 6 8 *